# 三島由紀夫の国体思想と魂魄

Hiroshi Fujino
藤野 博［著］

勉誠出版

# はじめに

## 今、なぜ三島由紀夫の日本国家論に光を当てるのか

三島由紀夫は、昭和四五年（一九七〇）十一月二五日、東京・市ケ谷の陸上自衛隊駐屯地で割腹自殺を遂げた。ノーベル賞候補にもなった世界的作家の壮烈な自決は、昭和元禄を謳歌していた高度経済成長期の日本社会を震撼させ、その震動は世界に波及した。

事件直後には、東部方面総監を監禁し自衛隊員に決起を呼びかけた三島の発言と行動に対して、マスメディアによる論評が洪水のごとく氾濫した――「狂気の暴走」、「危険な保守反動」、「右翼暴力主義」、「軍国主義の復活」等々。しかし、あまりに衝撃的な切腹行為に眩惑されたためか、これらは三島の精神と思想を正確に把握した上での批判ではなく、誤解や偏見に基づいたものである。今日ではこのような現象は退潮しているように見えるが、三島の行動の根底に潜む思想の実体が必ずしも解明されたわけではない。

前著『三島由紀夫と神格天皇』において私は、三島由紀夫の精神と行動の核心には〈天皇を中心とする、歴史・文化・伝統の国、日本〉があることに着目し、三島の天皇観の特色を解き明かした。その上に立って本論考では、「天皇」と関わりながら「国家」の問題と格闘した三島の思想の読解と論評を試みる。なぜなら、「国家」というテーマは今日においてもなお、決して色あせていないと痛感せずにいられないからである。

晩年の三島が生きた一九六〇年代は、暴力と戦争と革命が継起した時代であった。世界の大半の国々が東西に分かれて冷戦の真只中にあり、ベトナム戦争、フランス五月革命、中国文化大革命、チェコ問題などが勃発し、アメリカではケネディ大統領やキング牧師の暗殺事件が起こった。また我が国では、大学問題と日米安保条約問題とが交錯しながら発生し、過激な学生たちによる暴力的な反体制運動が猛威を振るって、国家を揺るがした。このような激動期の緊迫した状況に敏感に反応した三島は、積極的に発言し行動を起こしたのである。

言うまでもなく、三島の時代と比べれば、今日の世界は大きく様変わりしている。一九九〇年代以降、社会主義国家の解体によって資本主義対社会主義というイデオロギーに基づいた冷戦は終結した。ところが、新たな火種が次々と生じている。民族や宗教の対立と高揚したナショナリズムが、国家間の抗争を噴出させている。また、テロの大規模化と拡散が、国家と世界に重大な脅威を与えている。平和主義憲法を金科玉条としている我が国でも、歴史・領土・安全保障の問題を巡る摩擦が顕在化している。さらには、経済におけるグローバリズムとナショナリズムの対立が生起している。世界は変貌しているにもかかわらず、国家のあり方が根本から問われている点で変わりはないのである。

三島由紀夫ほど時代に深く関与した文学者は、極めて稀であろう。時代に対して決して傍観者たることはなく、我が国と世界の動きに過剰とも言えるような反応を示した。そして「国家」というテーマと真剣に向き合い、それをみずからの問題として主体的に引き受けた。

三島由紀夫ほど行動に憧れ実際に行動を起こした文学者は、恐らく空前絶後であろう。特に晩年の五年間は、国家のあり方や国防問題について先鋭に発言しただけでなく、民兵組織「楯の会」を結成するなど、国士のごとく行動を爆発させた。文学と行動を截然と区別し、この二元性を拮抗させながら創作活動と社会的行動へ邁進した三島は、異彩を放つ文学者であった。

そしてその行き着いた果てが、凄絶な切腹であった。切腹直前に撒かれた檄文《げきぶん》の中で、「生命尊重のみで、魂は死んでもよいのか」と激烈に叫び、「生命尊重以上の価値とは、われわれの愛する、歴史と伝統の国、日本である」と訴えた。それは、戦後の日本人に広く深く浸透している「国家意識の喪失」と「人命尊重第一主義」に対する糾弾であると同時に、自分自身にも向けた叫びであった。

〈生命以上の価値〉である日本国家のために自決したと捉えるなら、三島にとって「国家」とは、自分から懸け離れた存在ではなかった。「自己」と「日本国家」との関係を深く突き詰めた峻厳な倫理的精神に対して、畏怖の念を抑えることができない。三島由紀夫は恐るべき文学者であり、文学者の枠を超え出た「異《い》形《ぎょう》の文学者」と言うべきであろう。

命を懸けた三島の問題提起は、今なお私たちを喚起させる鮮烈な閃光を放っている。国家の意義と我が国の歴史・文化・伝統を等閑視しがちな私たちを突き刺すような、三島由紀夫の心奥からの遺言を、真正面から受けとめなければならない。

## 本論考を作動させる機軸

本論を進めるに当たって、その機軸を明らかにしておきたい。

三島由紀夫の国家論を批評するためには、先入観や予断を排除し、虚心になって作品群を読み解くことを出発点としなければならない。思想的論文や随筆、対談だけでなく、三島の理念と情念が比喩的に散りばめられている小説などの創作にまで射程を延ばし、三島の「生《なま》の声」を可能な限り忠実に再現しながら、その国家思想の本体に迫ろうとする。

この読解によって、三島の国家思想の中核は「国体」であることを明らかにする。「国体」の意味を歴史的に解明するとともに、三島の国体論の特質と多様な国体論の存在を浮かび上がらせる。この所見を土台として、多角的観点から国体論の「光と影」を映し出す。さらに、三島の国体論を媒介として「国家そのもの」の探究へと向かう。ただし、「国家」というテーマは単なる政治の範疇に納まり切れるものではない。哲学、倫理、宗教、心理、文学、歴史、社会、法律など、広範な学問領域にまたがる巨大なテーマであり、古今東西の多くの学者・思想家がすでに論じている。この現実を深く自覚するなら、その探究には膨大な思索を必要とすることは明らかである。

それゆえ、「国家そのもの」を深く掘り下げるのではなく、三島の思想に照準を定めて、限定的に論じることとする。とは言うものの、限定された範囲内であっても、主観的判断に埋没することなく、客観的視点を導入することにより、厳密性を保つことに留意する。そのために、次の二つの座標軸を設定する。

第一は、縦軸としての「時間的視座」である。ここで論じている「現在」は長大な歴史の一瞬に過ぎない。現在は現在だけで存在しているのではなく、「過去」と深くつながっており、歴史は断絶しているものではない。したがって、歴史の内側に入り込み、その時代に生きた当事者の声に耳を傾ける。「現在」の価値観を基準にして「過去」を一方的に裁断しないように注意し、「過去」に潜む歴史的意義を探りながら、「現在」の問題として受けとめる。

その第二は、横軸としての「空間的視座」である。日本は世界から孤立した存在ではなく、世界内にあって世界と関わっている。我が国だけの考察に留まれば、狭小な結論に至る恐れがある。世界的視野に立って諸外国の実態や世界の多様な思想を幅広く眺望し、空間的な比較検討も行う。

この二つの座標軸を活用することによって、「国体」と「国家そのもの」を追究する。その際には、我が国だけでなく古今東西の哲学者・思想家・文学者を三島由紀夫と交差させる。人類の英知の所産を思索の糧にしながら、三島の思想の世界性と普遍性を照らし出すことを企図する。

さらに、三島由紀夫の国家思想の解釈や論評にとどまることなく、私自身の見解を提示する。三島の国家思想の今日的意義と問題点を浮かび上がらせるとともに、「私の日本国家像」を試みに描く。そして最後に、三島の「死」の意味を沈思黙考し、私的応答としたい。

## 本論考の概略

### 《第一章　三島由紀夫の国家思想を解剖する》

〈第一節　三島由紀夫の描いた日本国家像の軌跡〉

一六歳の作「惟神之道《かんながらのみち》」から自決直前に撒かれた檄文に至るまでの一六の作品を読み取り、三島の日本国家像の軌跡をたどる。

〈第二節　三島由紀夫の国家思想の特質〉

三島の日本国家論の中核を成しているのは、「国体」である。その国体理念は、次のような多面的な要素によって構成されている。

①天照大神《あまてらすおおみかみ》に直結する天皇の神格性・永遠性

②君臣一体

③天皇における「統治」と「祭祀」との関係

・戦前――天皇親政と祭政一致
・戦後――天皇不親政と祭政分離
〈文化概念としての天皇〉の定立と〈祭祀的国家〉の重視
④言論の自由と〈文化概念としての天皇〉が結びついた国体
⑤国体政体二元論〔国体と政体を区別する考え方〕

次に、参考文献に依拠して、国体観念の起源とその本来の意味を探求する。我が国独特の国体観念の源流は平安時代の真言密教にあるが、これを変質させ思想として体系化したのが、幕末の水戸学である。水戸学国体論は、欧米列強の外圧に対抗するために、日本国家像の統一化と国民の精神的一体化を図った国家防衛論である。国体論を大成した會澤正志齋《あいざわせいしさい》の説く「国体」は、次の五要素によって組み立てられている。

⑴天上の神の子孫である天皇の永遠性――統治者と神話の結合
⑵君民一体（君臣一体）――統治者と国民との心情的一体性
⑶忠孝一致――統治者と道徳の融合
⑷祭政一致――政治と宗教の一致
⑸政教一致――政治と教育の密着

政治的統治者である天皇が、「神話」を中心軸として、その周りを「心情」、「道徳」、「宗教」、「教育」によって支えられており、複合的な構造から成り立っている。「国体」とは政治体制のことではなく、天皇統治を支える「理念」の体系である。天皇統治という「政治」と「精神文化」との結合こそ、国体論の最大の特色である。

そして水戸学国体論は、吉田松陰とその門下生や西郷隆盛らに深甚な影響を与えて、尊王攘夷運動の求心的理論へと発展し、明治維新の思想的基盤となる。

さらに、国体論は明治以降の我が国の国家思想の中心的原理となる。近代日本の支柱を成す軍人勅諭、大日本帝国憲法、教育勅語などの土台となり、国家理念及び国民道徳の一大原理となった点で、日本史上最も重要な思想の一つである。

次に、水戸学とその理念を摂取した官製の国体論をまとめて便宜的に「正統的国体論」と名付け、多くの正統的国体論者の中から、歴史学者・平泉澄《きよし》を取り上げて、その思想的特徴を考察する。

明治期以降国体論は多彩な展開を遂げ、「国体」は近代日本国家における強力な思想的磁場となる。福澤諭吉、法学者・穂積八束《やつか》、西田幾多郎《きたろう》、国体学者・里見岸雄《きしお》の「非正統的国体論」を瞥見したあと、三島の国体論と、正統的・非正統的を含めたほかの国体論との同質性と異質性を照らし出す。三島の「国体」は三島の〈心の中にある国体〉であり、独特の性格を帯びている。

さらに加えて、国体論に関して三島が唯一言及した思想家・北一輝《いっき》の「反国体論」を読み解き、その思想的意義と限界を指摘するとともに、三島との相違点と共通点を引き出す。

## 《第二章　国体思想の「光と影」を映し出す》

歴史事象には「光」と「影」の両面がある。国体思想を我が国の歴史の大河の流れの中で見据えるとともに、世界的視点から広角的に眺望し、その「光と影」を照射する。

### 〈第一節　国体理念を多角的に解析する〉

国体思想の中で三島が特に重視した、国体理念の源泉にある「記紀神話」と、「天皇祭祀」、「君民一体」の三つに注目し、多角的視点から詳細な分析を試みる。

「記紀神話」は、「天上の神の子孫としての天皇の正統性と永遠性」を根拠づける政治的意図が含まれているにせよ、全体的に見れば、古代日本人の豊饒な精神世界を写し出す鏡である。また、日本人の信仰心の基層を成す神道と結びついた、貴重な価値のある国家遺産である。ただし他方で、近代の国家によって神聖視され、学問の自由が抑圧された不幸な一面も背負っている。さらに、記紀神話を世界の神話と比較し、その特異性と類似性を明らかにする。

「天皇祭祀」は天皇の本質的機能である。弥生時代以来の農耕祭儀と天地の神々への祈りが一体となっており、国家・国民のための安寧と繁栄を祈るという、大きな国家的意義がある。反面で、明治国家は皇室祭祀の神仏分離を断行して神道に一本化したため、廃仏毀釈《はいぶつきしゃく》運動を引き起こし、仏教文化に甚大な損害を与えた「負」の側面もある。

関連して、吉本隆明《たかあき》の天皇祭祀論に注目し、吉本と三島の天皇祭祀観の差異性と近縁性を描き出す。さらに、天皇祭祀を世界の祭政一致の実態と比較し、イギリス・北欧の王国との類縁性を示す。

「君民一体」は、三島だけでなく、正統的・非正統的を含めてほとんどすべての国体論者に共通する理念である。君民一体の現象を歴史的に通観し、「国民に対する天皇の慈愛」、「天皇に対する国民の崇敬」の実相を例示する。世界最古の王室である皇室が今もなお存続している根源に、「君民一体」という双方向的関係性があり、天皇制度を支える重要な理念となっている。

〈第二節　国体論と西欧思想との関係性〉

三島の国家意識の中で重要な位置を占めているのは、我が国の伝統的精神と西欧思想との融合・対立の問題である。国体理念の現れた典型である「大日本帝国憲法」と「教育勅語」の実体を明らかにするとともに、それらの「正と負の所産」を描出する。

「大日本帝国憲法」は、国体理念と西欧の君主制立憲主義を融合し、アジアで初めての近代国家誕生の主柱となった。西欧列強の帝国主義が席巻した当時の世界状勢の中で、国家の独立と、近代的国民国家としての発展を可能にした歴史的意義は測り知れない。ただしその後、福澤諭吉や中江兆民などが説いた英国型議会主義、国民本位の議会主義を唱えた吉野作造の民本主義などを検討することはなく、神聖なものとして絶対化し、改良を怠った。統帥権についても、天皇直属を建て前としつつ、輔弼《ほひつ》権は内閣になく軍部にあったため、軍部の専横を招いた。

「教育勅語」については、文明開化によって道徳心の衰退を危惧したことが成立の動機であり、同時に帝国主義時代において、国家独立の意識と国民の精神的統合を確立することを意図していた。その内容は、国体理念と儒教道徳と西洋的法道徳の化合物であるが、現代に通用する徳目も含まれており、全てが禁忌の道徳規範であるわけではない。他面で、天皇絶対の理念の他国への適用などの欠点も見受けられる。また、世界史の中で教育勅語を捉え、その歴史的意義を見直す。

〈第三節　国体論の「正と負の遺産」を総括する〉

これまで指摘した国体論の「正と負の遺産」を集約する。

国体論を明治以降の近代に限定して評価するのではなく、歴史の連続性の中で展望することが肝要である。国体論は幕末の動乱期に、欧米列強の圧力に対抗し国家の独立を確保するために生まれたのであり、そこには歴史的必然性があった。さらに明治維新の思想的基盤となって、我が国の歴史を大転換させ、新たな時代を切り拓く推進力となった。この点にこそ、国体論の画期的な意義がある。

国体思想を基盤とした明治維新と明治国家にも「正と負の遺産」がある。維新と新国家建設の主体となったのは、下級武士などの非特権階級であり、日本史上稀有の国家大改革であった。「国体」を主軸にしつつ西欧文明を摂取したことによって、近代的国民国家を誕生させた。帝国憲法と教育勅語を国家の主柱とすることによって、帝国主義時代という苛烈な国際環境の中で国家の独立を確保し、文明国家として飛躍的発展を遂げた。しかし反面で、「国体」を土台として作り出された「政体」の改革が不十分であった。帝国憲法と教育勅語の改良に取り組むことなく、国家本位に傾斜し、個人の自由な主体性・創造性の価値を軽視した。「国体」を神聖不可侵のものとして絶対視したことによって、国体思想が政治によって悪用された点に、近代の不幸がある。

国体思想を戦前国家の悪の権化として断罪し、歴史の遺物として埋蔵してはならない。歴史の潮流を直視することによって、その「正と負の遺産」を冷徹に見極めるべきである。

〈第四節　戦後における国体論の運命〉

戦後、「国体」が死語となった淵源には、連合国軍最高司令官総司令部（ＧＨＱ）の政策があったことを、史料によって開示する。ＧＨＱによる各種の指令、勧告などによって、「君民一体」を除いて国体思想は抹殺された。

次に、敗戦直後に巻き起こった国体変更の有無についての多様な論争を取り上げ、「国体」の本来の意味に照らしつつ、それらの評価を試みるとともに、この問題についての三島の見解を分析する。

また、天皇祭祀と現行憲法の「政教分離の原則」との関わりを究明する。政教分離に関する「目的効果基準」に着目し、世界の政教分離のあり方と照合しながら、ＧＨＱによって私的行為に封じ込められた天皇祭祀が憲法違反でないことを説き明かし、法で規定すべきであると提起する。

さらに踏み込んで、ＧＨＱの「功罪」を白日の下にさらす。民主的精神の導入などの「功」を認めるべきであるが、反面で自国の思想を絶対視し、我が国の伝統的思想の価値を否定した「罪」は重い。未だに我が国を支配しているＧＨＱの独善的思想から解き放されて、自立的に思考することが求められている。

《第三章　三島由紀夫の魂魄《こんぱく》に感応《かんのう》する》

〈第一節　国体理念から憂国へ、そして自決へ〉

国体理念が憂国の情を増幅させ、戦慄すべき自決で終結するまでの、三島の「魂の声」を現前化させる。そして、命の根源からほとばしり出た三島の遺言の今日的意義を明かす。

〈第二節　国家の本質を考究する〉

〈歴史・文化・伝統の国、日本〉こそ〈生命尊重以上の価値〉である、という三島由紀夫最期の訴えは、国家の本質についての根源的な洞察を私たちに迫っている。

先ず、主観的に国家を観察し、国家と自分との関係を経験的に見つめるならば、「法的・政治的・経済的関係」、「歴史的・文化的関係」、「心理的・倫理的関係」の三要素が現れる。

次に客観的に考察すれば、近代以降の国家は、「主権を持つ統治組織」、「領土」、「歴史・文化を共有する国民」から成る「nation（ネーション）」である。

引き続いて、古今東西の哲学者の把握した国家観のいくつかを玩味する。古代ギリシアの哲学者・アリストテレスと近代ドイツの哲学者・ヘーゲルは、国家を最高の人間共同体と見なし、道徳と法を基軸として善の実現を目的とする点で共通している。ヘーゲルと西田幾多郎は、国家の重要性とともに個人の理性と自由な精神を重視し、個人と国家の相互作用による統一的発展を追求した点で、親縁性がある。そして、ヘーゲル・西田と、三島の国家観との相似性と差異性に照明を当てる。

主観・客観の両観点から考察するなら、国家の「法的・政治的・経済的共同体」を水平的な空間性、「歴史的・文化的共同体」を垂直的な時間性と捉え、両要素の融合体を国家の本質と見なす。三島の言う「統治的国家」は前者に、「祭祀的国家」は後者に照応している。戦後の日本を覆っている、「法的・政治的・経済的共同体」のみを国家と考える国家観の偏狭さを正す。

国家の観念性に関わって、吉本隆明の〈国家幻想論〉を取り上げ、その中に卓見を認めるとともに、マルクスに呪縛されて現実を無視した非生産的国家論であることを明るみに出す。

国家との「心情的関係」にも考えを巡らせる。三島は押し付けがましい愛国心を嫌悪したが、自発的な感情から生まれる、国を恋する心を尊重した。過度に膨張させて他国に害を与える愛国心は悪であるが、国を愛する自然な感情自体は否定すべきではない。

以上の多面的考察に基づいて、「国家」を次のように捉える。

国家は、個人から構成されている。特殊的存在である個人は、自由な主体性や国家に対する心情を有している。普遍的存在である国家は、空間的な「法的・政治的・経済的共同体」と、時間的な「歴史的・文化的共同体」の二元体から成り立っている。このように、国家は「多元的・立体的複合体」である。しかも、「個人」と「国家」、「法的・政治的・経済的機能」と「歴史的・文化的機能」の均衡と相互作用を機軸としながら発展する有機的共同体である。

さらに、国家と国際社会との関係に視野を広げるならば、どちらも重視すべきであり、両者の融和が必要である。

次に、三島が〈生命以上の価値〉と信じた〈歴史・文化・伝統の国、日本〉に焦点を絞り、「歴史・文化」の中で「伝統」にはどのような意味があるのかを詳察する。

イギリスの詩人・エリオット、福澤諭吉、美術思想家・岡倉天心は、ともに「伝統と革新の両立」の理念を抱いていた。インドの詩人・タゴールとフランスの社会人類学者・レヴィ＝ストロースの日本文化への眼差しには、「伝統と革新の均衡」の理念が映し出されている。そして、「伝統」、「革新」のどちらか一方に偏ることなく、「伝統と革新の均衡」を図ることは、これら五人の先達と三島由紀夫に通底する理念である。

「伝統と革新の均衡」の理念は、伝統を保持しつつ外来文化を咀嚼《そしゃく》して、新しい文化を創造してきた日本人の文化形成の神髄である。我が国の伝統的精神である、人間と自然、人間と神との「和の精神」は、人間中心の近代文明社会の弊害を克服できる有効性を秘めている。

「伝統と革新の均衡」の視点から国体論を見直すと、「ナショナリティ（国家の独立性・特質）」を追求する「伝統」を継承した意義は大きいが、反面で「革新」の不足が目につく。それに対して戦後の日本人は、「ナショナリティ」の意識を退化させ、「伝統」を閑却する傾向がある。

「国家と個人の関係」は、国家論において最も重要な論点である。夏目漱石と吉野作造に共通する「個人と国家の均衡」の理念、及びドイツの哲学者・ヤスパースと西田幾多郎が共有する、「国家の意義」と「個人の創造性」の調和の理念は、時代や国を超えて今日の私たちを覚醒させる力を保ち続けている。戦前の我が国は国家を極大化し、個人を極小化したが、戦後はその反対に国家を極小化し、個人を極大化している。どちらも「国家と個人のバランス」を崩している。「現実的・本質的国家観」に立つなら、個人と国家は存在的に一体化している。個人至上主義と国家至上主義の両極端を斥け、「個人と国家の均衡と調和」の理念に基づくべきである。

〈第三節　国家から派生する諸問題を根源から追究する〉

国家において現実に起きている事象を、三島の問題意識と関連させながら、「国家の本質」の視点から討究する。

三島は、戦後の日本が「ナショナリズム」を放棄して「インターナショナリズム」に偏向していることを問題視した。戦後の日本では、ナショナリズムを「悪」と見なして全否定するのが主潮である。しかし、ナショナリズムには、「ナショナリティ」の確立を目指す「善」の要素と、これを膨張させて他国に損害を与える「悪」の要素が共存している。したがって、抑制的で健全なナショナリズムと、世界的価値と国際協調を理念とするインターナショナリズムとを両立させ調和させるべきである。「グローバリズム」も、普遍的価値を他国に広める「善」の要素と、他国を侵食し他国に害を及ぼす「悪」の要素がある。「善」の要素を伸ばして「悪」の要素を抑制し、ナショナリズムとの調和を図るべきである。

二・二六事件の青年将校に共感した三島は「テロリズム」を容認した。しかし、国家は道徳と法を基盤とする共同体である。テロは理性による改革を否定し、みずからを法の上に立つ絶対的存在と見なして、法的共同体である国家を破壊する行為である。

三島は、戦後日本の「経済至上主義」の風潮を嫌悪した。経済は人間の生にとって「必要な条件」であるが、「十分な条件」ではなく、精神的充実があって始めて十分となる。社会主義国家の崩壊によって、精神文化という「上部構造」を、経済という「下部構造」に従属させたマルクスは、「精神の自由」を説いたヘーゲルに敗れた歴史が、この命題の正しさを証明している。ただし、資本主義には弊害もあるので、「過剰な欲望」と「暴走する自由」を抑制する倫理的精神が不可欠である。

「ナショナリズムとインターナショナリズム・グローバリズムとの調和」、及び「テロリズムや経済至上主義の抑制」に必須の要素は、「理性」と「倫理的精神」である。

〈第四節　「ネーションとしての日本国家」を試みに構想する〉

「法的・政治的・経済的機能」と「歴史的・文化的機能」の、国家の基本的二機能を中軸に設定して、日本国家をイメージする。

「法的・政治的・経済的機能」を考えたとき先ず突き当たるのは、三島を含めてすべての国体論者が国家の中枢に位置づけた「天皇」である。「天皇」という存在を、個人的経験を基に主観的に観察するとともに、客観的な考察を進める。天皇は日本国家成立以来国家の枢軸として君臨しており、歴史的に一貫して同質の機能ではないとしても、「法的・政治的機能」を維持している。また、祭祀・文学などの文化の主導者・伝承者として「歴史的・文化的機能」を具えている。天皇は国家の基本的二機能の体現者である。

次に、天皇の「法的・政治的機能」の核心を成す「統治権」を熟考し、近代の「統治権」が有効に機能したのかどうかを検証する。近代の三つの戦争行使に際して、明治天皇と昭和天皇の、国際協調と平和重視の意向が内閣・軍部に受け入れられなかった事実を、史料によって明示する。そして、吉野作造、ジャーナリスト・政治家であった石橋湛山《たんざん》、経済学者・矢内原《やないはら》忠雄、西田幾多郎などが天皇と同じ考えを持っていたことを明らかにする。「王道」を歩もうとした天皇の意思は通じず、「統治権」が臣下に奪い取られたことは、帝国憲法の矛盾の現れである。

さらに、天皇の親政・不親政について歴史的に概観し、政治的実権のない「政治的権威者」としての「象徴」を是認する。ただし、現憲法の象徴規定には不備があり、元首規定や天皇祭祀の法的規定などの、検討すべき多くの課題がある。

結論として、日本国家を次のように設計する。

「法的・政治的・経済的共同体」の視点に基づいて、日本国家を「君主制と民主制の融合体」として定立する。それは、「法的・政治的機能」、「歴史的・文化的機能」、「国民との精神的つながり」の三要素を体現する「象徴天皇」と、国民主権・基本的人権の保障を原理とする「民主制」との共存を意味する。

「歴史的・文化的共同体」としては、縄文時代以来の、宗教・芸術などを含めた我が国の歴史・文化と、現在及び未来のすべての創造的文化を包括した共同体を意味する。

以上の「法的・政治的・経済的共同体」と「歴史的・文化的共同体」の二元性から成る日本国家は、世界的理念を同化させた「普遍」と、日本的独自性を堅持した「特殊」との「有機的統合体」である。

〈第五節　生命以上の価値と永遠の生命〉

三島由紀夫の自決の根底には、並外れた矯激な意志が伏在している。三島の意志が表象する世界を彫り上げることが、最後の営みとなる。「知情一致」、「知行合一《ちこうごういつ》」、「生命以上の価値と主客一体」、「生死一如《しょうじいちにょ》と永遠の生命」、「歴史の審判と永遠なる一元的世界」を透視するとともに、古今東西の先哲との精神的つながりを掘り起こして、三島の精神の世界性と普遍性を浮き彫りにする。

付記　引用した三島由紀夫の文章の出典は、特記した単行本以外、すべて『決定版 三島由紀夫全集』（新潮社）である。参考文献の書名や引用文の表記については、歴史的仮名づかいは原典のままとしたが、読みやすくするために、漢字の旧字体は新字体に、カタカナはひらがなに改め、必要に応じて濁点や句読点を付した。ただし、旧字体の人名等の固有名詞はそのままとした。なお、読みにくい漢字にはふりがなを付け、難解な語句の意味を〔　〕で注釈した。

# 目次

## はじめに
今、なぜ三島由紀夫の日本国家論に光を当てるのか……1
本論考を作動させる機軸……3
本論考の概略……5

## 第一章　三島由紀夫の国家思想を解剖する
第一節　三島由紀夫の描いた日本国家像の軌跡……23
第二節　三島由紀夫の国家思想の特質……40
1　日本国家論の中核を成す「国体」……41
三島由紀夫の国体論の実体／国体観念の起源／水戸学国体論の真髄／明治維新の求心的思想となった水戸学国体論／近代日本の国家思想としての国体論／正統的国体論者・平泉澄の国体理念

2　一億種もある国体論……65
福澤諭吉の〈ナショナリチ〉／穂積八束の国体政体二元論／西田幾多郎の祭政一致論／里見岸雄の〈科学的国体論〉／発展的思想としての国体論
3　三島由紀夫の国体論の独自性……75
三島由紀夫の国体論と正統的国体論の同質性と異質性／三島由紀夫の国体論と非正統的国体論の相似性と差異性／三島由紀夫の〈心の中にある国体〉
4　北一輝と対峙する三島由紀夫……91
北一輝の反国体論／「理」の北一輝と「情」の三島由紀夫
第二章　国体思想の「光と影」を映し出す
第一節　国体理念を多角的に解析する……105
1　記紀神話の特色と世界の神話との比較……105
三島由紀夫の文学・思想と記紀神話／記紀神話の神髄／神話の意義は何か／記紀神話の「正と負の産物」／世界の中の記紀神話
2　天皇祭祀の日本的特殊性と世界的共通性……121
三島由紀夫における天皇祭祀の位置づけ／天皇祭祀の歴史とその実態／天皇祭祀の意

義／吉本隆明の天皇祭祀論／「天皇無化」の吉本隆明と「天皇絶対化」の三島由紀夫／
我が国の祭政一致の特色／天皇祭祀を諸外国と比較する
3　君民一体の持続性……142
国民に対する天皇の慈愛／天皇に対する国民の崇敬／天皇と国民の双方向的関係
第二節　国体論と西欧思想との関係性……155
1　大日本帝国憲法における「西欧と日本の融合」……156
憲法制定の意図とその過程／帝国憲法の歴史的意義とその欠落
2　教育勅語は本当に「禁忌の道徳規範」なのか……162
「ありのままの教育勅語」を評価する／教育勅語を世界史の中で捉え直す
第三節　国体論の「正と負の遺産」を総括する……172
「正の遺産」を掘り起こす／「負の遺産」は何か
第四節　戦後における国体論の運命……180
1　国体思想を抹殺したＧＨＱ……180
2　国体は変更されたか――多彩な論争と三島由紀夫の見解……185

3　天皇祭祀は私的行為なのか……190
4　GHQの功罪……197

第三章　三島由紀夫の魂魄《こんぱく》に感応《かんのう》する

第一節　国体理念から憂国へ、そして自決へ……203

第二節　国家の本質を考究する……210

1　国家とは何か……210
国家を主観的に観察する／国家を客観的に考察する／哲学者の捉えた国家／国家と個人の関係――ヘーゲル・西田幾多郎と三島由紀夫／国家における「水平的空間性」と「垂直的時間性」／国家の観念性と吉本隆明の〈国家幻想論〉／国家に対する個人の心情的関係／国家は「多元的・立体的複合体」である／国家と国際社会

2　歴史・文化における「伝統」の意義……234
伝統と革新の均衡――エリオット・福澤諭吉・岡倉天心と三島由紀夫／タゴールとレヴィ＝ストロースの日本文化への眼差し／「伝統と革新の均衡」の視点から「国体」を問い直す

3　現実的・本質的国家論の構築を……249

夏目漱石と吉野作造の平衡感覚／ヤスパースと西田幾多郎における「国家の意義」と「個人の創造性」／「個人と国家」の均衡と調和を

第三節　国家から派生する諸問題を根源から追究する……259

1　ナショナリズムとインターナショナリズム・グローバリズムとの連関性……259

2　テロリズムを「国家の本質」の視点から問う……264

3　経済至上主義の本質――マルクスはヘーゲルに敗れた……269

第四節　「ネーションとしての日本国家」を試みに構想する……274

日本国家像を描くための基本的設計図／天皇とはどういう存在か／天皇の「統治権」を戦争行使の観点から熟考する／「王道」を歩もうとした天皇／「象徴」をどう捉えるか／「法的・政治的・経済的共同体」と「歴史的・文化的共同体」の融合としての日本国家

第五節　生命以上の価値と永遠の生命……300

知情一致／知行合一／生命以上の価値と主客一体／生死一如と永遠の生命／歴史の審判と永遠なる一元的世界

参考文献……315

# 第一章　三島由紀夫の国家思想を解剖する

## 第一節　三島由紀夫の描いた日本国家像の軌跡

三島由紀夫が日本国家をどのように捉えていたかを正確に把握するためには、彼の日本国家観を寸断して部分的に取り上げてはならず、全体像を俯瞰する必要がある。以下、三島の日本国家像の軌跡を時系列に従って綿密にたどり、その発言のひだにまで立ち入って読み取ることによって、三島の国家思想の特質を析出する素材としたい。

三島由紀夫は大正一四年（一九二五）一月一四日に生まれた。そのため、昭和の年代と彼の満年齢が同じである。小説、戯曲、評論、随筆、対談などの、三島の膨大な作品を渉猟してみると、日本国家についての最初の言及は、昭和一六年に書かれた「惟神之道《かんながらのみち》」の中に見出すことができる。この小品は、『古事記』『日本書紀』に描かれた、天地の発生と神々の誕生の物語から始まっている。

天地の混沌がわかたれてのちも懸橋《かけはし》はひとつ残つた。さうしてその懸橋は永くつづいて日本民族の上に永遠に跨《またが》つてゐる。これが神《かん》ながらの道である。こと程さ様に神ながらの道は、日本人の「いのち」の力が必然的に齎《もたら》した「まこと」の展開である。

さらに、天上の神と結びついた日本人の国民精神は、キリスト教や仏教の思想と異なることを指摘した上で、次のように語る――「神ながらの道」の根本理念は天照大神によって象徴される「まことごゝろ」であり、それはすべての向上の土台たり得べき、強固にして美しい「信ずる心」であり「道を践《ふ》む心」である。この「まことごゝろ」はわが国独特の愛国主義である「忠」をつくり出した。

そして、このように結ぶ。

かくて神ながらの道はすべての道のうちで最も雄大な、且つ最も純粋な宗教思想であり国家精神であつて、かくの如く宗教と国家との合一した例は、わが国に於てはじめて見られるのである。

「神ながら」とは、神の思《おぼ》し召《め》しのままに従うことを意味する。「神ながらの道」の根本理念である「まことごゝろ」が国家への「忠」をつくり出すと綴っており、天照大神の命によって創《つく》られた日本国家に対して、厚い忠誠心が流露しているのを感じ取ることができる。すでに一六歳にして、宗教心を我が国独特の国家精神と見なし、国家と宗教との合一の理念を抱いていたことは、驚嘆すべき早熟さを示している。発表を意図して書かれたものではないこの小品の中に、三島の日本国家観の萌芽を見て取れるのである。

次に、大東亜戦争の敗戦から四日後に書かれた「昭和廿年八月の記念に」に注目しなければならない。ここには、沖縄戦の敗北や本土大空襲のさなかで直感したのは「神国《しんこく》」の二字であった、と書き記されている。「神国」を直感したのは、三島が愛読した『神皇正統記《じんのうしょうとうき》』（北畠親房《きたばたけちかふさ》著・一三三九年）の一節、「大日本《おおやまと》は神国《かみのくに》也」（岩佐正校注『日本古典文学大系87』）が、心に刻まれていたからであろう。国家の危機に際して電撃的に想起したのは、我が国の特質を表す「神国」であった。三島にとって記紀神話の中の「神」は、単なる伝説上の観念ではなく、現実生活と関わるほど精神の奥深くに根を下ろしていたのである。

また、昭和天皇による終戦の御聖断と、「国民生活を明るくせよ……」との東久邇宮《ひがしくにのみや》首相への御下命《ごかめい》を知った時の感想が、こう表白されている。

> この刹那、我が国体は本然の相にかへり、懐かしき賀歌《がか》（お祝いの和歌）の時代、延喜《えんぎ》帝醍醐《だいご》帝の御代《みよ》の如き君臣相和す天皇御親政の世に還《かえ》つたと拝察せられる。黎明はこゝにその最初の一閃を放つたのである。

〈天皇親政〉とは、天皇がみずから政治を行うことである。平安時代に親政を行使した醍醐天皇（八八五～九三〇）は、最初の勅撰和歌集『古今和歌集』の編纂を命じ、日本文学上の大きな転換期を形成するなど、新文化の隆盛に貢献した。醍醐天皇の皇子《みこ》・村上天皇の治世と併せて「延喜・天暦《てんりゃく》の治《ち》」と呼ばれ、後世称賛された（大津透『日本の歴史06　道長と宮廷社会』）。

〈君臣相和す〉とは、天皇と国民が精神的に一体になることであり、一般的に「君臣一体」と言われている。「天皇親政」と「君臣一体」に基づいた〈国体〉を理想とする国家像がここに明瞭に示されているのである。この文章は死後九年目に公表されたものであるが、二十歳の時の感想文の中に〈国体〉の語が初めて現われ、国体思想が胎動しているという点において、決して看過してはならない作品である。〈国体〉とは具体的に何を意味するのか、また三島の国家思想の中で〈国体〉はどのような位置を占めているのかが、今後解明すべき重要なテーマとして浮上してくるのである。

その後、国家に関する想念はおよそ一四年間休眠していたが、三四歳の時の小説『鏡子の家』で、突然覚醒する。主人公の一人である、ボクサーの深井峻吉に向かって、大学の同級で右翼の政治団体に入っている正木は、次のように説く（一部中略）。

> われわれ日本人はだな、君臣一体の大和《やまと》に光栄する天皇国大日本の真姿《ますがた》を全顕〔すべてあらわす〕して、世界万邦・全人類の翹望《ぎょうぼう》〔心から待ち望む〕する、自由・平和・幸福・安心・立命の大儀表国《たいぎひょうこく》〔重大な意義を体現する国〕——師表〔模範的〕民族にならなくちゃならんのだ。ここにわれら天照民族のだな、生死一貫《しょうじいっかん》〔生と死は等しいこと〕、天皇真仰《しんぎょう》〔まごころを尽くして天皇を敬うこと〕に帰一《きいつ》〔一つにまとまる〕して、皇運〔天皇の運命〕を天壌無窮《てんじょうむきゅう》〔天地とともに永遠に続くこと〕に扶翼《ふよく》〔力を尽くして助ける〕し奉る偉大さがあり、崇高さがあるんだ。
>
> われらは建国の理想を明らかにし、日本精神の昂揚《こうよう》を計り、共産主義を排し、資本主義を是正し、敗戦屈辱の亡国憲法の改正を期する。国賊共産党の非合法化を達成し、平和・独立・自衛のための再軍備を推進する。

無論、小説は虚構であるから、単純に正木を三島と同一視できるわけではない。にもかかわらず、正木の言葉に細心の注意を払わねばならない。〈天照民族〉や、『日本書紀』に記述されている〈天壌無窮〉の表現には、「惟神之道」に見られた記紀神話への信奉がくっきりと写し出されている。また、〈天皇国大日本〉や〈君臣一体〉などには、「昭和廿年八月の記念に」で語られた、天皇親政と君臣一体の〈国体〉を讃美する心情が鮮明に投影されている。しかも、〈日本精神の昂揚を計り〉〈亡国憲法の改正を期する〉などを目《ま》の当りにすると、檄文の草稿を読んでいるような錯覚に陥るのである。この小説を、「自分のあらゆるものをこの長編に投げ込んでしまつた」(「『鏡子の家』そこで私が書いたもの」)と解説しているところから推量するなら、三島はみずからの想いを正木に仮託したのであろう。

〈戦後は終わった〉とされる時代を描いたこの作品は、歴史を断絶させようとする戦後の日本に対する強硬な抗議に彩られている。同時に、伝統的日本への回帰を予感させるものであり、このあと噴出する日本国家論の予兆と言ってよい。文学作品としては批評家から不評であったにもかかわらず、小説の中で初めて国家観を表出したという点に着目するなら、この作品の意義をいくら強調してもし過ぎることはない。

『鏡子の家』で目を覚ました国家に対する思念は、やがて「二・二六事件三部作」でマグマのごとく猛烈に爆発する。三部作『憂国』『十日の菊』『英霊の声』の中で、特に文壇・論壇の耳目を驚かせたのは、四一歳の時の小説『英霊の声』である。これはフィクションではあるが、天皇と日本国家に対する三島の真情が熱く込められており、一大センセーションを巻き起こした問題作である。では、二・二六事件(昭和十一・一九三六年)の青年将校の神霊が、「国体」に対する激情を露わにしている箇所を抽出してみよう(一部中略)。

> われらがその真姿を顕現《けんげん》しようとした国体はすでに踏みにじられ、国体なき日本は、かしこに浮標《ブイ》のやうに心もとなげに浮んでゐる。
>
> 「陛下に対する片恋といふものはないのだ」とわれらは夢の確信を得たのである。そのやうなものがありえないといふところに、君臣一体のわが国体は成立し、すめろぎは神にましますのだ。
>
> われらはつひに義兵を挙げた。わが歴史の奥底にひそむ維新の力は、大君《おおきみ》と民草《たみくさ》、神と人、十善の御位《みくらい》にましますおん方と忠勇の若者との、稀なる対話を用意してゐた。そのときこそ神国は顕現し、わが国体は水晶のごとく澄み渡り、国には至福が漲る筈だつた。
>
> 陛下のわれらへのおん憎しみは限りがなかつた。しかし叛逆の徒とは！　叛乱とは！　国体を明らかにせんための義軍をば、叛乱軍と呼ばせて死なしむる、その大御心《おおみこころ》〔天皇の御心〕に御仁慈《ごじんじ》〔いつくしみ思いやること〕はつゆほどもなかりしか。こは神としてのみ心ならず、人として暴を憎みたまひしなり。
>
> などてすめろぎは人間《ひと》となりたまひし。

これらの言葉は、〈すめろぎ〉、すなわち「天皇」に対する恨みの声であるとともに、君臣一体によって現れる、神国としての〈国体〉は崩壊したとする激憤の表れである。〈国体〉の中心にいる天皇は〈神〉でなければならない。しかし昭和天皇は、兵を挙げた青年将校に討伐命令を下し、〈人間〉として振る舞った。昭和天皇への怨嗟《えんさ》の感情は、「神格性」を信奉する三島の天皇観から発せられたものであり、あたかも青年将校の霊が三島に乗り移ったかのようである。

引き続いて特攻隊員の神霊は語る（一部中略）。

今一刻一刻それに近づき、最後には愛機の加速度を以て突入してゆく死、目ざす敵艦の心臓部にありとわれらを迎へて両手をひろげて待つであらう死、その瞬間に、われらはあの、遠い、小さい、清らかな神のおもかげを、死の顔の上に見るかもしれなかつた。そのとき距離は一挙にゼロとなり、われらとあの神と死とは一体になるであらう。われらはやすやすと、天皇陛下と一体になるであらう。

　しかしわれら自身が神秘であり、われら自身が生ける神であるならば、陛下こそ神であらねばならぬ。神の階梯《かいてい》のいと高いところに、神としての陛下が輝いてゐて下さらなくてはならぬ。そこにわれらの不滅の根源があり、われらの死の栄光の根源があり、われらと歴史とをつなぐ唯一条の糸があるからだ。


　ところが、昭和二一年（一九四六）に出された、昭和天皇のいわゆる「人間宣言」は、天皇と国民との間の紐帯《ちゅうたい》〔結びつける大事なもの〕は、記紀神話に基づいた現御神《あきつみかみ》〔現世に人の姿となって現れている神〕によるものではない、と内外に宣明した（歴史学研究会編『日本史史料［5］現代』）。しかし、三島にとって天皇は、〈神〉として祭られる特攻隊員の英霊の死の根源として、より高い〈神〉でなければならず、〈人間〉であってはならなかった。特攻隊員と心情的に一体となっていた三島は、「人間宣言」を発した昭和天皇に対しても再び痛切な恨みの声を上げる――「などてすめろぎは人間《ひと》となりたまひし」。天皇の「神格性」を、特攻隊員にも叫ばせたのである。

　さらにそのあとに、天皇は宮中奥深くで、天皇のために死んだ者たちの霊を祭ることが最も尊いであろう、という趣旨の一節があり、祭祀が天皇の最も重要な務めであることを示唆している。この作品で初めて言及された天皇の祭祀については、このあとも繰り返し強調されることになるのである。

『英霊の声』発表後には、三島の国体理念が次々と激発する。「二・二六事件と私」（昭和四一年）では、〈国体〉を〈曖昧模糊としてつかみがたいもの〉と表現しつつ、次のように描写している（一部中略）。

思ふに、一億国民の心の一つ一つに国体があり、国体は一億種あるのである。万世一系の天皇は同時に八百万《やおよろず》の神を兼ねさせたまひ、上御一人《かみ》のお姿は一億人の相ことなるお姿を現じ、一にして多、多にして一、……しかも誰の目にも明々白々のものだつたのである。

〈国体〉は一億種もあると語り、国民の抱く国体観念の多様さを指摘している。そして、〈一にして多、多にして一〉という表現は、天上の神の子孫であり万世一系の天皇の「唯一性」と、国民の「多様性」とが一体になっていることを暗示しており、三島独特の比喩と言えよう。

同年に刊行された『対話・日本人論』は、三島が最も信頼した作家、林房雄（一九〇三～七五）との対論である。三島の思想の宝庫と言えるこの著作でも、天皇と国体について情熱的に語っており、三島の天皇観・国家観を知る上で見逃してはならない内容が含まれている。

この中で林房雄は、天皇は神それ自体ではなく、神と人間の境の存在であり誤ることもあると述べ、天皇に神格性と無謬性《むびゅうせい》〔誤りのないこと〕を求めた『英霊の声』に疑義を呈した。それに対して三島は、大日本帝国憲法下の天皇制は、宗教的精神的中心としての天皇を近代政治理念へ導入して政治化したものである、と断じている。そして、天皇は神聖で無謬であるべきだが、昭和の天皇は西欧化の腐敗に対する最大の批評的拠点とならず、二・二六事件の精神を理解しなかった、と林に反論する。天皇の本質に対する、両者の基本的な認識の違いが露呈されているのである。

三島はここで単に昭和天皇を批判しただけではない。神格性のある伝統的天皇と西欧立憲主義との折衷によって帝国憲法が抱え込んだ矛盾をえぐり出し、戦前の日本国家に潜在する根本的問題を鋭く提起したのである。そして、明治期以降西欧文明と対峙する宿命を背負った日本国家の本質的なものを追求した結果、〈国体〉や〈天皇〉に突き当たったとも語っている。「西欧と日本の対立」というテーマは、三島の日本国家像を形成する上で、重要な軸になっているのである。

同じく昭和四一年に発表された「**私の遺書**」は、沈潜していた積年の想いが告白されている重要なエッセイである。この中で、昭和二〇年二月の入隊検査を前にして書いた「遺言」を公表しているからである。二一年前に書かれた「遺言」の内容を原文のまま公開するという、異常とも言うべき行為の真意を、こう明かしている。

当時は、末梢的な心理主義を病んでゐる青年の手をさへとらへて、らくらくとこのやうに書かせるところの、別の大きな手が働いてゐたのではないか。それは国家の強権でもなければ、軍国主義でもない、何か心の中へしみ通つてきて、心の中ですでに一つのフォルムを形成させるところの、もう一つの、次元のちがふ心が、私の中にさへ住んでゐたのではないだらうか。

「遺言」の最後に一際大きく書かれた文字が〈天皇陛下萬歳〉であった。国家の強権でもなければ軍国主義でもない〈別の大きな手〉は、「天皇を中心とする日本国家」を示唆している。また、〈もう一つの、次元のちがふ心〉は「国家に対する純粋な心情」を暗喩しているのである。

さらにこのエッセイ以外の作品でも、国家は多彩な比喩を用いて描き出される——小説『十日の菊』で語られた〈我々の住む世界を包んでくれる全体〉。戯曲『朱雀家の滅亡』でイメージされた〈永遠に歴史の中を輝かしく廻転する大きな金色の環〉。エッセイ『太陽と鉄』で表徴された〈われわれを見下ろしている統一原理の蛇〉。三島にとって国家とは、自分と懸け離れた無機質な客体ではなかった。歴史を生きてきた永続的存在であり、自分を包む統合的存在だったのである。

入隊検査に不合格だったため、この遺書は二一年間書斎の机の奥でひっそりと眠っていた。ところが、遺書の最後に大きく書かれた〈天皇陛下萬歳〉は、切腹直前の演説の最後の言葉となって蘇ることになる。このエッセイで、「一生に遺書は多分これ一通で十分であらう」と告白している。そして自決の一週間前に行われた、評論家・古林尚との対談「三島由紀夫 最後の言葉」の中でも、「遺書の主旨は、今でもぼくの内部に生きてゐるんです。だから死ぬとき、もう遺書を書く必要はない」と、わざわざ念を押している。二〇歳の遺書が、そのまま自決の際の遺書となることを暗に予告していたのである。「自己」と「天皇」と「国家」とは、「戦争」を媒介として固く結びついていた。「天皇」と「国家」は、みずからの命を捧げるべき忠誠の対象だったのである。

昭和四三年には、『奔馬』(『豊饒の海』第二巻)が刊行される。明治九年に廃刀令などの文明開化政策に反対して熊本で反乱を起こした神風連《しんぷうれん》を、三島は純粋な日本的精神の象徴と捉えた。彼らの理想は「純粋な日本」の保守であり、天皇親政と祭政一致を原理とする「国体」の実現を目指して戦ったが、敗れた。西欧化・近代化に対して闘いを挑んだ日本的精神の悲劇を描くことによって、近代日本の宿命とも言うべき、であった。

「西欧と日本の対立」の様相を浮き上がらせたのである。そしてこの「西欧と日本の対立」という命題は、

『対話・日本人論』で語られたテーマを引き継いでいるとともに、このあとの諸作品の中で頻繁に論じられることになる。日本国家の本質を深く追求した三島が、常に脳裡から離れることのなかった運命的なテーマであった。

そして同年に発表された『文化防衛論』は、日本国家と日本文化についての、最も包括的で、最も重要な思想的論文である。この中で、日本国家は日本文化と固く結合していることを力説しており、その主旨は次のとおりである。

日本文化の特色は三つある。第一は、古典が現代に何度でも再帰して新しい文化の母胎となるような〈再帰性〉である。第二は、倫理的判断にとらわれることなく美的に判断して、「菊と刀」、「文と武」をまるごと容認する〈全体性〉である。そして第三が、文化を保守し破壊し創造する、自由な〈主体性〉である。

このような文化の共同体が日本国家の特質であり、日本文化の中心にいるのが天皇である。大嘗祭《だいじょうさい》・新嘗祭《にいなめさい》などの祭祀を司り、和歌などの〈みやび〉の文化を生む母胎が〈文化概念としての天皇〉であり、〈文化の全体性の統括者としての天皇〉のみが究極の価値である。したがって、象徴天皇制下での代議制民主主義を通じて天皇制を否定する共産政権の成立を防ぐためには、天皇に栄誉大権を与え、天皇と軍隊を栄誉の絆でつないでおくことが必要である。

以上の〈文化概念としての天皇〉理念には、西欧立憲主義を導入した帝国憲法によって後退しただけでなく、戦後憲法によって無視された、天皇の文化的機能を復権させる意図を読み解くことができる。また、日本文化の究極の価値としての天皇制が民主的手続きによって否定されることを防ぐために、天皇に栄誉大権

を与え、天皇と軍隊を栄誉の絆でつなぐという構想は、ほかに類を見ない三島独特の天皇理論と言ってよい。

その後、「国体」と〈文化概念としての天皇〉は「反革命宣言」(昭和四四年)で過激に語られる。国体を否定する革命的思想に反対することをこのように高らかに宣言する――共産主義と行政権とを連結させるあらゆる行動に反対する。なぜなら共産主義は、国体、すなわち日本の文化・歴史・伝統と絶対に相容れず、日本の歴史的連続性・文化的統一性・民族的同一性の象徴である天皇の存在とも相容れないからである。われわれの護るべきは日本の歴史・文化・伝統である。そして、議会制民主主義の長所である〈言論の自由〉を守るために、言論統制・言論弾圧を必然的に伴う共産主義や全体主義と徹底的に闘う。

その上で、〈言論の自由〉によって容認される日本文化の全体性と、〈文化概念としての天皇〉との接点にこそ、日本の〈古くて新しい国体〉が現われると主張する。伝統的な〈国体〉という言葉を用いつつも、〈言論の自由〉と〈文化概念としての天皇〉との結合を基本理念とした、斬新な国体論を唱えたのである。

また、二・二六事件との関係で、在野の思想家・北一輝(一八八三~一九三七)を論じた同年の評論にも目を留める必要がある。「北一輝論――『日本改造法案大綱』を中心として」において、北一輝を天才的思想家と呼びつつも、北の国体論とみずからの国体論との相違を語っているからである。すなわち、北は、天皇を国家改造の技術的要件と見なしたが、青年将校は、天皇を心情的道徳的基盤として受け取って国家維新を目指した点に根本的相違があると指摘する。青年将校の思想的支えとなっていたとされる北の国体論が、実際には青年将校のロマンティックな夢と異なることを冷静に分析した。そして、天皇の神格性を信奉し、青年将校と精神的に一体化していた三島は、天皇に対して冷めた心を持っていた北一輝の理論を、国体論の否定と見なした。三島の国家思想において、「国体」がいかに重要な観念であったかを明かしているのである。

同じく昭和四四年の『日本文学小史』は文学評論である。しかしながら、この中で三島は、天皇と日本国家の特質について独特の解釈を提示しているので、決して見過ごすことはできない。この中で、一時代の文化を形成する端緒となった重要な文学作品を十二選んで論じたが、トップに取り上げた「古事記」の項で、倭建命《やまとたけるのみこと》の挿話をこのように解釈している。

第一二代景行《けいこう》天皇は、服属しない人々の征伐を倭建命に命じた。倭建命は純粋天皇であり神的天皇であったが、景行天皇は人間天皇であり統治的天皇であった。詩と暴力を源泉とする倭建命の神的な力は統治的力からはみ出すに至り、放逐された。このとき神人分離が行われ、祭祀と政治が一体となった祭政一致の理想が破られて、祭祀と政治は分離した。

三島は天皇の機能を祭祀と政治の二元性と捉え、悲劇的英雄の物語の中に、祭祀と政治の分離を見出した。この見地から、統治的天皇ではなく、祭祀を司る神聖天皇への尊崇を表明した。「祭政一致」と「祭政分離」の問題は、国体理念の重要なテーマとしてこのあと何度も反復されることになるのである。

自決を敢行した昭和四五年には、重要な主張が相次いで発表される。「問題提起」は、国家と憲法に関する三島の思想の精髄が説かれている論文である。国体理論にさらなる進展が見られ、〈国体〉と〈政体〉を区別すべきである、と次のように主張する（一部中略）。

国体は日本民族日本文化のアイデンティティを意味し、政権交代に左右されない恒久性を本質とする。

政体は、この国体維持といふ国家目的民族目的に最適の手段として国民によつて選ばれるが、政体自体は国家目的追求の手段であつて、それ自体、自己目的的なものではない。民主主義とは、継受された外国の政治制度であり、あくまで政体以上のものを意味しない。

国体は本来、歴史・伝統・文化の時間的連続性に準拠し、国民の永い生活経験と文化経験の集積の上に成立するものであるが、革命政権における国体とは、いふまでもなく、このやうなものではない。革命政権における国体は、未来理想社会に対する一致した願望努力、国家超越の契機を内に秘めた世界革命の理想主義をその本質とするであらう。

ここでは、〈国体〉を、〈歴史・伝統・文化の時間的連続性に準拠し、国民の永い生活経験と文化経験の集積の上に成立するもの〉と、一般的な定義をしている。その上で、〈国体〉と〈政体〉の別を明確にし、国にとって侵すべからざる恒久不変の国体と、盛衰を常とする政体との癒着を剝離《はくり》することこそ、国の最大の要請でなければならない、と主張する。この見解は三島の国体思想の重要な要素を成すものなので、仮に「国体政体二元論」と名付けることにする。

さらに、現憲法の天皇条項第一条「……この地位は主権の存する日本国民の総意に基く」と、第二条「皇位は世襲のものであって……」との間の矛盾を指摘し、第一条の西欧の政治理念によって、第二条の日本の伝統的自然法を裁いたもの、と断じた。その上で、歴史・文化・伝統の連続性を保障し、国の永遠性を祈念する天皇の祭祀が〈象徴〉の根拠であるから、〈神聖天皇〉を永遠とするために、天皇の〈神聖不可侵〉を憲法に謳うべきであると提起した。〈神聖不可侵〉は帝国憲法に明記されていたが、現憲法では破棄された属性である。この論文は、これまで温められてきた三島の思想が具体化された憲法改正案であった。

同じ年に発表された『変革の思想』とは――道理の実現」では、新たな理念が展開される。天皇の祭祀が国家の永遠の時間的連続性を保証することによって、歴史・伝統・文化などが継承される。天皇を首長とする〈祭祀的国家〉と、管理国家としてマネージメントのみに専念する〈統治的国家〉とに国家は分かれるが、この二元性の均衡と調和が必要である。そして、天皇を中心とする〈祭祀的国家〉に対して自分は忠誠を尽くす。

祭祀的国家と統治的国家の分離という構想は、すでに『日本文学小史』の中で胚胎していた。倭建命と景行天皇の中に神的天皇と統治的天皇の分離を見出していたが、それを祭祀的国家と統治的国家の分離へと発展させたのである。天皇から統治機能を分離することによって戦前の「祭政一致」の理念を断念し、祭祀を司る文化的機能に限定した天皇理論を別の角度から強化したものと捉えることもできるであろう。そして祭祀的国家と統治的国家という二元性の均衡を説くとともに、祭祀的国家への忠誠を明言している。〈祭祀的国家への忠誠〉という表現は、「惟神之道」の〈宗教的国家への忠〉を想い起させる。一六歳の時に抱いた〈宗教的国家〉の理念が、三十年間も溶解せずに心の奥深くで沈殿していたのである。三島にとって国家の統治機構や民主主義体制などは時間とともに変化する〈政体〉であり、天皇を中心とする祭祀的国家こそ、永遠の〈国体〉であった。祭祀的国家を〈国体〉と見なすことによって、統治的国家のみを重視する戦後の日本人に対して、祭祀的国家の意義を再認識させる意図を透かし見ることができるのである。

三島は様々な形で遺言を残しているが、三島の想いが凝集されている「三島由紀夫 最後の言葉」は、「私の遺書」、檄文、辞世、家族宛の遺書、「楯の会」会員宛の遺書などと並ぶ三島の遺言と言ってよい。その中で天皇について次のように語っている――天皇は大嘗祭において天照大神に直結しており、非個人的性格としての神聖性を有する。したがって神聖性を失った戦後の天皇人間化を否定する。明治以降の天皇制は西欧の制度をまねてつくられたものであり、このような政治的に利用された天皇とは異なる神聖天皇に忠誠を尽くす。

この所感も、『英霊の声』、『対話・日本人論』、「問題提起」、「『変革の思想』とは――道理の実現」などの延長線上にあることは瞭然である。大日本帝国憲法下の政治的天皇を否定すると同時に、神聖性を失った戦後の「人間天皇」をも批判し、祭祀の主宰者としての「神聖天皇」を中心とする祭祀的国家への深切な忠誠心が貫徹されているのである。

そして、陸上自衛隊総監部のバルコニーでの演説の直前に撒かれた「檄」は、激越に訴える（要点のみ引用）。

われわれは戦後の日本が経済的繁栄にうつつを抜かし、国の大本《おおもと》を忘れ、国民精神を失ひ、本を正さずして末に走り、その場しのぎと偽善に陥り、自ら魂の空白状態へ落ち込んでゆくのを見た。国家百年の大計は外国に委ね、敗戦の汚辱は払拭されずにただごまかされ、日本人自ら日本の歴史と伝統を瀆《けが》してゆくのを、歯嚙《はが》みをしながら見てゐなければならなかつた。われわれは今や自衛隊にのみ、真の日本、真の日本人、真の武士の魂が残されてゐるのを夢みた。しかも法理論的には、自衛隊は違憲であることは明白であり、国の根本問題である防衛が、ご都合主義の法的解釈によつてごまかされ、軍の名を用ひない軍として、日本人の魂の腐敗、道義の退廃の根本原因をなして来てゐるのを見た。

国体を守るのは軍隊であり、政体を守るのは警察である。日本の軍隊の建軍の本義とは、「天皇を中心とする日本の歴史・文化・伝統を守る」ことにしか存在しないのである。

生命尊重のみで、魂は死んでもよいのか。今こそわれわれは生命尊重以上の価値の所在を諸君の目に見せてやる。それは自由でも民主主義でもない。日本だ。われわれの愛する歴史と伝統の国、日本だ。これを骨抜きにしてしまつた憲法に体をぶつけて死ぬ奴はゐないのか。もしゐれば、今からでも共に起ち、共に死なう。

公に発せられた最後の主張であるこの檄文において、三島の国家思想は終結をみた。戦後の日本人は国の大本を忘れ国民精神を失っていること、また、自衛隊は違憲であるにもかかわらず、欺瞞的解釈によって存在していることを喝破している。さらに、〈国体〉を守るのは軍隊であり、その本務は「天皇を中心とする日本の歴史・文化・伝統を守る」ことであると断定し、日本の歴史・文化・伝統を骨抜きにした憲法の改正を訴えている。ここで注目しなければならないのは、十一年前に発せられた『鏡子の家』の正木の言葉が最後に蘇生していることである。想定したとおり、正木は三島の分身だったのであり、三島の強固な精神的持続性がここに示されている。

しかも、「生命尊重のみで、魂は死んでもよいのか」という訴えは、自衛隊員にのみ向けられたのではない。三島自身にも向けられた雄叫びであった。〈生命尊重以上の価値〉とは〈われわれの愛する、歴史と伝統の国、日本〉であると断言し、国家のために死ぬことがみずからの切腹行為の根源にあることを暗示しているのである。

同時に、国家が〈生命以上の価値〉であるという主張には、戦後の日本人に蔓延している「国家意識の退化」と「生命至上主義」に対する痛烈な抗議が込められている。そして、〈自由と民主主義〉などの政治理念を最終的に守るべき価値と見なさず、〈天皇を中心とする、歴史・文化・伝統の国、日本〉を究極の価値と定めた。これは戦後の多くの日本人の価値観に対する反逆と言うべきであり、異相の国家観を見出すことができるのである。

## 第二節　三島由紀夫の国家思想の特質

一六歳から四五歳に至るまでの、三島由紀夫の日本国家観の航跡をここまでたどってきたが、その国家思想は複雑多岐な相貌を見せる「多面体」である。と同時に、小説、評論、随筆、対談などの多様なジャンルを媒介として、鎖のように絡み合いながら展開する「連環体」であり、遂には一六歳へ回帰する「円環体」へと転形するのである。

またその理念には、天皇を中心とする日本国家に対する熱烈な心情が横溢している。大日本帝国憲法における矛盾の指摘や、国体・政体を区別する理論、憲法改正論などに法学的な視点があり合理的な思考が見られると同時に、〈歴史と伝統の国、日本〉への深い愛着と忠誠が衷心からほとばしっている。三島の国家思想は、理念と情念の二元性によって堅固に構築されているのである。

そして、燃えたぎる情念に支えられた三島の国家思想の中核は「国体」であると看取することができる。以下、三島の日本国家観の核心を成す国体理論に照明を当てて、考察を深めることとしよう。

## 1　日本国家論の中核を成す「国体」

三島由紀夫が敗戦直後から繰り返し強調している「国体」という理念は、戦前における国家思想と国民道徳の主軸であった。しかし、その意義を今日でも固守している少数の人々を除けば、戦後の大多数の日本人にとって死語と言ってよいだろう。ところが三島にあっては、戦後二十数年が経った当時においても、正に「生きた言葉」だったのである。

「国体」については前著でも言及したが、三島の国体思想の実体を把握した上でさらに掘り下げて、国体観念の起源とその後の思想的展開を歴史的に概観する。

### 三島由紀夫の国体論の実体

三島は「国体」を様々な意味で用いている。〈歴史・文化・伝統の時間的連続性に準拠し、国民の長い生活経験と文化経験の集積の上に成立するもの〉という一般的な意味のほか、我が国固有の「国体」の具体的理念についても語っている。多様に織り成した三島の国体理念を解きほぐして編み直せば、このようになるだろう。

①天照大神に直結する天皇の神格性・永遠性
②君臣一体
③天皇における「統治」と「祭祀」との関係
・戦前——天皇親政と祭政一致
・戦後——天皇不親政と祭政分離

〈文化概念としての天皇〉の定立と〈祭祀的国家〉の重視

④言論の自由と〈文化概念としての天皇〉が結びついた国体

⑤国体政体二元論

三島の国体論の構造は複雑であり、しかも固定したものではない。多彩な音律が駆使されて変奏しているのである。確かに、①の記紀神話に基づいた「天皇の神格性・永遠性」と、②の天皇と国民との精神的一体性を意味する「君臣一体」は不変である。

ところが、③の、統治と祭祀との関係における戦後の国体観念は、戦前のものから明らかに変容している。戦前においては天皇親政と祭政一致を理想とした。しかし戦後は、天皇不親政と祭政分離を基本原理としており、政治概念としての天皇を断念して〈文化概念としての天皇〉を立論した。また、国家を〈統治的国家〉と〈祭祀的国家〉に分けた。〈統治的国家〉を政治に委ね、〈祭祀的国家〉の中心に天皇を置くことによって、変遷する〈統治的国家〉に対して、〈祭祀的国家〉を恒久不変の国体と見なした。その上で、〈統治的国家〉と〈祭祀的国家〉の均衡と調和を主張したのである。

そして④の革新的な国体論が提唱される。三島は、理念としての民主主義は相対主義であり絶対的価値はないと見なしたが、現実政治においては次善の方策として採用を認めた（「国家革新の原理――学生とのティーチ・イン」）。言論を弾圧した戦前の日本を是認せず、民主主義の最大の長所は〈言論の自由〉にあるとし、そこに価値を見出した（『文化防衛論』）。だからこそ、言論弾圧、粛清、強制収容所が付き物の共産主義体制や全体主義体制と断固闘う、と宣言したのである。ところが、相対的価値である民主主義という政治原理に満足できず、絶対的価値を追求した結果、祭祀を司り文化の統合者である「神聖天皇」に行き着いた。議会制民主主義に基づく〈言論の自由〉と、〈文化概念としての天皇〉とを結合させた〈古くて新しい国体〉を創出したのである。

さらに⑤の国体政体二元論に到達する。民主主義体制などの統治機構としての〈政体〉と、国家のアイデンティティを意味し歴史・文化・伝統の連続性によって成立する〈国体〉とを区別すべきであると主張した。ここで説かれている〈政体〉は〈統治的国家〉に、〈国体〉は〈祭祀的国家〉に照応している。変遷する〈政体〉と不変の〈国体〉とを明確に区別することによって、〈国体〉の中心にいる〈文化概念としての天皇〉の恒久性を基礎づけようとしたのである。

このように三島の国体論は変動した理念もあるが、不動の枢軸になっているのは、まぎれもなく神格性・永遠性を有する「天皇」なのである。

## 国体観念の起源

次に、三島由紀夫が国家思想の中心軸に据えたにもかかわらず、〈曖昧模糊としてつかみがたいもの〉と指摘した国体観念を曖昧なままに放置せずに、その内実を正確に把握することを試みる。なぜなら、三島の時代だけでなく今日においても、「国体」の意味を恣意的に解釈している実態がしばしば見受けられるため、「国体」という概念を厳密に把握した上で論じなければならないからである。いかなる言葉も思想も歴史的産物である。したがって、「国体」についても歴史的に究明しなければならない。そもそも国体観念の起源はどこにあり、本来何を意味するのであろうか。

ここでは、国体の意味を歴史的に解明した里見岸雄元立命館大学教授（一八九七〜一九七四）の著作を参考にする。里見岸雄は、日蓮主義の宗教指導者・田中智學《ちがく》（一八六一〜一九三九）の三男であり、智學が明治期に創唱した「日本国体学」を学問的に発展させて、昭和十一年（一九三六）に「日本国体学会」を創設した法学者である。

里見によれば、国体の意味には二大系統がある（『科学的国体論―国体科学入門』）。その第一は日本古来の用法であり、第二は明治時代にドイツ国法学から導入した「シュターツフォルム」の訳語である。この両系統の用法は厳密に区別しなければならない。

第一の日本古来の用法の起源は中国にあり、『管子』『漢書』などに用いられている〈国の状態〉という一般的な意味である。これが日本に移入されると、さらに二種類の用法が生まれた。一つは十世紀の『延《えん》喜《ぎ》式《しき》』の祝詞《のりと》〈神に祈る時に唱える言葉〉の中にある「出雲国造神賀詞《いづものくにのみやつこのかむよごと》」に記されている〈国体〉である。これは〈クニカタ〉と読み、〈国のありさま〉という一般的な意味であるが、今日の特別の用法と無関係である。

もう一つの、我が国独特の概念である「国体」は、平安時代に真言密教《しんごんみっきょう》の僧侶によって初めて用いられた（『国体学総論』）。僧侶・成尊《せいそん》（一〇一一～七四）は、後三条天皇に即位灌頂《そくいかんじょう》を授けた。「即位灌頂」とは、天皇の即位礼に当たって、密教の秘印と真言が伝授され、天皇が高御座《たかみくら》〈方形の台の上にへだてをする布をめぐらせた天皇の御座所〉に登壇の際に真言を唱えて、手指を組み合わせて印契《いんげい》〈仏を象徴的に表現すること〉を結ぶ儀礼である。成尊はその著書『即位灌頂秘釈』の中で、皇位継承は国体継承であるとした上で、大日如来《だいにちにょらい》〈密教の根本仏〉と同体である天照尊《あまてらすのみこと》が我が国の「国体」であると説明した。

ただし、これは成尊の独創ではなかった。成尊の説明のあとに、真言宗の醍醐寺を創建した理源大師聖《しょう》宝《ぼう》（八三二～九〇九）の、次の言葉が書き加えられているからである――「国体に深浅の四釈あり。一者天照大神、二者国家曼荼羅《まんだら》、三者法王の憲法、四者神国記。今の国体は第一釈也」。聖宝は、国体には四つの解釈があることを示しつつ、天照大神を第一義と考えた。したがって、わが国の特殊な意味の国体観念は、成尊より以前に聖宝によって生み出されており、成尊は聖宝の国体観念を踏襲したと推定されるのである。皇統の本位である天照大神を「国体」とする理念は、天照大神の直系の子孫である天皇の皇位継承の意義を説いたものであった。

その後「国体」という用語は普及しなかった。ところが江戸時代になって、前期水戸学派の栗山潜鋒《せんぽう》が「国家独立の体面」の意味で用いたことにより、漸次国学派にも影響を及ぼして広く普及し、やがて江戸時代最後の天皇である孝明《こうめい》天皇の詔勅《しょうちょく》〔天皇の発する公式文書〕にも使用された。そして潜鋒の国体観念を学問的に発展させたのが、後期水戸学派の會澤安《やすし》（正志齋）などである。

以上が里見の所説であるが、記紀神話と真言密教を融合させた我が国独自の国体観念は、今からおよそ一千年前に発生したと推定され、古い歴史のあることがわかる。また、国体観念を復活させ、思想として発展させたのは水戸学なので、その内容を正確に把握するためには、水戸学の国体論を解明することが不可欠となるのである。

### 水戸学国体論の真髄

水戸学は、徳川御三家の一つ、水戸藩に興った学問である。十七世紀後半に第二代藩主徳川光圀《みつくに》の発意によって、歴代天皇の事蹟を中心に記述した『大日本史』の編纂に着手したことに始まる（尾藤正英「水戸学の特質」―今井宇三郎他校注『日本思想大系53 水戸学』）。そして、十八世紀末以降に発展した後期水戸学は、儒学の一派である朱子学に基づきつつ、朱子学を実践に結びつく学に立て直すことを目指した。後期水戸学の先駆者は藤田幽谷《ゆうこく》（一七七四～一八二六）であるが、これを発展させたのが、幽谷の門弟であった會澤正志齋（一七八二〜一八六三）であり、幽谷の子藤田東湖《とうこ》（一八〇六〜五五）である。国体論の中で、藤田東湖の『弘道館記述義《こうどうかんきじゅつぎ》』は重要な著作である。だがここでは、国体論を大成したとされる會澤正志齋の『新論』（一八二五年）を典拠にして、その内容を読み取ってみる（今井宇三郎他前掲書）。

『新論』は序文で、次のような叙述をもって始める。

「謹《つつし》んで按《あん》ずるに、神州《しんしゅう》は太陽の出《い》づる所、元気の始まる所にして、天日之嗣《てんじつのし》、世宸極《よよしんきょく》を御《ぎょ》し終古易《かわ》らず。固《もと》より大地の元首にして、万国の綱紀なり」

神国日本は太陽の出る所、万物の根源を成す〈気〉の発する所であり、天上の日神《ひのかみ》の血統を受け継ぐ天皇が代々皇位に就くことは永久に不変である、と述べている。すなわち、記紀神話に描かれている我が国の建国の理念に則り、太陽神・天照大神の子孫である天皇の位の「永遠性」を第一に謳っているのである。加えて、天皇は元来世界の頭首の地位にあり、万国を統括する存在であることを強調する。

引き続いて、「一に曰《いわ》く国体、以て神聖、忠孝を以て国を建てたまへるを論じて、遂にその武を尚《たっと》び民命を重んずるの説に及ぶ」と述べる。すなわち、第一に天上の神が忠孝の精神によって国を建てた〈国体〉を論じ、そのあとに軍事と国民生活を重んじることを説く、と断わっている。

そして〈国体　上〉篇で、国体理念が具体的に展開される。

「帝王の恃《たの》んで以《もっ》て四海を保ちて、久しく安《やすらけ》く長く治まり、天下動揺せざるところのものは、万民を畏《い》服《ふく》し、一世を把持《はじ》するの謂《いい》にあらずして、億兆心を一《いつ》にして、皆その上《かみ》に親しみて離るるに忍びざるの実《じつ》こそ、誠に恃むべきなり」

天皇の統治が安定するのは、力による支配ではなく、徳をもって治める「王道」による。そして、万民が一心同体となり、天皇と一体になることこそ強固な支えになる、と説いており、「君民一体（君臣一体）」の理念が示されている。

「夫《そ》れ君臣の義は、天地の大義なり。父子の親《しん》は、天下の至恩なり」

「忠は以て貴《き》を貴《たっと》び、孝は以て親《しん》を親《した》しむ。億兆のよく心を一にし、上下のよく相親しむは、良《まこと》に以《ゆえ》あるなり」

「忠孝は一に出で、教訓正俗、言はずして化す」

天皇と臣民の正しい関係を人倫の最高の道としており、次に、父と子の親愛関係を最高の恩と見なしている。天皇に忠を尽くすのは、父に孝を尽くすのと同一の心であると捉え、君臣間の〈忠〉と父子間の〈孝〉を一体化させている。この「忠孝一致」の理念が万民を導き、風俗を正すことができるとする。

さらに理論は展開を見せる。天皇が新穀を食して天上の神に捧げ、五穀豊穣と万民の豊かな生活を祈る大嘗祭によって、忠孝の道徳意識は万民に浸透される、と主張する。

「祭《まつり》は以て政《まつりごと》となり、政は以て教《おしえ》となる。教と政とは、未だ嘗《かつ》て分《わか》ちて二となさず」

〈政〉を〈まつりごと〉と呼んでいることには重要な意味がある。「政治」とは神を祭り神の意を知って統治することなのである。天皇は神を祭る心で政治を行い、祭祀と政治は一体となって「祭政一致」となる。そして、それが忠孝道徳を浸透させ、国民を教化することによって政治は教育とも一体となり、「政教一致」となる。したがって、「祭政一致」と「政教一致」は連結して「祭政教一致」となるのである。

なお、政治と教育の一致を便宜的に「政教一致」と名付けたが、これは水戸学だけに適用できる用語である。西欧思想における「政教一致」は「政治」と「宗教」の一致を意味しており、水戸学における「政治」と「宗教」の一致は「祭政一致」だからである。

このようにして、記紀神話で語られている建国の由来に基づいて、「天上の神の子孫である天皇の永遠性」

という根本理念が樹立され、そこから四つの理念が導き出された。ここに、五つの理念から成る国体論が完成されたのである。確立された水戸学国体論の五要素と、それらに意味付けをしてまとめるなら、次のようになる。

（1）天上の神の子孫である天皇の永遠性――統治者と神話の結合
（2）君民一体（君臣一体）――統治者と国民との心情的一体性
（3）忠孝一致――統治者と道徳の融合
（4）祭政一致――政治と宗教の一致
（5）政教一致――政治と教育の密着

水戸学の「国体」とは、いずれの国にも適用される「国柄」という一般的な意味ではなく、我が国特有の観念である。神話に基づきつつ永遠性を保持する天皇と国民との結びつきを総合的に捉え、日本国家の特質を初めて体系的に理論化したのである。政治的統治者である天皇が、「神話」を中心軸として、その周りを「心情」、「道徳」、「宗教」、「教育」によって支えられるという、実に複合的な構造から成り立っている。「国体」とは日本国家の政治体制のことではなく、天皇統治を支える「理念」の体系である。天皇統治という「政治」と「精神文化」との結合こそ、国体理論の最大の特色である。

會澤正志齋の国体概念を真言密教の国体概念と比較すれば、天照大神が中心理念であることは共通しているが、真言密教の大日如来は姿を消し、「君民一体」、「忠孝一致」、「祭政一致」、「政教一致」が新たに導入されたことが顕著な相違点である。日本古来の記紀神話を中心原理としつつ、仏教と一体化した国体理念から仏教的要素を排除し、儒教精神を取り入れた。日本の「神話」と、王道に基づいた君民一体や忠孝道徳を説く「儒教」とを融合させたのである。新たに組み入れられた儒教精神を原典によって確認してみる。

「王道」の理念は、「徳を以て仁を行う者は王なり」と『孟子』で説かれている（宇野精一『全釈漢文大系 第二巻』）。「君民一体」については、『礼記《らいき》』の中で「民は君を以て心と為《な》し、君は民を以て体と為す」と説かれており、君主と民との思いがよく通じて一体になることが理想とされていた（市原亨吉他『全釈漢文大系 第十四巻』）。

また、「忠孝一致」は『孟子』の教えにある（宇野精一前掲書）。ただし、『孟子』には「父子親《しん》あり、君臣義あり」とあって、親への孝を第一に、君主への忠を第二に挙げている。ところが、會澤は君主への忠を第一に据えており、親への孝はそれを根拠づけるための第二義的道徳であった。會澤の「忠孝一致」には『孟子』の影響が見られ、ともに家族的道徳規範と国家的道徳規範とを結びつけたが、會澤は儒教道徳を改変し、天皇への忠義を第一義とすることによって、我が国独自の忠孝道徳を打ち立てた。民衆から距離のある天皇に対する「忠」を、身近な親への「孝」と結びつけることによって、「国民の父」という新たな天皇像を作り上げた。日本国家を、天皇という「父」と、国民という「子」から成る「家族国家」と見なしたのである。

水戸学国体論は、平安時代後期に生まれたと推定される原初的国体観念をおよそ八百年ぶりに復活させただけでなく、理念の一部を排除しつつ新たな理念を加えることによって変性させ、清新な息吹を発することになったのである。

## 明治維新の求心的思想となった水戸学国体論

さらに刮目《かつもく》すべきことに、『新論』は幕末における欧米列強の来航が契機となって書かれたものであった。

『新論』が著されるまでに、ロシア、イギリスなどの艦船が鎖国状態の我が国に来航していた。事実、刊行された一八二五年の前年にイギリス人十二名が水戸領大津浜に上陸し、その際に會澤は臨時の筆談役に任命されて直接イギリス人と筆談したことが、彼の危機意識を増大させた。そして、外国船を排撃しようとする「異国船打払令」を幕府が布告した一か月後に、この書が成立した（瀬谷義彦「解題」―今井宇三郎他前掲書）。このように、切迫した対外的脅威をみずから体験したことが、『新論』執筆の根本的動機だったのである。ちなみに、アメリカのペリー提督が浦賀沖に来航し開国を要求するのは、『新論』刊行から二八年後のことである。

欧米列強からの圧力に対抗するためには国内の統一は不可欠であり、国内を統一するためには国民の心が一体となることが肝要である、と會澤は考えた。そのために、我が国の「国体」を明確にし、天皇中心の国家を甦らせることを構想した。また、西欧列強が強国であるのは、人心を一つにするキリスト教の力が大きいためであると考え、キリスト教の渡来は国家的危機を招くと主張した。「忠孝一致」と「祭政教一致」を強調したのはキリスト教に対抗するためであり、国体論発生の背景には道徳・宗教上の闘いという意味合いも込められていたのである。

水戸学国体論は、鎌倉時代以降の幕府政治の間に衰微していた天皇の権限を復活させ、天皇統治の永遠性を主軸とした我が国独自の国家像を掲げた。それは、国家像の統一化と国民の精神的一体化を説いた実践的国家論であった。帝国主義時代における欧米列強の外圧に対する強い危機意識の下に、「国家の統一」と「国民の精神的統合」の重要性及び国防・軍事の緊要性を主張した国家防衛論だったのである。

そして、万世不易《ばんせいふえき》〔永久に変わらないこと〕の「国体」を守るために攘夷《じょうい》を説き、攘夷は尊王《そんのう》によって達成される、と主張した。「尊王」と「攘夷」を結びつけた『新論』は尊王攘夷運動に理論的根拠を与える役割を果たすとともに、諸藩の志士の間に愛読されて流布し、強力な影響を及ぼしていく（尾藤正英前掲論文）。江戸時代の幕藩体制の下では、「日本」という統一的な国家意識は稀薄であった。それに対して水戸学国体論は、それまでの藩中心の武士意識を国家的自覚へと覚醒させることによって、幕府中心主義から国家中心主義への転換を企てた、画期的な思想だったのである。

しかも特筆すべきは、水戸学国体論が思想家・吉田松陰（一八三〇〜五九）に大きな影響を与えたことである。長州萩出身の松陰は東北遊歴の途次水戸に滞在し、會澤正志齋に会って教えを受けた。また牢獄に入っていた時には、『新論』や『弘道館記述義』を熟読した（『野山獄読書記』―山口県教育会編纂『吉田松陰全集 第九巻』）。松陰は『孟子』から多くを学び、陽明学の書物も読んだが、水戸学に傾倒したことは次の文章によって明らかである。

「皇朝《こうちょう》（我が国の朝廷）は万葉（万世）一統にして、邦国（我が国）の士夫《しふ》（壮年の男子）世〻禄位（俸禄と官位）を襲《つ》ぐ。君臣一体、忠孝一致、唯《た》だ吾が国を然《しか》りと為す」（『野山獄文稿』―前掲全集第二巻）

「国体は一国の体にして所謂《いわゆる》独なり、皇朝君臣の義、万国に卓越する如きは一国の独鳴《なり》」（『講孟余話』―前掲全集第三巻）

万世一系の天皇が統治し、君臣一体、忠孝一致を基本とする我が国の〈国体〉は、世界に卓越した唯一の国家形体、と松陰は見なしており、まさしく水戸学国体論を受け継いでいたのである。

そして松陰の国体理論は、高杉晋作、久坂玄瑞《くさかげんずい》、桂小五郎（木戸孝允《たかよし》）、伊藤博文、山縣有朋《やまがたありとも》らの松下《しょうか》村塾《そんじゅく》門下生たちを大いに啓発し、「国体」と「尊王攘夷」は下級武士たちの求心的理念となる。さらに松陰は門下生にこう呼びかけた――「今の幕府も諸侯も最早酔人《すいじん》なれば扶持《ふち》（力を貸すこと）の術《すべ》なし。草莽崛起《そうもうくつき》〈民衆が立ち上がること〉の人を望む外《ほか》頼みなし」（安政六年北山安世宛書簡―前掲全集第八巻）。すると、〈草莽崛起〉の言葉に鼓舞された志士たちは、米英露蘭仏との通商条約の締結や、朝廷の積極的な動き、幕府の効果的な打開策の欠如などが契機となって、「尊王攘夷」「王政復古」をスローガンとする討幕運動へ突き進むことになるのである。

　維新運動の中核となったのは、薩長同盟を結んで連携した薩摩長州の志士たちである。長州の下級武士たちの思想的源流が會澤正志齋であったとすれば、薩摩藩士であった西郷隆盛（一八二七〜七七）を思想的に心服させたのは、藤田東湖である。西郷は陽明学の影響も受けたが、江戸勤務となって有力藩との連絡役を務めた折に、東湖に面会した時の感激を次のような書簡にしたためた――「清水《きよみず》に浴し候《そうろう》塩梅《あんばい》にて、心中一点の雲霞《うんか》なく、唯《ただ》情浄《じょうじょう》なる〔清浄な〕心に相成《あいな》り、帰路を忘れ候次第に御座候」（椎原与右衛門・同権兵衛宛書簡―西郷隆盛全集編集委員会編纂『西郷隆盛全集 第一巻』）。

　西郷が敬服した藤田東湖は、「尊王」と「国体の尊厳」を説き、皇道《こうどう》〔天皇が国を治める道〕のためにみずから身命を捧げることを誓い、主体的に行動を起こすべきである、と説いた（『弘道館記述義』―今井宇三郎他前掲書）。東湖の著作も広く尊攘志士たちの愛読するところとなり、西郷の盟友であった大久保利通《としみち》も読んだとされる。木戸孝允とともに「維新の三傑」と称される西郷隆盛・大久保利通もまた、水戸学国体論から深甚な影響を受けたのである。

　會澤正志齋と藤田東湖の国体論には部分的に違いはあるとしても、「尊王」と「忠孝一致」という根本的精神は一致している。水戸学に心酔した志士たちによって、天皇が国家大改革のシンボルとして擁立され、明治維新が実現した。維新が達成されるまでの重要な動因として、幕府、諸藩、朝廷、欧米諸国などによる複雑な政治力学を当然視野に入れなければならない。しかし同時に、国体論が明治維新という日本史上未曾有の大変革の求心的理念として、甚大な力を発揮したことを見逃してはならない。神国思想を信奉し尊王攘夷を唱えた国学とともに、水戸学が国家大改革の原動力となったことは、「学問」が「政治」を動かし、歴史に巨大な変動を引き起こしたという意味において、日本史上稀有の出来事と言うべきであろう。

## 近代日本の国家思想としての国体論

それでは、水戸学の国体論は明治以降どうなったであろうか。国体論は明治維新の思想的推進力であっただけでなく、近代日本の国家思想の主軸となった点にも瞠目《どうもく》しないわけにいかない。近代日本において国体理念が具体的にどのような形となって現れているかを、史料によって開示してみよう。

「国体」という言葉が近代の詔勅に初めて現れるのは、明治元年（一八六八）の「奥羽の士民御諭告の詔《みことのり》」である（三浦藤作『軍人勅諭謹解』）。ここでは「政権一途人心安定するに非《あら》ざれば、何を以て国体を持し紀綱《きこう》を振《ふる》はんや」と宣告している。〈国体〉の具体的な説明はないが、政権がひたすら人心を安定させることこそ、〈国体〉を堅持し、政治の根本方針を実行することができる、と諭《さと》しているのである。

明治二年には、公家《くげ》出身で明治維新の立役者の一人であり、新政府の右大臣となった岩倉具視《ともみ》（一八二五～八三）が、新国家建設に当たって「具視建国策を朝議に附する事」を提議した（多田好問編『岩倉公実記 中巻』）。その第一に、〈建国の体を明らかにす可《べ》きこと〉を挙げている。天上の神の命によって天孫が降臨し、万世一系の天子が統治する〈国体〉が建ったが、この〈国体〉を根軸に定めて国策を確定し、国家大改革の本源とすべきであると、具体的に唱えたのである。

また、明治政府の参議を務めた西郷隆盛は、政府中枢に加わることを要請された明治三年に、岩倉具視に意見書を送った。その中で、皇国《こうこく》（天皇が統治する国）の〈国体〉は中世以前の体制を本《もと》に据え、西洋諸国の長所を斟酌《しんしゃく》して、強固不動の〈国体〉を樹立すべきであると主張した（「西郷隆盛意見書」―前掲全集第三巻）。

政変が原因で下野したのちには、文明開化を進めるに当たって、先ず根幹に〈国体〉を据えて忠孝の徳を教え、その上で各国制度のすぐれたところを汲み取るべきであると説いた（『南州翁遺訓』―前掲全集第四巻）。西郷にとって、新国家建設と文明開化の根幹は〈国体〉であった。そして〈愛国忠孝〉を唱え、道徳的精神の涵養を重視していたところに西郷の特徴が表れている。

明治維新と明治国家建設の中心的役割を演じた岩倉と西郷が、ともに「国体」の信奉者であったことは、国体思想の歴史的意義の大きさを明かすものであろう。

その後、明治一五年に発布された「軍人勅諭」（正式名『陸海軍軍人に賜はりたる勅諭』）の中に、「国体」が記述される。「我国の軍隊は世々天皇の統率し給ふ所にそある」で始まる軍人勅諭は、神武以来天皇はみずから軍隊指揮権を持っていたと宣言している（三浦藤作前掲書）。ところが中世以降は、後醍醐天皇の建武中興以外には兵権が武家に帰していたとし、この移り変わりは、「且《かつ》は我国体に戻り且は我祖宗《そそう》（天皇の始祖と歴代の天皇）の御制《おんおきて》に背《そむ》き奉り浅間《あさま》しき次第なりき」と断言する。軍事大権は天皇に直属することが〈国体〉の本義であり、天皇の軍隊への絶対服従が軍人精神の規範であることを説いた。〈国体〉を基本理念として軍人精神を説き起こしていたのである。その上で、忠節、礼儀、武勇、信義、質素の五箇条を軍人の守るべき教えであると説諭した。この軍人勅諭は昭和の大東亜戦争に至るまで、富国強兵策を国是とした軍事大国日本を支える最も重要な訓示となるのである。

明治二二年（一八八九）には、大日本帝国憲法が公布される。帝国憲法は、わが国が近代国家へ変貌するための中軸となった、日本史上最も重要な国家基本法である。憲法条文の中に「国体」の語は見出せない。ところが、帝国憲法は国体理念を土台としていたのである。

さかのぼること明治九年、明治天皇は元老院に対して、次のような「国憲起草の勅語」を下賜《かし》した（稲田正次『明治憲法成立史 上巻』)。

「朕爰《ちんここ》に我建国の体に基き広く海外各国の成法を斟酌し、以て国憲を定めんとす」

憲法は〈建国の体〉、すなわち「国体」を礎石に据えることが大前提であり、その上に西欧各国の憲法を取捨選択して積み上げることが基本方針であった。しかも、〈我建国の体に基き〉〈海外各国の成法を斟酌し〉などの表現は、岩倉具視の提議と西郷隆盛の意見書を原像としていることを見て取れる。憲法制定に当たって、岩倉具視と西郷隆盛の国体理念が生かされていたのである。

帝国憲法はこの勅語に従って、参事院議官・法制局御用掛《ごようがかり》の井上毅《こわし》（一八四四〜九五）が中心となって起草された。起草に際しては、「記紀」を始めとして、『万葉集』、『続日本紀《しょくにほんぎ》』、『令義解《りょうのぎげ》』、『延喜式』、『神皇正統記』、『大日本史』、本居宣長《もとおりのりなが》の『古事記伝』、『新論』、『弘道館記述義』などに至るまで、我が国の膨大な古典が参照された（稲田正次前掲書下巻）。さらに、制定の基本方針に従って、西欧諸国の憲法が参考にされた。

そして、第一条「大日本帝国は万世一系の天皇之を統治す」と、第三条「天皇は神聖にして侵すべからず」が明文化された。この二つの条文が国体理念に依拠していることを、初代内閣総理大臣を務め、憲法制定の主導的役割を演じた伊藤博文（一八四一〜一九〇九）の解説書（井上毅起草）によって確認する（『帝国憲法・皇室典範《てんぱん》義解《ぎげ》』）。

伊藤はこの書の中の「大日本帝国憲法義解」の〈第一章　天皇〉の冒頭で、次のように説明している。

「恭《つつしみ》て按《あん》ずるに、天皇の宝祚《ほうそ》（天皇の位）は之を祖宗（天皇の始祖と歴代の天皇）に承《う》け、之を子孫に伝ふ。国家統治権の存する所なり。而《しか》して憲法に殊《こと》に大権を掲げて之を条章に明記するは、憲法に依《より》て新設の義を表するに非《あら》ずして、固有の国体は憲法に由《より》て益ゝ鞏固《きょうこ》なることを示すなり」

冒頭の〈恭て按ずるに〉が、『新論』の冒頭の〈謹んで按ずるに〉を採用していることは明白である。そして「記紀」に基づいて、天上の神の子孫であるところに天皇の統治権の根拠を置いており、『新論』と同一の理念である。しかも、我が国固有の〈国体〉は実体として建国以来存在しており、この憲法によって新設されたのではなく憲法によってますます強固になった、と説示している。

そして第一条「大日本帝国は万世一系の天皇之を統治す」について、「恭て按ずるに、神祖開国以来、時に盛衰ありと雖《いえども》、世に治乱ありと雖、皇統一系宝祚《ほうそ》の隆《さかえ》は天地と与《とも》に窮《きはまり》なし」と説いている。「宝祚の隆は天地と与に窮なし」は、『日本書紀』の「宝祚《あまつひつぎ》の隆《さか》えまさむこと、天壌《あめつち》と無窮《きはまりな》けむ」を採用している（小島憲之他校注・訳『新編日本古典文学全集2』）。いわゆる「天壌無窮」の神勅《しんちょく》〔神のお告げ〕である。『日本書紀』に依拠して、天上の神の命による建国以来、万世一系の天皇の位と隆盛は天地とともに永遠であることを宣言しており、『新論』の根本理念に通じるものである。

さらに第三条「天皇は神聖にして侵すべからず」の解説では、「恭て按ずるに、天地剖判《ほうはん》して神聖位を正す」と述べている。「天地剖判して」の表現も、『日本書紀』の「天地《あめつち》初めて剖《わか》れしときに」からの引用であり、神聖性の根拠としている。

次いで、「蓋《けだし》天皇は天縦《てんしょう》惟神《いしん》至誠にして臣民群類の表《おもて》にあり、欽仰《きんぎょう》すべくして干犯《かんぱん》すべからず。（中略）法律は君主を責問するの力を有せず」と断定している。天上の神の御心のままに誠実なまごころをもって君臨する天皇は、国民が仰ぎ敬うべき存在であって、その尊厳を犯してはならないと強調し、「神聖不可侵」を規定している。「神聖不可侵」は、「天胤《てんいん》〔天皇の血統〕の尊きこと、厳乎《げんこ》として〔おごそかに〕それ犯すべからず」と説いた『新論』の影響を受けていることは明らかであるが、当時のヨーロッパの多くの立憲君主国の憲法に明文化されているので、それらも参考にしたと考えられる。ただし、「法律は君主を責問するの力を有せず」、すなわち天皇は法的に責任を問われないという「無答責」の規定は『新論』にはなく、ドイツのバイエルン憲法などを参考にしたとされる（稲田正次前掲書下巻）。

以上の諸点から、帝国憲法の中心理念には、記紀神話を基盤として、神の子孫である天皇の正統性・永遠性と神聖不可侵を唱えた水戸学の国体理論が導入されていることを、明瞭に読み取れるのである。

さらに国体理念は、憲法公布の翌年に発布された「教育勅語」（正式名「教育に関する勅語」）に取り入れられ、近代日本の国民道徳の基幹となる。法制局長官となっていた井上毅が中心となって起草した教育勅語は、次のように諭している（貝塚茂樹監修『文献資料集成 日本道徳教育論争史』第Ⅰ期・第2巻）。

「朕惟《ちんおも》ふに我が皇祖皇宗《こうそこうそう》〔天皇の始祖と歴代の天皇〕国を肇《はじ》むること宏遠に徳を樹《た》つること深厚なり。我が臣民克《よ》く忠に克く孝に億兆心を一にして世々厥《そ》の美を済《な》せるは此れ我が国体の精華〔最もすぐれているところ〕にして教育の淵源亦《また》実に此《ここ》に存す」

冒頭で、皇祖・天照大神の直系である神武天皇が初めて国を治めて以来、皇統連綿として続き、君徳による教えは深く厚いことを謳っている。これは『新論』にあった「国体、以て神聖、忠孝を以て国を建てたまへる」を取り入れているのは明白である。しかも、〈億兆心を一にして〉は『新論』の表現をそのまま借用している。そして『新論』に準じて、天皇への忠を第一義とし、「忠孝一致」を〈国体の精華〉と見なしており、それに基づいて教育は行われるべきである、と説いているのである。

翌年には、学校における勅語奉読や御真影《ごしんえい》〔天皇・皇后の御写真〕への拝礼などが義務付けられ、明治三七年に国定修身教科書の使用が開始されて、「忠君愛国」の修身教育が大東亜戦争終結まで徹底された（前掲『文献資料集成 日本道徳教育論争史』第Ⅰ期・第3巻）。水戸学国体論の「政教一致」の理念が学校教育に生かされ、「忠孝一致」が国民道徳として広く浸透することになるのである。

ところで、「国体」の語が成文法に初めて記述されたのは、治安維持法（大正一四・一九二五年制定）である。その第一条でこう規定された（前掲『日本史史料［4］近代』）。

「国体を変革し又は私有財産制度を否認することを目的として結社を組織し又は情を知りて之に加入したる者は十年以下の懲役又は禁錮に処す」

治安維持法は、〈国体〉を変革すること、又は私有財産制度、すなわち資本主義を否定することを目的とする結社の組織を禁止した。〈国体〉を明確に定義していないが、この法律によって〈国体〉を変革する思想や、社会主義思想・共産主義思想の弾圧が強まり、国体理念が「思想の自由」を抑圧する根拠とされたのである。

その後昭和四年（一九二九）に、最上級裁判所である大審院は、次のような判決文を出した（佐藤功『日本国憲法概説 全訂第五版』）。

「我帝国は万世一系の天皇君臨し統治権を総攬《そうらん》（統合し掌握する）し給ふことを以て其の国体と為《な》し、治安維持法に所謂《いわゆる》国体の意義亦此の如く解すべきものとす」

治安維持法の言う〈国体〉が、ここで明確に定義されている。帝国憲法第一条「大日本帝国は万世一系の天皇之を統治す」と、第四条「天皇は国の元首にして統治権を総攬し此の憲法の条規に依り之を行ふ」を、〈国体〉と定義したのである。ただし、これは水戸学国体論の理念に依拠しているわけではなく、帝国憲法の条文をなぞったに過ぎない。法律上初めての「国体」の定義であるが、極めて限定された定義であることに注意しなければならない。

このあと、重要な解説書が刊行される。昭和一〇年（一九三五）に天皇機関説事件が起った。憲法学者・美濃部《みのべ》達吉《たつきち》東京帝国大学教授（一八七三〜一九四八）は、天皇を国家の最高機関と見なす「天皇機関説」を唱えたが、民間言論人や帝国議会の議員によって糾弾された。その時、天皇機関説を否定して「国体」の本来の意味を明らかにしたのが、文部省編纂による『国体の本義』（昭和一二年）である（一部中略）。

「大日本帝国は、万世一系の天皇皇祖の神勅を奉じて永遠にこれを統治し給ふ。これ、我が万古不易の国体である。而してこの大義に基づき、一大家族国家として億兆一心聖旨《せいし》〔天皇のお考え〕を奉体《ほうたい》〔うけたまわって実行する〕して、克く忠孝の美徳を発揮する。これ、我が国体の精華とするところである。この国体は、我が国永遠不変の大本であり、国史を貫いて炳《へい》として〔きわだって〕輝いてゐる」

「天皇は祭祀によつて、皇祖皇宗と御一体とならせ給ひ、皇祖皇宗の御精神に応へさせられ、そのしろしめされた〔お治めになった〕蒼生《そうせい》〔国民〕を彌《び》ゝ〔絶えず〕撫育《ぶいく》〔大切に育てる〕し栄えしめ給はんとされる。故に神を祭り給ふことと政をみそなはせ給ふ〔ご覧になる〕こととは、その根本に於て一致する。又天皇は皇祖皇宗の御遺訓を紹述《しょうじゅつ》〔受け継いでその精神を明らかにする〕し、以て肇国《ちょうこく》〔建国〕の大義と国民の履践《りせん》〔実践〕すべき大道とを明らかにし給ふ。ここに我が教育の大本が存する。従つて教育も、その根本に於ては、祭祀及び政治と一致するのであつて、即ち祭祀と政治と教育とは、夫々《それぞれ》の働《はたらき》をなしながら、その帰するところは全く一となる」

「我が国に於ては忠を離れて孝は存せず、孝は忠をその根本としてゐる。国体に基づく忠孝一本の道理がここに美しく輝いてゐる。まことに忠孝一本は、我が国体の精華であつて、国民道徳の要諦《ようてい》〔最も大切なところ〕である」

「我が肇国の事実及び歴史の発展の跡を辿《たど》る時、常にそこに見出されるものは和の精神である。我が国に於ては、君臣一体と古くよりいはれ、天皇を中心として億兆一心・協心戮力《りくりょく》〔協力〕、世々厥《そ》の美を済《な》し来《きた》つた。天皇の聖徳と国民の臣節とは互に融合して、美しい和をなしてゐる」

〈万古不易〉〈億兆一心〉などの表現が『新論』を受け継いでいることは、一目瞭然である。そして、〈万世一系の天皇は皇祖の神勅を奉じて永遠にこれを統治し給ふ〉という大義と〈一大家族国家〉の理念を、永遠不変の〈国体〉の原理とする点も、『新論』に基づいている。天皇は祭祀によって皇祖皇宗と一体となり、祭祀と政治は一致するという「祭政一致」の理念や、〈祭祀と政治と教育との一致〉についても、明らかに『新論』の「祭政教一致」に準じている。また、「忠孝一本（忠孝一致）」を〈我が国体の精華〉とする表現は、水戸学を採り入れた教育勅語の生き写しである。さらに、和の精神に基づいた「君臣一体」もまた、『新論』を忠実に継受しているのである。

『国体の本義』は、「記紀」などの歴史書を始めとして、詔勅、御製《ぎょせい》（天皇が詠《よ》んだ和歌）、『万葉集』、勅撰和歌集、民間人の和歌、歴史上の思想家・学者の言葉などを、国体理念が具体的に現れたものとして引用している。それだけでなく、「国体」と西洋思想との関係についても論じており、広範な視野の下に「国体」の意義を明らかにしている。そしてその最大の特色は、国体理念のすべてが水戸学国体論の五つの理念に準拠していることである。明治以降、国体理念は勅諭・勅語、憲法、法律などの形で部分的にしか表現されていないのに対して、『国体の本義』は水戸学の国体理念のすべてを網羅しており、「国体」の全体像を正確に説き示した唯一の啓発書である。政府公認の教科書とも言うべき『国体の本義』の意義は、正にこの点にあると言える。

史料の解読に基づくならば、近代の官製の国体論は、勅諭・勅語、憲法、法律、解説書などの中に現れているが、その源泉にある理念はすべて水戸学の国体論にほかならない。理念の体系であった水戸学国体論が、近代国家の法的・政治的規範と国民の道徳規範の根幹となり、現実政治と国民の精神生活に甚大な影響を及ぼすことになる。水戸学国体論は近代日本国家の性格を形成する母胎となったのである。

水戸学国体論は、幕末から大東亜戦争終結に至るまでの百有余年にわたって、まことに大きな歴史的意義を保ち続けた。明治維新は、武士が支配する厳格な身分制国家を崩壊させ、近代的国民国家の原型を創り上げて、絶大な影響を日本人に及ぼした革命であった。水戸学国体論は、江戸時代から明治時代へと激変させた国家大改革と、近代日本の国家理念及び国民道徳の一大原理となった点で、日本史上最も重要な思想の一つと言って然《しか》るべきであろう。

## 正統的国体論者・平泉澄《きよし》の国体理念

ここまで、水戸学の国体論と、その基本理念を摂取した近代の官製国体論の実像を描き出したが、この両者をまとめて、便宜的に「正統的国体論」と名付けておく。なお、「正統的」と呼ぶ根拠は、理論的に正しいという主観的価値判断にあるのではなく、あくまでも客観的史料に基づいた考証にあることは論を俟《ま》たない。

そして、明治期以降大東亜戦争終結まで、学問的・思想的基盤は異なるが、「正統的国体論」を基本的に踏襲した政治家・学者・思想家が陸続と輩出した（内務省神社局編『国体論史』）。

例えば、侍補《じほ》〔天皇を補佐する役職〕などを務めた政治家・佐佐木高行《たかゆき》は、国体の淵源を皇祖と見なして天皇親政を唱えた。道徳思想家・西村茂樹は、皇室を道徳教育の根元とすべきことを説くとともに、儒教を基本とする国民道徳化の運動を進めた。初代東京大学学長を務めた政治学者・加藤弘之は、天賦人権論者から、国体護持を主張する国体論者へ転向した。教育家で裕仁《ひろひと》皇太子（のちの昭和天皇）の教育係を務めた杉浦重剛《じゅうごう》は、西欧の自然科学と日本主義の融合を唱えつつ、国体と教育を一体化させた。哲学者・井上哲次郎は、東西思想の融合を図りながら国体と国民道徳との関係を論じ、教育勅語を注釈した。ジャーナリスト・徳富蘇峰《そほう》は、平民主義から転向し、国体を高唱した。

引き続いて、東洋史学の立場から国体の尊厳を説いた歴史学者・白鳥庫吉《くらきち》、ヘーゲル哲学の影響を受けながら日本精神を強調した哲学者・紀平正美《きひらただよし》らが現れる。さらに、教育学者・吉田熊次《くまじ》、国学者・神道学者の河野省三《こうのせいぞう》、歴史学者・平泉澄など、多彩な学者が国体論を強化した。

以上に挙げた正統的国体論者の中から、ここでは平泉澄東京帝大教授（一八九五～一九八四）に照明を投げかけるが、これには理由がある。と言うのも、平泉は正統的国体論者の中では異色の学者だったからである。平泉は日本中世の社会史研究に業績を上げ、日本精神を鼓吹した国史学者である。皇孫による天壌無窮の統治という建国の精神を認識することが肝要であり、日本精神の心髄は日本国の本質である〈国体〉の自覚に帰着する、と唱えた（『国史学の骨髄』・昭和七年）。そして、古代から建武中興、近世の勤王家を経て明治維新に至るまでの、先哲・志士が体現した国体護持の精神を明らかにし、日本歴史は日本精神の深遠なる継承と無限の展開である、と力説した。

平泉の国体観念は水戸学国体論のすべての理念を含んだものではない。しかし、昭和期において、いわゆる皇国史観《こうこくしかん》〔万世一系の天皇による永遠の統治を日本歴史の中核とする歴史観〕の指導的役割を演じ、政府・軍の中枢部や教育界に多大の影響を与えた。様々な国体論が出た大東亜戦争中には、浅薄な国体論や、異論を弾劾する排他的な国体論者を批判した。国体の大義を深く考えることなく、ただ国体を讃美する〈国史の浅薄なる美化主義〉を批判し、無益に人の非を暴く〈過酷なる摘発主義〉を非難したのである（「国史の威力」―『日本諸学 第三巻』）。

とは言え、平泉は排外的な国粋主義者だったわけではない。加藤弘之、杉浦重剛、井上哲次郎、紀平正美らと同様に、平泉は西洋の学問を積極的に摂取した。西洋の歴史研究法の探究を目的として、昭和五年から一年二か月にわたってヨーロッパに遊学し、西欧の哲学・歴史学に接したのである（『悲劇縦走』）。ドイツで、新カント学派の哲学者・リッケルトや、歴史学者・マイネッケに面会して教えを受けた。イタリアでは歴史哲学者・クローチェに会い、歴史と哲学の融合の理念と、マルクス唯物史観批判に共鳴した。フランスではフランス革命の本質究明を目的として史料を研究し、フランス革命史研究の古典『フランス大革命』を著したマティエにその成果を認められた。イギリスでは、政治思想家であり政治家でもあったエドマンド・バークの著作を読み、フランス革命を批判して漸進的改革を主張したバークの伝統主義・保守主義に傾倒した。そして、哲学者・フィヒテの志を継いでドイツ精神の高揚に努めているドイツの現状を見て、我が国でも日本精神の自覚が必要であることを痛感した。西欧歴訪が民族的自覚を高め、その成果が『国史学の骨髄』だったのである。

平泉が教えを受けたクローチェ（一八六六～一九五二）は、哲学と歴史叙述は実践に動機づけられなければならないと考え、歴史の進歩における自由な精神と倫理の役割を重視した（上村忠男訳『思考としての歴史と行動としての歴史』）。実践を重視するクローチェは反ファシズムを唱え、文部大臣を務めたことで明らかなように、行動する哲学者であった。クローチェに学んだ平泉も、「理論としての歴史」とともに「実践としての歴史」を重んじた。クローチェのように実際に政治家として活動したわけではないが、秩父宮殿下などの皇族と交流があり、さらに政府・軍部の要人の相談相手として現実政治に関わった。国内体制の一新の必要性を痛感した平泉は、昭和十二年以降、近衛文麿《このえふみまろ》首相のブレーンとなった（『悲劇縦走』）。しかし、国家革新を唱えた近衛内閣は、三度の組閣にもかかわらず結局長続きせず、昭和十六年東條英機内閣によって大東亜戦争に突入することになるのである。

平泉は、満州事変から大東亜戦争に至る過程は外国の干渉・煽動の結果であり、やむを得ず起こした行動と見なした。しかし、敗戦後直ちに東京帝大教授を辞職し、故郷である福井県の白山神社《はくさん》の宮司《ぐうじ》に就いた。そして、日米開戦の責任は日本にはなく、米国の陰謀があったと主張する一方で、敗戦に言及してみずからを尋問した。そこでは、自分と政界・軍部との深甚なる関係と、それが失敗であったことを率直に認めた。「国家に対して重い責任を担う者の一人として、一方は祖先に対し、他方は子孫に対して、深き責任を感ぜざるを得ない」と、真摯に反省したのである（『悲劇縦走』）。

平泉の国体理念とその実践の中で、クローチェを始めとする西洋の哲学や歴史学がどのように生かされたのかを確認することは、非常に難しい。ただ、〈歴史における倫理の重要性〉という理念が、歴史に深く参入した平泉澄の〈骨髄〉に徹していたことだけは、確実に言えるのである。

なお、平泉はその後昭和二九年に、自由党の憲法調査会（会長岸信介）に招かれて講演し、次のように述べた（自由党憲法調査会編集『天皇論に関する問題』）。

「日本国を今日の混迷より救ふもの、それは何よりも先に日本の国体を明確にすることが必要であります。而《しか》して日本の国体を明確にしますためには、第一にマッカーサー憲法の破棄であります。第二には明治天皇の欽定憲法の復活であります」

敗戦後の状況を憂いた平泉は、アメリカへの従属から独立すること、すなわち、戦後憲法の破棄、帝国憲法の復活を説き、国体護持の精神を堅持し続けたのである。

そして、平泉史学の正統的継承者である国史学者・田中卓《たかし》元皇學館大學学長（一九二三〜）らによって「平泉学派」が形成され、平泉の皇国史観は戦後も受け継がれている。戦前の正統的国体論がほとんど姿を消した中で現在も生き続けている稀少な例であり、これこそ、平泉澄を「異色の国体論者」と呼ぶ、もう一つの理由なのである。

## 2　一億種もある国体論

三島由紀夫が、いみじくも国体観念は〈一億種ある〉と表現したように、正統的国体論のほかにも多種多様な国体論が出現していた。国体観念がいかに多様性を湛えていたかを確かめるために、思想家、法学者、哲学者による国体観を素描しておきたい。便宜的にこれらを一括して「非正統的国体論」と名付けるが、すべての非正統的国体論者に言及する余裕はないので、特に三島と比較対照すべきと判断した思想家・学者に絞って、重点的に描出することとする。

### 福澤諭吉の〈ナショナリチ〉

先ず、近代日本黎明期の思想家であり教育者であった福澤諭吉（一八三五〜一九〇一）の国体観を、『文明論之概略』（明治八年）を紐解いて明らかにする（慶應義塾編纂『福澤諭吉全集 第四巻』）。

福澤諭吉によれば、〈国体〉とは一種族の人民の集団から成り、他国に対して自他の別を作り、一政府の下にみずから支配し独立するものである。英語の「nationality」の訳語である〈ナショナリチ〉が国体に当たり、それぞれの国にはそれぞれの国体がある。つまり、諭吉の言う〈国体〉は、国民から成り統治機構を持つ国家の「独立性」という一般的な意味である。したがって諭吉の用法は、會澤正志齋の説いた我が国特有の国体概念ではなく、むしろ栗山潜鋒の用法と同じであるのは大変興味深いところである。

そして、「日本にては開闢《かいびやく》の初《はじめ》より国体を改《あらため》たることなし。国君の血統も亦《また》連綿として絶《たえ》たることなし」と明言した。また、人体にたとえて、国体が〈身体〉であれば皇統は〈眼〉であると述べている。身体全体が衰弱すれば眼も衰弱するので、身体全体の健康が第一であるとし、国体の確立を最優先している。諭吉は、神話に基づいた天皇の永遠性には言及していないが、万世一系の天皇を国体の中心と見なしており、天皇を身体の枢要な器官と見なす点で、天皇を国家の最高機関とする「天皇機関説」に近似していると言えよう。

さらに、「日本人の義務は唯この国体を保つの一箇条のみ」と断じた。そして、国家の独立を保つには、人民の智力を高めて〈独立自尊〉の精神を確立することが必要であり、そのために西洋文明を摂取すべきである、と説いた。西洋文明の受容は、我が国の独立と国民の精神的独立のための手段であり、国体を確保するための手段だったのである。

なお、諭吉の国体観念は水戸学の国体理念と同一ではないとしても、維新運動において水戸学が天下の人心を左右し、〈国内一般の智力〉の高まりが王政維新の遠因となったことを指摘しており、水戸学に大きな意義を認めていた（『帝室論』―前掲全集第五巻）。諭吉の思想と水戸学は、「国家の独立」を根本理念とし、そのために「天皇中心の国体」の堅持を必要不可欠と考える点で、根柢に共通の理念を含んでいたのである。

福澤諭吉は一般的に「文明開化論者」「欧化主義者」の代表格と決めつけられている。しかし、日本国家の独立性としての、天皇中心の「国体」を放棄することはなく、西洋文明一辺倒ではなかった。文明開化はあくまでも手段であり、究極の目的は「国家の独立」であった。欧米列強の強大な圧力を受け、植民地にされる危険性のあった幕末から明治にかけて、「国体（ナショナリティ）の確立」は、我が国にとって最重要課題だったのである。

## 穂積八束《やつか》の国体政体二元論

次に、里見岸雄が分類した国体概念の第二の系統としての、ドイツ国法学の〈シュターツフォルム〉の訳語を取り上げる。これは三島由紀夫の国体政体二元論とも関係するので、その由来と内容を精査しておきたい。

国体と政体を区別する考えの起源は、幕末の思想家の佐久間象山《しょうざん》と橋本佐内にまでさかのぼる。二人は、我が国の伝統的な基本原理としての〈国体〉と、その具体的政治形式としての〈政体〉を区別していた（象山「時政に関する幕府宛上書稿」、佐内「学制に関する意見箚子《さつし》」―佐藤昌介他校注『日本思想大系55 渡邊崋山他』）。近代の国体論の淵源に水戸学があったように、国体政体二元論の原型もまた、すでに江戸時代にでき上がっていたのである。

そして、「国体」を新国家建設の根幹とすべきであると主張した岩倉具視は、明治二年に次のように提議した（「具視政体建定君徳培養議事院創置遷都不可の四件を朝議に附する事」―多田好問前掲書）。

「万世一系の天子上《かみ》に在《あり》て、（中略）君臣の道上下の分既に定《さだまり》て万古不易なるは我が建国の体なり。政体も亦宜《よろし》く此国体に基づき之を建てざる可《べ》からず」

岩倉は〈国体〉と〈政体〉の区別を唱道し、建国以来万世一系の天皇が治めることが永遠不変の国体であり、政体はこの国体に基づいて定めるべきであると主張したのである。

明治期以降、西欧の学問を受容した国家論が続々と現われ、自由民権思想も登場した。しかし結局、自由民権思想家や福澤諭吉などの、民間の憲法構想が政府によって採用されることはなかった。岩倉具視、伊藤博文、井上毅らの構想した大日本帝国憲法が成立したからである。伊藤博文は『帝国憲法・皇室典範義解』の憲法改正条項の中で、国体と政体を区別し、国体は永遠恒久なので変更すべきでなく、政体は時代の変化とともに変更できる、と説明した。その後、穂積八束、有賀長雄《あるがながお》、一木喜徳郎《いちききとくろう》、美濃部達吉、上杉愼吉、佐々木惣一などの多彩な学者が憲法学を発展させた（長谷川正安『日本憲法学の系譜』）。

これらの学者の中で、国体政体二元論を法学的に理論化したのが穂積八束東京帝大教授（一八六〇～一九一二）である。ドイツに留学してドイツ国法学を学んだ穂積は、ドイツ語の「Staatsform《シュターツフォルム》」を「国体」と訳した。主著『憲法提要』（明治四十三年）の中で、国家を「一定の民族、一定の領土に依り、独立の主権を以て之を統治するの団体なり」と定義した上で、国体と政体を次のように区別している。

「国家の体制は統治主権の所在と、其の行動の形式と、に由《よ》りて定まる、前者は之を国体と謂《い》ひ、後者は之を政体と謂ふ」

すなわち、主権の所在によって国体が定まり、その運用形式によって政体が決定する。国体には君主国体と民主国体があり、政体には専制政体と立憲政体がある。帝国憲法制定前の日本は君主国体・専制政体であったが、それ以後は君主国体・立憲政体になった。したがって、国体と政体を峻別すべきである。

こう主張した穂積は、政体は変遷するが、万世一系の皇位は神聖で侵すことのできないものであるがゆえに、天皇が主権者であるわが国体は絶対不変である、と論断したのである。天皇主権を「国体」とするこの理論には、水戸学国体論の理念である君臣一体、忠孝一致、祭政一致、政教一致などは含まれていない。穂積は、江戸時代まで我が国に存在しなかった主権概念を導入することによって、天皇統治の永遠性と近代西欧思想との融合を図り、国体政体二元論を法律学的に確立したのである。

ところが、一九世紀から二〇世紀にかけて活躍したドイツの国家学者・イェリネクの影響を受けた美濃部達吉は、穂積の理論に反論した。美濃部は、国家とは法律上の人格を有する団体であるとする国家法人説と、国家に主権があるとする国家主権説を説いた（『憲法講話』）。そして、天皇は最高の国家機関として統治権を総攬すると見なす「天皇機関説」を唱えた。その上で、国体とは国民の民族精神や道徳的信念を表現するものであって法律上の概念ではないと捉え、国体の区別は政体の区別に過ぎないとして、言わば国体政体一元論を主張したのである。

このあと、穂積の理論を継承した上杉慎吉東京帝大教授が美濃部を批判し、論争となった。しかし、美濃部の師でもあり、宮内大臣・枢密院議長などを務めた法学者・一木喜徳郎を始めとして、憲法学界や政界では天皇機関説と国体政体一元論が大勢となり、国体政体二元論は衰退した（長谷川正安前掲書）。その後、天皇機関説事件で、それまで優勢であった美濃部の天皇機関説は国体に反するものとして攻撃されると、それに応じて岡田啓介内閣は国体明徴の声明を発し、『国体の本義』を発刊した。これを契機として、天皇主権説を唱えた穂積の国体政体二元論が再び脚光を浴び、穂積の著作が再版されるようになったのである。

このような歴史的経緯を見てくると、水戸学以来生き続けた伝統的国体論とは異なり、ドイツ国法学に基づいた国体政体二元論は、衰退と復活という変転を見せたことがわかる。岩倉具視は近代の国体政体二元論の先導者と言えるが、それを法学的に基礎付けた穂積の国体政体二元論は、一貫して学界や政界に認められた学説ではなかったのである。「国体」が〈主権〉に関わる政治的概念ではなく、精神的概念であることを考えれば、当然であったと思われる。したがって、「シュターツフォルム」の訳語である「国体」を、我が国固有の国体概念と明確に区別した里見岸雄の見解は妥当であったことがわかる。

### 西田幾多郎の祭政一致論

次いで、近代日本の独創的哲学者・西田幾多郎（一八七〇〜一九四五）が国家論の中で示した国体観を照射する。西田は論文「国家理由の問題」（昭和十六年）で、国体をこのように論じている（『哲学論文集第四』—『西田幾多郎全集 第十巻』）（一部中略）。

> 「歴史的世界は種々なる伝統を有《も》つた種々なる民族の自己形成から始まる。各々の民族が一つの個性的世界を形成する。国体とは、かかる個性的世界を意味するものであらう。種々なる歴史的地盤から、種々なる国体が形成せられる。

皇室は過去未来を包む絶対存在として、我々は之に於て生れ、之に於て働き、之に於て死して行くのである。故《ゆえ》に我国に於ては、祭政一致と云はれる如く、主権は即宗教的性質を有するのである。我国体は肇国《ちょうこく》〔建国〕の神話を以て始まり、幾多の社会的変遷を経ながらも、それを根底として、今日まで発展して来たのである。我国体に於ては、宗教的なるものが、始であり、終であるのである」

〈民族の個性的世界〉を意味する西田の〈国体〉は、正統的国体論の概念ではなく、福澤諭吉が定義した「国家の独立性・特質」と同じ一般的意味である。ただ注目すべきは、「祭政一致」に言及していない諭吉と異なり、「祭政一致」という宗教性を国体の特徴と見ていることである。西田幾多郎は、東洋哲学の奥義を深く追究するとともに西洋哲学を正面から受けとめ、東洋哲学と西洋哲学とを交差させながら創造的な哲学の樹立を目指した哲学者である。建国神話に基づいた天皇の絶対性と「祭政一致」を認めている点で、近代日本の代表的哲学者もまた、正統的国体論の基本理念の一部を共有していたことが判明する。

ただし、この論文の結びのところでは、個性的世界としての我が国の国体は、世界性を見据えるべきであり、国体と世界性は相反するものではなく、歴史的世界創造に向かうべきである、と主張している。その上で、「我々は単なる対立的国家の理念を越えて、新なる世界構成の理念の上に立たなければならない。一つの民族国家を中心としての帝国主義的理念はもはや過去のものに属するであらう」と結論付けている。

この一節は何を言おうとしているのであろうか。この論文が発表された昭和十六年九月は対米英蘭開戦の直前であるが、西欧諸国の帝国主義とともに、我が国の中国大陸への帝国主義的進出をも暗に批判していたと読み解くことができる。つまり、我が国の帝国主義的政策は真の国体に基づいたものではないので、真の国体理念に基づいて帝国主義を克服した新たな世界を構築すべきである、と説いていたのである。この点に着目するなら、西田幾多郎を、平泉澄らの体制側の国体論者と同列に並べることはできないであろう。

## 里見岸雄の〈科学的国体論〉

引き続いて、里見岸雄の科学的国体論を取り上げるが、その前に、里見が手本とした田中智學の「日本国体学」に目を通しておきたい。智學は〈日本国体〉を、次のように説き明かした（『国体総論』）。

「第一〈神〉……日本国の先祖（道理の体現者）
第二〈道〉……神の心の実行（王道の実践）
第三〈君〉……神の代表者である天皇（国土の所有者・国民の統率者）
第四〈民〉……道の執行者である国民（忠孝道徳の実践）
第五〈国〉……道の根拠地（日本の精神文明が発揮される国土）」

この五要素は常に一体不離の関係にあり、有機的に融和しているとしており、智學の「日本国体学」は、水戸学に劣らず体系的な理論構成である。水戸学と比較すれば、天上の神を起点としていること、神の子孫としての天皇、王道、忠孝道徳など、水戸学との一致点は多い。これらに加えて、国体精神による世界統一という壮大な目的も唱えているので、水戸学と共通の理念に立っていると言える。しかし、水戸学との最大の相違点は、〈日本国体〉の宗教的に組織された総合文化が、世界統一教としての「日蓮主義」であると断言し、国体と日蓮の理論とを融合させたことである。

智學は実践的信仰団体「国柱会《こくちゅうかい》」を創立して日蓮宗各派に大きな影響を与えるとともに、文学者の高山樗《ちょ》牛《ぎゅう》、宮沢賢治ら多くの人士を感化した（臼井勝美他編『日本近現代人名辞典』）。智學の思想は、文学界にまで広がるほどの広汎な影響力を及ぼしたのである。

そして、智學の理念を引き継いだ里見岸雄は、『国体科学研究第一刊』（昭和一四年）で国体をこう論じた。従来の神話的、啓蒙的な国体論は讃美に終始しているので、学問的に無力である。神勅による天皇統治や忠君愛国を国体とする論は国体の結果であって、原因ではない。したがって、国体の歴史的事実、社会的事実などの〈事実そのもの〉を科学的に研究すべきである。

国体とは日本国家の基本社会的実体であり、元初以来相承発展し来たった無始無終の生命体系である。日本国体は、日本民族という社会的生命体が、横に同一血縁に基づく文化的結合を遂げつつあり、縦に皇統万世一系の天皇を奉戴《ほうたい》〔尊敬して仕える〕している。天皇と全臣民とは、血縁における親子、治縁における主従、心縁における師弟たる本来的身分構造の中にあって、本末究極的全一体を成している。天皇は力による覇王ではなく、道義を以て民を治める王道を実践する王者である。これは西洋法学的な支配・非支配という権力的観念では説明できない深部概念である。このような生命体系的、全史体験的実在としての日本国体は、必然的に天皇統治の規範と天皇を翼賛する〔力を添えて助ける〕臣民の規範とを含む皇道を生み、日本精神の中核として、みずからの生成発展を示す。

里見は国体を、歴史の事実として捉え、歴史的発展を遂げた日本固有の社会的生命体系と見なした。その上で、文化的に結合した国民と万世一系の天皇との特別な一体関係を国体の中軸に据えた。神勅による天皇統治の永遠性や忠孝一本などは、この根本原理に由来するものに過ぎないと主張し、正統的国体論にとらわれない、独自の生命的国体論を唱えたのである。ただし、天皇と国民を権力関係で捉えるのではなく、親子、主従、師弟の関係にたとえて、究極の一体性を重視している点は、正統的国体論の「徳をもって治める王道」や「君民一体」と同一の理念を含んでいると解釈することもできよう。

そして戦後は、一般的・世界的定義である〈国家の窮極的基盤体〉と、特殊的・日本的定義を区別した上で、日本的定義をさらに〈狭義の基本的定義〉と〈広義の応用的定義〉とに分けた（『国体学総論』）。〈狭義の基本的定義〉については、『国体科学研究 第一刊』と同様に、こう説いている。

「日本国体とは、時代社会と関連する政体並びに生活体系と区別せらるべきものであって、日本国家の究極的基盤たる基本社会としての民族生命体系並びにそれに伴随する精神現象の包括的概念である」

また、〈広義の応用的定義〉をこのように規定している。

「日本国家の究極的基盤たる民族生命体系の体相たる君民一体、その作用たる統治翼賛、その性質たる忠孝一本、その軌範実践たる皇道天業、その運命結果たる天壌無窮等の一切を包括総称して国体とい ふ」

この〈広義の応用的定義〉は、正統的国体論の理念を部分的に導入しており、包括的な概念に変化したように見受けられる。

ところが、里見は正統的国体論を批判する見解を展開していた（『科学的国体論―国体科学入門』）。例えば、天皇は「大地の元首にして万国の綱紀である」という會澤正志齋の主張は、独尊主義と国家的迷信に陥っており、国学派の廃仏・廃儒的国体論は、排外的・非世界的思想である、と論難した。法華経《ほけきょう》と日本国家とを一体化させた日蓮の思想に里見は傾倒したので、この反論は当然であった。加えて、神憑《かみがか》り的国体論は、局部的事実に基づいた非科学的国体論であり、天皇絶対・皇道絶対を妄信する『国体の本義』は〈支配階級の本義〉〈国体の不本義〉である、と論駁した。さらに、対外的にも王道を貫くべきであると主張し、国体や天皇の名を利用した軍閥官僚の中国大陸への侵略主義を厳しく批判した。すると、里見の著作は東條内閣の検閲を受けて、削除・訂正や発売禁止の処分に付されたのである。

すでに明治三九年に、北一輝の著作『国体論及び純正社会主義』が官製の国体論を否定するものとして発売禁止処分を受けていた。正統的国体論と異なる国体論は、政府によって封殺されたのである。これらの事実は、正統的国体論が国家思想の根幹として、侵してはならない神聖な理念と化していたことの例証となるであろう。

なお、里見は大正十一年に渡欧し、英文や独文で日蓮主義・国体学を世界各国に広く示すなど、国際的にスケールの大きな学者であった。そして敗戦後、GHQの日本国体に対する見解の誤りを敢然と指摘すると、里見の著書はGHQによって発禁処分にされた。だがその後も、科学的国体学を説き続けた。没後、里見が創設した「里見日本文化学研究所」は、里見の学問を継承して、今も「日本国体学」の研究・啓発活動を行なっている。「日本国体学」は、非正統的国体論の中で現在も命脈を保っている、恐らく唯一の国体思想であろう。

## 発展的思想としての国体論

「非正統的国体論」の典型と言える北一輝の国体論については、このあと項を改めて詳述するが、いくつかの非正統的国体論を瞥見しただけでも、国体観念がいかに多彩な色合いを帯びていたかを察知できよう。

また、今挙げた論者のほかにも注目すべき非正統的国体論者が現れていた。例えば高山樗牛は、国体の維持と民生の満足を二大原理とする「日本主義」を主張し、のちにニーチェに心酔したが、さらに日蓮主義へと転回した。仏教哲学の形成に寄与した哲学者・井上圓了《えんりょう》は、日本的仏教による国体の永続化を説いた（前掲『国体論史』）。

これら以外にも、国体論は百花咲き乱れるような様相を呈していた。「国体」という同じ言葉を用いているが、共通する理念がありながらも、無視できない差異があったのである。

以上の事実は、近代の国体論は水戸学を起源としながらも、水戸学に束縛された固定的な思想でないことを実証している。あたかも水戸学という幹から無数の枝葉が分岐して、巨大な樹木となったかのようである。

しかも、里見岸雄が唱えたような、正統的国体論に反逆する異類の国体論も生まれていた。国体論は、儒学・国学・神道・仏教・日本的哲学や、西洋の哲学・歴史学・法学などの、多種多様な学問・宗教と混交しながら、多岐にわたって派生する発展的な思想だったのである。

ここに至って、近代日本の国家論は、「正統的」、「非正統的」を含めて国体論を中心に展開していたことが明らかになるだろう。周縁に自由民権思想、英国型君主制議会主義論、社会主義思想・共産主義思想などが出現してはいたが、正統的国体論を中核として多面的に増殖した国体論が、近代国家形成の過程で強力な思想的磁場となっていたのである。

## 3　三島由紀夫の国体論の独自性

### 三島由紀夫の国体論と正統的国体論の同質性と異質性

これまでの考察によって、戦中派であった三島由紀夫が国体理念を国家思想の中心的位置に据えたことは、十分了解できるのである。それでは、三島の国体論と正統的国体論を比較し、両者の間の同質性と異質性を探求することとする。

三島が初めて「国体」を語ったのは、二〇歳の時の「昭和廿年八月の記念に」であった。そして「二・二六事件と私」の中で、「国体とは？　私は当時の国体論のいくつかに目をとほしたが、曖昧模糊としてつかみがたく、……」と書いている。だが、目を通した国体論の著作や著者についての言及はなく、このあとの作品の中でも、読んだ文献などを一切挙げていない。したがって、この作業を進めるには、三島の国体理念と正統的国体理念とを対照させて推察する以外に方法はない。

三島は水戸に縁がある。茨城大学でのティーチ・インでこう発言しているからである――「私は水戸へ

伺ったのは初めてなんですが、私の血の中には水戸の血が多少流れております。祖母のほうから細々なが
ら」（「国家革新の原理――学生とのティーチ・イン」）。三島は二三歳の時に発表した小説『好色』で、自分の本名である〈公威《きみたけ》〉を主人公にして、このことを具体的に書いている。祖母・夏子の母は、水戸藩の支藩宍戸藩の藩主・松平主税頭《まつだいらちからのかみ》の娘であり、三島には水戸徳川家の血が流れていたのである。

ところが不思議なことに、国体論を初めて体系化した水戸学について、三島は全く触れていない。その理由を三島の作品の中に見つけることはできないが、一つのヒントがある。死の二か月前に発表された「革命哲学としての陽明学」の中に、このような一節があるからである――「明治維新は、私見によれば、ミスティシズム〔神秘主義〕としての国学と、能動的ニヒリズムとしての陽明学によって準備された」。この論文で三島は、吉田松陰と西郷隆盛が陽明学から影響を受けたことを強調しているが、水戸学からの多大な影響については全く語っていない。しかし、すでに指摘したように、明治維新の思想的源流は水戸学であり、そこに国学や陽明学が合流したのである。三島には水戸学への視野が欠けていたように見える。

とは言っても、その理論内容を見ると、水戸学の説いた「天上の神の直系である天皇の統治の永遠性」は三島の中心理念でもあった。すでに指摘したように、水戸学国体論の中核を成すこの理念の基盤には記紀神話がある。一方、三島は少年期から晩年に至るまで記紀神話を愛読し、それらは彼の心情に深く浸透していた。「惟神之道」から「三島由紀夫　最後の言葉」に至る言辞を子細に見るなら、水戸学からの直接的影響は見られないとしても、水戸学を飛び越えてその淵源にある記紀神話から決定的な影響を受けたことは疑い得ない。記紀神話を主軸とした点で、水戸学と三島との間に原理的な同一性を見出すことができるのである。

また、「君民一体」の理念は三島も一貫して述べており、明らかに水戸学と一致している。しかし「祭政一致」については、戦前は肯定したが、戦後は「祭政分離」へ転換した。また水戸学の「忠孝一致」「政教

一致」の理念を、三島は全く語っていない。これらは著しい相違点である。ただし、「忠孝一致」については、「忠」と「孝」を一体化させた言説はないが、天皇への忠誠心が極めて純粋で熱烈であったことはすでに指摘したとおりであり、「忠」という一点で両者は結びつくのである。

晩年の三島は吉田松陰に心酔していた。『小説とは何か』で、松陰の言葉「身滅びて魂存する者あり。心死すれば生くるも益なし、魂存すれば亡ぶるも損なきなり」に感銘を受けたことを打ち明けていた。また「革命哲学としての陽明学」では、松陰の死生観に畏敬の念を表明し、「三島由紀夫 最後の言葉」では松陰の生き方を範とすることを明言した。

また、「革命哲学としての陽明学」の中で西郷隆盛を賞揚した。西郷の言葉「聖賢に成らんと欲する志無く、古人の事跡を見、迚《とて》も企て及ばぬと云ふ様なる心ならば、戦に臨みて逃ぐるより猶《なお》卑怯なり」を引用して、自分を無にし聖人と同一化することによって行動のエネルギーが湧いてくることを強調した。

松陰と西郷がともに水戸学から深甚な影響を受けたことを考え合わせると、三島は敬愛した松陰と西郷を媒介として、間接的に水戸学とつながっていると見ることもできる。

以上の事実から推量するなら、三島の国体論は水戸学の国体論と異なる点がいくつかあるとしても、記紀神話から産み出された国体の基本理念については、深い結びつきのあることがわかるのである。

次に、三島と国学との関連に目を向ける。なぜ国学に注目するかと言えば、三島が天皇の神聖性に関して、『対話・日本人論』でこのような発言をしているからである。

「天皇神聖不可侵」は天皇の無謬性の宣言でもあり、国学的な信仰的天皇の温存でもあって、僕はここに九九パーセントの西欧化に対する、一パーセントの非西欧化のトリデが、「神聖」の名において宣言されていたと見るわけです。

国学は、江戸時代に契沖《けいちゅう》から起り、荷田春満《かだのあずままろ》、賀茂真淵《かものまぶち》、本居宣長、平田篤胤《あつたね》らに継承されて、日本の古典を中心として我が国固有の文化を究明しようとした学問である。〈国学的な信仰的天皇〉という発言から、三島が国学から影響を受けていたことがわかる。事実、三島はすでに一九歳の時に、国学の大成者・本居宣長（一七三〇～一八〇一）を礼讃する文章を書いていた（「無題（『作文補遺』）」）。宣長の偉大さは、〈からごゝろ撃攘《げきじょう》（撃退）〉という反儒教的な思想によって、〈純粋きはまりない姿における日本〉をポジティヴな彫塑として打ち立てたことにある、と論じていたのである。

儒教・仏教を排し、純粋な日本的精神を重んじた宣長は、『日本書紀』に記述されている〈惟神《かむながら》〉を引用しながら、天照大御神の子孫であり現御神である天皇が国を治める道が〈神道《かみのみち》〉である、と説いた（「直毘《なほびの》霊《みたま》」『古事記伝』——大野晋編『本居宣長全集 第九巻』）。

三島一六歳の作「惟神之道」というタイトルは、『日本書紀』から宣長へと受け継がれた〈惟神〉を用いていたことがわかる。〈国学的な信仰的天皇〉と語った背景には、国学から吸収した知識が確固として蓄積されていたのである。

では、国学と水戸学は全く異質の思想なのだろうか。會澤正志齋は儒学を土台としているので、厳密に言えば水戸学は、儒学を排斥した国学と明確な違いがある。しかしながら、建国神話に基づいた「天皇統治の永遠性」を根本理念として国体論を確立した水戸学は、明らかに国学の中心理念を包含している。記紀神話に対する信奉という点で、水戸学は国学と根底で相通じているのである。

一方宣長は、太閤秀吉の家臣・小西行長《ゆきなが》が明《みん》の将軍に送った書簡を取り上げて、朝貢《ちょうこう》（明の皇帝に貢物を差し出すこと」という言葉を使ったことを、〈国体を損なうこと〉と断じ、批判した（『馭戎概言《ぎょじゅうがいげん》』―大久保正編『本居宣長全集 第八巻』）。宣長は、栗山潜鋒が復活させた「国体」の語を実際に用いており、水戸学を踏襲していたのである。

また、神秘的な神道理念を構想した平田篤胤（一七七六～一八四三）は、「御祭事《おんまつりごと》、御政事《おんまつりごと》は、元より一つにて候」と述べ、「祭政一致」を説いた（松本三之介「幕末国学の思想史的意義」―『日本思想大系51 国学運動の思想』）。さらに、その後の国学者の中には、君臣関係を父子関係に擬して「忠孝一致」を説く者が出てきている。しかも、国学は対外意識の面で徹底した自国至上主義を説き、攘夷思想の推進者でもあった。これらの点を総合的に判断すれば、国学と水戸学の親縁性が認められるのである。

したがって、水戸学者が再生した「国体」の語を国学者も用いるようになったのは、ごく自然な成り行きであった。国学は国体論を体系化したわけではないが、水戸学国体論の理念を支えていたのである。

さらに付け加えるなら、吉田松陰の言葉も、国学と水戸学との関係を考える際の格好の素材となる。宣長の『古事記伝』も読んでいた松陰は、こう論じた――「尊王攘夷の四字を眼目として、何人の書にても何人にても其の長ずる所を取る様にすべし。本居学と水戸学とは頗《すこぶ》る不同あれども、尊攘の二字はいづれも同じ」（安政六年入江杉蔵宛書簡―前掲全集第八巻）。松陰は水戸学と国学の違いを指摘しつつも、両者の長所である「尊王攘夷」の中に共通性を見出していたのである。

したがって、水戸学と国学がともに明治維新の起爆剤となった点に、最大の類縁関係がある。水戸学を視野に入れていないにせよ、国学を明治維新の思想的基盤と捉えた三島は、歴史の実相を正しく把握していたと言えよう。

以上の諸々の点に鑑みるなら、三島の思想は水戸学と国学の両方と密接につながっていると推断することができる。

次に、三島の国体思想と明治期以降の正統的国体論との関連を探ってみる。

国体理念を中軸とした大日本帝国憲法については、三島は戦前における天皇の「親政」と「神聖不可侵性」を信奉したので、帝国憲法の理念を肯定していた。ただし戦後になって、帝国憲法に内在していた、親政と西欧立憲主義との間の矛盾を声高に指摘しており、全面的に同調していたわけではない。二・二六事件の際の昭和天皇の討伐命令に疑義を呈し、西欧立憲主義によって政治化されたため、神格性に基づいた天皇親政が発揮されなかったことに恨みの声を上げたのである。また、天皇大権である統帥権は、軍部の専横をもたらしたとして、批判的に捉えた（「北一輝論――『日本改造法案大綱』を中心として」）。

このあと、「親政」を否定して〈文化概念としての天皇〉を立てることになるが、天皇の「祭祀」と「神格性」・「神聖性」については依然として固持した。世俗的君主と異なる、祭司としての天皇の「象徴」の根拠として、「神聖不可侵」を謳うべきであると主張し、憲法改正を訴えたのである。したがって、「神聖不可侵」が帝国憲法に明文化されている点に着目するなら、帝国憲法の部分的復活を図ったと見ることも可能であろう。

ところで、国体と法律との関係で見落とせないのは、治安維持法に対する三島の見解である。先に示したように、治安維持法は、国体の変革又は私有財産制度の否認を目的とする結社の組織を禁じた。それに対して三島は、この規定が国体を資本主義と同義語にしてしまい、国体を変質させた、と指摘した（『文化防衛論』）。

しかしこの条文は、「国体の変革又は私有財産制度の否認を目的とする結社……」と書かれており、〈又は〉という表現は選択的関係を示しているので、国体と私有財産制度は同義ではない。しかも、国体理念の中に経済体制が一切含まれないのは明らかであり、政府・議会がこの自明の常識を欠いていたとは考えられないからである。この法律はむしろ、共産主義思想が天皇制度の廃止を主張するものであったため、天皇中心の国体を否定することと、私有財産制度を否定する共産主義をともに禁止したと推定される。したがってこの法律は、国体の破壊を目論む共産主義思想を排撃することが主眼であり、三島は治安維持法の内容を誤解していたと思われる。

そうは言っても、この法律が三島のような誤解を生じやすいことは確かである。そのためであろうか、三年後の昭和三年に治安維持法は改正され、第一条を二つの項目に分けた（前掲『日本史史料［4］近代』）。それによると、第一項は国体を変革することを目的とする結社の組織を禁止し、刑罰は死刑又は無期もしくは五年以上の懲役となった。そして第二項は、私有財産制度を否認することを目的とする結社の組織を禁止して、刑罰は十年以下の懲役と規定した。〈国体変革〉と〈私有財産制度の否認〉を明確に分け、しかも改正前は同一であった量刑も別にして、〈国体変革〉の罪を重くしたのである。この事実は、「資本主義の否定」よりも、天皇制度を廃止しようとする「国体変革」のほうを政府・議会が重く見ており、「国体」と「資本主義」を同一視したわけでないことを証明するであろう。

なお、誤解のないように一言付け加えるなら、以上の私見は条文の忠実な解釈に基づいたものであり、治安維持法の内容を正当化するものではない。治安維持法が思想・言論を弾圧した元凶であることは、疑う余地のない歴史的事実だからである。

次に教育勅語に関しては、大変興味深いことに、三島は肯定するどころか、むしろ嫌悪した。『日本文学小史』の〈古事記〉の項で、教育勅語の精神の背景にある儒教道徳の偽善とかびくささにうんざりする、と表明していたからである。対照的に、純粋な日本的精神の象徴として『古事記』を讃美した。景行天皇を統治的な「人間天皇」と捉え、詩と暴力の象徴である倭建命を「神的天皇」の現われと見なして、この両者を日本人の真の感情の源泉と見なした。倭建命のデモーニッシュな力を強調する反面で、教育勅語の、生命力を欠いた儒教的徳目を批判した。この見解は、秩序と対立する〈詩的情念としての暴力〉の意義を浮かび上がらせており、ユニークな文学的理解と言える。儒教を排撃した国学を憧憬した三島にしてみれば、当然の帰結だったのであろう。そしてそれは、教育勅語の説く「忠孝一致」への言及がない根本的要因であることを暗に示しているのかもしれない。

ただ、教育勅語の土台にある水戸学の国体論には儒教道徳の影響があるとしても、その中心理念は記紀神話に依拠していた。したがって、三島に教育勅語への拒絶感があったにせよ、その淵源にある水戸学の根本理念と照合するなら、教育勅語の理念と三島の見解は、それほど遠く懸け離れたものではなかったのである。ともあれ、三島が教育勅語に反発し、正統的国体論の「忠孝一致」と「政教一致」の理念に同調していなかったことは否定できない。

以上の分析によって、三島の国体論は、正統的国体論との相違点がありながらも、直接・間接両方の影響を透かし見るなら、その源流を「記紀」とし、水戸学、国学、帝国憲法の理念へと続く潮流の中で育まれたものであることを確認できるのである。

さらに考察を進めて、三島と正統的国体論者・平泉澄との思想的接点の有無を探ってみる。三島が平泉に触れている文章を見出すことはできないにせよ、先ず目を引く共通点は、天皇へのゆるぎない忠誠心と、国体護持に対する強固な信念である。

また平泉は、皇孫の統治は天壌無窮であるという神勅に基づいて日本を〈神国〉と説いた『神皇正統記』

を、〈国史の中軸〉に据えた（『国史学の骨髄』）。この事実を見ると、後醍醐天皇を〈美的天皇〉として深く崇敬し、『日本文学小史』の中で『神皇正統記』を高く評価した三島と、平泉との間には近縁性があることは明らかである。

しかも平泉は、日本精神の偉大な指導者として橋本佐内とともに吉田松陰を挙げ、松陰の忠義の精神と尚武の気象を讃えた。三島もまた松陰に傾倒し、身体の死を恐れず魂の生を希求した松陰の生き方に対して、畏敬の念を繰り返し表明した。ここにも、松陰を媒介とした、三島と平泉との親近性を見て取れるのである。

さらに挙げるならば、両者は我が国固有の国体を最も重視しつつも、西欧文化を排除しなかった。平泉は西欧の哲学・歴史学を積極的に受け入れ、三島も西欧の文学・思想を意欲的に取り入れ、自身の糧とした。排外的な国粋主義者でなかった点でも、共通性がある。

にもかかわらず、三島と平泉の天皇観・国体観には相違もある。それは二・二六事件に対する評価である。先に指摘したように、三島は、青年将校の鎮圧命令を下した昭和天皇の執政を、「神」としてではなく「人間」としての憎しみに基づいたもの、と怨嗟の声を上げた。

これに対して平泉は、二・二六事件をこのように見ていた（『悲劇縦走』）。

「……其の害毒は消滅する事無く、計り知る可からざる損失を、陸海軍に与へました。陸軍における派閥の争が、此の騒乱を激化したことは事実であると思はれますが、乱後の処分によつていはゆる皇道派の目ぼしい人物を一掃し去つた事は、陸軍の力をどれ程低下せしめたか、計りがたいものがありませう」

軍部に影響力のあった平泉は、皇道派と統制派の融和を図り、国内が一つにまとまることを目指したが、皇道派が中心となった二・二六事件によって、文武の間、陸海の間が分裂し、結局国体は弱体化したと捉えた。そして、青年将校の精神は汲むべきであり、国家の現状を革新すべきであると考えたが、天皇への強迫は国体の根源を破り、天皇の神聖を汚すもの、と批判した。平泉は尊皇絶対を「国体の正道」と見なしたのである。

視線を過去へ戻すならば、平泉の忠義観は、吉田松陰の忠義観を想起させる。松陰は、「暗主に忠なるこそ真忠なれ」（『講孟余話』）、「主人を諫《いさ》めて聞かざれば諫死する迄なり」（黙霖との往復書簡―前掲全集第七巻）、と説いた。暗愚な主君であっても、絶対忠誠を重んじるべきであり、主君に諫言して受け入れられないときは、〈諫死〉を究極の忠と考えた。そしてそれは、天皇に対する場合であっても全く同様であると断じたのである。

さらにさかのぼれば、この精神の系譜は、厩戸《うまやとの》皇子《みこ》（聖徳太子）にまでたどることができる。六〇四年に聖徳太子が制定したとされる憲法十七条には、「詔《みことのり》を承《うけたまは》りては必ず謹《つつし》め」と謳われている（『日本書紀』―小島憲之他前掲全集3）。聖徳太子の定めた承詔必謹《しょうしょうひっきん》（詔を受け賜ったなら、必ず謹んで従いなさい）の精神は、絶えることなく継承されているのである。

したがって、理想とする神格天皇に対して忠誠を尽くすと言明する一方で、昭和天皇に対して恨みの声を上げた三島由紀夫の忠義観は、聖徳太子から吉田松陰、平泉澄へと連なる絶対的忠義観と相容《あいい》れないものだったのである。

### 三島由紀夫の国体論と非正統的国体論の相似性と差異性

次に、三島と非正統的国体論者との比較を試みる。

先ず、福澤諭吉と対比させる。三島は『対話・日本人論』で、諭吉が攘夷論の中に改革の能力を予見しなかったとして批判した。では、三島と諭吉は背反する思想の持主だったのだろうか。すでに述べたように、諭吉の国体観念は「ナショナリティ（国家の独立性・特質）」という一般的な意味を表していたが、三島も、国体を一般的な意味で「民族・文化のアイデンティティ（同一性）」と説明している点で、類似性を見て取れる。ただし、諭吉は天皇を国体の〈眼〉のような存在と捉え、神話や祭祀に言及していないのに対して、三島は記紀神話に基づいた天皇の永遠性や祭祀を重視しているので、国体の具体的理念において認識が異なっている。

さらに考察を進めるなら、諭吉は「帝室は政治社外のものなり」「帝室は万機を統《す》ぶるものなり、万機に当るものに非《あら》ず」と説いた（『帝室論』）。天皇は人心収攬《しゅうらん》（取りまとめること）の中心となって国民政治の軋轢《あつれき》を緩和し、学問・芸術を増進するという至尊の功徳のあることを力説した。この考えは、戦後に三島が立てた、政治的権能のない〈文化概念としての天皇〉の先駆けと見なすこともできるであろう。

また、「我大日本国の帝室は尊厳神聖なり」と断じており（『尊王論』―前掲全集第六巻）、三島の信奉する「神聖天皇」に通じる点がある。さらに、日本人の尊王心は自然の性情に出るものであると明言した上で、「日本全国を同一視して官民の別なく至尊の辺より恩徳を施し、民心を包羅《ほうら》（包み込むこと）収攬して日新開明の進歩を奨励することなり」と説いた。この天皇像は、三島の「君民一体」の精神を連想させるとともに、「日本文化の革新のシンボル」と見なした三島の天皇像（『対話・日本人論』）とも重なり合う。したがって、両者にはいくつかの類似点を認めることができるのである。

次に、三島の国体政体二元論を、穂積八束の法学的国体政体二元論と比較してみる。両者はともに国体と政体の区別を主張していたからである。

三島の国体政体二元論によれば、国体とは日本民族・日本文化のアイデンティティを意味し、歴史・伝統・文化の時間的連続性によって成立するものであり、具体的には天皇中心の国家体制であって、恒久不変である。それに対して政体とは、民主主義体制などの国家の統治機構を意味し、盛衰を常とする。この区別を明確にして、国体を護持しなければならないと唱えたのである。

国体と政体を区別し、政体は変遷するが国体は絶対不変であると考える点で、三島の理論は穂積の理論と同じである。ところが戦後三島は、天皇に政治的権限のない〈文化概念としての天皇〉を中心とする国家体制を恒久不変の「国体」と定義した上で、天皇祭祀や君臣一体を重視した。したがって、穂積の唱えた、天皇主権を原理とする「法学的国体」ではない。三島の国体政体二元論は、国体と政体の明確な区別を強調する点で、穂積の理論を名目的に受け継いでいるが、内容的には天皇の権能に関して異質であった。同じように「国体政体二元論」と呼ぶことができるとしても、実質的に穂積の理論と異なっていたのである。

さらに、三島由紀夫と西田幾多郎の国体観とを対照させる。三島と西田には思想的な交点はないように見えるが、全く無縁ではない。なぜかと言えば、三島が西田の『善の研究』などの著作について、当時の知識人の知的服従傾向に強い違和感を表明し、距離を置いていたからである（「日本の古典と私」）。三島が西田の国体に関する論文を読んだ形跡は見られないが、国体観について両者は全く異なるのであろうか。

すでに指摘したように、西田の国体概念は福澤諭吉と同様の「国家の独立性・特質」の意味である。しかし一方で、建国神話の意義を認めており、国体の本質を「祭政一致」という宗教性に見ていた。この点で、宗教と国家との合一を我が国の特質と捉えた三島の国体観と一致している。さらに、西田は民族の個性的世界としての国体の自己形成によって歴史的世界が形成されると考えたが、一方三島は、国体は歴史・伝統・

文化の時間的連続性の集積の上に成立すると説いた。国体の歴史性を重視した点でも、共通性を見出すことができるのである。

ただし、我が国の戦争に対する見方は対極にある。三島は大東亜戦争がすでに始まっていた十七歳の時（一九四二年）にこのように書き留めており、戦争を肯定していた（「大東亜戦に対する所感」）。

今度の戦争が過去の緻密必然な基《もと》ゐの上に、きはめて自然にひらいた結果であることが事実であると同時に、また、全ての予言や、過去の原因やを、超えきつた純一無垢《むく》の戦争であることも覆《くつが》へぬ事実なのである。

ところが、先に指摘したように、西田はすべての国の帝国主義的政策とそれに基づく戦争を批判しており、我が国の対外政策も真の国体理念に反すると見なした。西田が日本国家のあり方を冷厳に見つめているのに対して、三島には帝国主義的国策という認識はなく、多くの国民と同様に心情的に戦争にのめり込んでいる様相を窺い知れる。しかしこのような思いは、当時の大多数の日本人の姿を写し出していると見るべきであろう。

三島と西田の思想の全体像を見れば、明らかに異質である。しかし国家観に限れば、ともに我が国の「国体」と天皇祭祀を重視した事実に見られるように、決して隔絶していたわけではない。三島が西田と距離を遠く置いていたにもかかわらず、日本国家観に関する限り、両者の近縁性に意外の感を禁じ得ない。

最後に比較する里見岸雄は、神勅に基づいた神権的天皇を妄信し讃美することに批判的であり、水戸学的・国学的国体論を認めていない。しかも、西田幾多郎と同様に我が国の中国大陸への帝国主義的侵略を批判し、世界の共存共栄を実現することが、真の国体の精神であると説いた。したがって、三島との共通点はないように見受けられる。

しかし、いくつかの接点を見出すことができる。天皇と国民との関係について、三島は里見のように親子・主従関係になぞらえていないが、「君民一体」を権力的関係ではなく精神的一体性と捉え、国体のかけがえのない理念と見なしたので、この一点で両者は確実に接続しているのである。

また、里見は治安維持法を批判した（『天皇とプロレタリア』）。改正治安維持法が国体変革と私有財産制度の否認とを分け、刑罰に差を設けたことを一つの進歩と見なしたが、依然として国体と私有財産制度とを近接して取り扱っていることにこだわりを見せた。国体と私有財産制度とを混同するように導いている不都合を〈国体冒瀆罪〉である、と批判したのである。先の私見で指摘したように、治安維持法の主眼は、国体と私有財産制度を同一視しているわけではなく、天皇制度を否定する共産主義思想を排斥することである。里見は誤解を招くようなこの法律を批判しており、三島のように、この法律が国体と資本主義を同義と見なしていないので、三島との間に違いはある。そうは言っても、あたかも国体と資本主義とを結びつけるような治安維持法を批判した点で、同じ問題意識を共有していたのである。国体の尊厳が侵されることに対して、両者がいかに過敏であったかを物語るものであろう。

ちなみに言えば、三島は里見に言及していないが、里見は三島の自決に際して所感を表明していた（「三島由紀夫と飯守重任」―『国体文化 昭和四六年三月号』）。「三島由紀夫という人には私は一面識も無いし、その作品もこれまで一つも読んだことがなかった」と前置きした上で、次のように述べている（一部中略）。

「腹を切るということは、容易にできるところではない。余程の勇気と百錬金鉄の精神がなければああ迄立派な切腹はできない。三島氏は割腹自決という異常の行為を以てその享受した人生を主体的に完結したのであって、知ったかぶりの利口ぶった第三者的評言を遥に超えた厳粛性、壮絶性がある」「問題は自衛隊の決起というが如き即自的反応に重点があるのではなく、三島ほどの高名有能な文士が、憲法改正の悲願の為めに、その生命を供養したと見るべき一点に存する。憲法改正を叫ぶ者は決して少くない。然し憲法改正のために自ら命を断った人は、三島由紀夫氏を以て嚆矢とする。悲壮な死であった。彼の死を光輝あらしめるものは、それが憲法改正の志念とつながっていることであった。彼の生前に知りあえなかったことは残念におもえてならぬ」

里見は三島の切腹を、文学や美学の問題と何の関係もない国士的終幕と捉えた。三島は身命を国家に〈供養〉したと理解し、その絶対境をしのぶほかないと感受した。客観的に見れば、両者の国体理念は異なっている。しかし、里見は三島の死を厳粛に受けとめ、三島の精神に対して清澄な心的振動を起こしていたのである。

## 三島由紀夫の〈心の中にある国体〉

国体論の水源とその多岐にわたる水脈を鳥瞰した結果から、次のように言えるであろう。三島由紀夫の国体論が、正統的国体論は勿論のこと、多様な非正統的国体論とも絡み合っていることは、国体論の多面性と奥深さを如実に示しているのである。

また、正統的、非正統的を問わず、すべての国体論の枢軸は「天皇」であることが、不変不動の一致点である。そして、三島由紀夫の国体論の中軸もまた「天皇」である。戦後は〈政治概念としての天皇〉から〈文化概念としての天皇〉へ変容させながらも、「天皇」は三島の精神の奥底に確固として根付いていた。神格性・永遠性を有する天皇の絶対性、君民一体、天皇への忠誠などの理念は、水戸学以来の正統的国体論を基本的に継承している。三島の国体理念が戦前までの国体論の血脈に連なっていることに疑問の余地はないであろう。

それにもかかわらず、三島は正統的国体論にすべて同調しているわけではなく、国体理念を根幹とした戦前の国家体制をすべて是認しているわけでもない。天皇を政治化した帝国憲法に対する疑念、統帥権の問題視、教育勅語に対する嫌悪、治安維持法に対する批判などが、その証《あかし》である。また、祭祀の主宰者であり、和歌などの文学の創造・伝承の中心と見なす〈文化概念としての天皇〉理念は、文学者特有の天皇観である。しかも、〈文化概念としての天皇〉と〈言論の自由〉とを結びつけた国体理念などは、官民を問わず戦前の国体論には全く見られない独創的なものである。

事実、三島は昭和四十四年に、著名な学者・作家・評論家など二十名によるシンポジウムで、こう発言していた（日本文化会議編『日本は国家か』）。

私はいわゆる国体論者でありませんけれども、昭和の歴史を見てまいりますと、それぞれの心の中に国体があった。

したがって、三島の言う〈いわゆる国体論者〉を正統的国体論者とするなら、三島の国体論を正統的国体論と同一視することはできない。しかも、〈国体は一億種ある〉〈それぞれの心の中に国体がある〉という発言をみずから証明するかのように、正統的、非正統的を含めてほかのどの国体論とも異質の国体であった。それは既成の国体論をただ踏襲したものではなく、三島固有の体験によって形成された、三島の〈心の中にある国体〉であった。「記紀」などの古典からの直接的影響や、天皇の歴史的・文化的属性の認識が基底にあり、その上に戦前・戦後の実体験や西欧思想の摂取などが堆積されることによって創造された、「三島由紀夫の国体」だったのである。

## 4　北一輝と対峙する三島由紀夫

国体論を考察する上で、二・二六事件に連座して死刑となった北一輝に触れないわけにいかない。なぜなら三島は、「正統的」、「非正統的」を問わず、国体論者の名を具体的に挙げていないにもかかわらず、北一輝についてはは饒舌に語っているからである。二・二六事件に執拗にこだわって天皇の本質を問い詰めた三島にしてみれば、それは必然的な営みだったのであろう。国体観に関して、北一輝と三島由紀夫とを対比させて、中項目として独立させる理由がここにある。

### 北一輝の反国体論

北一輝による正統的国体論批判の心髄が述べられているのは、『国体論及び純正社会主義』（明治三九年）である（『北一輝全集 第一巻』）。その中の〈第四編 所謂《いわゆる》国体論の復古的革命主義〉を読み解き、北の国体観の特徴を引き出してみる。

北は冒頭で、現在説かれている〈所謂国体論〉の天皇は、現今の天皇ではなく、国家の本質と法理に対する無知と、神道的迷信と、虚妄の歴史解釈によってねつ造された土偶である、と指摘する。〈所謂国体論〉を、真の国体を破壊する〈復古的革命主義〉と命名し、これを打破する、と激烈に主張する。そして、貧困と犯罪を撲滅するために〈純正社会主義〉を唱え、次のように〈国家主義〉を説く。

「社会主義の法理学は国家主義なり」
「近代の公民国家に於ては、其の君主及び国民は決して主権の本体に非《あ》らず、主権の本体は国家にして、国家の独立自存の為めに国家の主権を、或は君主或は国民が行使するなり」
すなわち、君主主義は利益の帰属するところが君主であり、民主主義は国民が終局目的であるがために、いずれも根本的に個人主義であるがゆえに、誤りである。国家主義は、国家が目的であり利益の帰属する権利の主体なので、主権は国家にある。法律上の人格である国家の生存進化のために存在する君主と国民は、国家の主権を行使する機関である。この公民国家を現今の〈国体〉とすべきである。

さらに理論は展開される。

国家とはそれ自身の目的を有して生存し進化しつつある有機体である。国体は数千年間同一ではなく、時代的に異なる。天皇も古今不変ではなく、歴史的に進化している。明治維新に至るまでの天皇は国家の所有者としての家長君主であった。古代にはその権力が最も強大な君主国時代であったが、中世以降は権力が微弱でその勢力範囲内において家長君主であり、武家による貴族国時代であった。しかし維新後は、国家の特権ある一分子として国家の目的と利益との下に活動する国家機関の一つであり、日本帝国の統治機関である。

日本国家は君主政体でも共和政体でもなく、立憲君主政体である。君主と帝国議会とが合体した一団が最高機関である。立憲君主政体とは、平等の多数と一人の特権者とをもって統治者とする民主的政体である。いわゆる「君民統治」の政体こそが現今の国体であり、政体である。すなわち国家に主権があることをもって社会主義であり、広義の国民に政権があることをもって民主主義である。

いわゆる国体論者の言う、万世一系の系統主義と忠孝一致の忠孝主義は歴史的に看過すべきではないが、今日においては歴史の進化に逆行するものである。歴史上皇室の忠臣義士は例外であり、国民の大多数は乱臣賊子であった。法理以前の君臣一家、忠孝一致を国民の道徳的判断の基礎とするのは神道的迷信である。独立の良心を有する者は信仰の自由を享受する。憲法の条文は信仰の自由を保障するものであり、日本帝国は宗教団体ではない。「記紀」をバイブルとする神道の信仰をもって家長団体をつくり、天皇を祭主とする時代は歴史的に葬られた。国家は個人の良心の内部的生活に立ち入るべきでなく、国家の一機関である天皇は道徳を強制することはできない。

以上の北の理論を強いて命名するなら、「反国体論」であり、同時に「新国体論」でもある。官製の国体論を痛烈に批判し、独自の日本国家論を主張しているからである。したがって、北の国体観を〈国体論を否定するもの〉と断じた三島由紀夫の指摘は正鵠を射ていたのである。

北の「反国体論」の特徴とその意義を掘り出してみよう。

第一に、その国家学の中心原理は「国家主権説」である。国家に主権があり、天皇と国民（帝国議会）がともにその主権を行使する最高の機関としている。これは天皇主権説を否定するものであり、言わば「天皇機関説」である。北の思想的基調は伝統的な天皇と近代的憲法理念との融合であったが、天皇に統治権があり国民に主権のない帝国憲法の理念とは異質であった。この〈公民国家〉の理念は天皇を絶対的存在と規定せず、天皇の地位と権能を相対的に弱め、他方で国民の地位と役割を高めようとするものと見て取れるのである。

国家主権説を説き、天皇を機関と見なす北の理論は、美濃部達吉の国家主権説・天皇機関説との類似性を認めることができる。ただし、美濃部が、天皇は最高の国家機関として統治権を総攬すると説くのに対して、北は、天皇は統治権の総覧者ではないと主張し、〈君民統治〉に基づき、天皇と国民（議会）を国家の最高の機関と見なしている点で、その実体には明確な相違がある。

視界をさらに広げれば、北の〈君民統治〉の理念は、自由民権思想家・中江兆民（一八四七〜一九〇一）の〈君民共治〉の説を想起させる。兆民は、共和政治の本義は政権を全国人民の公有物であると見なすがゆえに、その名を問わず実を取るべきであり、君主の有無は問わない、と主張した。その上で、天皇と、人民の代表機関である国会による〈君民共治〉を説いたのである（「君民共治之説」―『中江兆民全集14』）。ただし具体的には、英国流の君主制議会主義を模範とすべきであると主張した（「平民の目さまし」―前掲全集10）。したがって、天皇と議会の合体した立法機関を統治者と見なした北の〈君民統治〉は、調停者としての天皇を認めつつ実質的に人民主権を唱えた兆民の〈君民共治〉と、内実では異なっていたのである。

それにもかかわらず、天皇のみに主権を持たせず、国民と共に統治する機関と見なし、国民の政治参加を重視した北の理念は、帝国憲法と現憲法の中間に位置しており、象徴天皇と国民主権を原理とする現憲法へ至る前段階と言えるかもしれない。

第二に、社会進化論に基づいて、国家を常に進化する有機体と捉えていることである。わが国の統治形態を詳細に分析することによって、その歴史的進化を重視している。すなわち、天皇も歴史的に進化しており、古代の君主国時代には最強の君主であったが、中世以降の貴族国時代には武家の迫害を受けた家長君主であり、明治維新以後は大いに進化して帝国議会と共に国家の最高機関を組織するものとなった。もはや我が国は天皇を家長とする「家族国家」ではない。〈所謂国体論〉は歴史の逆進であり天皇を敵対視するものであって、自分の国家論こそが天皇を擁護するもの、と主張している。北の天皇論は、社会進化論という歴史哲学と、近代的国家学に基づいた法学的理論との融合である。

さらに、「祭政一致」を否定するとともに、「記紀」を聖典とする万世一系の系統主義や、教育勅語に謳われた「忠孝一致」の道徳観念を国民に強制してはならず、国家は信仰の自由を保障すべきであると主張した。

帝国憲法では信教の自由は制限的であったが、北の理論はそれをさらに徹底させた点で現憲法に限りなく近づいており、この点でも先駆的である。

北はこの著作で、プラトン、アリストテレス、モンテスキュー、ホッブズ、ルソーなど、古代から近代までの西欧思想を幅広く参照している。他方で、わが国の憲法学者の有賀長雄、穂積八束、一木喜徳郎、美濃部達吉や、井上哲次郎などの、当時を代表する学者を徹底的に批判している。明治という時代と、弱冠二三歳の作であることを考慮するなら、驚異的論文である。北を「異能の思想家」と呼ばずして何と呼べようか。

しかしながら、正統的国体論を過激に批判した北の主張は、正に「異端の思想」であった。したがって、帝国憲法発布の一七年後に自費出版されたこの著作が、一週間もたたないうちに発禁処分を受けたのは当然だったのである。

北はこのあと、大正八年の著作『国家改造法案大綱』（前掲全集第二巻）の中で、「天皇は国民の総代表たり」と規定した。人民は「臣民」ではなく、「国民」であった。天皇と国民の直接的結合を妨げているのが華族や軍閥、財閥などであり、これらを取り除くことによって、天皇中心の有機体国家が実現されると主張した。「一君万民」（天皇の下では万民は皆平等）の完全な実現を唱えたのである。具体的には、華族制・貴族院の廃止、普通選挙（男子のみ）の実施、国民自由の恢復《かいふく》、国民の生活権利、労働者の権利、国民人権の擁護などを提唱した。今日的視点から見れば不十分な内容が部分的に含まれているにせよ、これらの先進的国家像は戦後憲法を予見していたと言っても誇張ではないだろう。

しかし他方で、天皇大権の発動による憲法停止と戒厳令の発令を定め、国家改造のためのクーデターを容認した。この理論が、二・二六事件を引き起こした西田税《みつぎ》らに影響を与えたのである。また、大資本家・大地主中心の国家経済の弊害を克服するために、私有財産と土地所有の制限、大資本の国家統制などの社会主義政策を主張した。北の社会主義はマルクスの社会主義ではなく、「天皇制社会主義」とも言うべき破天荒な理論であり、「日本型社会主義」であった。これらの構想には、今日の国家観から見れば疑問視すべき点があることは確かである。しかし、財閥・地主制度の弊害を指摘した点などには、戦後改革に通じる先見性があったことを評価すべきであろう。

北一輝については、二・二六事件との関係でクーデター容認の理論だけがクローズアップされており、「超国家主義者」、「日本ファシズムの教祖」などと決め付けられて、一方的に排撃されがちである。しかしそれは、北が一筋縄では行かない錯綜した理論を展開したために、理論の一面しか捉えていない浅薄な見方である。北の理論を精細に見通すなら、その根底には万民平等の理念が生きており、それが経済的平等実現のための社会主義思想に傾いた原動力になったと考えられる。経済格差の解消は、どのような社会体制にあっても、またどの時代にも共通する普遍的課題であることは、言《げん》を俟《ま》たないであろう。

また、国家主権説を唱えながらも、天皇とともに国民の政治的役割を重視し、国民の自由や権利を主張した点で、帝国憲法の理念よりもむしろ自由民権思想や現憲法に通じる面がある。このような主張を、「超国家主義」「ファシズム」と呼ぶことはできないであろう。勿論、天皇大権の行使による軍隊のクーデター容認と、国民参加の民主的国家像とは、明白に矛盾することは否《いな》めない。しかしながら、矛盾を抱えつつも、過渡期の思想家として北一輝に注目する価値は十分にあると考える。当時としては独創的な北の「反国体論」は、帝国憲法下の国家体制から戦後憲法下の国家体制へ至る「架橋」の役割を内蔵していたと言えるのではあるまいか。

## 「理」の北一輝と「情」の三島由紀夫

三島由紀夫と北一輝の国体観はともに正統的国体論と異なっていたが、両者の思想の相違点と共通点を引き出してみたい。

相違点の第一に挙げられるのは、天皇観の違いである。

北は、国家を進化する有機体と捉え、天皇の政治的機能の変遷を歴史的に精緻に分析し、近世までの天皇と、進化した明治の天皇とは明確に異なることを強調した。他方で、「記紀」を聖典とすべきではないとし、天皇を祭主とする宗教的国家を否定した。

一方三島の天皇観は、天皇の政治的機能の歴史的変遷をそれほど重要視していない点に特徴がある。ただし、帝国憲法下の天皇が統治権の総攬者として政治化されたことを問題視し、戦後憲法の下では天皇の政治的実権を断念した。三島は「橋川文三氏への公開状」の中で、〈政治概念としての天皇〉を否定し、祭祀と文学を主宰する〈文化概念としての天皇〉を〈超歴史的な概念〉と見なした。それは、天皇の政治的機能などの歴史的事実を削《そ》ぎ落として唱えられた「理想的天皇」であった。記紀神話に依拠した「天皇の神聖性・永遠性」を信奉しており、記紀神話に基づく国体論を歴史の逆行と見なした北と根本的に異なっている。天皇の文化的機能を最も重視している点が、文化的機能を視野に入れていない北との顕著な相違点である。

さらに、天皇に対する心情的関わりも対照的である。

北は天皇を国家の最高機関の一つと捉えることによって、天皇の機能を重視した。天皇は信仰や道徳の対象ではないとし、天皇の神聖さや天皇への忠義を絶対的であると見なしていない。したがって、北は天皇に対して心情的に距離があることを窺えるのである。刑死の直前に、多くの青年将校が〈天皇陛下万歳〉を叫んだのに対して、北がその言葉を唱えなかったことが、それを証明するであろう。

北にとって天皇は、神話的天皇でも道徳的天皇でもなく機能的天皇であり、合理的天皇観の色彩が濃厚である。この観点から見れば、ロゴス的天皇観の持ち主として、「理の北一輝」と呼ぶことができよう。

他方三島は、神話と祭祀を重視して天皇の神聖不可侵を信奉しており、戦前・戦後を通じて変わることのない、天皇への深い崇敬の念と厚い忠義の心が脈々と流れている。北とは反対に、入隊検査の前に書いた遺書の中に〈天皇陛下萬歳〉とひときわ大きく書き、自決の際の演説の最後にも〈天皇陛下万歳〉を絶叫したことがその証《あかし》である。心情に深く根をおろしたパトス的天皇観に支えられており、「情の三島由紀夫」と特徴づけることができよう。

しかしながら相違点ばかりではない。両者にはいくつかの共通点もあることを指摘しておきたい。

その一つは明治天皇に対する評価である。天皇に対する北の心情的冷淡さを先に指摘したが、明治天皇に対しては深い尊敬の念を表明していた（『国体論及び純正社会主義』）。

「現天皇は維新革命の民主主義の大首領として英雄の如く活動してきた」

「現天皇は万世一系中天智《てんじ》天皇とのみ比肩すべき卓越せる大皇帝である」

明治大皇を、日本の近代化と民主化の大立役者であり、天智天皇とともに日本史上偉大な英雄的天皇と賞讃しているのである。

一方三島もまた、一八歳の時の評論「寿」から始まり、二十歳の時の「昭和廿年八月の記念に」や、四一歳の時の対談『対話・日本人論』において、明治天皇への深い敬仰《けいぎょう》の念を表明した。さらに小説『春の雪』では、「清らかな偉大な英雄と神の時代は、明治天皇の崩御と共に滅びました」と叙述した。作品を見る限り、およそ二四年間にわたって、明治天皇への讃仰《さんぎょう》を繰返し吐露していたのである。

次に、天皇を〈国家革新の原理〉と見なした点でも親近性がある。

先に述べたように、北は、天皇大権による憲法停止、戒厳令発令など、天皇を国家改造・国家革新の機軸に据えた。

三島も、天皇は西欧化に対する純粋な日本の最後の拠点となり、先鋭な革新のシンボルとなるべきであると主張した。西欧化の腐敗と堕落に抵抗し、天皇を中心とした純粋な日本文化の保守こそが革新につながるという、三島独特の革新論であった。ただしこれは、北のような、天皇の政治的機能を利用した国家革新論ではない。戦後は天皇の政治的権能を断念しているので、天皇を政治改革の機関と見なしているわけではないからである。天皇に政治的有効性を求めるよりも、日本文化の中心としての非政治的機能に価値を置いた。西欧文化と対峙でき、同時に我が国の精神文化を革新するシンボルとしての機能を付与したのである。

したがって両者の思想は、厳密に言えば質的な相違はあるが、広い意味で〈国家革新の原理〉として天皇を擁立した点で、通底していたのである。

共通項はまだある。北は、「忠孝一致」を基本理念とする教育勅語を国民に強制すべきでないと主張したが、三島も教育勅語の儒教道徳に嫌悪感を露《あら》わにした。この事実は、両者が正統的国体論の「忠孝一致」「政教一致」の原理とその統制性に対して拒否感があったことを示しているのである。

さらに、思想内容だけでなく二人の精神性に着目してみる。

北一輝は辛亥《しんがい》革命（一九一一年に清朝を倒し中華民国を樹立した革命）の際に中国に渡り、革命の流れを実見した。その二六年後、死刑執行前日の昭和十二年八月十八日に遺書を書いた。最後まで肌身から離さなかった法華経教本の余白に、辛亥革命の闘士の孫である養子・北大輝《だいき》に宛てて、次のように書き遺した（前掲著作集第三巻）。

「……汝の生るると符節を合する如く、突然として父は霊魂を見、神仏を見、此の法華経を誦持《じゅじ》（声に出して読んで覚えること〕するに至れるなり。父は只此の法華経をのみ汝に残す。父の想ひ出さるる時、父の恋しき時、汝の行路に於て悲しき時、迷へる時、怨み怒り悩む時、又楽しき嬉しき時、此の経典を前にして南無《なむ》妙法蓮華経《みょうほうれんげきょう》と唱へ念ぜよ。然らば神霊の父、直《ただち》に汝の為めに諸神諸仏に祈願して汝の求むる所を満足せしむべし。経典を読誦《どくしょう》し解説するを得るの時来らば、父が二十余年間為せし如く、誦住《じゅじゅう》三昧《ざんまい》〔お経を読むことに専心すること〕を以て生活の根本義とせよ」

この遺書を読むと、北は法華経を生活の根本義として信仰していたことが判明する。「諸経の王」と称えられ、天台宗や日蓮宗などの根本経典である法華経は、すべての人は平等に成仏《じょうぶつ》できること、そしてすべての人を未来の仏として尊敬することを説いている（菅野博史『法華経入門』）。すべての人間は平等であるという法華経の教えが、貧困撲滅、華族制廃止、国民の政治参加、国民の自由・権利の保障などの、北の主張を根底で支えていたのである。北の国家理論が近代合理主義の産物であることは間違いない。しかしその基底には、神仏と万民平等を信じる宗教心が確固として根付いていたのである。

先に北を「理の思想家」と呼んだ。しかし彼の生涯を見通すなら、合理的思考と、非合理的精神の発現である信仰とを併せ持っており、「理」の範疇に納まり切れない思想家であることがわかる。北は、「合理」と「非合理」という、矛盾した二元的要素を共存させていた「異彩の思想家」だったのである。

一方三島は、明晰な自己意識と透徹した認識力を使いこなして思索し、卓越した知性の持ち主であった。そして同時に、記紀神話、天皇祭祀、神秘的神道信仰など、日本の伝統的な神話や宗教に傾倒した。

さらには、仏教に対する関心も深かった。『金閣寺』では禅に触れていたが、本格的に取り組んだのが、仏教の輪廻《りんね》転生《てんしょう》〔あらゆる生きものが迷いの世界に流転して生死を繰り返すこと〕をテーマとする遺作長編小説『豊饒《ほうじょう》の海』である。その第三巻『暁の寺』でインド大乗仏教の唯識論《ゆいしきろん》を事細かに説明しており、第四巻

『天人五衰』の最終場面は、唯識論によって支配されている。唯識論とは、この世の事物・現象は客体として実在しているのではなく、人間の心の根源である阿頼耶識《あらやしき》が展開して生じたものであるとする教説である。月修寺門跡《もんぜき》〔皇族・貴族の子弟が出家した住職〕となっていた綾倉聡子《あやくらさとこ》は唯識の世界に生きており、「無」の境地に立っていた。聡子と面会した本多繁邦は、〈何もない〉虚無の世界に直面した。三島は、近代的知性と認識者の象徴である本多繁邦の限界を描き出したのである。

北が仏教の純然たる信仰者であったのに対して、三島には信仰にまで至った形跡は見られないので、恐らく知的理解だったと思われる。しかしそれにしても、緻密な研究に裏付けられた仏教思想への傾注には目を見張るものがある。これらの事実から浮かび上がる、三島の精神性の最大の特徴は、理性的思考を発揮するとともに、「非合理的な信仰」に対する深い没入ぶりである。

したがって北と三島は、合理的思考を駆使しながらも、非合理的な心性や宗教への傾斜が際立っている。合理と非合理、理性と信仰の矛盾的二元性を保ちながら思索した点で、類似の精神構造を共有している。両者の思想は、現象的には異質であるが、基層にある精神性において極めて近接しているのである。

では、三島由紀夫は北一輝をどのように評価したのだろうか。この点については、北の国体観を、〈国体論を否定するもの〉と見なしたことを先に指摘したが、さらに詳細に拾い出してみる。

三島は「北一輝論――『日本改造法案大綱』を中心として」の冒頭で、北の『国体論及び純正社会主義』を〈めざましい天才の書物〉と断じた上で、北の中に〈一種悲劇的な日本の革命家の理想像〉を見ている。

三島によれば、日本の国家主義運動は、大アジア主義と感情の純粋と非論理的天皇崇拝とやみくもな行動意欲によって特徴づけられる。その方法論として、自分の純粋行為と天皇の純粋性とを直結して、その中間にあるものをすべて不純と考えて排除し、天皇制下の直接民主主義形態に似たものを過激に追い求めた。天皇による戒厳令発令という北一輝の理論は、統帥権の独立を利用したものであるが、のちの歴史が証明したように、統帥権は軍の専横と、軍による政権の実質的把握をもたらした。北は天皇の統帥権を、革命を起こす技術的要件と考えたのに対し、青年将校は心情的道徳的基礎と受け取った。それは北が天皇制に対する冷えた目を持っていたのと、青年将校が熱いロマンティックな夢を抱いていたのと照応する。北の中にあったデモーニッシュな国家改造の熱意は、ある冷厳な性格に支えられていたが、よりよき社会の追求が何らかの悪魔性なしには行なわれないという、生々しい教訓を自分に与えてくれる。

以上の三島の北一輝観から、次のように受け取ることができよう。

天皇崇拝を土偶崇拝と同一視した北の冷酷な天皇観に対して、三島が心情的に共感できなかったのは当然であった。そして、二・二六事件の青年将校の霊が憑《つ》いたかのように彼らと心情的に一体化していた三島は、天皇を見る目が、北と青年将校とでは明らかに異なっていることを見抜いたのである。

ただし、三島が北の国体観に共鳴しているわけではないにもかかわらず、改革の情熱に対しては、明らかに熱く感情移入をしている。国家改造に対する〈冷めた理性〉と〈魔的な情念〉を北の中に見て、畏怖の念を露わにしているからである。

三島はこの論文で、北をこのように描破した。

北一輝のような日本的革命思想の追究者は、孤立した星であった。

この言葉の意味するものは、「北一輝論」のあとに発表された「革命哲学としての陽明学」を読むと氷解する。この中で三島は、西欧的近代主義が支配した日本において、マルクシズムが知識層の革命的関心のほとんど九十パーセントを奪い去り、日本的革命思想は閑却された、と指摘した。その上で、大塩平八郎、吉田松陰、西郷隆盛が影響を受けた陽明学の中に、日本的革命思想の神髄を見た。〈天の正義〉のためには死をも恐れない〈能動的ニヒリズム〉は、日本人のメンタリティの奥底に重りをおろしたものであると断言し、そこに日本的革命思想の原点を見出した。政治改革においても理性主義・合理主義だけでなく、狂熱的な非合理的精神の発動を重視したのである。

西洋近代主義一辺倒に反発し、天皇を革新の象徴と見なした三島は、天皇を軸とする国家改造を説いた北の中に、西欧の模倣でない〈日本的革命思想〉を明視した。北の思想は、日本的精神の復権を熱く主張した三島の情念の奥深くで鋭い化学反応を引き起こしたのである。三島は北一輝を描くことによって、自分の中にも秘められている、冷徹な理性と狂信的情熱とを無意識のうちにさらけ出していた。北を論じることによって、「自分」を語っていたのである。

最後に付言しておきたい。三島は、戦後憲法を予見していたかのような、革新的な国家論を唱えた北一輝を〈預言者〉と呼んだ。異才北一輝に対する、鬼才三島由紀夫の洞察は、至当と言うべきであろう。

# 第二章　国体思想の「光と影」を映し出す

## 第一節　国体理念を多角的に解析する

既述したように、水戸学を基盤とする正統的国体論は主要な五つの理念から成り立っていた。その中で、三島由紀夫が言及していない「忠孝一致」「政教一致」を省き、三島と正統的国体論に共通する三つの国体理念に照準を定めて、さらに詳論する。すなわち、〈神の子孫である天皇の神格性・永遠性〉の根拠になっている「記紀神話」と、「天皇祭祀」、「君民一体」の三つの特質を、広角的な視野から描き出す。

### 1　記紀神話の特色と世界の神話との比較

#### 三島由紀夫の文学・思想と記紀神話

三島の文学・思想において、記紀神話は具体的にどのように関わっているのだろうか。

三島が少年期の頃から「記紀」を愛読したのは、「惟神之道」を読めば明らかであるが、三島自身も、はじめて『古事記』に接したのは、小学生の頃だったと語っている（『日本文学小史』）。そして文学作品においても、「記紀」を題材とするいくつかの作品を残した。小説『軽王子《かるのみこ》と衣通姫《そとおりひめ》』（昭和二二年）の主人公は「記紀」に描かれており、明仁《あきひと》皇太子（平成の天皇）ご成婚に寄せた「祝婚歌 カンタータ」（昭和三四年）は、『日本書紀』の中の歌のパロディであった。『鏡子の家』では『日本書紀』の〈天壌無窮〉を引用しており、『日本文学小史』のトップに『古事記』を据えて讃嘆した。

また小説『三熊野詣《みくまのもうで》』（昭和四〇年）では、記紀神話と仏教の融合による熊野三山（和歌山県）の信仰を、詳細に説明している――熊野那智大社の主神は夫須美大神《ふすみのおおかみ》（伊邪那美大神《いざなみのおおかみ》）であり、那智の滝は大穴牟遅神《おおあなむじのかみ》（大国主神《おおくにぬしのかみ》）のご神体と仰がれている。熊野速玉《はやたま》大社の祭神は速玉大神（伊邪那岐大神《いざなきのおおかみ》）と伊邪那美大神であり、熊野本宮《ほんぐう》大社には家都御子大神《けつみこのおおかみ》（素戔嗚尊《すさのおのみこと》）が祀られている。記紀神話に基づいた神道と仏教思想とが一体となって熊野信仰が生まれ、神仏習合の本地垂迹説《ほんじすいじゃくせつ》〔日本の神は仏が姿を変えて現れたものとする説〕によって熊野権現《ごんげん》が生じた。

さらに『奔馬』では、三輪山《みわやま》を御神体と仰ぎ、最も古式の信仰形態をとどめる神社とされる大神《おおみわ》神社（奈良県桜井市）が、剣道の奉納試合の場所として描かれている。大神神社は、大国主神の奇魂《くしみたま》〔神秘な力を持つ神霊〕・幸魂《さきみたま》〔人に幸福を与える神霊〕とされる大物主神《おおものぬしのかみ》を祭っている。

このような創作活動を営む中で、天照大神に直結する天皇の神聖性を信奉し、〈文化概念としての天皇〉の永遠性を説いたのは、ごく自然だったのであろう。

では、〈文化概念としての天皇〉を立論した『文化防衛論』を再び参照する。三島によれば、天皇は〈みやび〉の文化の母胎であり、天皇の意義は文化の美的円満性と倫理的起源にある。『古事記』において、速《はや》須佐之男命《すさのおのみこと》の倫理的逸脱は天照大御神の悲しみの自己否定の形で批判されるが、天宇受売命《あめのうずめのみこと》に対する文化の哄笑によって融和される。速須佐之男命は罪によって放逐されてのち、英雄となる。それは反逆や革命の最終の倫理的起源が天照大御神にあることを教えている。文化上のいかなる反逆も〈みやび〉の中に包括され、そこに文化の全体性が示され、〈文化概念としての天皇〉が成立する。

このように、倫理は〈みやび〉という〈美〉の中に包摂されると指摘し、記紀神話に潜む、善悪すべてを包み込む天皇の包容性に光を当てたのである。美的観点に立脚して、天皇の本質を文化の包括性と全体性に見出した〈文化概念としての天皇〉理念は、ほかの国体論には見られない、三島独自の所見である。記紀神話は心情に深く根をおろしており、彼の国家思想を産み出す母胎となったのである。

次に、三島と『神皇正統記』との関係に目を注ぐ。三島は『日本文学小史』の中で、一時代の文化を形成する端緒となった重要な作品を十二選んだが、その中に『神皇正統記』が含まれていた。ただし、項目は挙げられていたが、自決によってその部分は書かれなかったので、三島がこの作品を挙げた理由を推し量ってみよう。

天皇の政治的権力が衰退した鎌倉時代から南北朝時代にかけて、後醍醐天皇は天皇親政の復活を図り、「建武の中興」を成し遂げた。後醍醐天皇に仕えた北畠親房（一二九三～一三五四）は『神皇正統記』で、次のように宣言した（岩佐正前掲書）。

「大日本《おおやまと》は神国《かみのくに》也。天祖《あまつみおや》はじめて基をひらき、日神《ひのかみ》ながく統を伝へ給ふ。我国のみ此の事あり。異朝には其たぐひなし。此の故に神国と云ふ也」

天地が開闢して天祖が現れ、天照大御神以来一系を伝える我が国を〈神国〉と断定し、他国に類《たぐい》のない、最もすぐれたところであると強調している。『神皇正統記』は、「記紀」の編纂されたおよそ六百年後に、記紀神話を生き返らせた。しかもこの書は、時の天皇が、天照大御神の神慮を仰ぎ、君徳を養い、善政を布くことこそ、正統の基となることを説いており、天皇統治の「正道」に論及していた。「国体」という言葉を用いていないが、「国体」の精神を語っていたのである。

したがって、『神皇正統記』はおよそ四百年後の水戸学に影響を与え、『大日本史』の編纂へと結びついた（岩佐正前掲書の「解説」）。さらに、『神皇正統記』の精神が會澤正志齋の『新論』の中に生きており、水戸学国体論の確立に寄与した。その水戸学が明治維新の思想的原動力になり、明治国家建設後も国家思想の中軸となったのである。

三島は、『神皇正統記』の水戸学への影響や、明治維新へつながる思想的意義については語っていない。だが、その歴史的役割の大きさを知るなら、後醍醐天皇を敬愛し、天皇親政復活を王朝文化の復活と見なして、この作品を〈歴史創造の文化意志〉と名付けたことには、十分な根拠があったのである。

## 記紀神話の神髄

北一輝や里見岸雄らの、記紀神話を重視しない非正統的国体論を別とすれば、正統的国体論において盤石な位置を占めているのが記紀神話である。そして三島由紀夫の国体理念の中核もまた記紀神話であることを想い浮かべるなら、国体論の特質に迫るには、記紀神話の内容とその意義を把捉することが不可欠である。

記紀神話と言っても、『古事記』と『日本書紀』では部分的に相違はあるが、ここでは、三島が少年の頃から愛読した『古事記』（七一二年）を読み解くこととする（山口佳紀・神野志隆光校注・訳『新編日本古典文学全集1』）。

『古事記』上巻の冒頭では、世界の成り立ちと神々の誕生、そして日本の国土の生成が語られる。天と地が始まり動き出した時、高天原《たかあまのはら》に最初に出現したのが、天の世界の中心を司る天之御中主神《あめのみなかぬしのかみ》であり、続いて生成の霊力を持つ高御産巣日神《たかみむすひのかみ》と神産巣日神《かむむすひのかみ》が現れる。その次に二神が成って、以上の五柱の神が特別の天《あま》つ神である。さらに、国を作る国之常立神《くにのとこたちのかみ》以下、神世七代《かむよななよ》を経るが、その最後に現われたのが伊耶那岐《いざなきの》神《かみ》と妹の伊耶那美神《いざなみのかみ》である。天つ神の命で二神は契《ちぎ》りを結び、淡路、四国、隠岐、九州、壱岐、対馬、佐渡、本州の八つの島を生んだ。この日本の国土を大八島国《おおやしまくに》という。「国生み神話」は、日本国土が天上の神によって創られたことを語り、その原初から地上世界が天上世界のもとに成り立ったことを書き記している。

国生みを終えた二神は、その後多くの神々を生んだが、伊耶那岐命が九州の日向《ひむか》で禊《みそぎ》をし、顔を洗った際に左右の目と鼻から生まれたのが、天照大御神、月読命《つくよみのみこと》、速須佐之男命である。そして、天照大御神は高天原を、月読命は夜の世界を、速須佐之男命は海の世界を統治した。そのあと、速須佐之男命の悪行を恐れた天照大御神が天石屋戸《あめのいわやと》に隠れたため、暗黒となったが、八百万の神々の合議による方策が功を奏し、天照大御神は復活して国は明るさを取り戻した。

ところが、国を生むだけでは国作りは完成せず、「国作り神話」が登場する。荒ぶる速須佐之男命は高天原を追放され、出雲に降り立った。ここで八俣《やまた》の大蛇《おろち》退治が語られる。そして、速須佐之男命の六代目の子孫の大穴牟遅神《おおあなむじのかみ》（大国主神）は、稲羽《いなば》の素兎《しろうさぎ》のエピソードなどがあったあと、少名毘古那神《すくなびこなのかみ》の協力を得て国作りに取り掛かり、三輪山の大物主神を祭って葦原中国《あしはらのなかつくに》を完成させる。このあと大国主神は、壮大な神殿の建立を条件として葦原中国を天照大御神に譲る。これが「国譲り神話」である。

さらに、国土の統治者の出自を記述する。天照大御神と高木神《たかぎのかみ》（高御産巣日神）は、天照大御神の孫に当たる邇邇芸命《ににぎのみこと》を葦原中国の統治者に任命する。邇邇芸命は、皇位の印である三種の神器（勾玉《まがたま》・鏡・剣）を携えて日向の高千穂の峰に天降った。邇邇芸命が木花之佐久夜毘売《このはなのさくやびめ》と結婚して生まれた三男の火遠理命《ほおりのみこと》の孫に当たるのが、神倭伊波礼毘古命《かむやまといわれびこのみこと》である。神倭伊波礼毘古命が東征して大和を平定し、初代神武天皇となって天下を治めたことが地上の王権の始まりとなる。「天孫降臨神話」によって、天照大御神から天皇への血統の連続性が語られ、天上界の神の命令によって天皇が地上界を統治する正統性が確立されたことになる。そして中巻・下巻で、神武以下推古《すいこ》までの天皇の歴史が語られるのである。

天地の生成、天上の神々の誕生、国土と国家の創生及び国家統治者の由来を語った記紀神話の壮大な物語が、天皇統治の正統性と永遠性の源泉となっており、国体理念の根源は神話にあることが明らかになる。

ルーマニアの宗教学者・エリアーデ（一九〇七〜八六）は、神話をこのように定義した（中村恭子訳『神話と現実』―『エリアーデ著作集7』）（一部中略）。

「神話は神聖な歴史を物語る。それは原初の時、『始め』の神話的時に起ったできごとを物語るものである。言いかえれば、神話は超自然者の行為を通じて、宇宙という全実在であれ、一つの島、植物、特定の人間行動、制度のような部分的実在であれ、その実在がいかにしてもたらされたかを語る。神話は常に『創造』の説明であって、あるものがいかに作られたか、存在し始めたかを語る。要するに、神話は聖（もしくは『超自然』）の、多様で時には劇的な世界への顕現を叙述する。神話は常に実在に関与するがために、神聖な話、ひいては『真実の歴史』と考えられるということである」

神話で語られる歴史は実在に関わるがために真実であり、超自然者の偉業であるがために神聖であると信じられている。国土が天上の神によって造られたと記述する記紀神話は〈創造〉の説明であり、国を統治するのは神の直系の天皇であるとする叙述は、天皇の〈神聖性〉を語っていて、ともに〈真実の歴史〉と信じられている。記紀神話は、まさしくエリアーデの定義に該当する典型なのである。

## 神話の意義は何か

そもそも神話は、非合理的で非科学的な作り話であるという理由で、価値のないものと見なしてよいものだろうか。

フランスの社会人類学者・レヴィ＝ストロース（一九〇八〜二〇〇九）は、神話の独創的な解明を企てた（大橋保夫訳『野生の思考』）。彼は、感覚から離れて知解性に基づく科学的思考を〈栽培思考〉と名付け、感覚的特性に基づく神話的思考を〈野生の思考〉と呼んだ。〈野生の思考〉は未開野蛮の思考ではない。文明人の日常的思考や芸術活動にも生きており、古今遠近を問わずすべての人間精神のうちに花咲いている普遍的なものである、と解き明かしたのである。

また古代ギリシアにおいて、「哲学の始祖」と呼ばれるタレス（前六二四〜前五四六頃）は、「万物の根源は水である」と説明した（ヒルシュベルガー『西洋哲学史　I古代』・高橋憲一訳）。タレスを始めとするソクラテス以前の哲学者たちによって自然の合理的な説明が切り開かれ、哲学は神話と区別された。しかし、哲学は神話と断絶していなかった。「世界はどのように形成されているか」という哲学的問いそのものが、神話的世界観から受け継がれたものであった。太古に生まれた神話の問題提起とその概念的直観が、哲学的理念の中に生き続けており、神話は「哲学の母」にほかならないのである。

人間精神を根源から探究した、これらの重要な所見に依拠するなら、神話は文明人の日常的思考に通じるとともに芸術や哲学の母胎であり、人間の普遍的な精神活動の発現である。はるか遠い時代に生きた古代人が何を思い、何を考えたのか、その息づかいを今に伝える貴重な人類遺産なのである。

ギリシア神話がヨーロッパ文化において、文学、美術、音楽、思想の発展に与えた影響力は測り知れない。そして記紀神話もまた、日本人の宗教、芸術、思想の生成に重要な関わりを持ち、国家思想にまで強力な影響を及ぼした。三島由紀夫が記紀神話に親炙し、創作活動と国家思想の糧にした事実は、〈野生の思考〉が芸術や思想を胚胎させた好例であろう。神話の持つ奥深い文化的意義を決して無視してはならないのである。

## 記紀神話の「正と負の産物」

「記紀」は、律令国家が形成された七～八世紀の時代に天武《てんむ》天皇の発意によって編纂された。それは大和政権による全国統治の正統性を根拠づけるものであり、同時に対外的には、朝鮮を藩国として従え、中国と対等に対峙することを目的とした（前掲『新編日本古典文学全集1 古事記』の「解説」）。ただし、記紀神話は天皇家に伝わる単独の記録ではない。「帝紀《ていき》」「旧辞《きゅうじ》」などの先行伝承を基にしながら、出雲神話などの各地域の神話・説話を収集したものである。したがって、大和政権による国家統治の正統性が語られていることは確かであるとしても、それだけでなく、古代日本人の精神世界が生き生きと映し出されているのである。

また、神話の中に歴史的事実の反映や、歴史の中に継承されている精神性を見出すこともできる。先に見たように『古事記』には、葦原中国の支配者であった大国主神が国譲りに同意し、その見返りに自分が鎮まる、太い宮柱の壮大な神殿を建造してもらう挿話がある。これが出雲大社の起源とされるが、その後何度も倒壊し、建て替えられた記録が残っている。平安時代の書物『口遊《くちずさみ》』には、約四五メートルの高さのあった東大寺大仏殿よりも高く、我が国で一番高い建物と記録されている。そして二〇〇〇年に境内から、三本束ねの巨人な柱が発掘された（松尾充晶「考古学から見た出雲大社とその歴史環境」―椙山林継他『古代出雲大社の祭儀と神殿』）。三本の木材を束ねると、その直径は約三メートルにも達し、現在の本殿の柱の三倍もの太さであるが、年輪年代測定法によって、一三世紀のものであると確定された。したがって、現在の本殿の高さ二四メートルをはるかに凌駕する四八メートル級の高層神殿があった可能性の高いことが判明し、平安時代の記録が事実であることが確かめられたのである。神話が歴史的事実である可能性のあることを、考古学が証明したのである。

ドイツの考古学者・シュリーマン（一八二二〜九〇）は、古代ギリシアの詩人・ホメーロスが語った紀元前一三世紀頃のトロイア伝説の都の存在を確信して発掘し、遂にその実在を証明した（シュリーマン『古代への情熱――シュリーマン自伝――』・関楠生訳）。出雲大社の巨大な柱の発見は、シュリーマンの偉大な発見を彷彿させるものである。

戦前は、神話が歴史的事実として扱われたため、戦後はその反動で架空の話と見なされ、その価値が否定される傾向がある。しかし、神話は歴史と完全に切り離すべきではない。全てが歴史的事実ではないとしても、歴史の核が埋め込まれている可能性があるからである。

また「国譲り神話」は、天照大御神の、敵対者を徹底的に滅ぼすことをしない寛容な性格を暗示している。この点で、ギリシア神話に出てくる最高神ゼウスの、敵を容赦なく殺戮する冷酷な態度と対照的である（呉茂一『ギリシア神話』）。このような天照大御神の融和的精神は、天孫である天皇の「王道」に通じると読み解くことができるのである。

ただし史実を見れば、天皇統治の過程はすべて平和的手段によったわけではない。第一〇代崇神《すじん》天皇は北陸、東海、山陽、山陰の四道に将軍を派遣して服従しない集団を鎮定し、第一二代景行天皇は日本武尊《やまとたけるのみこと》に西の熊襲《くまそ》、東の蝦夷《えみし》を征討させた（『日本書紀』―小島憲之他前掲全集2）。五世紀に第一九代雄略《ゆうりゃく》天皇が宋の皇帝に出した上表文には、こう記されている――「昔より祖禰《そでい》〔先祖〕躬《みずか》ら甲冑《かっちゅう》を擐《つらぬ》き、山川を跋渉《ばっしょう》し〔方々を歩き回り〕、寧処《ねいしょ》に遑《いとま》あらず〔落ち着く暇もない〕。東のかた毛人《もうじん》〔蝦夷〕を征すること五十五国、西のかた衆《しゅう》夷《い》〔熊襲・隼人《はやと》〕を服すること六十六国、渡りて海北を平ぐること九十五国」（熊谷公男『日本の歴史03 大王から天皇へ』)。誇張はあるだろうが、先祖の代から武力征伐が続いたことを明言しているのである。また、平安時代の第五〇代桓武《かんむ》天皇は、征夷大将軍 坂上田村麻呂《さかのうえのたむらまろ》を東北へ派遣して、反乱を起こした蝦夷の有力首長である阿弖流為《あてるい》を降伏させ、京都で処刑した(熊田亮介「夷狄《いてき》・諸蕃《しょばん》と天皇」―大津透他『日本の歴史08 古代天皇制を考える』)。

このように武力による征服があったのは事実であるが、長期的に見れば限定的であり、国譲り神話の大社殿建立に見られるように、寛容の精神と、「祭る」という宗教的威力が、天皇統治の基本であったことを見て取れる。

『古事記』に登場する神々は、数え方によって違いはあるが、一説には三二一も存在する(西宮一民「神名の釈義」―『新潮日本古典集成 古事記』)。その中には名前だけの神が数多くいるとしても、人間的な性格を具えた八百万の神々の躍動した姿を見出すことができ、古代人の豊饒な構想力に感嘆せずにいられない。そこにあるのは天皇家の政治的意図だけではない。古代人の生彩に富んだ心性が息づいている。神話は、私たちの祖先の姿を鮮やかに映し出している鏡であり、貴重な国家遺産なのである。

記紀神話を分析し、世界の神話との比較研究を進めた神話学者・吉田敦彦はこう説いている(『日本神話の特色 増補新版』の「あとがき」)。

「日本神話のユニークな価値と意味とを、いっさいの政治的顧慮を離れて虚心に見直し、認識することの必要は、輓近《ばんきん》に〔近頃〕ますます増大しているのではないかと思える。世界の他の文化と同様に、日本の文化もその神話に照らしてみることによって、天皇制という他に比類のほとんど見出せぬ独特の君主制から、これも世界の眼に異常と映るらしい国民押しなべての勤勉さなどまで、さまざまな面での独自性と特徴とが、淵源にまで遡ってよく把握できき理解できることになると信じる」

政治的観点から離れて神話の意味と価値を蘇えらせようとする吉田敦彦の言葉は、私たちを開眼させてくれる卓論である。私たちは感性を磨き、神話の価値をあらためて認識すべきであろう。記紀神話は、長い歴史に耐えてきた質量を保っており、日本人の豊かな精神性を見事に映し出しているのである。

さらに付け加えるなら、神話に描かれている宗教性を見過ごすことができない。『古事記』には、山の神、海の神、野の神、土の神、水の神、火の神、風の神、雷の神などが挙げられており、自然や自然現象に神が宿ると考える古代日本人の信仰心が克明に記録されているのである。

また、記紀神話は神社神道と深く結びついて、現代に至るまで日本人のあらゆる階層の人々の祈りの対象となっており、その影響は広大である。主要な神社の祭神を確認してみる。

神社の中心的存在である伊勢神宮の祭神は、内宮《ないくう》が天照大御神、外宮《げくう》が豊受大御神《とようけのおおみかみ》である。三種の神器の一つである草薙剣《くさなぎのつるぎ》を祀る熱田神宮の主祭神は熱田大神《あつたのおおかみ》（天照大神）であり、鹿島神宮は武甕槌大神《たけみかずちのおおかみ》、香取神宮は経津主大神《ふつぬしのおおかみ》である。出雲大社の祭神は大国主大神、諏訪大社は建御名方神《たけみなかたのかみ》・八坂刀売神《やさかとめのかみ》、春日大社は武甕槌大神など四神である。宗像《むなかた》大社は天照大御神から生まれた三女神、住吉大社は伊耶那岐神から生まれた三男神と息長足姫命《おきながたらしひめのみこと》である。八坂神社は素戔嗚尊《すさのをのみこと》など、伏見稲荷《いなり》大社は宇迦之御魂大神《うかのみたまのおおかみ》、熊野三山は伊耶那岐神・伊耶那美神・素戔嗚尊などが、それぞれ祭神である（國學院大學日本文化研究所編『神道事典』）。

このように、主要な神社の祭神は、記紀神話の神々である。『山城国風土記《やましろのくにふどき》』に登場する神々を祭り、伊勢神宮に次ぐ高い格式を誇る賀茂別雷《かもわけいかずち》神社（上賀茂《かみがも》神社）・賀茂御祖《かもみおや》神社（下鴨《しもがも》神社）とともに、これらの神社が総数八万もの神社を牽引して、日本人の神道信仰を支えてきたのである。

しかも、出雲の須佐神社、須我神社、八重垣神社、九州の高千穂神社、天岩戸《あまのいわと》神社、霧島神宮、鵜戸《うど》神宮など、神話に登場する場所にちなんだ神社が、今も各地に点在し、神話に関わる神事が古式どおり行われている。千数百年以上にわたって伝承されてきた神話が現実の世界に今も脈々と息づいていることは、世界に無類の文化現象と言ってよいだろう。

しかしながら、記紀神話の、精神文化上の価値を十分に認めた上で、それが近代の国体思想の中心的原理として絶対化されたことによって、「負の産物」が生まれたことも認めなければならない。例えば、記紀神話に基づいた神権的天皇統治を説く官製の国体論に異論を唱えた北一輝や里見岸雄が迫害されたことは、既述した。ほかにも、記紀神話の実証的な文献研究を進めた歴史学者・津田左右吉《そうきち》（一八七三〜一九六一）の『古事記及日本書紀の研究』などの著書が、正統的歴史観に反するとして昭和一五年に発禁処分にされた（津田左右吉『津田左右吉全集第一巻』の「編集後記」）。

さらに、日本国家の成立などに関する歴史学研究の発展が妨げられた。『日本書紀』は神武天皇の即位を紀元前六六〇年と記しており、これが史実とされた。しかし、戦後発展した考古学の成果によれば、この年は縄文時代晩期に当たることが判明している。

ヤマト王権成立の時期については、歴史学者の間で諸説あるため確定されていないが、代表的な見解を挙げてみる。

・纏向《まきむく》遺跡（奈良県桜井市）の出現した三世紀前半が古墳時代の幕開けであり、ヤマト王権の誕生の時期である（寺沢薫『日本の歴史02 王権誕生』）。

・三世紀中葉以降に政治連合としての初期ヤマト王権が成立し、遅くとも四世紀後半までに西は九州から東は関東、東北中部に及ぶ地域を含んだヤマト王権が確立した（白石太一郎「倭国誕生」―同編『日本の時代史1 倭国誕生』）。

・文献史料の精査によって崇神天皇を初代の天皇と見なし、考古学の成果を援用して、前方後円墳体制を継承し発展させた四世紀前半がヤマト王権の成立時期である（吉村武彦『ヤマト王権』）。これの所説を考え合わせると、天皇を中心とする日本国家の始まりは、ほぼ千八百年前から千七百年前までの間と推定される。したがって、『日本書紀』の記述は、「歴史学上の事実」ではなく「神話上の事実」と捉えるべきである。

ところが、政治と結合したことによって神話の絶対化が図られ、神話教育が歴史教育より優先され、神話が歴史学を支配することになった。政治が学問を抑圧したことによって、芸術や哲学の母胎としての神話本来の意義が隠蔽されてしまったのである。『国体の本義』は、「我が国のあらゆる学問は、その究極を国体に見出すと共に、皇運の扶翼を以てその任務とする」と説いた。だが、学問は国体や天皇の下僕ではないであろう。学問は国家や天皇を超えたあらゆる普遍的なものの探究であり、『国体の本義』の学問観は偏狭であったと言わねばならない。

他方戦後は、戦前の反動で神話の価値を顧みることなく、歴史学のみに価値を置いたため、歴史教育が優先され、神話教育は放棄された。人間の本性は、感性と理性から成る。感性に基づく神話が芸術的精神の母であるとするなら、理性に基づく歴史学は科学的精神の発露である。芸術と科学はともに人間精神の本質的な営みであり、どちらも独自の価値を有している。したがってどちらかを絶対視して、他方を破棄すべきではなく、神話と歴史学を両立させなければならない。芸術作品としての神話を国語教育などの中に取り入れつつ、歴史教育を進めるべきである。

ただし、これまで挙げた「負」の現象は記紀神話そのものに内在するものではなく、派生的な産物である。記紀神話を土台とする国体思想を神聖視した戦前の国家が学問の自由を制限し、学問研究の発展を妨げたのである。神話が政治に悪用された点に問題があったと考えるべきであり、記紀神話の不幸な一面を物語るものであろう。

## 世界の中の記紀神話

それでは、記紀神話を世界各地の創生神話と比較してみよう。

ギリシア神話では、天地生成と神々の誕生が語られている（呉茂一前掲書）。ヘーシオドスの『神系賦』によれば、この世界で最初にできたのはカオス（無限の空間）であり、次いで女神ガイア（大地）が生まれ、タルタロス（地底の暗黒界）とエロス（愛）が生まれた。さらにガイアがウーラノス（天空）を生み、ウーラノスとの間に多くの神々が生まれ、末子クロノスの子が最高神ゼウスである。

ギリシア神話では、宇宙生成の最初は〈カオス〉という場であり、それからガイアなどの神々が生まれる。一方、記紀神話は天地の成立とともに神々が生まれるので、微妙な違いがある。ギリシア神話では天よりも先に地が生じるのに対して、記紀神話では天と地が同時にできている点でも、相違がある。ただし、神がこの世界を創造したわけではなく、自然発生的な生成によって世界が生まれるという点で、両者に共通性があると言える。

次に『聖書』と比較すると、『旧約聖書』では、はじめに神が天地を創造した。そして、神にかたどって人間を創造し、天地の万物を六日間でつくったことになっている（共同訳聖書実行委員会訳『聖書 新共同訳』）。記紀神話とギリシア神話では、自然発生的に天地や空間が成立するのに対して、『聖書』では神が天地を創造する。『聖書』の神は、絶対的な万能の神であり、両神話と最も異なる点である。しかも、記紀神話とギリシア神話は多神の物語であり、神々は擬人化され人間的な感情や行動を起こすのに対して、ユダヤ・キリスト教の神は超越的な唯一神であり、非人間的な神である。したがって、記紀神話とギリシア神話にはいくつかの共通性があるが、両神話と『聖書』との間には越えがたい溝がある。

三島由紀夫は『アポロの杯』の中で、〈精神〉を発明したキリスト教に対して違和感を露わに語る一方で、古代ギリシアを礼讃した。さらに、ギリシア神話を下敷にして『潮騒』を、ギリシア古典劇の形式を借りて『朱雀家の滅亡』を書いた。記紀神話に親しんだ三島がギリシア神話を熱愛したのは、両神話の親和性を考えると、ごく当然だったと言えるだろう。そして、一神教であるキリスト教から距離を置いた理由もこの辺りにあると推察できるのである。

ギリシア神話や『聖書』からさらに視界を広げて展望すると、創世神話は世界各地に存在する（大林太良『神話と神話学』）。宇宙開闢、創造神、人類起源などを語った神話は、南アメリカ、アフリカ、東南アジア、オセアニア、中国、朝鮮などに共通のモチーフである。そして、インド、イラン、ゲルマンなどのインド・ヨーロッパ語族の神話にも類似したエピソードや基本的構成があるという。

神話学の成果を参考にするなら、記紀神話は世界に多くの類例があり、世界で孤立したものでないことがわかる。内容的に全く同一ではないとしても、人類共通の精神性を母胎として生まれたものなのである。

とは言っても、記紀神話には際立って特異な点がいくつかある。先ず挙げられるのは、神話が国家や政治と緊密に結びついたことである。諸外国においては、神話は部族や民族の信仰と生活の規範になることがあった。例えば、北米やオーストラリアの先住民族では、神話が道徳のきまりとして世代から世代へと受け継がれていく人間教育の役割を果たしていた（大林太良前掲書）。だが、それは民族的教育の中に限定されており、国家の規範にまで広げられることはなかった。それに対して記紀神話の編纂は、律令国家の世界原理を根拠づけるものであり、大和政権の由来と正統性を内外に誇示する国家的事業であった。

そして編纂からおよそ千百年後に、記紀神話は水戸学の国体理論の根幹となり、明治維新の思想的基盤として不死鳥のごとく甦る。神話が国家大改革の理論的主柱となり、国家の歴史を大きく動かしたのである。

さらに、記紀神話を根幹とした国体理念は、近代国家の最高法規である憲法の土台となって西欧思想の立憲主義と融合し、国体理念に基づいた教育勅語が国民道徳の根本原理を形成した。このようにして、明治国家の成立から敗戦翌年の新憲法公布に至るまでの約八〇年間、記紀神話は憲法規範と国民道徳の基軸となったのである。

ギリシア神話を始め世界の神話は国家の中核的思想にまでなるほどの大きな影響を与えなかったのに対して、我が国では八世紀に編纂された記紀神話が千二百年以上にわたって国家思想の中軸であった。「神話」が「国家」と密接に結合し、「近代」においても国家共同体を編み上げる太い糸の役割を果たしたことは、世界的に特異な現象と言うべきであろう。

次に、国の統治者の起源が神話にある点を諸外国と比較する。

「記紀」では、地上世界の統治者である天皇は、天上世界の統治者・天照大御神の子孫であることが、その正統性と永遠性の根拠となっている。歴史的存在である天皇が、神話によって根拠づけられており、天皇の出自については、神話から歴史へとつながっているのである。このような、統治者における神話と歴史の連続性は、世界のほかの地域にも見られるのであろうか。

天孫降臨神話については、類似の神話が朝鮮から内陸アジアにかけて分布していることが明らかになっている（大林太良前掲書）。例えば、朝鮮古代の檀君《だんくん》神話では、天神の子桓雄《かんゆう》は太白山頂に降臨して檀君を生み、檀君は千五百年間朝鮮を治めた。また、ブリヤート・モンゴル族のゲセル神話にも類似の物語がある。

神話学の知見に基づくなら、人間である統治者が天上の神の子孫であるとする物語は、日本神話だけのものでないことが判明する。しかも、朝鮮民族の始祖神として国家的な祭神となり、今日でも朝鮮の人々の信仰の対象となっている檀君神話は、記紀神話との類似性を示している。ただし朝鮮では、檀君は隠棲して山の神になったとされており、現実の統治者として永らえているわけではない。我が国の近代国家において、記紀神話が天皇統治の正統性の根拠となったことは、朝鮮と明らかに異なっており、日本独特の現象である。

以上の世界的視点から見れば、部分的な差異はあるとしても、神話が統治者の正統性の根拠になるという理念は、世界の中で決して特殊ではないのである。

## 2　天皇祭祀の日本的特殊性と世界的共通性

三島由紀夫の国体論の中で、変質することなく一貫して強固な支柱となっているのが〈祭祀的国家〉である。したがってその究明を怠ることはできない。先ず、三島の中で天皇祭祀がどのような位置を占めているかを確認し、さらに、天皇祭祀の歴史と現状、及びその意義を探究する。その上で、吉本隆明と三島由紀夫の天皇祭祀観の差異性と共通性を引き出すとともに、天皇祭祀を世界の祭政一致の実態と比較してみたい。

### 三島由紀夫における天皇祭祀の位置づけ

既述したように、水戸学国体論の理念の一つである「祭政一致」は近代の国体思想へ受け継がれ、古代から続く天皇の「祭政一致」が近代日本の国家思想の太い骨格を形成した。

三島由紀夫もまた、一貫して天皇の祭祀を重視した。『英霊の声』では、真の〈国体〉を熱く語るとともに、神に仕え、祈りを捧げる天皇の尊さを強調して、特攻隊員の霊にこう歌わせていた（一部中略）。

　いかなる強制、いかなる弾圧、

いかなる死の強迫ありとても、
陛下は人間《ひと》なりと仰《おお》せらるべからざりし。
祭服に玉体《ぎょくたい》〔天皇のお体〕を包み、夜昼おぼろげに
宮中賢所《かしこどころ》〔天照大御神が祭られている所〕のなほ奥深く
皇祖皇宗のおんみたまの前にぬかづき、
神のおんために死したる者らの霊を祭りて
ただ斎《いつ》き〔神に仕え〕、ただ祈りてましまさば、
何ほどか尊かりしならん。
などてすめろぎは人間《ひと》となりたまひし。

このような情念を理論化したのが『文化防衛論』である。祭祀を執行し、〈みやびの文化〉の創造・伝承を担う〈文化概念としての天皇〉を、日本国家と日本文化の中心に位置付けたのである。さらに『『変革の思想』とは――道理の実現」で、管理し統治する政治的機能を持つ〈統治的国家〉と、祭司である天皇を中心とする〈祭祀的国家〉とを区別して、両者の均衡と調和の必要性を唱えた。

なぜ、三島はこれほどまでに天皇祭祀にこだわったのであろうか。この疑問を解く手がかりとして、「天皇」という言葉の意味を探索する。

天皇号の成立時期については、七世紀前半の推古朝と七世紀後半の天武・持統《じとう》朝の二つの説があって確定していない（大津透『日本』の成立と天皇の役割」―前掲『日本の歴史08 古代天皇制を考える』）。だがいずれにしても、七世紀の中に納まることは確実であり、ヤマト王権誕生と同時に生まれた呼称でないことは明らかで

ある。また、その由来についても二つの説がある。津田左右吉が指摘して以来、中国で「天皇」とは、北極星を神格化した道教の神であり、道教の神仙思想をもとに天皇号を採用したという説が有力であった。しかし、天上の神の子孫として天から降臨したという古伝承に基づいて、中国の成語である「天皇」を借用したとする説もあるので、定説はない。

このように見てくると、「天皇」という漢語によってその本来の意味を探り当てることは困難である。「天皇」の呼称はほかにも、「天子」「皇帝」「帝王」「聖主《せいしゅ》」「至尊《しそん》」「陛下」など数多くある（大槻文彦『新編 大言海』）。しかしこれらも漢語なので、和語の尊称から探求を進めてみる。

和語には「おおきみ」、「みかど」のほか、「すべらみこと（すめらみこと）」、「すべらぎ（すめらぎ）」、「すめろき（すめろぎ）」、「すめみまのみこと」などがあり、実に多様である（前掲『新編 大言海』）。三島由紀夫はこの中の「すめろぎ」を『英霊の声』で用いていたことになるが、ここでは「すべらみこと（すめらみこと）」を取り上げる。「すべらみこと」の意味については前著でも考察したが、ここでは「祭祀」との関連に焦点を絞って、改めて考察する。

「すべら（すめら）」の語源については、「統《す》べる」（統合する、統治する）が通説であった。例えば、藤田東湖は、「古者《いにしえ》、天皇を称して『須明良美古登《すめらみこと》』と曰《い》ふ。『須明良』の言《げん》たる、統御なり」と説明している（『弘道館記述義』）。また、江戸時代の国語辞書『和訓栞《わくんのしおり》』や、『新編 大言海』も同様の解釈をしている。

ところが現代では、〈澄む〉（高貴、神聖）を起源とする説や、アルタイ諸民族の〈sumer《スメル》〉（最高の山、至高）と、それと結びつくインドの須弥山《しゅみせん》の別名〈須弥留《すめる》〉を由来とするなどの異説が出されている（前者は西郷信綱「神話と国家」『西郷信綱著作集 第3巻』、後者は大野晋『日本語をさかのぼる』）。したがって、決定的な説はない。民俗学者・折口信夫《おりくちしのぶ》（一八八七～一九五三）は、神聖や尊貴を表わす接頭語であると説いている（「日本古

代の国民思想」―『折口信夫全集20』)。

また、「みこと(尊、命)」については、藤田東湖は単に〈尊称〉と説明している。ところが折口は、天上の神のお言葉である〈御旨《みこと》〉を伝達する人を意味する〈みこともち〉の略語である、と独特の解釈を下した。そして「すめらみこと」とは、〈みこともちの中で最尊貴なお方〉と定義した(前掲論文)。

他方で、倫理学者・和辻哲郎《わつじてつろう》(一八八九~一九六〇)は、「すめら」を通説通り「統べる」と捉え、「みこと」を敬語と考えた(『国民統合の象徴』―『和辻哲郎全集 第十四巻』)。ただし「すめらみこと」の本質については、折口とほぼ同様に解釈した。天皇は天つ神の御子《みこ》として神聖な権威を担い、現実に現われた神すなわち〈現神《あきつかみ》〉である。祀られる神ではなく祀る神であり、神々の意志を聞く〈神命の通路〉である、と説いた(『尊皇思想とその伝統』―前掲書)。

折口と和辻の所説の共通項を取り出すなら、「すめらみこと」とは、天上の神の言葉の伝達者であり、神聖で最も高貴な人、となるだろう。天上の神に祈り、神の言葉を伝えるのは祭祀行為である。和語の本来的意味から判断するならば、祭祀は天皇という存在の枢軸を成しており、天皇は国家の最高位の神官なのである。

したがって、天皇祭祀の重要性を強調した三島由紀夫は、「祭司王」である天皇の本質が「神聖性」にあることを的確に捉えていたのである。

## 天皇祭祀の歴史とその実態

それでは、天皇の祭祀とは具体的にどのようなものであろうか。その起源へとさかのぼり、明治期に至るまでの歴史的変遷を通観する(村上重良『天皇の祭祀』)。その上で、現代における実態を確認しておく。

天皇祭祀の中心は新嘗祭である。そして、天皇の即位に際して挙行される、新嘗祭の大祭が大嘗祭である。新嘗祭は弥生時代の農耕儀礼であり、イネの収穫祭であったニヒナメ（イネを食べる祭）を淵源としている。そして、四世紀初頭頃に小国家連合を統一したと推定されるヤマト政権の王（のちの大王《おおきみ》・天皇）が、各地のイネの祭を包摂して祭祀を執行した。新嘗祭で王は、イネの新穀を神に供え、みずからも食して神と交流し、収穫を感謝するとともに、次の年のイネの稔りを祈る。王は統治する社会集団を代表して宗教儀礼を主宰する神聖な存在であった。新嘗祭は同時に、王が神と一体化することで王権の保持者であることを示威するものでもあった。王の政治的権力は宗教的権威と一体化しており、その起源からして祭政一致が天皇統治の根幹であった。

七世紀末に律令国家が成立すると、大宝令制定（七〇一年）から『延喜式』（九二七年）に至る約二百年間で、新嘗祭、祈年祭などの皇室祭祀は制度化され、体系的に確立された。さらに「記紀」が編纂され、皇祖神である天照大神を頂点とする神統譜が定められた。新嘗祭は、皇祖神に新穀をささげ、天皇が神とともにこれを食べて、皇祖神と一体化する祭となった。また大嘗祭は、七世紀後半の天武朝の頃から行われるようになったと推定されている。

なお、奈良時代以降皇室祭祀は、儒教、道教、陰陽道《おんみょうどう》、仏教の影響を受けた。しかし、それらが日本古来の天神地祇《てんじんちぎ》〔天上の神々と地上の神々〕を祭る神祇《じんぎ》信仰を包括するには至らず、外来宗教が全面的に支配することはなかった。

やがて、平安時代の摂関政治や、鎌倉時代以降の武家政治の台頭により、天皇は、名目的・儀礼的権限は残されたものの、政治的実権を失っていく。それにつれて宗教的権威も衰退し、室町時代（一四六三年）から江戸時代（一六八七年）にかけて二二四年間もの長きにわたって新嘗祭は廃止された。大嘗祭についても、ほぼ同時期に二二一年間廃絶された。その間、天皇の「統治」と「祭祀」の両機能が威力を失っていたと見ることができる。

衰微していた祭政一致を復活させたのは、明治国家である。明治元年に、明治天皇による、万機親裁《ばんきしんさい》と祭政一致の詔が発せられた。天皇親政と天皇親祭による祭政一致を原理とする近代天皇制国家は、神武創業を唱え、仏教渡来以前の古代天皇への復帰を掲げた。神祇信仰を再興するとともに、神仏分離政策によって仏教を排除し、神式祭祀となった。さらに明治四一年の皇室祭祀令によって、皇室祭祀は整備拡充された。古制の新嘗祭と、伊勢神宮に伝わる神嘗祭《かんなめさい》以外は、再興または新定の祭祀であった。天皇がみずから祭礼を行う大祭は一三となり、天皇が拝礼し掌典長が執行する小祭は八祭であった。翌年の登極令《とうきょくれい》において、践祚《せんそ》〔神器の伝達によって皇嗣が皇位を継承すること〕及び即位礼とともに、大嘗祭の執行事項が定められた。

このようにして、明治国家において天皇祭祀は皇室祭祀令・登極令で詳細に規定されたが、帝国憲法の中には明文化されていない。

ところが、美濃部達吉は『憲法撮要』(昭和七・一九三二年)の中で、天皇の大権として祭祀機能を挙げている。憲法に規定されているものとして、統治権を総攬する国務上の大権、陸海軍統帥の大権、栄典授与の大権を挙げた。そして、憲法に規定はないが皇室典範に規定されている、皇室の家長としての〈皇室大権〉と、皇室祭祀令に定められている〈祭祀大権〉を示した。これらをまとめて天皇の五種の大権と呼んでいる。

「天皇は最高の祭主として皇祖皇宗歴代の皇霊及び天神地祇を祭る、之を祭祀大権と謂《い》ふ」

有史以前より伝わる国家的宗教である古神道の〈最高の祭主〉として、天皇の始祖と歴代天皇の霊及び天地の神々を祭る権能を〈祭祀大権〉と位置づけた。統治権を総攬する大権と祭祀大権を認めることは、結局「祭政一致」である。美濃部は「国体」の語を用いていないが、国体の理念である「祭政一致」を実質的に導入していたことになる。

既述したように、美濃部の天皇機関説は国体に反するものとして弾圧され、『憲法撮要』などの主要著書は発禁処分となった。しかし「祭政一致」に関する限り、『国体の本義』と美濃部の理論は、決して対立するものではなかったのである。正統的国体論と美濃部憲法学がともに「祭政一致」を説いていたことは、祭祀が天皇の枢要な職能であることを確証するものであろう。

そして敗戦後、皇室祭祀令は廃止され、皇室祭祀は法令上なくなった。しかし、廃止された紀元節祭と明治節祭以外は、旧皇室祭祀令の規定どおりに、「内廷祭儀」として今日においても宮中で執《と》り行なわれている。大祭・小祭のほかに式年祭（歴代天皇・皇后の崩御から数えて特定の年ごとの祭祀）、旬祭《しゅんさい》（毎月一日、一一日、二一日に行なわれる祭祀）などを加えると、年間六十回以上を数える（皇室事典編集委員会編著『皇室事典』）。このように年間おびただしい祭祀があり、天皇の務めの中で祭祀は大きな比重を占めているのである。

現行の主要な天皇祭祀を類型に分けるとすれば、次のようになるだろう。

・天照大神に新穀を供えて神恩に感謝するとともに、五穀豊穣を祈願する――神嘗祭・新嘗祭（天神地祇の祭も含む）、祈年祭《きねんさい》
・年始に当たって皇位の始源を祝い、国家国民の安寧と繁栄を祈る――四方拝《しほうはい》、元始祭《げんしさい》、歳旦祭《さいたんさい》
・歴代天皇の霊を祭る先祖祭――皇霊祭《こうれいさい》、神武天皇祭、先帝と皇后及び先帝以前の三代の祭、式年祭
・神産日神《かみむすひのかみ》などの八神と天神地祇を祭り、皇室の弥栄《いやさか》と国家の隆昌を祈る――神殿祭《しんでんさい》
・今上《きんじょう》天皇の誕生日を祝う――天長祭
・天皇及び皇族と国民のために穢《けがれ》を祓《はら》う――節折《よおり》、大祓《おおはらえ》
・神霊を慰める舞楽《ぶがく》――御神楽《みかぐら》

この類型化から見えてくるのは、皇室祭祀は決して単純なものではないということである。最古層にある稲作儀礼を基盤とし、天上の神と地上の神を祭るとともに、祖先崇拝と国家国民の安泰の祈りが積み重なっており、多層的に構成されているのである。

## 天皇祭祀の意義

弥生時代の農耕儀礼を原形とする天皇祭祀が、その起源から数えると二千数百年という長大な歴史を持っていることは、驚嘆に値する。この長期的持続性は世界に類例がなく、歴史的・文化的価値は極めて高いものがある。また、天皇祭祀は天皇が独自に作り出したものではない。地域共同体で行われていた農耕祭儀と伝統的な祭事習俗を包括し再構築することによって、祭祀体系を確立したのである。

しかも、古来の農耕祭儀が記紀神話の天神地祇の祭と結合した点に、天皇祭祀のもう一つの特色を見出すことができる。そして、記紀神話もまた皇室の専有物ではなく、皇室の系譜・伝説と、各地域・氏族に伝承された神話・説話を取り込んでおり、国家的統合であった。

さらなる特徴を挙げるなら、先祖に感謝し先祖の霊を祭る行為は、日本人が古来大切にしている祖霊信仰を体現している。しかも、二千年近い昔にまでさかのぼる先祖を祭る長期性は、天皇家だけに見られるものであり、我が国は勿論のこと世界的に見ても、奇跡的な文化現象と言うべきであろう

このように、地域社会に根をおろしていた祭祀と神話を重層的に包容し、国民的信仰を基盤に持っていることが、天皇祭祀が今日まで存続している最大の理由と考えられるのである。

さらに重視すべき点がある。農耕儀礼や天地の神々の祭を基盤にしながら、国家の安泰と国民の安寧への祈りが繰り返し行われていることである。したがって天皇の祭祀は、自分のために祈る私的行為ではない。

「無私」の精神から発せられ、国家の繁栄と国民の平安を祈る国家的行為であり、天皇は国家の最高祭司なのである。祈りの心の発現である天皇祭祀の最も重要な意義がここにあると言って大過ないであろう。

無論、天皇祭祀は歴史的に不変だったわけではなく、浮沈があった事実を直視すべきである。古代の政治的実権が中世から近世にかけて衰微したのに並行して、祭祀機能についても、中世後期から近世にかけて一時的な中断があった。そして明治以降の近代に至って古代の親政が復活したのに伴い、祭祀機能も復活し、さらに拡大・強化が図られた。

このように天皇の祭祀機能に変遷が見られるにせよ、古代から近代に至るまで長期的に展望するなら、国家を統治する君主であることと国家の最高祭司であることは、天皇という存在の心臓部を形成しているのである。天皇は、「政治的統治者」であるとともに「宗教的統合者」であった。そして戦後は、統治機能は変質し、祭祀の法的位置づけは廃止されたにもかかわらず、「象徴」として日本国家に君臨して国事行為を行うとともに、宮中で祭祀を執行することは、依然として維持されているのである。

以上の、天皇祭祀の実相を解明した結果から、天皇と祭祀は切り離すことのできない一体のものであり、〈祭祀〉は天皇の成立以来、天皇の本質的機能であることが判明する。天皇祭祀の歴史的重みとその意義を覚知するなら、三島由紀夫が一貫して天皇祭祀を重視し、天皇を日本文化の連続性と全体性の象徴と見なしたのには、明確な根拠があったのである。

また、戦前の祭政一致を戦後は分離させ、天皇の政治的実権を剝離して祭祀権を最重要の権能に据えた。これは戦後憲法において政治的に形式的・儀礼的権能しか持たなくなった天皇の、最後の砦を祭祀行為に求めたものと思量することもできる。我が国を〈統治的国家〉と〈祭祀的国家〉とに分離し、変遷する政体である〈統治的国家〉に対して〈祭祀的国家〉を不変の「国体」と規定したことは、三島にとって必然的な帰結だったのである。

三島由紀夫の日本国家像のキーワードである〈国体〉と〈祭祀的国家〉は、「天皇」を枢軸として堅固に結びついており、これら三者は本質的に不離一体であることを重視せねばならない。すでに指摘したように、三島は戦後変性した天皇制度に基づきながら、〈文化概念としての天皇〉を立てて〈古くて新しい国体〉を唱道した。質的に変化させながらも、あくまで「国体」に固執したのである。

## 吉本隆明の天皇祭祀論

一九二四年十一月二五日生まれで、二〇一二年に幽冥界へ旅立った吉本隆明は、三島由紀夫と同学年である。しかも生誕日「十一月二五日」は奇しくも三島の命日であり、二人には浅からぬ因縁がある。すぐれた詩人・評論家であり、戦後思想に多大の影響を与えた吉本隆明もまた、天皇の祭祀について深く思索していた。そこで、吉本の天皇祭祀観を読み取り、両者の思想的特徴を浮かび上がらせてみたい。

吉本は、「天皇および天皇制について」の中で、次のような問いから出発して国家と天皇を論じている（『〈信〉の構造Part3 全天皇制・宗教論集成』）。

「『国家』とはなにか。理論的にではなく、わたしにとって体験的になにか。わたしが戦争期に頭から全身的にのめりこみ、その体験に挫傷し、それをひきはがすために悪戦してきた『国家』とはなにか」

その上で、戦争中に詠ったみずからの詩を引用しつつ、戦争中は、〈天皇のため〉〈親や兄弟姉妹や親しく善き友たちや想うひとのため〉に生命を捨てる覚悟をしていた自分を、振り返っている。

さらに次のような問いを立てる。

「なぜ『天皇（制）』は、それ自体が政治権力を行使しえない位相にあった時期でも、一種の名目的な最高『威力』の代理物でありえたのか？」

この問いに答えるべく、天皇の宗教的解明に挑んでいる。その要旨は以下のとおりである。〈天皇（制）〉が本来的に世襲してきたものは特殊な宗教的な祭儀であり、その集約されたものが天皇位を相続する大嘗祭である。大嘗祭の主要部分は、所定の宗教的な方位に設けられた田からとれた稲・穀物を、祭儀用の式殿中で即位する天皇が食べ、式殿に敷かれた寝具にくるまって横たわることから成っている。

大嘗祭の本質は二つある。一つは、稲を食すという儀式は穀物の豊穣を願うという意味と、穀物の生成する生命をわが身に吹きこむという意味を持つ。この農耕儀礼を天皇位の世襲の式に行うことによって、農耕民の支配者であるという威儀を保持し続けてきた。

もう一つは、天皇が式殿で寝具にくるまって横たわるという行為が、〈性〉的な祭儀行為の模倣を意味していることとでる。この場合の天皇の〈性〉的な相手は祖霊であり、この宗教的な秘儀によって、天皇は宗教的な権威を世襲することになる。

このようにして、天皇は農耕社会の本来的な宗家であるかのような位相で土俗的な農耕祭儀を儀式化したが、この共同祭儀の司祭であり世襲であることが、天皇に最高の〈権威〉を与えてきた唯一の理由である。そして祭儀の世襲を可能にしてきたのは、天皇が観念上の〈非人間〉であることとである。

自分が、戦争期に〈天皇（制）〉からあざむかれ、敗戦によって一挙にほうりだされた体験をもったのには、二つの根拠があった。ひとつは、〈天皇（制）〉が共同祭儀の世襲、及び共同祭儀の司祭としての権威を通じて、決して直接的に国家の統御にのりださなかったことの意味を巧く捉えることができなかったことである。

もうひとつの根拠は、〈天皇（制）〉の成立以前の政治形態、すなわち地域集団の最高の巫女《みこ》が小国家連合の最高の宗教的権威であり、その肉親の弟が政治的な権力を行使するという政治形態が、数千年をさかのぼって歴史的に実在した時期があったことを見抜けなかったことである。

以上の、吉本の論考のポイントは次の二点である。一つは、天皇の宗教的威力の世襲が可能であった理由を、共同体の宗教的な観念の総和を自分のものとして保ち続けたためと捉えたことである、もう一つは、政治的な直接支配ではなく、常に一定の遠近法を保って間接的に支配した事実に求めていることである。

そして、次のような心境に到達した。

「わたしが戦後に考えてきたことは、三島由紀夫とは逆であった。いかにしてこの宗教的な絶対感情の対象であった天皇（制）を無化しうるかというところにわたしの関心はおかれた」

戦前の吉本にとって天皇は〈神聖天皇〉であり、宗教的な絶対崇敬の対象であった。ところが戦後は、天皇が戦争の惨禍と大衆の戦争体験に甚大な影響と損害を与えたことを糾弾した。このような天皇観を持っていた吉本は、ほかの多くの、底の浅い天皇制批判論を乗り越えて、宗教的存在としての天皇の本質を突きとめた。この思想的営みによって、戦後の象徴天皇を含む天皇制そのものを全否定したのである。

## 「天皇無化」の吉本隆明と「天皇絶対化」の三島由紀夫

それでは、吉本と三島の天皇観を比較対照してみよう。

先ず二人の基本的認識の一致点を挙げるならば、即位儀礼の重儀である大嘗祭を最も重視し、天皇の権威の根拠を大嘗祭に求めていることである。

先に見たように、吉本は大嘗祭の実相を解き明かすことによって、宗教的威力を、天皇という存在の特質と見なした。

三島もまた、大嘗祭を、穀物神信仰に基づく農本主義文化の精華と見なし、天皇が大嘗祭のときに生まれ変わり、永久に天照大神にかえるところに、天皇の本質を見出した。また、天皇が主宰する新嘗祭と大嘗祭を日本文化の時間的連続性の中核と見なし、天皇の神聖性と永遠性を説いた。

したがって、両者はともに、大嘗祭の意義を、収穫に感謝し穀物の豊穣を祈願する農耕儀礼と、天照大神から引き継がれる天皇霊が身体に入る秘儀と捉えており、そこに天皇の世襲の根拠を見出していたのである。

さらに共通点を挙げるなら、吉本は天皇の〈非人間〉という性格に天皇の特異性を見出した。天皇の〈非人間〉であることが天皇の神聖性と世襲制を支えてきたと分析した。〈非人間〉とは、換言すれば「人間を超えた存在」、すなわち「神的存在」であろう。

他方、三島は、昭和天皇が〈神〉としてではなく〈人間〉としてふるまったことを呪詛し、天皇の本質は「神格性」にある、と一貫して主張した。

したがって二人はともに天皇を、非人間的な「神的存在」と見なしていたのである。

次に、吉本と三島との相違点を取り出してみる。

先ず、吉本は天皇の権威の源泉を〈共同祭儀の司祭〉と捉えた。弥生時代以来の地域共同体の農耕祭儀を包摂したところに、天皇の宗教的統括性があり、それが政治的統治を可能にした重要な要素と見なした。この宗教的統合こそ、天皇制度が長く維持された大きな理由と考えた。天皇の権威の本質を、共同祭儀を統括する祭司王という観点から分析した点は、吉本の犀利《さいり》な洞見と言ってよいだろう。

ただし、吉本の論考には、大嘗祭の分析によって天皇の権威の由来を解明した点に見るべきものはあるが、天皇の祭祀は大嘗祭だけではない。すでに指摘したように、新嘗祭、祈年祭、元始祭、神殿祭などの多くの祭祀は、国家・国民の安寧と繁栄を祈るものであり、無私の献身的精神が根底にある。吉本は天皇祭祀全体の国家的・国民的な祈りを見落としており、狭小な祭祀観にとらわれている。しかも、皇霊祭は日本人の伝統的な祖先崇拝を象徴している。天皇祭祀全体の根底にある「祈りの精神」を正視しなかった視野の狭窄さは否定しがたい。

一方三島には、天皇祭祀の時間的連続性を重視しながらも、天皇出現以前を視野に入れた歴史認識は見られない。吉本が、弥生時代における王の宗教的権威と政治的実権との分離を、天皇の間接的支配の原型とする所見は、鮮やかな洞察である。ところが三島は、祭政分離について、景行天皇と倭建命の中にその原型を見出したが、さらにさかのぼって天皇誕生以前の祭政分離を見通す長期的な眼差しは見られないからである。

さらに、二人の天皇観の、最も著しい相違を挙げておきたい。

吉本は、戦前は〈神聖天皇〉を絶対的信仰の対象としていたが、敗戦を契機に天皇を根源から問い直し、最終的に天皇を全否定した。〈絶対化〉から〈無化〉へと、対極へ反転したのである。

それに対して三島は、戦前から戦後にかけて一貫して天皇への絶対的崇敬を繰返し語った。〈みやび〉の文化の創造・伝承の中心であり、国の永遠性を保証する最高祭司である天皇こそ、日本国家の基盤であった。三島の戦後の天皇観は、戦前の〈政治概念として天皇〉を断念して〈文化概念としての天皇〉を立てることにより、理念的に視座を移動させた。しかし天皇の「神聖性」と「永遠性」を維持させたことによって、決定的な転位を果たすことはなかったのである。

戦前において、天皇の「神聖化」という、全く同じ精神的境地から出発しながら、戦後になって吉本と三島はそれぞれ「無化」と「永遠化」という、正反対の極地へ邁進することになった。ともに戦中派であった両者の最大の懸隔が、ここに突出しているのである。

ところで、吉本はこの論文の中で三島に言及している。三島が〈人間天皇〉に不満で、〈神聖天皇〉に固執している発想を、〈季節外れの迷妄〉と批判した。さらに、三島と東大全共闘との討論において、天皇の問題を『古事記』の倭建命に言及しながら語っている三島の発言を引用した上で、このように分析している。

「三島由紀夫のばあいには、文学をつうじて文化一般にたいする感性や距離感が、天皇にたいする感性や距離感と内部で似ているのである」

三島の少年期から青年期までの精神形成の過程を見ると、日本の古典文学が彼の天皇観を決定づけたことは明らかである。「記紀」、『万葉集』、勅撰和歌集、歴史書、物語文学などに親しみ、心情に沁み込んだ文学的体験が、学習院における文学的交流によってさらに深化し、天皇崇敬の堅牢な礎石となった。したがって吉本の指摘は、三島の心性を正確に見抜いていたと言えよう。

ただし、祭司であるとともに、神話・和歌などの創造と伝承に果たした天皇の役割を三島が重視して、〈文化概念としての天皇〉を立論したのに対して、吉本は天皇の文化的機能を全く視野に入れていない。広角的視点の欠落が、三島との際立った相違として挙げられるのである。

では、三島と吉本は互いをどう見ていたのであろうか。

三島は、認識の運動が逞しく働いている吉本の評論を高く評価した（「無題（吉本隆明著『模写と鏡』推薦文）」）。また、六〇年安保闘争に参加して一人の庶民として行動し、文学と行動を峻別する二元論を志向した吉本の態度の中に、自分と同じ絵姿を見ていた（安部公房との対談「二十世紀の文学」）。

一方吉本は、三島の自決直後に鋭い反応を示した。始めは、檄文を〈悲惨〉、辞世を〈下らない〉と一刀両断し、三島の天皇崇拝などの観念の作用を〈退化〉と決めつけて、彼の思想と心情を痛烈に批判した。ところが結語では、吉本固有の詩的感性によって三島の死を重く受けとめ、〈時代と他者においていった遺産〉と吐露したのである（「三島由紀夫の死」―前掲書）。

二人の言葉から、精神の深奥で協和音が響いているのを聴き取ることができる。二人は理論的に対立しながらも、鋭敏な感性と根源的な思索を基調として奏でていたのである。

日本語の「ラディカル」は、一般的に「過激な」の意味で用いられている。しかし、英語の「radical」の本来の意味は「根源的な」であり、「急進的な、過激な」は第二義的意味である（『The Oxford English Dictionary Second Edition』）。思想的に対極に屹立した二人であったが、「根源的な」と「過激な」の二つの要素を思想で表現した点で、正真正銘の「ラディカル」であった。異なる二つの思想が、たとえ表面で交わることはないとしても、その奥底で交響することがある。「ラディカル」こそ、異質の思想家である吉本隆明と三島由紀夫が響き合う主調音なのである。

## 我が国の祭政一致の特色

三島由紀夫は、祭祀を司る天皇を中心とした〈祭祀的国家〉と、管理に専念する〈統治的国家〉との区別を唱え、この二元の均衡と調和を主張した。これは厳密に言えば「祭政分離」であるが、現行の天皇の国事行為を見れば、政治と全く縁が切れたわけではないので、「緩やかな祭政一致」と捉えることも可能であろう。

ここで、世界的視野から我が国の祭政一致の特徴を捉え直してみたい。

宗教的権威に支えられたメソポタミアの王や、太陽神信仰と結びついた古代エジプトの王は、祭政一致であった（小口偉一／堀一郎監修『宗教学辞典』）。また古代中国においても、天の祭祀の執行は皇帝の重要な職務であった。古代イスラエルの神権政治では、主権者としてのヤハウェ神がダビデ、ソロモンらを神の代理者として王に任命した。古代ローマでは皇帝崇拝が制度化されたが、カエサルに至ってはユピテル神と呼ばれ、ビザンチン帝国においては皇帝が教皇の地位をも占める皇帝教皇主義が実現した。世界の歴史を概観すれば、祭政一致は古代において普遍的な現象なのである。

ところが、ひるがえって我が国の祭政一致を見ると、古代に確立した祭政一致は、その後中世から近世にかけて衰微したにもかかわらず、近代の国家統治の重要な理念となった点に特色がある。近代国家の成立に際して古代の祭政一致が鮮烈に蘇えったことは、極めてユニークな現象と言わねばならない。

したがって、近代における我が国の祭政一致の実態を把握することが、さらなる重要なテーマとして浮上してくる。天皇祭祀の中枢を成すのが、農耕祭儀と神祇信仰であるが、これらと密接に結びついたのが「神道」という宗教である。近代の「祭政一致」は、結局「政治と宗教の一致」、すなわち「政教一致」の問題なのである。

そもそも「神道」という言葉は、『日本書紀』の用明紀（六世紀）にある「天皇《すめらみこと》、仏法を信《う》けたまひ神道《かみのみち》を尊びたまふ」が、文献上初見とされる（岡田荘司編『日本神道史』）。「神道」とは元来〈神の道〉であり、外来の仏教と区別される我が国の在来信仰を意味した。

しかしながら、神道の内容を単純に定義することはできない。神道の起源は、自然崇拝、アニミズム（万物有魂論）、シャマニズム（巫術《ふじゅつ》）、祖霊信仰などの信仰形態にあり、しだいに特徴ある儀礼と信仰内容を形成したと考えられている（前掲『神道事典』）。またその概念は多岐にわたるが、神社神道、皇室神道、教派神道、学派神道、民俗神道などの区分法があるとされる。この区分法に従うとすれば、今論じているテーマに該当するのは皇室神道ということになる。

神道の成立期は、神社の祭祀体系が整備されていく時代であり、神道と神社の成立は連動している（岡田荘司前掲書）。そして神道・神社の成立の淵源は、五世紀の古墳時代にあり、例えば、大和の三輪山祭祀は天皇祭祀に直接つながっていて、ヤマト王権の形成過程と深い関係があった。

したがって、皇室神道と一体化した神社神道と国家との関係を解明することが重要な課題となるのである。明治新政府は明治四年に、神社を「国家の宗祀《そうし》」、すなわち国家が祀るものと定め、神社の格を官社と諸社とに大別して、国家管理による中央集権的な近代社格制度を成立させた（岡田莊司前掲書）。加えて、信教の自由・政教分離の原則に従うために、〈神道は宗教にあらず〉とする神道非宗教論に基づいて、神道に対して仏教・キリスト教と異なる扱いをした。そして大正三年には、「神宮祭祀令」と「官国幣社以下神社祭祀令」が制定され、皇室と神社と国家とがさらに緊密に結びついたのである。

では、神道は「宗教」ではないとする政府見解をどう評価すべきであろうか。この場で「宗教」の定義に深入りする余裕はない。と言うのは、「宗教」の定義は宗教学者の数ほどあると言われているからである。そのため、宗教学の創始者とされているマクス・ミュラー（一八二三～一九〇〇）の『宗教学入門』（塚田貫康訳）を参考にして考えてみる。

ミュラーによれば、宗教には二つの意味が認められる。一つは、ユダヤ教、キリスト教、ヒンドゥー教、仏教など、伝統によって伝えられ、聖典に含まれる多くの教義を有するものを意味する。もう一つは、歴史的宗教から独立しており、感覚及び理性が与え得ない、無限なるものへのあこがれと信仰を意味する。

この定義に従うなら、たとえ神社祭祀を「宗教」ではなく〈国家的な祭祀儀礼〉と意味づけたしたとしても、無限なるものや霊的存在への信仰が認められる限り、ミュラーの言う第二の意味の「宗教」と見なすべきであろう。この観点に立てば、皇室神道と神社神道は、キリスト教や仏教と質的に異なっているが、広義の「宗教」の範疇に入ると考えられるのである。

以上の考察によって、近代における皇室神道と神社神道は、仏教、キリスト教などの外来宗教との差異化により、特別視されたことが判明する。明治政府が構想した〈祭政一致〉は、憲法の〈政治と宗教の分離〉〈信教の自由〉の原則と矛盾するために、神道を「宗教」から除外せざるを得なかったのである。

皇室神道と神社神道が国家の管理下にあったことに鑑みるなら、「皇室」と「神社」と「国家」との三者が一体化していたことは確実である。天皇・国家と神道との一体化、すなわち「政治」と「宗教」の一致が、近代日本国家の顕著な特徴である。

農耕祭儀と神々への祈り、国家国民の安寧への祈りなどを含んだ天皇祭祀自体は、国家国民に直接害悪を及ぼすような要素は見られない。ところが、明治政府は仏教を排除して神仏分離を断行し、天皇祭祀を神道に一本化した。さらに皇室だけでなく民間でも広く浸透していた神仏習合を廃止した結果、廃仏毀釈《はいぶつきしゃく》運動を呼び起こし、寺院の廃止、仏像の破壊など、仏教文化に甚大な損害を与えた（坂本多加雄『日本の近代2 明治国家の建設』）。明治政府は、国民に浸透していた仏教の深い影響力を無視し、千年以上続いた神仏混淆の伝統を強制的に断絶させたのである。国家が国民の信仰に介入し、神道と仏教の融和・共存という、我が国の伝統的な精神を破壊したことは、「負」の所産と言わねばならない。

また、昭和期の国民精神総動員運動によって、学校生徒の、神宮・神社や天皇陵への参拝が義務付けられるなど、皇室神道と一体化した神社神道は、戦争遂行に利用された（鎌田純一『神道史概説』）。国家と神社とが密着し、国民の宗教的信仰心が国家によって統制されるという問題を残した。

にもかかわらず、国家国民への祈りを中核とする皇室神道の国家的意義が消滅することはない。また、神社神道の国民的意義が死滅することもない。戦後、神社は国家から分離され、ほかの宗教と同等の宗教法人となった。だが、国家と切断されたにもかかわらず、日本人は神社を大切に守り、神道を捨て去ることはなかった。万物の中に神を見出し、自然を畏敬し自然との調和を図る心性を中心理念とする神道は、個人の信仰のみならず、神社の祭によって地域社会の活力と連帯の源となっており、地域社会を精神的に統合する貴重な役割を担っているのである。

さらに、初詣、人生の通過儀礼（七五三祭、還暦・米寿などの長寿の祝いなど）、除災儀礼、地鎮祭、農漁業など生業に関わる祭儀、節分・雛祭・端午の節句・七夕祭などの、多彩な祭祀習俗が国民生活と密接に結びついている（前掲『神道事典』）。神聖な霊的存在に祈る心と、生活に密着した素朴な信仰心は、国家を超えた精神性であることを証明しているのである。

### 天皇祭祀を諸外国と比較する

祭政一致の問題には、さらに追究すべきテーマが伏在している。近代においても祭政一致が維持されたことが我が国の際立った特徴であるが、近代以降の諸外国において「君主と宗教の一致」「国家と宗教の一致」は見られないのであろうか。

現代世界を見渡すと、国家と宗教の一致はイスラム教国に広く行き渡っている（西修『各国憲法制度の比較研究』）。例えばイラン・イスラーム共和国は、国教はイスラム教であることを憲法で明記し、最高の宗教指導者が国家の指導者に選ばれる。またサウジアラビア王国はイスラム教を国教とし、国家国民を律しているコーランが憲法に相当しており、全ての権力は国王に帰一するとともに、国王は国家の宗教的指導者である。

さらに、西欧国家に視線を移すと、イギリスでは、一六世紀にカトリック教会と断絶した国王はイングランド教会の最高統治者であり、信仰の擁護者であって、国王とその王位継承者は必ず国教会の信者でなければならない（村岡健次『近代イギリスの社会と文化』）。国王の戴冠式や国王と王位継承者の結婚式・葬儀は、国教会の最高位の聖職者である大主教によって執り行われるが、国王が大主教を任命しているので、国王の権威が最高聖職者の上位にあることになる。このように、国王と国教会との強固な結びつきが、イギリス国家のアイデンティティとなっているのである。

では、我が国の皇室を英国王室と比較してみる。英国国教会の源泉は国王にあり、国家元首である国王の儀式と、キリスト教という宗教の緊密な結合がイギリスの顕著な特徴である。これに対して我が国の天皇は、農耕祭儀や、神々と先祖の祭などを行う国家的祭司であり、神道という「広義の宗教」の執行者である。その意味では、キリスト教と結びついたイギリスの国王と、神道と結びついた日本の天皇は、異なる要素があるにせよ、原理的に共通性があると言ってよいだろう。ただし、国教を明確にしているイギリスのほうが、天皇祭祀を国教としていない我が国よりも、国家と宗教の一体性が強固であり、この点が著しい相違点である。

次に、北欧の君主国を望見してみる（阿部照哉・畑博行編『世界の憲法集 第四版』）。

デンマーク王国は憲法で、「福音ルーテル教会をもってデンマーク国教会とする。国家は、国教教会としてそれを維持しなければならない」「国王は、福音ルーテル協会の会員でなければならない」と規定している。プロテスタントの一宗派である福音ルーテル教会を国家の宗教と規定した上に、国王はその信者でなければならないのである。国家と国王と宗教が緊密に結びついている点で、イギリスと同質であると言えよう。なお、スウェーデン王国は国教を明記していないが、王位継承法で国王は純正福音主義の信仰を義務付けられている。したがって、国王とプロテスタント教会が一体化している点で、イギリス・デンマークと同類である。

以上のイスラム教国や西欧三カ国の実態は、日本の近代までの祭政一致が、決して日本特有のものでないことを示している。ただし、イスラム教国ではイスラム教が、イギリスとデンマークではキリスト教が国教であるが、日本の場合は、天皇祭祀は国教ではないので、君主と宗教との結びつきの度合いは、イスラム教国や西欧君主国家よりも我が国の方が明らかに稀薄である。しかも戦後は、天皇は統治権の総覧者ではなく、天皇祭祀も法的に廃止されたので、厳密な意味での「祭政一致」ではない。ただ実態としては、天皇は「象徴」として国事行為を行い、「内廷祭儀」として祭祀を依然として継続しており、天皇祭祀と国家は緩やかに一体化していると見ることができる。

世界の現実を見るなら、我が国は、イスラム教国やイギリスなどの西欧の君主国家との部分的な違いはあっても類縁性があり、天皇の祭祀行為は日本に特異な現象ではない。天皇と宗教との一体性は、現代世界でも決して孤絶しているわけではないのである。

## 3 君民一体の持続性

### 国民に対する天皇の慈愛

歴史を振り返れば、国民を慈しむ天皇の思いが具現化された事跡は、数多く記録されている。

崇神天皇は、国内に疫病が蔓延し、大勢の民が死亡した時、熱心に祭祀に励んだ。大物主神《おおものぬしのかみ》の子の大田田根子《おおたたねこ》に大物主神を祭らせたところ、疫病は途絶え、五穀も稔り、民も豊かになったとされている（『日本書紀』―小島憲之他前掲全集2）。

また、模範的天皇として頻繁に引き合いに出されるのが、第一六代仁徳《にんとく》天皇である。天皇が高台に立って国を遠望したところ、家々に煙が立っていないのを見て、民が貧しくて飯を炊いていないと考え、租税と賦役を免除した（『日本書紀』―前掲全集3）。みずからを厳しく責めて、質素倹約に努め、三年ののち民は豊かになった。そして天皇は言う。

「其《そ》れ、天《あめ》の君を立つるは、是百姓《これおおみたから》の為なり。然れば君は百姓を以《も》ちて本《もと》と為す」

『古事記』では、〈おおみたから〉は〈百姓〉のほかに〈人民〉と漢字表記されている。人民は大御宝《おおみたから》であり、君主は人民を一番大切に考えるものである。人民が貧しければ、自分が貧しく、人民が豊かなら、自分が豊かである。この精神を君主の道と考え、善政を行なった仁徳天皇は「聖帝《ひじりのみかど》」と称えられており、大阪府堺市にある我が国最大の前方後円墳・大仙陵の被葬者とされているのは、理由のないことではない。

ただしこのような事実があったとしても、先に指摘したように、国家統一の過程では、服属しない民に対して武力による征伐もあった。古代には、崇神、景行、雄略、桓武などの天皇が武力を行使したように、歴代天皇のすべてが「慈愛の精神」を発揮したわけではない。しかし、仁徳天皇の精神が天皇統治の理想とされていることは確かである。

それでは、国民の安寧と幸福を祈る天皇の和歌をいくつか挙げてみよう（藤田徳太郎編輯代表『日本精神文化大系第一巻皇室編』）。

「民やすく国をさまりて天地《あめつち》のうけやはらぐるこころをぞ知る」（第九二代伏見天皇）

「よろづ民うれへなかれと朝ごとにいのるこころを神やうくらむ」（第一〇二代後花園天皇）

「やすかれと万《よろづ》の民をおもふまで代代《よよ》の日嗣《ひつぎ》をいのるほかかは」（第一〇八代後水尾《ごみずのお》天皇）

「あさゆふに民やすかれと思ふ身のこころにかかる異国《ことくに》のふね」（第一二一代孝明天皇）

そして近代では、三島由紀夫が敬仰《けいぎょう》した明治天皇が挙げられる。「歌聖」と呼ばれた明治天皇の、およそ九万三千首に及ぶ御製には国民を想う歌が数多く含まれているが、その中から三首を抜き出してみる（藤田徳太郎前掲書）。

「とこしへに民やすかれといのるなるわが世をまもれ伊勢の大神」

「照るにつけくもるにつけて思ふかなわが民草《たみくさ》のうへはいかにと」
「ちよろづの民の心ををさむるもいつくしみこそ基《もとい》なりけれ」
国民の平安を願い、慈愛をもって治めようとする明治天皇の歌は、仁徳天皇と同様に「聖帝」と称えられるにふさわしい天皇だったことを示しているのである。
昭和天皇は大東亜戦争終末期に、ポツダム宣言受諾に関する最高戦争指導会議において、「自分はいかになろうとも、万民の生命を助けたい」と発言し、国民を救うために受諾に同意した（五百旗頭真『日本の近代6 戦争・占領・講和』）。また敗戦の年の一二月に、このような御製を詠んだ（中尾裕次編『昭和天皇発言記録集成［下巻］』）。
「身はいかになるともいくさとどめけりただたふれゆく民をおもひて」
昭和天皇は終戦の聖断を下して戦死した国民に思いをはせ、〈身はいかになるとも〉という覚悟の下に、敗戦の責任を一身に背負い込んだのである。
では、平成の天皇はどうであろうか。明仁天皇も国民を思う御製を数多く詠っているが、その中から五首を抽出する。
「死没者の名簿増え行く慰霊碑のあなた平和の灯は燃え盛る」（平成元年・広島）
「精魂を込め戦ひし人未だ地下に眠りて島は悲しき」（平成六年・硫黄島）
「沖縄のいくさに失せし人の名をあまねく刻み碑は並み立てり」（平成七年・沖縄）
（以上、宮内庁編『道　天皇陛下御即位十年記念記録集』）
「人々の幸願ひつつ国の内めぐりきたりて十五年経つ」（平成十六年）
「サイパンに戦ひし人その様を浜辺に伏して我らに語りき」（平成十七年・サイパン島）

（以上、宮内庁編『道　天皇陛下御即位二十年記念記録集』）

そして即位十年に当たる一九九九年の記者会見では、次のように語っている（前掲『道　天皇陛下御即位十年記念記録集』）（一部中略）。

「日本国憲法で、天皇は日本国の象徴であり日本国民統合の象徴であると規定されています。この規定と、国民の幸せを常に願っていた天皇の歴史に思いを致し、国と国民のために尽くすことが天皇の務めであると思っています。私は昭和天皇のお気持を引き継ぎ、国と社会の要請、国民の期待に応え、国民と心を共にするよう努めつつ、天皇の務めを果たしていきたいと考えています」

歴代天皇の精神を承継して、国民のために尽くし、国民と心を共にすることが天皇の道であるという、明仁天皇の確固たる信念を感取することができる。この信念に支えられて、被災者への慰問や、戦没者慰霊のための内外への行幸啓を続けていると思われる。

明仁天皇のように名前に「仁」の付く天皇は、「惟仁《これひと》」を名乗った第五六代清和《せいわ》天皇（在位八五八〜八七六）を始めとして、七〇名中四九名おり、圧倒的に多い（藤田徳太郎前掲書）。「仁」とは、他人を慈しみ思いやる道徳的心情を表している。歴代天皇は「仁愛」の情をもって国民のために尽くし、国民と精神的に一体になることを、理想の天皇像としていることを確認できるのである。

### 天皇に対する国民の崇敬

他方で、国民が天皇を尊敬し精神的に支える事例は数え切れないほど記録されているが、特に目に付いたものを列挙してみる。

古くは『万葉集』に多く見受けられる。防人《さきもり》〔九州の防備のために派遣された兵士〕の歌に、このような一首がある（小島憲之他『新編日本古典文学全集9』）。

「今日よりは　顧《かえり》みなくて　大君《おおきみ》の　醜《しこ》の御楯《みたて》と　出で立つ我は」〔今日からは振り返らずに、大君のつたない護衛者として出かけて行くのだ、おれは〕

三島は『日本文学小史』でこの歌を取り上げて、質実剛健な男性的感情を讃えており、「十二世紀後の今日も人々の口に愛誦される真の古典になった」と書いている。ところで三島は、大学生有志のメンバーから成る「楯の会」を創設したが、その名称の由来は、会員の一人がこの歌から採って発案した「御楯会」が修正されて、「楯の会」となったものである（篠原裕〔元楯の会一期生〕『三島由紀夫かく語りき』）。

さらに、『万葉集』の撰者とされる大伴家持《おおとものやかもち》（七一七～八五）は、こう詠っている（前掲全集9）。

「海行かば　水漬《みづ》く屍《かばね》　山行かば　草生《む》す屍　大君の　辺《へ》にこそ死なめ　顧みはせじ」〔海に行くのなら、水びたしの死骸、山に行くのなら、草むした死骸をさらしても、大君のお傍で死のう、後悔はしない〕

この歌は、天皇のためなら命を惜しまないと誓う厚い忠誠心が表現されている。そして戦前に信時潔《のぶときききよし》によって作曲され、大東亜戦争中には国歌に準ずるものとして出陣学徒壮行会や特攻機出撃の際などに歌われた（阪田寛夫『戦友　歌につながる十の短編』）。多くの日本人がこの歌詞どおりに祖国への犠牲的精神を発揮する源泉となったのである。

なお、この歌曲も三島とつながりがある。三島は、民族派の学生団体・日本学生同盟の集会で講演をするなど精神的支援を惜しまなかったが、自決の翌月に日本学生同盟が主体となって「三島由紀夫氏追悼の夕べ」が盛大に開かれた（三島由紀夫研究会編『「憂国忌」の四十年』）。そして、翌年から名称を変えて毎年三島の命日に開催されている「憂国忌」で、「海行かば」が厳かに斉唱されているのである。

宗教の世界と天皇との間にも、深い関わりがある。先にも述べたように、記紀神話には神々の世界と神道信仰が凝縮されており、多くの神社が皇祖・天照大御神をはじめ神話の神々を祭神としている。天つ神の子孫である天皇に対する神社の崇敬心は深厚であり、神社参拝は日本人の伝統的慣習である。例えば、神社の頂点に立つ伊勢神宮は、『日本書紀』によれば第十一代垂仁《すいにん》天皇の代に立てられたが、天照大御神を祭っており、皇室と最も強い結びつきのある神社である。平安末期以降、庶民による「お伊勢参り」が広まり、特に江戸時代には「お蔭参り」が大流行して、国民的信仰となった（鎌田純一前掲書）。そして今日では、年間八百万人以上の人々が参詣しているのである。

現代の神道思想家・葦津珍彦《あしづうずひこ》（一九〇九〜九二）は、天皇に対する神社の祈りや国民の意識をこのように指摘している。

「日本人の習俗の中心をなすものは宮祭であるが、その神社の祭には特殊、多彩なものがあつても、全国どこの神社でも行はれる祓ひのことばは『皇御国《すめらみくに》』の由来を唱へる」

（「みやびと覇権」―葦津珍彦選集編集委員会編『葦津珍彦選集 第一巻』）

「国体意識にはさまざまの多彩なものが潜在する。絶大なる国民大衆の関心をひきつける心理的な力である。これが国および国民統合の象徴としての天皇制を支へている」（「国民統合の象徴」―前掲書）

また仏教界においては、奈良時代に仏教は国家鎮護の役割を果たし、一〇世紀頃から宮中では護持僧《ごじそう》が玉体の安穏《あんのん》を祈った（上島亨「中世王権の創出と院政」―前掲『日本の歴史08 古代天皇制を考える』）。九世紀に空海によって始められ、明治初年まで正月に宮中で続けられた真言密教の御七日御修法《ごしちにちのみしほ》の儀式では、玉体安穏、皇祚《こうそ》無窮、国家安泰、万民豊楽を祈禱しており、現在でも京都の東寺《とうじ》で行われている（中村元『広説仏教語大辞典 上巻』）。また、比叡山の千日回峰行でも玉体安穏の祈禱が行なわれている。京都の泉涌寺《せんにゅうじ》は鎌倉時代から江戸時代まで皇室の菩提寺となり、「御寺《みてら》」と呼ばれている（前掲『皇室事典』）。天皇は江戸時代まで仏教を厚く信仰し保護したが、仏教界も天皇を手厚く守護し、天皇と仏教は密接な関係にあった。
武士にも天皇への崇敬心が見られる。鎌倉幕府第三代将軍・源 実朝《みなもとのさねとも》は、こう歌った（『金槐和歌集』—井上宗雄校注・訳『新編日本古典文学全集49』）。

「山はさけ海はあせなむ世なりとも君にふた心わがあらめやも」

山が裂け、海の水が干上がってしまう世になったとしても、君に対して二心を持つことは決してありません、と深切な忠誠心を表明したのである。

南北朝時代に後醍醐天皇に仕えた楠木正成《くすのきまさしげ》の、忠君と「七生報国《しちしょうほうこく》」（七度生まれ変わって国に尽くすこと）の精神は今日まで語り継がれており、正成は神戸市の湊川神社に祭られている。関連して言い添えるならば、大東亜戦争で出征した多くの兵士が「七生報国」の鉢巻を締めていた。三島由紀夫が自決の時に「七生報国」の鉢巻を締めていたのは、国のため、天皇のために命を捧げる戦士に成り切っていたことを暗示しているのである。また、後醍醐天皇と戦った室町幕府初代将軍・足利尊氏《あしかがたかうじ》は、後醍醐天皇への追慕の念から、京都に壮大な禅宗寺院・天龍寺を創建して菩提を弔った（新田一郎『日本の歴史11 太平記の時代』）。

先に見たように、幕末には、「君臣一体」「忠孝一致」を説いた吉田松陰から感化された高杉晋作・桂小五郎らの志士たちが、尊王心に溢れた西郷隆盛・大久保利通らの下級武士たちと連携して、「王政復古」の起動力となった。

そして明治から大東亜戦争終結まで、「君臣一体」「忠孝一致」の精神が全国民的規模に拡大された。『国体の本義』は、こう説いている（一部中略）。

「君臣一体は我が国の基本を成す和の精神から生まれる。和は歴史生成の力であり、万物融合の上に成り立つ。自然と人との和、神と人との和、国民相互の和とともに君臣の和があり、和によつて国家の創造発展が実現される。西洋の多くの国では君主と人民が対立する関係にあつたが、我が国では天皇と臣民は一体となつて栄えてきたのである」

『国体の本義』が指摘した〈和の精神〉は、日本人の心性の本質を衝《つ》いている。自然の中に神を見ることによって、自然に対する畏敬や、自然との調和の精神が根底にあり、自然・神と人間とは融和的関係にある。古代から継承されている日本人の〈和の精神〉を、天皇と国民との間にも見出しているのは、的確な類推と言うべきであろう。

このように、古代から近代に至るまで、天皇と国民との関係は、「支配―従属」の関係ではなく、「慈愛―崇敬」の関係にあったことを見て取れるのである。

世界に目を転じると、フランス革命・ロシア革命・トルコ革命など、国民が国王に敵対して王政を廃止した例が圧倒的に多い。我が国の皇室と親縁性のあるイギリス王室の場合でも、一時的にせよ一七世紀に王政が打倒された事実があり、国民が国王と対立して、国民の自由や権利を獲得した歴史がある。

ところが我が国の場合は、国民が天皇に敵対した事例をほとんど見出すことができない。例外的に、六世紀終わり頃豪族の蘇我馬子《そがのうまこ》は崇峻《すしゅん》天皇を暗殺したが、みずから皇位を奪うものではなかった（熊谷公男前掲書）。また、八世紀の称徳天皇の代に僧侶道鏡の天皇即位の動きがあったが、武力によるものではなく宇佐八幡神のお告げが根拠であり、和気清麻呂《わけのきよまろ》が伝えた託宣は、それを否定するものであったため実現しなかった（渡辺晃宏『日本の歴史04 平城京と木簡の世紀』）。中世以降では、室町幕府三代将軍の足利義満が明《みん》から「日本国王」の称号を得たのち、皇位を奪い取る意図があったとする説もあるが、みずからを法皇に擬して「院政」並みの権力を確立していたとしても、それは確実に証明されていない（新田一郎前掲書）。中世や近世にかけて、幕府に反抗した天皇・上皇を配流にする措置や、天皇の権限を弱めようとする動きが武家政権にあったとしても、皇位を奪取することはなかったのである。

歴史を顧みれば、天皇と国民との関係は、天皇による武力行使のあった古代と中世の一時期を除けば、権力的対立関係にはなく、仁愛と尊皇が一体となった「君民一体」の精神が、根底に流れていたことがわかる。

また近代以降においても、「君民一体」は国体信奉者だけに見出される観念ではない。

例えば福澤諭吉は、「我が日本国に於ては、古来今に至るまで真実の乱臣賊子なし」と述べ、天皇に敵対した人民はいなかったと指摘した（『帝室論』）。また、宗教の教義のように帝室の尊厳と神聖を濫用すべきでないと論じる一方で、人心収攬の中心となって国民政治の軋轢を緩和する帝室の功徳は至大であり、日本人の尊王心は自然な性情から生まれる、と説いた。

自由民権を主張した中江兆民も、「天子様は一国衆民の頭上《とうじょう》に在々《ましまし》て別に御位を占《しめ》させ給ふて神様も同様なり」と説いた（「平民の目さまし」）。古来天皇に反逆を企てた者は一人もいないと述べ、「我が日本の天子様は御代毎に聡明仁慈に渡らさせ玉ひ民を恵むこと父母の如し」と指摘した。

西欧思想の洗礼を受けた諭吉と兆民はともに、伝統ある皇室の価値を再認識し、天皇と国民との精神的一体性を改めて感じ取ったのであろう。「君民一体」は、正統的国体論と異なる国家構想を持っていた諭吉や兆民にも共通の観念だったのである。

さらに注目すべきことに、時の政府から弾圧された学者も、「君民一体」を肯定していた。里見岸雄がこれを国体論の中核に据えたことは先に指摘したが、美濃部達吉は戦後、こう述べた（『新憲法逐条解説』）。

「国体は法律的観念だけではない。我が国家組織の歴史的倫理的特色、すなわち我が国民が、万世一系の天皇を国家の中心として奉戴し、尊崇忠誠の念を抱き、天皇は国民を子の如くに慈む、君民一致の事実を指す意味にも用いられている」

天皇機関説を唱えていた美濃部でさえ、〈君民一致〉という倫理的精神を国体理念と捉えており、戦前弾圧されたにもかかわらず、天皇に対する国民の尊崇の念を一貫して重視していたのである。

天皇機関説事件が起ったとき、昭和天皇はこのように語っていた（原田熊雄述『西園寺公と政局 第四巻』）。

「美濃部のことをかれこれ言ふけれども、美濃部は決して不忠なものではないと自分は思ふ。今日、美濃部ほどの人が一体何人日本にをるか。あゝいふ学者を葬ることは頗《すこぶ》る惜しいもんだ」

昭和天皇は美濃部の本質を見抜いていたのであり、透徹した観察力を示しているのである。

また、著書を発禁処分にされた津田左右吉は、敗戦直後に次のよう所感を開陳した（「日本の国家形成の過程と皇室の恒久性に関する思想の由来」―前掲全集第三巻）。

「国民が国家のすべてを主宰することになれば、皇室はおのづから国民の内にあって、国民と一体であられる。皇室は国民の皇室であり、天皇は『われらの天皇』であられる。『われらの天皇』はわれらが愛さねばならぬ」

津田の熱烈な表明を読むと、美濃部を上回るような、天皇への深い敬愛の情を感得することができる。近代には、天皇制度を否定する無政府主義者、社会主義者、共産主義者などが現れたが、彼らが国民精神の主流になることはなかったのである。

以上の歴史的事実を照らし出すなら、正統的国体論と、三島由紀夫やそのほかの非正統的国体論を含めて、ほとんどすべての国体論にとって不変の理念であった「君民一体」は、総じて我が国の歴史を貫く精神性と言うことができよう。

ただし三島は、戦後の日本人の、皇室に対する精神的あり方を問題視し、大衆社会化による、ホームドラマ的な皇室のイメージや週刊誌的天皇を厳しく批判した（『対話・日本人論』、『文化防衛論』）。祭司としての神聖天皇や、〈みやび〉の文化の中心としての天皇を顧みない戦後の精神状況に大いに不満だったのである。

では、この点に関連して、戦後における日本人の皇室観を探ってみよう。

新憲法公布後二十年間の意識調査によれば、七〇～八〇%の国民が象徴天皇を支持していた(小林直樹編『日本人の憲法意識』)。近年では、明仁天皇即位二〇年に当たる二〇〇九年に行われた世論調査によれば、象徴天皇を支持する割合は八二%に上っている(NHK世論調査部・加藤元宣「平成の皇室観」—NHKオンライン)。また皇室に対する距離について、〈かなり〉と〈やや〉を合わせて〈近くなった〉は六二%、〈変わらない〉が三〇%、〈遠くなった〉は四%である。また皇室に対する親しみの割合は、〈とても〉と〈ある程度〉を足すと六二%、〈あまり〉〈全く〉感じていないのが三八%である。一つの世論調査だけでは断定できないとしても、〈距離が近い〉と〈親しみを感じる〉がともに六〇%を超えており、戦前の日本人が抱いたような濃厚な尊皇精神はないかもしれないが、その親近的心情は十分に認められるのである。

三島に不満があるにせよ、現代の大多数の日本国民が象徴天皇を支持し親和感を抱いている事実は、現憲法の天皇条項「天皇は、日本国の象徴であり日本国民統合の象徴であって、この地位は、主権の存する日本国民の総意に基く」を支える基盤となるにちがいない。

とは言うものの、三島が重視している天皇祭祀の意義を、大多数の国民が正確に理解しているかどうかについては、疑問符が付く。今日においても天皇は、私たちの目に触れない宮中の奥深くで年間数多くの祭祀を執り行ない、国民の安寧と国家の安泰を祈っている。そしてその延長線上にある行動が、被災地の慰問や戦没者慰霊のための国内外への行幸啓、国民的行事への参列、メッセージの発信などであると思われる。このように、祈りの精神を常に保ち国民に寄り添う言動によって、国民との精神的一体性を黙示している。「君民一体」の根源にあるのは、祭祀と祈りなのである。

## 天皇と国民の双方向的関係

以上に見てきたように、天皇と国民との精神的関係の特徴は、一方向的な関係ではなく双方向的な関係にある。

三島由紀夫は、天皇と国民の双方向的な関係が具体化された象徴として、和歌を取り上げていた。和歌は我が国独自の短詩形文学である。和歌の起源は不明であるが、すでに神話の時代から作られていたことが、『古事記』に記されている。須佐之男命が出雲に宮を立て、櫛名田比売《くしなだひめ》と住もうとした時の歌、「八雲立つ　出雲八重垣　妻籠《つまご》みに　八重垣作る　その八重垣を」は、和歌の始まりとされている。この記述は、和歌の起源がいかに古いかを強調したものであろう。

そして歴代天皇は歌道を重んじ、平成までの一二五代中、九二名の天皇の歌が残されている（堀江秀雄『天皇歌人 新装版』）。さらに、醍醐天皇の勅命により『古今和歌集』が編纂されて以降、二一集の勅撰和歌集が世に出た。『古今和歌集』から第二一集の『新続古今和歌集』まで、実に五三四年の長期にわたっているのである。これほど長く同一目的をもって高雅優美な文芸の営みを継続し得たのは、ひとえに歴代天皇の強固な文化意志の賜物であろう。

三島の提唱した〈文化概念としての天皇〉は、祭祀を執行するとともに和歌の創造・伝承を主宰する天皇の姿であった。日本文学の元素である和歌を〈みやび〉の文化の象徴と見なし、天皇は『万葉集』以来、民衆詩と宮廷詩とを統括する文化共同体の存在証明である、と論じた。確かに『万葉集』は、天皇から名もなき庶民に至るまで、古代日本人のあらゆる階層の人々の歌が一書に集まるという、世界に比類のない貴重な文化遺産なのである。

三島の指摘した、和歌による民衆と宮廷との一体性は、今日でも「歌会始《うたかいはじめ》の儀」の中に生きている。宮中での歌御会《うたおかい》は奈良時代から行われており、年の初めの歌御会始は遅くとも鎌倉時代には始まっていたと推定されている（中島宝城「歌会始の歴史と現在」―菊葉文化協会編『宮中歌会始』）。明治時代になると、一般国民の詠進が認められ、優れた歌は歌御会始で披講されるようになった。このように歌会始における国民参加の理念が確立されたことは、明治時代の画期的な改革であり、「一君万民」に基づく「国民国家」の名にふさわしいものと言えよう。昭和二五年には詠進歌のうち選歌となった歌の作者は、宮中の式場に参列して陪聴できるようになった。歌会始での国民参加が可能になったのは明治以降であるとしても、皇室と国民が和歌によって結ばれるという、世界にも類のない文化行事は、『万葉集』以来の精神が脈々と生き続けており、まさに「君民一体」を象徴しているのである。

「君民一体」の精神は、我が国に古来存在したものであり、千七百年以上前から続く天皇制度を支えてきた、日本人の不変の精神性と言ってよいだろう。

二〇世紀に入って、我が国が模範としたドイツ帝国や、オーストリア、イタリア、ロシア、トルコなどの国々が君主制を廃止し、二一世紀の今日では君主国は二八か国しか残っていない（共同通信社編著『世界年鑑2015』）。君主制の廃止は政治制度としての廃絶のみならず、「君民一体」の精神が崩壊したことの証左である。我が国以外で最も歴史の古い君主国であるデンマークの王室が誕生したのは、九世紀末である（浜林正夫他編『世界の君主制』）。したがって、三世紀後半から四世紀初めの間に成立したと推定される我が国の皇室は、飛び抜けて世界最古である。世界最古の天皇制度が廃絶されなかった最大の要因は、天皇と国民との間の「君民一体」という精神的関係にあると言っても過言ではない。

そして今日、天皇に対する崇敬や忠誠を国民が強制されることはない。しかも、神話上はともかく、現憲法においては、天皇は永遠の存在ではない。その地位は国民の総意に基づくものであり、天皇制度の存廃は国民の意思に委ねられている。したがって国民の支持がなければ、天皇制度は廃絶される可能性があり、「君民一体」の重要度はこれまで以上に高まっているのである。

## 第二節　国体論と西欧思想との関係性

三島由紀夫の国体論において、西欧思想との関係は大きな比重を占めていた。正統的国体論における西欧思想との関連も視野に入れながら、さらに踏み込んでこのテーマを詳論する。

三島の体内には、「日本」だけでなく「西欧」が確実に棲みついていた。少年期から晩年に至るまで、「記紀」、『万葉集』、勅撰和歌集、物語文学、歴史書、能、歌舞伎など、日本の多彩な古典文学は三島の骨肉となり、彼の文学的資質を決定づけた。しかし同時に、西欧文学にも親炙した。ラディゲ、ワイルド、コクトー、ラシーヌ、ギリシア神話、ギリシア古典劇などを文学的方法として用い、ヘルダーリンとリルケから詩魂を、トーマス・マンから芸術家の精神を学んだ。

また思想的には、記紀神話に基づいた天皇理念と国体思想、国学、陽明学、武士道、神道信仰など、我が国の多様な伝統的思想に心酔した。他方で、西欧思想からも多大の影響を受けた。例えば、理性と感情、認識と行為、精神と肉体、近代と反近代、文と武など、三島が頻繁に用いた二元論的思考は、ドイツの哲学者・ニーチェ（一八四四〜一九〇〇）に感化されたものである。また、エロティシズムと絶対者との関係で、フランスの小説家・思想家のバタイユ（一八九七〜一九六二）にも魅了された。

このように三島の文学的・思想的形成の痕跡をたどると、「日本」と「西欧」が共存していたことは明白である。しかしながら先述したように、国家思想においては「日本と西欧の対立」に異様なこだわりを表明したのである。

そこで、国体理念に関わるものの中から、三島が問題視した「帝国憲法」と「教育勅語」の二つを選び出して、「日本と西欧の対立」の深層をさらに究明する。

## 1　大日本帝国憲法における「西欧と日本の融合」

三島によれば、「明治維新における日本と西欧の対立融合といふ最大のテーマの解決として作られた明治憲法は、民族的伝統と西欧の法伝統との、当時に於ける能《あた》ふかぎりの調和を成就させた芸術作品であった」（「問題提起」）。したがって帝国憲法下の天皇は、宗教的精神的中心としての天皇を近代政治理念へ導入して政治化したものであり、一方で西欧化を代表し、もう一方で純粋な日本の最後の砦となるべきであった。ところが昭和の天皇は二・二六事件に際して、西欧的立憲主義に従ったため、天皇本来の「神格性」を発揮しなかったことに恨みの感情を発したのである。

### 憲法制定の意図とその過程

それでは、大日本帝国憲法制定の意図とその過程を振り返ることにしよう。

国家の基本法である憲法は近代国家にとって不可欠であるが、江戸時代まで近代的憲法を持たなかった我が国にとって、憲法制定は国家の一大事業であった。先ず、憲法制定に際して、明治維新の理念が強い影響力を発揮したことを考慮する必要がある。我が国においては、中世以降近世までの国家支配は、宗教的・精神的権威者として政治的実権のない天皇と、世俗的権力者として政治的実権を握った将軍の、二重機構で成り立っていた。ところが、幕末の志士たちが中心となった討幕運動は、「尊王攘夷」「王政復古」をスローガンとした。明治維新が「王政復古」を大義としたため、憲法は「天皇親政」を中心原理としなければならなかった。「天皇親政」を外せば、明治維新の自己否定になるからである。天皇の「統治権」の設定には必然性があったのである。

ただし、明治新政府は「尊王」は堅持したが、「攘夷」を放棄した。我が国固有の国体を維持しながら、西欧思想を積極的に導入したからである。その背景には、当時の日本国家の置かれていた政治状況を顧慮しなければならない。帝国主義時代において、欧米列強の植民地や属国になることなく対等の関係を築くためには、西欧の政治、経済、産業、技術、文化の摂取は不可避であった。国家の独立と発展を期すためには文明開化は必然的な国策だったのである。特に、列強との間の不平等条約を撤廃させるためには、文明国にふさわしい近代法典を作り上げる必要があった。したがって当時の世界状勢を直視するなら、国家の根幹を規定する憲法においても、西欧思想の受容は「歴史的必然」だったのである。

では、帝国憲法制定の際に、西欧のどの国の国家理念を模範として導入したのだろうか。

明治十五年、伊藤博文らは憲法調査のため欧州に派遣され、ドイツ、オーストリア、フランス、オランダ、ベルギー、イギリスなど八か国を歴訪した（稲田正次前掲書下巻）。その際、特にドイツの法学者・グナイスト、法律家・モッセ、オーストリアの社会哲学者・スタインから、君主制国家のあり方について有益な助言を受けた。その結果、各国の憲法を広く参照しながらも、日本の国情に適合するものとしてドイツ憲法を参考にし、主としてプロイセン憲法やバイエルン憲法の影響を受けた。実際の草案起草に当たっても、ドイツ人法律顧問ロェスレルの意見を採用しつつ、日本の国家的伝統と西欧の憲法思想との融合を図ったのである。

以上の経緯によって成立した帝国憲法の立憲君主制とは具体的にどのような理念によって成り立っていたのだろうか。伊藤は『帝国憲法・皇室典範義解』で、第四条「天皇は国の元首にして統治権を総攬し此の憲法の条規によりこれを行ふ」を、次のように解説している。

「蓋《けだ》し統治権を総攬するは主権の体なり。憲法の条規に依り之を行ふは主権の用なり。体有りて用無ければ之を専制に失ふ。用有りて体無ければ之を散漫に失ふ」

すなわち、憲法条文に「主権」は明記されていないが、「統治権の総覧者」としての天皇に「主権」のあることが明確に説かれている。ただし、天皇に主権の本体はあるものの、その運用は憲法に従って行使されるのである。立法権は議会の協賛によって、行政権は内閣の輔弼によって、司法権は天皇の名において裁判所によって行使されるものであった。また、緊急勅令・独立命令や統帥権などの天皇大権も、天皇の恣意的な意思によって発動できるものではなく、内閣や軍部の輔弼によらねばならなかった。天皇統治の実態は、受動的に裁可権を行使するものであり、実質的には専制的でなく、君主権は憲法によって制限されていたのである。したがって、標榜していた「天皇親政」を運用上から見れば、純粋な親政ではなかったのであり、天皇は強大な権力を直接振るう絶対君主ではなかった事実を認識する必要がある。

帝国憲法の最大の特色は、国体理念を基盤としつつ、主としてドイツの憲法理念を合体させた点にある。当時のドイツはイギリスなどと異なった国家体制をとっており、君主に大権を認めた立憲君主制であった。主としてドイツ的立憲君主制を受容した日本は、絶対君主制とイギリス型君主制議会主義との中間的国家と見なせるであろう。英国型の君主制議会主義ではなく、ドイツ型の立憲君主制が採用されたことによって、主権者たる天皇の統治権が憲法によって制限されている限り、「日本」と「西欧」の対立・矛盾は本来的に内在していたのである。

ただし、当時を振り返るとき、西欧のどの国の国家形態を模範とすべきかの選択によって、その後の日本国家の針路が大きく異なったものになったことも知っておくべきであろう。

第一章で述べたように、福澤諭吉は「帝室は政治社外のものなり」と説き、政治的実権を持たない天皇を理想と考えた。その上で、英国流の君主制議会主義を範型と考えた。天皇という日本固有の君主の意義を堅持しつつ、英国の議院内閣制を採り入れることを構想したのである（『民情一新』—前掲全集第五巻）。

また先に指摘したように、中江兆民も〈君民共治〉を主張し、英国型の君主制議会主義を模範とすべきであると説いた。

しかし、福澤諭吉や中江兆民の構想が明治政府に受け入れられることはなかった。政府内にあって諭吉と同じ憲法構想を持っていた参議・大隈重信は、明治一四年の政変で岩倉具視、伊藤博文らによって排斥されたからである（稲田正次前掲書上巻）。憲法起草に当たった井上毅は、英国の立憲政体は主権が議会にあって国王は虚器であると批判し、英国政党政治にならって急進するよりはプロイセンにならって漸進すべきである、と主張した。そして岩倉、伊藤は井上の意見を採用し、帝国憲法の成立に至った。諭吉、兆民、大隈らの構想した英国流の君主制議会主義理念は表舞台から退場せざるを得なかったのである。ただし、彼らの構想は一時的に歴史の中に埋もれたが、およそ六〇年後に復活することになる。国民主権と、英国国王に類似した「象徴天皇」を基盤とする戦後憲法の中に、彼らの理念が原理的に蘇えるのである。

## 帝国憲法の歴史的意義とその欠落

帝国憲法については、近代日本国家の独立と発展へ導いたその役割は極めて大きなものがある。欧米諸国と対峙せねばならず、国家の独立と基礎固めに迫られた近代国家の創生期には、権力の集中による国家の統一は不可欠であった。したがって、分散的国家ではなく統一的国家を目指す国家中心主義は不可避の国策であり、近代国家揺籃期において天皇中心の国体思想は重要な役割を果したのである。そして、国体理念とドイツ型立憲主義とを合体させた立憲君主制によって、植民地化されることに対抗することが可能となり、アジアで初めて近代的国民国家をつくり上げたことは、計り知れないほど大きな世界史的な意義がある。さらに言えば、戦前の帝国憲法における立憲主義運用の経験があったからこそ、戦後憲法への円滑な移行が可能になったと捉えることもできるのである。

だが、帝国憲法が完成形であったとは言い難い。帝国憲法は、国家の統一を最優先とした近代国家草創期にあっては、有効だったであろう。しかし、国民の政治意識の高まりとともに、藩閥専制政治を改善して、国民の政治力を活用した議会政治の充実を図るべきであった。英国型の議院内閣制を検討するなどの、さらなる漸進的な改良に取り組まなかったのである。

また、国民の基本的権利についても不十分なところがあった。憲法第二章の項目が〈臣民権利義務〉となっていたことが、その象徴である。人民は「国民」ではなく、あくまでも天皇の「臣民」であった。「一君万民」のもとで「国民国家」が成立したにもかかわらず、「一君」を絶対視し過ぎ、「万民」すなわち「国民」に対する配慮が浅く、国民の諸権利は制限的であった。

北一輝は、国家と個人の関係について、個人は自己の利益を拡大して国家の目的や利益を忘却してはならないが、同時に国家も個人の自由を蹂躙してはならない、と主張した（『国体論及び純正社会主義』の〈第参編生物進化論と社会哲学〉）。しかし、政府は北の著書を排斥した。「臣民」ではなく「国民」の自由な権利を主張した北一輝や自由民権思想の理念などを無視して、帝国憲法の改善を怠ったのである。

また大正期には、改革を主張する大正デモクラシーの思想が出現した。しかし、天皇制度の廃止を主張する共産主義思想の排撃に力点を置いたのは理解できるとしても、マルクス主義に反対しつつ君主制と民主制とを共存させた大正デモクラシーの理念を生かすことはなかった。

東京帝大教授を務めた政治思想家・吉野作造（一八七八〜一九三三）は、国家を諸個人から成る、発展的な有機体と捉えた。そして、「デモクラシー」の訳語として、人民主権の民主主義とは異なる〈民本主義《みんぽん》〉を提唱した（「憲政の本義を説いて其《その》有終の美を済《な》すの途《みち》を論ず」―『吉野作造選集2』）。民本主義とは、帝国憲法の天皇の統治権を認めつつ、その行使は立憲的に制限されていることに着目し、政治の終局の目的は〈一般人民の利益幸福〉であり、政策の決定は〈一般人民の意向〉に置くべきであるとする主張である。藩閥・軍閥・官僚などの特権勢力による民意無視の政治を批判し、言論の自由、普通選挙制による国民の政治参加の拡大、議院内閣制などを唱えたのである。

吉野は、「命令権者としての天皇は、本当の意味に於て我々の愛慕の焦点となるならば、これ程国の為めに幸福のことはない」と論じた（「国家と教会」―前掲選集1）。キリスト教徒であった吉野にこのような天皇尊崇の念があったからこそ、天皇は国家の統一ある発展を可能にすると考え、帝国憲法の天皇理念と英国型議会主義とを融合させたのであろう。

吉野作造の日本型デモクラシーは、国民による国民のための政治を実現するために、天皇に統治権があるとする帝国憲法の中核理念を破棄することなく、運用面で国家を改革しようとする、絶妙な構想であった。

吉野の理論に呼応するかのように、国内の充実と国民本位の政策を実行しようとした平民宰相・原敬《たかし》は、政党内閣を成立させた。しかし、原は暗殺され、その後普通選挙法を成立させた加藤高明《たかあき》内閣も加藤の病死によって倒れた。政党の腐敗や政党間の抗争などもあって政党政治が定着することはなかった（伊藤之雄『日本の歴史22 政党政治と天皇』）。

昭和期になると、政党政治崩壊の道をたどり、さらに悪化の方向へ進む。治安維持法によって厳しい言論統制が敷かれた。体制側は言論によって対抗するのではなく、異論を圧殺した。個人を軽視して国家本位に傾き、個人の自由な創造性を発揮させるような施策を進めなかった。批判や異端を認めない政治体制は、強権的全体主義化と個人の弱体化をもたらし、国家の成長・発展を妨げる。多様性を維持することが国家を発展させるにもかかわらず、統一性を重視し過ぎて、多様性と統一性の適度の均衡を図らなかったのである。これらの点が「負」の側面として挙げられるであろう。

さらに付言するなら、天皇の統治大権の一つである統帥権にも大きな問題が潜在していた。帝国憲法は国民主権の原理ではなく議院内閣制でなかったため、内閣総理大臣は元老が推薦し天皇が任命した。そのため、議会の権限よりも内閣の権限が強過ぎた。さらに悪いことには、天皇大権の中で統帥権だけは天皇直属とし、内閣に輔弼権限はなく、軍部が輔弼することにしたため、内閣が軍部をコントロールすることは至難であった。

三島由紀夫が指摘したように、統帥権は軍の専横と、軍による政権の実質的把握をもたらした。昭和天皇も、勝手に軍隊を動かした二・二六事件の青年将校の行動を、統帥権を定めた憲法に違反すると見なした。そして昭和一六年には、「軍部は統帥権の独立ということを言って、勝手なことを言って困る」と東久邇宮に語っていた（中尾裕次前掲書下巻）。昭和天皇がこのように慨嘆するほど、統帥権には運用上の欠陥が潜んでいたのである。

## 2　教育勅語は本当に「禁忌の道徳規範」なのか

次に、三島由紀夫がその儒教道徳に辟易した教育勅語にも一瞥を投げておきたい。なぜなら、国体思想を基幹とした教育勅語は、いかに三島が嫌悪したにせよ、帝国憲法と並んで国民に強大な影響を与えたからであり、しかも西欧思想と全く無関係ではなかったからである。

## 「ありのままの教育勅語」を評価する

教育勅語を評価するためには、先入観や偏見を捨てて、教育勅語のありのままを捉える必要がある。そこで先ず、成立の意図を確認する（片山清一編『資料・教育勅語』）。

明治二三年に、軽佻浮薄の精神的風潮に危機感を抱いて徳育方針の確定を求める地方長官会議の建議を契機として、明治天皇の勅命により教育勅語は作成された。侍講《じこう》〔天皇に学問の講義をする役職〕の儒学者・元田永孚《もとだながざね》が意見を述べ、最終的に法制局長官であった井上毅の案が基礎となって完成した。後年（明治四五年）、制定当時の文部大臣芳川顕正《よしかわあきまさ》は「教育勅語御下賜事情」の中で、大要次のように語っている。

明治維新以降、開国進取の大方針によって西洋の物質文明を輸入することのみに熱中し、道徳意識が念頭に上らなくなった。その後様々な道徳論が出されたが、道徳の根幹に据えるものとして、儒教、仏教、神道、キリスト教、西洋哲学など多様な主張があり、四分五裂した。そこで民心を統一するために、教育上の教訓の草案作成に取りかかった。我が国道徳の根源から考察すれば、忠信孝悌の儒教道徳は内外古今の別なく必ず行うべき大道であり、ことに忠君の至道は臣民の身命を賭して守るべきものである。この勅語は天意民心の合体一致によってできたものであり、これによって道徳教育の大本が立ち民心が安定して、維新の大業を完成させ国運のますますの隆昌が進められる。

芳川の説明によれば、勅語作成の契機は西洋化による道徳心の衰退であり、明治新国家における民心の統一と、国家の発展のための道徳教育の確立が主目的であったことがわかる。つまり、西洋化によって我が国独自の精神道徳が失われることに危機感を抱いた結果の所産であり、根底に「西洋と日本の対立」という問題意識があったのである。

では、勅語はどのような内容を含んでいるのだろうか。三一五字から成る全文はそれほど長いものではないが、今日から見れば難解な表現が多い。勅語渙発の翌年、哲学者・井上哲次郎東京帝大教授（一八五五～一九四四）が勅語の解説書の草稿を書き、文部省が検定して『勅語衍義《えんぎ》』が公刊された。国家公認の解説書である『勅語衍義』に準拠しつつ、全体を三つの節に分けて、その内容を嚙み砕きながら解釈してみる。

「朕惟《ちんおも》ふに我が皇祖皇宗《こうそこうそう》国を肇《はじ》むること宏遠に徳を樹《た》つること深厚なり。我が臣民克《よ》く忠に克く孝に億兆心を一にして世々厥《そ》の美を済《な》せるは此れ我が国体の精華にして教育の淵源亦《また》実に此《ここ》に存す」

――皇祖天照大御神の直系である神武天皇が初めて国を治めて以来、皇統連綿として続き、君徳による教えは深く厚い。日本人は古来、皇室に対する忠義の心が深く、祖先を崇敬し父母に孝養を尽くす。万民が結合一致して天皇の命に従い、天皇もまた臣民を統合することが我が国の美風である。これこそが我が国の国体の最も優れたところであり、教育はこれに基づいて施すべきである。

「爾《なんじ》臣民父母に孝に兄弟《けいてい》に友《ゆう》に夫婦相和し朋友相信じ恭倹《きょうけん》己を持し博愛衆に及ぼし学を修め業《ぎょう》を習ひ以て智能を啓発し徳器《とくき》を成就し進《すすん》で公益を広め世務《せいむ》を開き常に国憲を重《おもん》じ国法に遵《したが》ひ一旦緩急あれば義勇公に奉じ以て天壌無窮の皇運を扶翼《ふよく》すべし。是《かく》の如きは独り朕が忠良の臣民たるのみならず又以て爾祖先の遺風を顕彰するに足らん」

――父母に対して孝行を尽くすのは美徳であり、兄弟姉妹は互いに愛し助け、夫婦は相愛して和合し、友人に対しては信義をもって交わるべきである。謙虚に自己を律し、人に博く慈愛を及ぼし、学問と実業を修めることによって智識を開発し、徳を修めて品格を高め、公共の利益のために尽して実務に励み、社会の進歩に寄与すべきである。憲法を重んじ、法律を守らなければならない。国家危難の時には義勇を振るい、一命をなげうって国家のために奉仕すべきである。これらをもって臣民は、天地とともに永遠に統治する皇室の隆盛を助けなければならない。このように行うことは、天皇への忠義心の強い良き臣民であるだけでなく、古来忠孝を伝えてきた祖先の美風を明らかにすることである。

「斯《こ》の道は実に我が皇祖皇宗の遺訓にして子孫臣民の倶《とも》に遵守《じゅんしゅ》すべき所之を古今に通じて謬《あやま》らず之を中外に施して悖《もと》らず。朕爾臣民と倶に拳々服膺《ふくよう》して咸其《みなその》徳を一にせんことを庶幾《こいねが》ふ」

――ここに示した道は皇祖皇宗の立てられた教えであり、皇祖の子孫である天皇も臣民も、ともにこの遺訓を順守しなければならない。これらの教えは昔も今も通用するものであり、我が国だけでなく、いかなる国においても正しい徳義である。天皇は臣民とともにこれを固く守り、皆でこの徳義を一体のものにすることを切に願う。

それでは、教育勅語の特徴を引き出しながら、その評価を試みる。

先ず冒頭の一節に勅語の根本精神が凝縮されている。〈皇祖皇宗国を肇むること……〉は正に記紀神話に依拠している。「記紀」の建国神話に基づいて、皇祖・天照大神の直系であり万世一系である天皇の絶対性と、その統治は君徳に基づくものであることを説いている。また万民が一体となって天皇に忠節を尽し、天皇は国民のために親愛の情を尽すことが国体の神髄であり、他国に卓越したわが国特有の国体が教育の基本となるべきことを強調している。その根底には、〈神の直系である天皇の統治の永遠性〉、〈君民一体〉〈忠孝一致〉の国体理念が脈打っているのである。

〈忠孝一致〉をさらに分析するなら、天皇への忠は、子が親に対して孝を尽すのと同じであると説いている。第一章で指摘したように、水戸学は君臣間の「忠」と父子間の「孝」を一体化させ、天皇を国民の「父」とする家族的国家像を導き出した。「忠」も「孝」も儒教道徳の理念であるが、水戸学と同様に「天皇への忠」を第一義として強調したのである

次に第二節目の内容を見ると、家族道徳と友人間の道徳に言及している。『孟子』では夫婦が先で兄弟姉

妹が後であるが、勅語では順序が逆になっている。これが夫婦の間柄を兄弟間よりも軽視したのかどうかは判然としない。しかし、儒教道徳を導入したこれら四つの徳目を虚心に眺めれば、時代や国の違いを超えて通用する、人間としての基本的道徳であろう。

さらに、これらの私徳に加えて公徳を説いて、社会的人間としての踏むべき道を強調している。人に対する慈愛、学問と知識の修養、仕事に精励し社会のために尽すことが説かれる。このような個人の完成と社会への貢献は、現代にも適用できる徳目と言えよう。

またこの節で、憲法と法律の順守を謳っている点に注目しなければならない。この部分は水戸学国体論や儒教道徳にはないものであり、近代国家における立憲主義と法の支配に基づいて国民の守るべき規範が謳われている。この徳目は明らかに近代の西欧思想を摂取しており、現代にも通用する理念である。

続いて、国家危急の時は国家のために尽すべきことを求めており、国家への忠誠が説かれている。国家への忠誠は、本来強制すべきものではなく、内面から湧き出る自発性を重んじるべきであるとしても、忠誠心自体は世界のどの国民にも共通する普遍的心情であることは否定できないであろう。

最後の第三節で看過してならないのは、この道は皇祖皇宗の遺訓であり、天皇みずから順守することを言明している点である。勅語は国民の修めるべき徳義を諭しているが、天皇からの一方的な命令ではなく、天皇みずから守って実践することを宣言している。この点は、天上の神から連なる祖先の教えに従い、国民と一体になるという、天皇の「正道」を実践する意思を表明していると読み取れるのである。

ただし、問題視すべき点があるとすれば、以上の諸徳の実践はすべて天皇のためであり、皇室の繁栄が究極の目的であることである。教育勅語の基軸は、あらゆる道徳が天皇に帰一する「天皇絶対性」である。すでに指摘したように、水戸学国体論はキリスト教に対抗するために、神話と祭祀を基盤とする神道と、儒教精神とを融合させた。そして伊藤博文は、明治二一年に帝国憲法の草案が枢密院で開始されたとき、「此原案を起草したる大意」を陳述した（稲田正次前掲書下巻）。その中で、欧州においては立憲政治の伝統があるだけでなく、宗教（キリスト教）が国家の機軸を成しているが、我が国においては仏教も神道も微弱で機軸にならないので、機軸になり得るのは皇室のみである、と断言している。人心をつなぐものとして、神道や仏教には果たせない宗教的な力を天皇に付与し、西欧のキリスト教に相当する役割を求めた。天皇は必然的に一神教的な現人神《あらひとがみ》となり、道徳の至高の体現者となった。したがって、天皇崇敬が宗教的信仰のようになったのは、何ら不思議ではないのかもしれない。

しかしながら、天皇が国家の中心にいることは疑えないが、天皇が国家そのものとは言えないであろう。国民が天皇を崇拝することはあってよいが、それは自発性に基づくべきであり、統制的であってはならない。すべての道徳は天皇のためであるとするのは、天皇が国民の人格を支配することになり、個人崇拝と全体主義化を招くことになる。

しかも、文化の異なった他国との共生の認識が稀薄である。忠孝一致と皇室隆盛の道は、我が国だけでなくいかなる国においても正しい徳義であると断言している。これは、〈天皇は本来世界の頭首であり、万国を統括する〉という水戸学の理念を踏襲していると見ることができる。しかし、それぞれの国家には主権と特性があり、それを尊重しなければならない。天皇への絶対忠誠を他国の道徳にまで拡大するのは、他国への干渉や支配につながり、他国との衝突の原因となる恐れがある。我が国の独自性を謳うのはよいとしても、他国の独自性も尊重して他国との融和・共生を図るという国際協調の精神が欠けていると言わざるを得ない。

忠君愛国の、万国への適用という点については、対外進出と戦争推進の元凶と見なして教育勅語全体を否定する論調が、戦後の日本を支配している。確かに、自国の独善化と優越化が、対外膨張政策に悪用される要素を含んでいることは認められる。しかし、先入観を排除して勅語の全体を精細に分析すれば、現代的な観点から評価したとしても十分通用する徳目も含まれており、教育勅語全体を否定するのは単眼的な見方と言えよう。

さて、教育勅語については、農学者・思想家であり東京帝大教授を務めた新渡戸稲造《にとべいなぞう》（一八六二〜一九三三）が論じていた。新渡戸はアメリカの大学などで、日本と日本国民をテーマとして百六十数回の講義・講演を行い、それを英文で刊行した。その中で教育勅語の全文を引用しつつ、アメリカ人に要旨このように紹介した（「日本国民─その国土、民衆、生活」─『新渡戸稲造全集 第十七巻』）

教育勅語は、〈非凡な洞察と力を持っておられ〉、〈民族のいと高貴な教えに忠実であられる〉天皇が、道徳の規範を呈示したものである。日本の民族文化に基づいた教育勅語は、道徳教育一切の基礎であり、道徳義務の包括的な縮図である。ただし、教育勅語をさらに充実させねばならない。それは、単に臣民たるにとどまらず、市民でもあり、しかも世界共同体の市民でもあるわれわれにとっての道徳でなければならない。東洋と西洋の精神的結合によって、正しいと思われるものを発揚すべきである。

新渡戸は、西欧の思想・制度の移植による徳育の空洞化を埋めるものとして、教育勅語の民族的道徳規範を評価した。だが同時に、市民社会の意義と、国家を超えた世界共同体の視点の欠落を指摘した。自国優越主義や熱狂的愛国主義に疑義を呈し、東洋と西洋それぞれの優れた思想の結合によって、世界性・普遍性を持った道徳へと充実させる必要性を説いたのである。我が国の国民道徳の独自性を認めつつ、それをさらに発展させて「国民性」と「世界性」との調和を図ろうとした新渡戸は、国際連盟事務局次長を務めた国際人らしい、バランスの取れた道徳観の持ち主であった。

教育勅語を総体的に見通すなら、西欧化による道徳心の衰退を危惧して作られたにもかかわらず、西欧思想をすべて排除したわけではない。「記紀神話」と「儒教道徳」と「近代的法道徳」の合成であり、「日本」と「中国」と「西洋」が混然一体となった化合物だったのである。ただし、その中核を成す元素は「日本」であり、「中国」と「西洋」は付加物である。国民道徳の源泉は「国体」にあり、その究極目的は〈皇室に尽すこと〉であるとする点が、著しい特徴と言えよう。

この視点から三島由紀夫の教育勅語に対する所感を見直せば、三島が辟易した儒教道徳のかび臭さは、勅語の一要素に過ぎなかったのである。確かに儒教道徳は導入されているが、主柱は「日本」であり、「中国」と「西洋」は支柱だったからである。しかも、天皇への純粋な忠誠心という点で、教育勅語と三島は確実に交差しているのである。

帝国憲法が天皇中心の国家体制の、「法」による保証であったとすれば、教育勅語は「道徳」による強化であった。国体理念を基盤とした「法」と「道徳」が、国民国家の機軸となったのである。ここに教育勅語の歴史的意味があると言えよう。ただし、西欧思想に浸潤されないことに執着するあまり、忠君愛国の宗教化、共生的国家観の欠落などの不十分な面をその後改善しなかったこと、対外膨張政策に利用されたことなどが、「負の所産」をもたらしたのではあるまいか。

### 教育勅語を世界史の中で捉え直す

では、「政治と教育の一体化」は、我が国独特の理念なのであろうか。この疑問を解くために、教育勅語と同時代におけるイギリス、フランス、ドイツの西欧三カ国の実態を参照する（梅根悟監修／世界教育史研究会編『世界教育史大系38　道徳教育史Ⅰ』）。

イギリスにおいては、一九〇四年に「初等教育規定」が出された。こどもの性格形成の範例として、労働の尊重、自制力、困難を克服する勇気、自己犠牲、高潔さと真理への憧憬、義務と無私、他人への尊敬、相互の忠誠心などが挙げられた。ここで求められたのは、社会生活における個人としての人格的発達であると思われる。

これらの項目を教育勅語と比較すると、労働の尊重、自制力、自己犠牲、義務と無私など、教育勅語と重なる徳目がある。ただ、個人は市民社会を担う主体であり、市民としての義務の育成を強調している点で違いがある。これは君主制でありながらも人民主権を基盤とする民主政の原理から導かれたイギリス特有のものと考えられる。ただし、市民は個人と国家との間に置かれているが、市民は同時に参政権を与えられた国民であり、国家の基盤ともなっている。比重の度合いは異なるとしても、自己犠牲の項目など国家を重視する内容も含まれており、帝国主義国家としての大英帝国による、教育の包括的支配の要素も認められるのである。

次に、フランスの第三共和政下では、一八八二年の初等教育に関する法律によって、「道徳・公民科」が筆頭科目に置かれた。その中の徳目には、父母及び祖父母への義務、兄弟への義務、仲間への義務、祖国と社会への義務、自己への義務、他人への義務などがあり、最後に神への義務が挙げられていた。

これらの大部分は教育勅語と同じ徳目であることに驚くほかはない。無論、「神への義務」は教育勅語にはなく、キリスト教の色彩の濃い項目であるが、教育勅語では「天皇への忠誠」がその代替物と見なすこともできよう。民主主義政治を実現したフランスでさえも、帝国主義推進のためには、「祖国への義務」などの、国家への忠誠と国民連帯の必要性のあったことを窺い知れるのである。

またドイツ帝国では、一八八九年にヴィルヘルム二世が、社会民主主義に対抗するために教育政策が必要であるという勅令を発し、それを基に宗務省は「覚え書」を交付した。神への畏敬、国王と祖国に対する敬愛、祖国に奉仕する心、国法に対する尊敬、社会秩序の尊重などの徳性を定め、これに基づいて学校教育が実施された。

これを教育勅語と比較すると、目的が社会主義への対抗である点は、教育勅語が西洋思想への対抗であることと照応しており、皇帝が教育方針を命令した点も、天皇の勅語であった我が国と類縁性がある。また内容的には、「神への畏敬」が第一に置かれていることは相違点であるが、フランスの場合と同様に、神を天皇に置き換えてみることも可能であろう。また、「国王と祖国への敬愛と奉仕」「国法遵守」「社会秩序の尊重」などは、教育勅語と全く同じ内容であり、我が国はドイツとの親縁性が深いと言える。教育勅語がドイツの教育政策を採り入れた形跡は見られないにせよ、帝国憲法がドイツ憲法を範型としたことを考慮すると、当然の帰結であったのかもしれない。

西欧三カ国の教育政策を見ると、国家が教育を統制し、国民教育を施す点はすべての国に共通しているが、その背景には、帝国主義競争に勝利する必要性があったことは明らかである。強力な国家を確立するためには国民の精神的統合と、そのための道徳教育が求められたという共通点がある。したがって、十九世紀後半から二〇世紀にかけての帝国主義時代という、世界的な時代背景を見落としてはならないのである。

それに対して我が国の場合は、近代国家として西洋諸国の仲間入りを果たしながらも、後発国である我が国が列強と対等に立ち向かうには、統一的な国家体制と国民の精神的一体性は不可欠であった。その基軸になるのが道徳教育であり、そのバイブルが教育勅語だったのである。事実、井上哲次郎は『勅語衍義』の序文で、西欧列強中心の弱肉強食の国際社会において、植民地化されないで国家の独立を確保するためには、民心の結合と国家に対する忠誠心が最も必要であると説いていた。教育勅語は、西欧文化に完全に染まることに危機感を抱いて国民道徳の確立を目指したが、同時に国家の独立の確保と国民の精神的結合をも企図していたのである。西欧文明との接触に伴う近代以降の我が国の精神的宿命を表しているとともに、厳しい国際社会の渦中で自主独立の確保を意図したものだったのである。現代的見地に立てば欠点も含まれているにせよ、その歴史的意義を認識すべきであろう。

国家の教育政策もまた時代背景を直視することが肝要である。そして、近代日本の「政治と教育の一致」は、同時代における西欧諸国と共通性があることを知るべきであり、その世界史的背景を顧慮する必要がある。教育勅語の誕生は決してわが国に固有の現象ではないのである。

## 第三節　国体論の「正と負の遺産」を総括する

歴史事象には「光」と「影」の両面がある。先入観やイデオロギー的偏見から解き放たれて、国体思想そのものの実体を正視するなら、そこにも「光」と「影」が見えてくる。思想は、それが生み出された歴史という大河の流れの中で見据えなければならない。歴史的視座と今日的視座の両位置から、国体思想の「正と負の遺産」をまとめてみたい。

### 「正の遺産」を掘り起こす

第一に、国体思想を明治以降の近代のみに限定して評価すべきではない。我が国固有の国体観念には千年以上の歴史があることを、先に確認した。歴史は連続しており、断絶してはいない。先述したように、江戸時代に国体思想の体系化を成し遂げた水戸学の最大の意義は、日本の歴史を大転換させ、新たな時代を切り拓いたことにある。西欧列強の来航と圧力に直面し、国家存亡の危機に際会した幕末の混乱期にあって、幕政は混迷を深め、国論は統一せず、民心の不安は深刻化していた。このような動乱期にあって、国家の統一と独立を果たすためには国民の精神的一体性は必須であり、国難を乗り切るために有効な道標となったのが、水戸学の国体論だったのである。「天皇統治の永遠性」と「君民一体」「忠孝一致」を説いた水戸学の著書は尊王攘夷運動の聖典となり、下級武士を中心とした志士たちに「日本国家」を自覚させた。国体理念は「尊王攘夷」「王政復古」のスローガンの基盤となり、明治維新の実践的指導理論として国家体制に巨大な震動を引き起こしたのである。

明治維新については、肯定・否定を含めて様々な評価が入り乱れているが、その歴史的意義のいくつかをすくい取ってみたい。

先ず特筆すべきは、大東亜戦争敗北後の、アメリカという「外」からの他律的国家改革と異なって、明治維新は「内」からの自立的改革だったことである。しかも、明治維新の際立った特徴は、朝廷・豪族・貴族・上級武士などの特権階級によって引き起こされたものではなく、下級武士たちが主体となって討幕運動が起った点である。明治維新は、幕府、諸藩、朝廷などの動向も当然関係しているが、下級武士などの非特権階級が歴史の主役となって歴史を塗り替えた、日本史上稀有の国家大変革だったのである。しかも、彼らは武道だけでなく学問も身につけており、文武両道の教養人であった。「上」からでなく「下」からの国家改革が「学問」を拠り所として成し遂げられたことは、日本史上初めての出来事と言ってよい。さらにその後、西郷、大久保、木戸ら少壮の下級武士たちが明治新政府の中枢となって活躍したことの歴史的意義を、いくら強調してもし過ぎることはないであろう。

そして維新後の明治国家は、近代的国民国家の原型を創り上げた。福澤諭吉に「門閥制度は親の敵《かたき》で御座る」（『福翁自伝』―前掲全集第七巻）と言わしめたように、江戸時代は、士農工商の厳格な身分制度によって個人の能力が十分に発揮されない社会体制であった。ところが明治維新によって、武士と近代人という異質の人間を体験することになった諭吉は、「あたかも一身にして二生を経《ふ》るが如く、一人にして両身あるが如し」と書き記した（『文明論之概略』）。諭吉のみならず当時の日本人にとって明治維新は、身体的にも精神的にも大転換を余儀なくされた革命であった。明治国家は、幕藩体制下での武士中心の硬直した身分制を廃止し、廃藩置県を断行した。一部に華族という特権階級は存在したものの、〈一君万民〉の思想に基づいて天皇の下での万民平等の理念を基本的に実現させた。明治維新は「政治革命」であっただけでなく、日本人の精神を根底から覆す「精神革命」でもあった。近代的国民国家を創り上げ、「国民」という存在を現実に生み出した点で、現代の国民国家へ発展する礎石となったのである。

また明治国家は、欧米の先進文化を積極的に摂取して、近代国家の土台を作った。いわゆる「御雇《おやとい》外国人」として学者・技術者を欧米から招聘し、政治、法律、軍事、経済、産業、学問、芸術、教育などの広範囲の分野で、飛躍的な発展をもたらした（国史大辞典編集委員会編『国史大辞典 第二巻』）。

勿論、江戸時代のすぐれたところは正当に評価すべきである。例えば、稀に地域的な武力衝突があったにせよ、全国的に見れば平和な期間がおよそ二百六十年も続いたことは奇跡に近い現象である。また、厳しい身分制社会にあっても、独創的な絵画芸術や個性的な文学が隆盛した元禄文化のような、成熟した庶民文化が花開くなど、日本史上特筆すべき時代である。しかし、江戸時代の封建国家が一足飛びに現代の民主国家に変わるとは、およそ想像できない。近代国家が樹立されたからこそ、今私たちの生きる現代国家が存在しているのであり、ここに歴史の連続性がある。二〇一八年は、明治改元から百五十年の節目の年に当たる。明治維新は、日本史上際立って大きな画期を刻印しているのである。

さらに、国体思想の理念とそれによる形成物を検討してみる。

国体思想の中心を成す「天上の神の子孫である天皇の永遠性」の理念の起源は記紀神話である。記紀神話は、天皇家の正統性と永遠性を根拠づける政治的意図が含まれていることは否定できないが、それだけでなく、古代日本人の豊饒な精神を写し出す鏡であり、また芸術の母胎でもある。さらに、記紀神話は古来の自然信仰を基盤とする神道と結びつき、日本人の信仰心の基層を成している。神話は貴重な価値のある国家遺産であり、国体論は神話の意義を生き生きと甦らせたのである。

また、古代から現代まで持続している「君民一体」の精神は、我が国の国民性の特質を形成するとともに、千七百年以上にわたって続いている世界最古の君主制を支える主柱となっている。特に現代の象徴天皇制度の下では、天皇と国民との精神的相互関係の重要度は、ますます高まっている。

国体理念を支える天皇祭祀は、天皇という存在の本質的機能である。天上の神とともに、地域社会の信仰した地上の神を祭っており、皇室の包容的精神を象徴している。弥生時代以来の農耕祭儀と祖霊信仰は、自然の恵みへの感謝や、先祖への感謝の心を、現代の私たちに気づかせてくれる。また、古来の自然信仰を母胎とし、多彩な祭事習俗から成る神社祭祀と一体になり、日本人特有の信仰心を支えている。天皇の、絶えることなく続いている国家国民のための祈りは、時代を超えた普遍的価値を内蔵しているのである。

そして、国体理念の生かされたのが大日本帝国憲法である。明治国家は、立憲君主制を確立し、アジアで初めて近代化を達成した。帝国主義・植民地主義が席巻した当時の世界情勢において、日本固有の国体と西欧の立憲主義とを融合させた帝国憲法は、近代国家経営の基軸となり、日本国家のアイデンティティを明確化した。近代的憲法があったからこそ、日本は西欧列強の様々な圧迫を受けながらも、列強による植民地化や属国化を防ぐことができた。国体思想を主軸とした憲法によって、確固たる国家意思が形成され、国家の固有性と独立性が確保されたのである。

「忠孝一致」の理念の産物が教育勅語である。「忠孝一致」は、幕末の志士たちに受け継がれて明治維新の推進力となり、さらに「政教一致」の理念と結合して近代国家の国民道徳となった。国体理念を中核とし、儒教と近代的法道徳を融合させた教育勅語は、統一的国民国家の精神的支柱の役割を果たした。教育勅語は、西欧化に浸潤され国家の特質を喪失することを防ぐとともに、帝国主義時代における国家の独立を支える国民の精神的統合を可能にした道徳理念であった。

国体理念を主軸とした帝国憲法と教育勅語は、近代日本を駆動する強力な車の両輪となった。このような仕組みは、我が国の歴史上初めて成立したものであり、近代日本の基盤となったその歴史的意義は、はなはだ大きなものがある。

## 「負の遺産」は何か

以上のような「正の遺産」があるにもかかわらず、「負の遺産」も見据えなければならない。ただしそれは、国体思想そのものに内在する要素というよりもむしろ、「国体」を土台として形成された「政体」が生み出したものと言うべきかもしれない。

国体理念を中核として成立した明治国家の、草創期の政治には誤りもあった。先にも指摘したように、国家が国民の信仰心に介入した。神武に還るという明治維新の理念に固執するあまり、祭政一致を神道に一本化して神仏分離を断行し、国民の間に廃仏毀釈の運動を巻き起こした。仏教排斥は仏教信仰に打撃を与え、古代から江戸時代まで続いた神仏混淆の精神を破壊した。日本人の伝統的な「和の精神」に反していたのである。

また、北海道の開拓については、一面で国土発展という大きな功績はあったが、反面で土地政策と同化政策によってアイヌ民族を苦しめた。アイヌは「旧土人」と呼称されて土地の権利を侵害され、アイヌ語や伝統的習俗などの固有の文化は禁止されて、アイヌ文化は弱体化した（菊池勇夫「蝦夷島と北方世界」――同編『日本の時代史19 蝦夷島と北方世界』）。国家の統一と国民国家形成のためだったとは言え、異文化を包摂する寛容さと、文化の多様性が国家の豊かな発展を可能にするという認識を欠いていた。「先住民族」という観念が確立していない時代状況を考慮すれば、やむを得ない政策であったかもしれないが、今日的視点に立つ限り、近代国家の「負の遺産」と言わざるを得ない。そして、「アイヌ文化振興法」の制定（一九九七年）、先住民族認定を求める国会決議（二〇〇八年）、「民族共生象徴空間」の開設（二〇二〇年予定、白老《しらおい》町）などの、アイヌ文化の復興とアイヌ民族への支援を行う国家的施策が、「負の遺産」を償おうとしているのである。

またその後の政策においても、経済不況と農村の深刻な窮状を改善するなどの、国民生活を向上させるための施策は不十分であった。真の国体の顕現を主張した二・二六事件は過激な手段に過ちはあったが、国民生活改善のための国家革新を訴えた点で一理あったと言うべきであろう。また里見岸雄は、国体をただ讃美し擁護するだけの〈観念的国体論〉を論難した。マルクス主義と当時の政府をともに批判し、一国政治の目的は、特定の階級の利益に偏すべきでなく、万民の福利を増進すべきであると主張した（『天皇とプロレタリア』）。明治以来の我が国の政策は、殖産興業に主力を注ぎ、労働者の保護や貧民救済を疎んじており、国民全体の共存共栄を図るための社会政策が最も緊要な課題である、と指摘したのである。「万民平等」の理念に基づいた、正当な提言をしていたにもかかわらず、当時の政府が里見を弾圧したことは、過ちであったと言わねばならない。

さらに挙げるなら、明治二〇年から昭和二〇年までの五九年間、国家予算に占める軍事費の割合は、最高で八五％（昭和一九年）、最低で二七％（明治二六年）、平均すると約四六％である（前掲『国史大辞典 第四巻』）。

帝国主義という時代背景を顧慮するなら、国家防衛のための軍備は必要である。しかし、国家の非常時ならば軍事費の増大は当然であろうが、五九年間も平均四六％を占めるような軍事偏重は、異様としか言いようがない。法外な軍備拡張は国民生活を圧迫する。「富国強兵」は「強兵」に偏向し、「富国」、すなわち「豊かな国家」に結びつかなかったのである。

国体理念について言えば、中心理念である〈天孫である天皇の統治の永遠性〉と、政治との関係は問われなければならない。この理念に対する異論を弾圧し、政治が学問を抑圧したことは、重大な過誤である。神話には貴重な文化的価値があるので、神話上の事実であることを明確にした上で、この理念を肯定することは問題ない。しかしながら、神話は現実政治から切り離すべきである。政治が、神勅による絶対性を根拠として国民を統制することは、学問的精神の抑圧につながるのである。結局、天皇統治を支える理念としての「国体」が絶対視されて、政治に悪用されたと見るべきであろう。

帝国憲法については、国家草創期には大きな役割を果たしたが、国家運営が軌道に乗ったあとは、漸進的に改革を進めるべきであった。国家の権限が強すぎ、国民の主体的な力の価値を軽視した。福澤諭吉、中江兆民、吉野作造らの構想した議院内閣制の導入や、自由・平等などの国民の基本的権利を充実させるなどの改善を図るべきであった。憲法を「不磨の大典」として神聖視し、漸進的に改正する意欲が見られなかったのである。

また教育勅語についても、臣民は究極的に「天皇」と「国家」に奉仕する存在と規定するのは、「天皇を超えるもの」「国家を超えるもの」への意識を顧慮していない。「個人の精神的主体性」の観念が稀薄であり、「天皇」と「国家」を極端に偏重している。良き項目を維持しつつ、道徳の天皇帰一という疑似宗教化した道徳観の是正や、国際協調の精神などを補って、改良を加えるべきであった。また、勅語をただ暗唱させるだけでなく、道徳心がひとりひとりの内面に熟成し、自然と湧き出るような配慮が必要であった。

なお、正統的国体論の教科書である『国体の本義』は、国体の重要性を強調しただけでなく、西洋思想の摂取・醇化を説いていた。ところが、その内実を見ると、西洋の個人主義を否定した。個人主義は歴史性と全体性を失うと断定し、個人の尊厳や個人の自由な精神を考慮しなかった。国家と個人との不可離な関係性を考えれば、国家を絶対視するのではなく、また個人を絶対視するのでもない、両者をともに重視する視点が肝要である。個人の自由な主体性や創造性は、国家の発展に寄与することができる。ところが、共産主義やファシズムを批判するとともに、個人主義をも排撃して国家本位主義に傾斜し、「国家と個人の均衡」の理念を欠いていた。官製の国体思想は、「国体」を神聖不可侵のものとして絶対化した。西欧思想の長所を摂取することなく、異質の思想を排除した。多様な思想が国家を発展させることを認識できなかったのである。

明治天皇は明治元年（一八六八）に、「五箇条《ごかじょう》の御誓文《ごせいもん》」を発布した。その第一に「広く会議を興《おこ》し万機《ばんき》公論に決すべし」、第三に「上下心を一《いつ》にして盛《さかん》に経綸《けいりん》を行ふべし」、第四に「旧来の陋習《ろうしゅう》を破り天地の公道に基くべし」、そして第五には「智識を世界に求め大《おお》に皇基《こうき》を振起すべし」と明示されていた（坂本多加雄前掲書）。

また、このような御製を残した（藤田徳太郎前掲書）。

「よきをとりあしきをすてて外国《とつくに》におとらぬ国となすよしもがな」

明治天皇は、専制政治ではなく、上下力を合わせて幅広い自由な議論によって政治を決定すること、智識を世界に求め、良き伝統を生かし因習を打破して普遍的な正しい道理に基づいて近代国家の基礎を築くべきであると誓った。明治天皇の英邁な精神は、時が経つにつれて忘れ去られたのであろうか。

ただし、このように国体思想に「負」の要素があるにもかかわらず、戦前国家の悪の権化として断罪し、葬り去ってはならない。歴史の潮流の中に位置づけることによって、その「正と負の遺産」を冷徹に見極めるべきである。「正と負」の両面のある国体思想は、西欧化・近代化した我が国が直面せざるを得なかった宿命的現象の象徴である。国体思想の「光と影」は、国家の「光と影」をそのまま映し出しているのである。

## 第四節　戦後における国体論の運命

三島由紀夫は、旧憲法は「国体」と「政体」を包含していたが、「政体」のみを規定している新憲法には、「国体」の欠落という根本的欠陥のあることを指摘した。さらに、その根本的要因として、アメリカ思想の浸潤を強調した。この点こそ、「西欧と日本の対立」の、戦後における象徴的なテーマなのである。

そこで、敗戦後におけるＧＨＱの占領政策によって、我が国がどのような思想的影響を受けたのかを、史料に依拠して追跡する。戦後の国体論の運命をたどるとともに、政治家や学者・思想家がどのような国体観を抱いたのか、また、三島由紀夫はどう応答したのかを明らかにしてみたい。

### 1　国体思想を抹殺したＧＨＱ

昭和二〇年（一九四五）八月一四日に昭和天皇が発した終戦の「詔書」は、ポツダム宣言を受諾したことを次のように宣告した（前掲『日本史史料［5］現代』）（一部中略）。

「朕《ちん》は帝国政府をして米英支蘇四国に対し其の共同宣言を受諾する旨通告せしめたり。朕は茲《ここ》に国体を護持し得て忠良なる爾臣民《なんじ》の赤誠《せきせい》〔まごころ〕に信倚《しんい》〔信頼〕し常に爾臣民と共に在り。総力を将来の建設に傾け道義を篤くし志操〔堅い志〕を鞏《つよ》くし誓《ちかっ》て国体の精華を発揚し世界の進運に後《おく》れざらむことを期すべし」

ここで重要なことは、〈国体を護持し得て〉と明言していることである。そして、君民一体となって〈国体の精華〉を発揚し、総力を挙げて新日本の建設に邁進するよう、国民に訴えている。しかし、「国体」は本当に護持されたのであろうか。

同年の十二月、ＧＨＱはいわゆる「神道指令」（正式名「国家神道、神社神道に対する政府の保証、支援、保全、監督並に弘布の廃止に関する件」）を発令した（大原康男『神道指令の研究』）。この指令は、国家的祭祀としての国家神道（神社神道）を国家の管理から完全に切り離すことを目的としていた。神社神道を、天皇と日本国民の民族的優越性を謳い、侵略戦争へ乗り出させたイデオロギーと断定して、軍国主義的・国家主義的イデオロギーを国家の政策から剝奪することを意図したものであった。

ところが、この指令の中に「国体」が取り上げられているのである。第一項の（リ）に、次のように指示されている。

「『国体の本義』、『臣民の道』乃至同種類の官発行の書籍、論評、評釈乃至神道に関する訓令等の頒布は之を禁止する」

この指令で重視すべきは、『国体の本義』や同種類の官発行の書籍などが禁止されたのであるから、官製の国体論は全面的に禁止されたことである。終戦の「詔書」で言う〈国体〉が、ただ単に天皇が存在する状態を意味するのであれば、国体は護持されたことになる。しかし、この指令によって正統的国体理念は禁止されたので、正統的国体理念を念頭に置いたであろう「詔書」の言う国体も否定されたのである。そして、政府が国体論に言及することは禁止されたことに伴って、民間における国体論も当然衰退した。戦前に生きた日本人が「国体」を信奉することをやめ、戦後の日本人がその言葉も内容もほとんど見聞きしなくなったのは、すべてGHQの指令が根源的要因だったのである。

国体思想の禁止は、翌年一月に出された、昭和天皇のいわゆる「人間宣言」に連動することになる。この「詔書」は、次のように宣明した（前掲『日本史史料［5］現代』）。

「然れども朕は爾等《なんじら》国民と共に在り、常に利害を同じうし休戚《きゆうせき》（喜びと悲しみ）を分たんと欲す。爾等国民との間の紐帯《ちゆうたい》は、終始相互の信頼と敬愛とに依りて結ばれ、単なる神話と伝説とに依りて生ぜるものに非《あら》ず。天皇を以て現御神《あきつみかみ》とし、且《かつ》日本国民を以て他の民族に優越せる民族にして、延《のべ》て世界を支配すべき運命を有すとの架空なる観念に基くものにも非ず」

ここでは、天皇と国民の精神的結びつきは、神話を根拠として生まれるものではなく、相互の信頼と敬愛に基づくものである、と宣言している。国体思想は、記紀神話に基づいた「神の直系である天皇の神格性・永遠性」を中心原理として、「君民一体」を国民に諭した。したがって「君民一体」は、国体理念に依拠しない形で認められたことになる。

また、天皇を〈現御神〉とすることを、〈架空なる観念〉と断定している点も重要である。〈現御神〉については、『国体の本義』がこう説明していた。

「かくて天皇は、皇祖皇宗の御心のまにまに我が国を統治し給ふ現御神であらせられる。この現御神（明神《あきつみかみ》）或は現人神と申し奉るのは、所謂絶対神とか全知全能の神とかいふが如き意味の神とは異なり、皇祖皇宗がその神裔《しんえい》であらせられる天皇に現れまし、天皇は皇祖皇宗と御一体であらせられ、永久に臣民・国土の生成発展の本源にましまし、限りなく尊く畏《かしこ》き御方であることを示すのである」

〈現御神〉〈現人神〉とは、キリスト教的な絶対神ではなく、皇祖神の現われであり、皇祖皇宗と一体であること、また国家の生成発展の本源として、最も高貴な畏敬すべき方、を意味していた。したがって、「人間宣言」が〈現御神〉を〈架空なる観念〉と見なしたことは、神話に基づいた天皇の「神格性」を否定したことを意味する。この点でも、「人間宣言」は、国体思想を禁じた「神道指令」の延長線上にあるのである。なお、「人間宣言」作成の経緯を見ると、これは昭和天皇の意思によるものではなく、GHQの指示によるものであったことが明らかになっている。天皇の権威を利用して占領統治を行なうことを得策と考えたマッカーサー連合国軍最高司令官は、昭和天皇が戦犯として訴追されることを防ぐために、民主化された天皇像を明記する原案をGHQのハロルド・ヘンダーソンに書かせたからである（吉田裕『昭和天皇の終戦史』）。

さらに、国体理念に基づいた帝国憲法、教育勅語、及び祭政一致の、その後の姿を追ってみよう。

帝国憲法については、周知のように、帝国憲法の基本理念を残した当初の政府案がGHQによって拒否され、GHQの草案に従った政府原案が、帝国議会で一部修正されただけで昭和二一年に可決された。その結果、天皇の「統治権」、「元首規定」、「神聖不可侵」は否定され、「象徴天皇」となった。

教育勅語もGHQによって廃止に追い込まれたが、その経緯はこうである。

昭和二十年、敗戦一カ月後の九月に、文部省は「新日本建設の教育方針」を発表した（文部省編纂『終戦教育事務処理提要 第一集』）。この中には、〈国体護持〉の下で、軍国的思想を払拭し平和国家の建設を目標とすること、また国民の教養を深め、科学的思考力を養い、智徳を高めることによって、世界の進歩に貢献することを目指すべきであることが書かれていた。

ところがその翌月、GHQはこれに素早く反応し、「日本教育制度に対する管理政策」と題する指令を発した（文部省編纂前掲書）。軍国主義的及び極端な国家主義的イデオロギーの普及を禁止すること、国際平和、議会政治、個人の尊厳、思想・集会・言論・信教の自由などの基本的人権の確立を奨励することを、教育の基本政策とすべきことを命じた。〈軍国主義的イデオロギーの禁止〉と〈国際平和〉以外は文部省の方針にない項目であった。そしてこの二カ月後の「神道指令」によって、文部省が教育の根幹とした〈国体護持〉は否定されるのである。

さらに翌年三月に出された「米国教育使節団報告書」は、民主政体における教育の目的は、個人の価値と尊厳を認め、人間の人格を至上の重要性とすることにあると指摘した（片山清一前掲書）。その上で、教育勅語による教育は、生徒の思想感情を強く統制し、好戦的国家主義を目的とするもので、人格の向上を目的とする民主主義的日本の学校教育に反する、と勧告した。

これを受けて政府は二一年九月に、著名な教育学者や各界の代表者から成る教育刷新委員会を設置し、そこでの草案を基に作成された教育基本法が翌年三月に国会で承認された。そして二三年六月に、教育勅語は〈主権在君〉及び〈神話的国体観〉に基づくものであるとして、衆議院は〈排除〉を、参議院は〈失効〉を決議した。五八年間近代日本の国民道徳として絶大な影響力を発揮した教育勅語は、帝国憲法と同様にアメリカによって排除され、終焉を迎えたのである。

また天皇祭祀については、昭和二二年にGHGの命令によって皇室祭祀令が廃止され、天皇祭祀は法的根拠を失い、私的行為に封じ込められた。祭祀の私的行為化と天皇の象徴化によって、伝統的な「祭政一致」は、「祭」と「政」のどちらの機能も弱体化されたのである。

以上の歴史的事実に基づくならば、国体思想は日本人が自主的に放棄したのではなく、GHQによって排斥されたことが判明する。記紀神話に依拠しない形での、天皇と国民との精神的結びつきだけが、変容した「君民一体」として生き残ったことになるのである。

## 2　国体は変更されたか――多彩な論争と三島由紀夫の見解

敗戦後、「国体」は護持されたのか、それとも変更されたのかという問題について、おびただしい論争が巻き起こった。国体論が近代日本の国家思想の中核であったことを考えれば、当然の成り行きであろう。そこで、「国体」の本来の意味と照らし合わせながら、いくつかの論争を取り上げて評価する。

先ず、帝国議会における審議に注目する。昭和二一年の帝国議会で新憲法の原案が審議された際に、「国体」の問題は数多くの議員と政府によって長時間議論された。貴族院での論議の中から特に重要と思われる質疑応答を抜き出してみる（清水伸編著『逐条日本国憲法審議録［増訂版］第一巻』）。

ポツダム宣言の受諾によって国体は護持されたのかどうかを質問された吉田茂内閣総理大臣は、概要次のように答弁した――日本政府は国体護持を条件としてポツダム宣言を受諾したが、連合国の解答は国体護持については何ら言及していない。しかし拒否をしていないので、政府の希望は了解されたものと考える。万世一系の天皇が上にいて、君臣の心が一体となっている日本の国体は何ら変更されていない。

ところが、憲法学者で京都帝大教授の佐々木惣一は、このような趣旨の発言をした――国体観念とは、天皇は統治権を総攬する地位にあることであるが、帝国憲法の第一条と第四条が変更され国民主権となるのであるから、憲法論として国体は変更されると解釈すべきである。

それに対して、憲法学者でもある金森徳次郎憲法担当国務大臣はこう答えた――国体には、国体と政体を区別する法律論や、神授説など様々な学説がある。新憲法によって天皇は統治権の総攬者ではなくなるので、法律上の国体は変わると言わざるを得ないが、国体の不可変の要素は法律以前の、天皇は国民の憧れの中心であり国民の心からなる精神的紐帯の中心である点である。この意味において国体は変更されない。

また、政治学者で東京帝大総長の南原繁は次のように述べた――統治権と主権は同じであり、新憲法によって統治権ないし主権の正当性は変わるのであるから、国体は変化し、新しい国体ができる。国体には法律上の国体と道徳上の国体との区別はない。古来の国体は、天皇の統治権は神勅に根拠があり、政治と宗教・道徳が結合していたが、新憲法によってその結合は断絶する。日本国民の総意に基づいた象徴天皇という、国家の根本性格が新しくできるのである。

それに対する金森大臣の答えはこうであった――国体概念に定説はない。政体は変わるが、国体は不変である。天皇の地位は、神話に基づくものではなくなり、政治的・俗的には、国民の憧れの中心として国民的心理の上に根拠を置くことにしたのである。

そして、審議の最後に金森大臣は政府見解として、このように結論付けた――第一に、憲法上国体は変わる。第二に、主権は昔から国民にあったが、時代時代によって認識が異なっていた。第三に、日本の根本的な本来の姿は天皇と国民の心がつながっている君民一如《いちにょ》（君民一体）であり、この意味の国体は変わらない。

それでは、これらの国会論議を論評する。

先ず吉田首相の見解であるが、ポツダム宣言の受諾に対する連合国の回答が直接国体に言及していないのは確かである。しかしこの回答の中には、「最終的な日本政府の形態は、『ポツダム宣言』に従って、日本国民の自由に表明される意思により樹立される」という項目がある（五百旗頭真前掲書）。これは国民主権の原理であり、国体理念の現れている帝国憲法の否定であることは明白である。また、その後のGHQの神道指令は国体思想を全否定したのであるから、国体は護持されなかったのである。時の総理大臣が連合国の文書やGHQの指令を正確に理解していないということは、実に不可思議と言うほかない。しかも、万世一系の天皇の存在を「国体」とすると述べているが、天皇は永遠の存在ではなくなったことによって国体は変質したのである。また、「君民一体」は国体の五つの理念のうちの一つに過ぎないのであるから、国体思想の全体像に対する認識が欠如しているのである。

次に金森大臣の見解を批評する。新憲法で天皇は統治権の総攬者でなくなるので、憲法上の国体は変わるという見方については、国体は憲法上のものでなく、憲法は国体理念の現れた一要素に過ぎないのであるから、国体の本来の意味に対する認識が欠けている。ただ、天皇の地位の根拠は記紀神話に基づく〈神の子孫としての永遠性〉にある点が変わったという見解は正しい。しかし、国体には様々な学説があるとする点は妥当であるとしても、国体概念に定説はないという発言は誤りである。水戸学と『国体の本義』の中に正統的国体論のすべてが語られており、これを定説とすべきだからである。

また、天皇と国民との精神的結びつきである「君民一如」は不変なので国体は変更されていないとする見解については、「君民一如」は国体理念の一つに過ぎない。しかも、「君民一如」の精神は変更されていないが、厳密に言えば、記紀神話に根拠を持たないものとして、質的に変更されているのである。「主権は昔から国民にあった」とする金森の主張についても、天皇誕生から帝国憲法の時代まで国民に主権がないのは明白であり、重大な事実誤認である。

要するに当時の政府は、水戸学及び『国体の本義』に基づいた「国体」の本来の意味を正確に理解しておらず、恣意的解釈による狭い国体観に終始して、「国体」は変更されていないと強弁したのである。しかも、神道指令によって国体思想が全面的に排除された認識の全くないことに、驚くほかはない。

では、質問者の見解はどうであろうか。憲法上の国体は変更されるとする佐々木惣一の主張は、統治権の変質があったのは間違いないが、憲法は国体そのものではなく、国体理念の一部が法として現れたものであるから、金森大臣と同様に、国体思想全体に対する正確な理解が欠如しているように思われる。

これらの見解に対して、憲法上の統治権の根拠は神勅にあり、政治と宗教・道徳が結合していた国体は象徴天皇によって変化すると主張した南原繁の見解は、「君民一体」が抜け落ちているものの、国体思想の本来の意味に最も接近していたと言えよう。

引き続いて、美濃部達吉と里見岸雄の、戦後における国体観に触れておく。

美濃部は、新憲法制定後、国体が変更されたかどうかは「国体」の定義によって答は異なる、と断った上で、こう論じた（『新憲法逐条解説』）――法律用語としての国体は変更されたが、国体は法律的観念だけではない。我が国の歴史的倫理的特色である「君民一致」の事実を指す国体は変革されていない。

国体変更の有無は国体の定義によって異なると指摘した美濃部の所見は、もっともである。ただし、〈法律用語としての国体〉が国体そのものではないことは、再三指摘した。また、「君民一致」の国体は変更されていないとする見方は妥当であるとしても、繰り返し説いているように、正統的国体論の定義は明確であり、五つの理念のうち「君民一体」以外の四つの理念は変更されたのである。国体明徴運動によって排撃された美濃部が政府公認の『国体の本義』を参考にしていないのは、理解に苦しむところである。

次に、里見はこのように主張した（『天皇とは何か―憲法・歴史・国体』）――帝国憲法では、天皇は主権者ではなく、天皇と国民との結合体である「国」が主権者である。統治権の総覧者であるとは、形式上・名目上のことであり、実際政治においては徹底した輔弼政治であった。国体には二要件があり、天皇が君主として君臨することと、統治権を総攬することであるが、新憲法は統治権の総攬だけが変わったのであるから、君臨するという基本的な部分は不変である。

里見の帝国憲法の解釈は、天皇主権説ではなく、美濃部と同じく国家主権説に立っており、明らかに帝国憲法の理念と異なっている。また、統治権の総攬の実体は輔弼政治であったという指摘は正しいとしても、天皇が君臨することと、統治権を総攬することを国体の二要件とし、統治権の総攬だけが変わったので、君

## 木口木版のメディア史
近代日本のヴィジュアルコミュニケーション
人間文化研究機構 国文学研究資料館[編]•8,000

## 国策紙芝居からみる日本の戦争
神奈川大学日本常民文化研究所非文字資料研究センター
「戦時下日本の大衆メディア」研究班 代表・安田常雄[編著]•6,000

ラー百科 見る・知る・読む **能舞台の世界**
小林保治・表きよし[編]/石田裕[写真監修]•3,200

## 江戸時代生活文化事典
重宝記が伝える江戸の智恵
長友千代治[編著]•28,000

## 交渉の民族誌 モンゴル遊牧民のモノをめぐる情報戦
堀田あゆみ[著]•4,500

川祐弘決定版著作集23 **謡曲の詩と西洋の詩**
平川祐弘[著]•4,200

## 西郷隆盛事典
志村有弘[編]•5,000

## 文学のなかの科学
なぜ飛行機は「僕」の頭の上を通ったのか
千葉俊二[著]•3,200

## 対立する国家と学問
危機に立ち向かう人文社会科学
福井憲彦[編]•2,700

トノベル史入門 **『ドラゴンマガジン』創刊物語**
狼煙を上げた先駆者たち
山中智省[著]•1,800

## スポーツ雑誌のメディア史
ベースボール・マガジン社と大衆教養主義
佐藤彰宣[著]•3,200

## ヒョイ 父、藤村俊二
藤村亜実[著]•1,300

臨するという要件は不変であるとする点も、里見の恣意的な解釈である。国体論における天皇の統治とは、天皇の永遠性を謳った記紀神話に依拠したものであり、天皇がただ君臨することではない。そもそも里見の国体理念は正統的国体論と異なっていたが、戦後における国体解釈もまた、正統的国体論から外れたものと言える。そして、天皇がただ君臨することが国体だとすれば、戦前のみずからの国体概念を変更して、新しい国体ができたと言明しなければならないはずである。

では、三島由紀夫は国体変更の有無についてどう判断したのだろうか。

すでに指摘したように、三島の国体概念は元来正統的国体論と異なっており、正統的国体論と共通しているのは、記紀神話に基づいた「天皇の神格性・永遠性」、「君臣一体」、「祭政一致」の三要素である。そして、新憲法が天皇の「神格性・永遠性」を否定したことを、キリスト教に基づいた西欧の自然法理念をもって日本伝統の自然法を裁いたものと捉えた。したがって、国体の根本理念がGHQによって変更されたと見なしたのは明らかであり、だからこそ、憲法を改正して天皇の「神聖性」を謳うべきであると主張したのである。

また「君民一体」については、明確な言及はないが、三島が戦前から戦後まで一貫して抱いた理念であることは、これまで指摘したとおりであり、変更していないのは明白であろう。次に「祭政一致」については、新憲法の政教分離原則によって否定されたと判断したが、三島自身も天皇の政治的権能を断念し、「祭政分離」を唱えて天皇を「祭祀的国家」の中心に置いたので、戦前に抱いていた「祭政一致」の理念を実質的に変更したのである。

そして、議会制民主主義に基づく「言論の自由」と結びついた〈文化概念としての天皇〉理念にたどり着いたところを見ると、戦前までのみずからの国体理念を部分的に変更し、新たな「国体」を創造したと言えるだろう。

戦後日本の国体論争の特徴は、我が国独自の国体思想を初めて体系化した水戸学国体論と、『国体の本義』の正統的国体論を視野に入れることなく、自己流の国体観念に基づいて論じていることである。もう一つの特徴は、国体思想がGHQの神道指令によって封印された事実を無視していることである。占領下で主権のない我が国は、GHQの指令に従わねばならない。しかし、昭和二七年（一九五二）に独立したあとは、国体について自立的に検討することは可能だったはずである。ところが、政府も多くの学者・思想家もこの問題に取り組んだ形跡はほとんど見受けられない。独立後も独自の国体論を唱え続けた里見岸雄、戦前の国体論の復活を説いた平泉澄、新しい国体論を創出した三島由紀夫、さらには今日でも国体の意義を強調する少数の人々を除けば、大多数の日本人は「国体」の追究を放棄してしまったのである。

戦後、「国体」という言葉もその思想も、悪の根源として封じ込められた。国体思想がGHQによって圧殺された事例は、国家が戦争に敗れ国家主権を喪失することがいかなる事態を引き起こすかを、見事に露わにした。後世の私たちは、先人たちの体験を「歴史の教訓」として記憶すべきであろう。

## 3　天皇祭祀は私的行為なのか

天皇祭祀と「政教分離」の問題については、前著においても若干触れておいたが、さらに突き詰めて論じてみたい。

三島は、現憲法の「政教分離の原則」に従って、天皇祭祀が憲法上認められていないことを指摘した。その上で、天皇は祭祀を司るがゆえに「神聖」であり、神聖さこそ日本国の「象徴」の根拠であると主張した。この見解に基づいて、天皇の「神聖不可侵」を憲法に規定すべきであると唱え、同時に、天皇祭祀を憲法第二〇条の「政教分離の原則」の例外とすべきであると提起したのである。

では、天皇祭祀が憲法にどう抵触するのかを詳しく分析してみよう。先ず、議論の前提として憲法第二〇条を確認しておく（佐藤功前掲書）。

「信教の自由は、何人に対してもこれを保障する。いかなる宗教団体も、国から特権を受け、又は政治上の権力を行使してはならない。

何人も、宗教上の行為、祝典、儀式又は行事に参加することを強制されない。

国及びその機関は、宗教教育その他いかなる宗教活動もしてはならない」

この条文の第三項によって、国家機関としての天皇の宗教活動は禁止されていると一般的に解釈されている。そのため三島は、天皇祭祀をこの第三項の例外として扱うべきであるとして、憲法改正を主張したのである。

それでは、三島の改正案の是非を吟味する。

先ず、天皇祭祀と国家との関係の実相を解明してみる。すでに確認したように、祭祀は天皇の成立以来その根幹を成すものであり、天皇と祭祀は本質的に切り離すことはできない。しかも国家国民のための祈りは、私的な利益を祈願するものではなく、国家的意義を有しており、国家的行為と見なすことができる。そして、天皇は憲法上、日本国と日本国民統合の「象徴」であるから、天皇という存在の根幹を成す祭祀行為は、「象徴」としての行為と見なすことができる。三島が指摘したように、天皇が憲法に明記された国事行為のみを行う「象徴」であれば、世俗的な君主や大統領で代替できる。しかし、天皇は祭祀の一点において世俗的君主と異なり、世襲の一点において大統領と異なっている。したがって、天皇制度を肯定する限り、天皇祭祀を国家的行為として肯定するのは論理的に矛盾しない。以上の点に鑑みれば、祭祀こそ「象徴」の根拠と立論した三島の見解には正当性があると言ってよい。

ただしこの問題は、「政治と宗教の分離」という根本的問題に触れることになるので、厳密に検討しなければならない。「政教分離の原則」は、国によって形態は異なり、憲法学者の解釈も紛糾している。そのため、国家機関としての天皇が行う祭祀と、現憲法との整合性という問題をさらに掘り下げて考究せねばならない。

第一に、現憲法の政教分離原則がどのように解釈されているかについて、裁判所の判断を確認する。一九七七年の津地鎮祭訴訟の最高裁判決は、神式の地鎮祭への公金支出を合憲と判断した（百地章『政教分離とは何か――争点の解明』）。その際に「国の宗教的活動」の判断の基準となったのが「目的効果基準」である。「目的効果基準」を要約すると、次のようになる。

政教分離規定は、国家が宗教とのかかわり合いをもつことを一切禁止するものではなく、宗教とのかかわり合いをもたらす国の行為の「目的」および「効果」にかんがみて、そのかかわり合いが国の社会的・文化的諸条件に照らし相当とされる限度を超える場合に初めて禁止される。具体的には、当該行為の「目的」が宗教的意義をもち、その「効果」が特定宗教に対する援助、助長、促進又は圧迫、干渉等になるような行為は許されないことになるが、その判断に際しては当該行為者の意図、目的等を考慮し、社会通念に従って、客観的に判断されなければならない。

この判決のポイントは、国家と宗教との関わり合いを一切禁止していないことである。その意図や目的を考慮し、その効果が特定宗教に対する援助・優遇や、圧迫・干渉にならない限り、認められるとしたこの判決は、国家と宗教的行為との完全な分離を要求しない、弾力的な判断と評価できるであろう。

では、大嘗祭はどう判断されているだろうか。多くの憲法学者は大嘗祭を違憲と見なしているが、少数の学者は、大嘗祭は皇室典範に規定されている「即位の礼」と一体であるから、国事行為もしくは公的行為であり、合憲であると主張している（百地章前掲書）。平成の即位の礼の場合は、即位の礼が皇室典範に規定されているため、政府は「国事行為」として挙行したが、皇室典範に規定されていない大嘗祭は即位の礼と一体になっているものと見なして、皇室の「公的行事」として国費を支出した。

そして、大嘗祭に都知事が公費で参列した行為を憲法違反であるとする訴訟が起こされた件で、二〇〇二年の最高裁判決は次のような主旨の判決を下した（芦部信喜〔高橋和之補訂〕『憲法 第五版』）――大嘗祭そのものは宗教的色彩をもつとしても、社会的儀礼として敬意・祝意を表するために参列することは、目的効果基準に照らして政教分離の原則に違反しない。

この最高裁判決は、大嘗祭の宗教的要素を認めつつも、それに参列する行為は「目的効果基準」に反しないと判断した。ただ、大嘗祭そのものの合憲性には直接言及していないので、この点をさらに推論する必要がある。先ず、公金支出が合憲とされたことは、知事参列が公的行為と見なされ、論理的に大嘗祭が公的行為と判断されたことになる。大嘗祭が天皇の私的行為であれば、知事の参列も私的行為となり、公金支出は違憲となるからである。したがって、大嘗祭を「公的行為」として挙行した政府解釈は、憲法違反ではないことが導き出される。大嘗祭が合憲であれば、三島が唱えたような、憲法第二〇条の〈例外〉と規定する必要はないであろう。ただし、法的な厳密性を確保するためには、皇室典範の「即位の礼」の項目の中に大嘗祭を追加することが望ましいと考える。

ところで三島は、大嘗祭だけでなく天皇祭祀全般を「政教分離原則」の例外とすべきであると主張した。大嘗祭以外の祭祀については、宮中の新嘗祭のために献上する米・粟に対して近江八幡市が行なった公金支出を、大阪高裁は二〇〇八年に政教分離違反と判断した（芦部信喜前掲書）。このような、新嘗祭を政教分離違反とする判例はあるが、この判例にとらわれずに、天皇祭祀全般を「目的効果基準」に照らして検討を加えてみる。

先に確認したように、天皇祭祀の「目的」は、天地の神々への祈りと、五穀豊穣や国家国民の安寧を祈ることなどが主眼である。それは宗教的行為であるが、私的目的ではなく、国家国民のための国家的行為と、客観的に判断することができる。そしてその「効果」は、天皇祭祀の援助・助長や、他宗教に対する圧迫・干渉にならないと判断できる。したがって、天皇と祭祀との関わり合いは、国の社会的・文化的条件に照らし相当とされ限度を超えていないと考えられ、禁止の対象にならないと見なすことができる。

ただし、「効果」の点については、天皇祭祀が実際に国民に悪影響を与えるかどうかを、戦前と比較しながら、綿密に検証する必要がある。戦前において天皇祭祀そのものが直接国民に害悪を及ぼしたことはなかったであろうし、戦後も同様であると考えられる。ただし、天皇祭祀と神社祭祀の信仰内容が一体化しており、戦前には神社が国家の管理下にあったため、学校生徒に対する神社参拝の強制など、神社と国家との一体化に問題があった。しかし戦後は、神社が国家から分離されたことにより、国家による、国民への直接的な関与や強制性は不可能となったのであるから、そのような懸念は払しょくされる。

さらに言えば、天皇祭祀は特定の宗教団体ではなく、国教でもない。また現在、天皇は政治上の権力を行使することができず、天皇絶対化の教育的統制ももはや存在しない。信教の自由については、帝国憲法では〈臣民たるの義務に背かざる限に於て〉とあって制限的であり徹底さを欠いていたが、現憲法では信教の自由は保障されている。

これらの事実を直視すれば、天皇祭祀全般を公的行為と見なしても、国民への強制性、天皇祭祀の助長、他宗教に対する圧迫、信教の自由の侵害などは、現実的に不可能である。天皇祭祀を法律で定めたとしても「目的効果基準」に違反せず、政教分離原則に反しないと判断できる。

しかも戦前と戦後の最大の相違点は、戦前と違って今日では国民に主権があることである。したがって、憲法や法律の制定・改正の可否を、国民の意思によって決定できる。もし天皇祭祀が国民に悪影響を及ぼすような事態が起れば、改正することも廃止することも可能である。戦前と戦後とでは政治体制が全く異なることを考慮すべきである。

このように考えてくると、国家機関としての天皇と祭祀とを完全に分離する必要性はなく、新たに祭祀に関する法律を作れば、憲法第二〇条の例外とする規定は必要ないであろう。ただし、以上は「目的効果基準」の私的解釈に基づいており、もし最高裁が天皇祭祀全般を政教分離原則に違反すると判断した場合には、三島の主張するように憲法第二〇条の例外としなければならない。

ここで世界的視点から、「政教分離の原則」を改めて考察してみよう。すでに明らかにしたように、徹底した「政教一致」を採用するイスラム教国を別としても、西欧諸国には「政教一致」の例が見られる。イギリス国王は、国教であるイングランド教会の最高統治者であり、デンマークやスウェーデンの国王も、プロテスタント教会の信者でなければならず、国王・国家と宗教とが一体となっている。これらは政教分離の原則を厳格に適用しない典型例である。そして重要なのは、国王の「政教一致」を維持しながらも、国民の信教の自由は保障され、国民に害悪を及ぼしていないことである。

これら三カ国と我が国を比較すると、多くの類似点があり、これら三カ国と同様に天皇祭祀が法律に規定されたとしても、信教の自由が保障されている限り、弊害は発生しないと考えられる。しかも、天皇祭祀は国教ではないので、イギリス、デンマークなどよりも「緩やかな政教一致」なのである。

では、なぜＧＨＱは天皇祭祀を厳格に国家と切り離したのであろうか。その背景には、アメリカ人の政教分離観があり、それを天皇祭祀に当てはめたのである。しかし、アメリカの政教分離原則に世界的な普遍妥当性があるわけではない。世界には政教分離の多様な形態があり、その主要形態には次の三類型があるとされる（佐藤幸治『日本国憲法論』）。

A　国教制度を温存しつつも、他の宗教に対する寛容性を法制上確立しているイギリス型

B　国教を認めるわけではないが、国家と宗教団体との一定の協力関係の存置を前提とするドイツ・イタリア型

C　国教の存在を認めず、国家と宗教団体とを厳格に分離するアメリカ・フランス型

この分類に従えば、天皇祭祀と国家との関係はどの類型にも属さないことがわかる。ただ、敢えて分類するとすれば、Aのイギリス型に最も近く、Aの変型となるであろう。天皇は国家と国民統合の「象徴」であり、天皇祭祀は国家国民の平安と繁栄を祈るものなので、国教ではないが国家的意義があることは明らかである。そして、現憲法によって信教の自由は保障されているので、Aのイギリス型に最も近似しているのである。

戦後憲法によって天皇は「象徴」となり、国家と政治に介入することは不可能となった。にもかかわらずGHQは、神社を国家から切り離しただけでなく、天皇祭祀まで国家から切り離した。我が国はイギリスや北欧の君主国との類縁性があるにもかかわらず、日本やイギリスのような歴史と伝統のないアメリカは、軽率にも自国の厳格な政教分離原則を日本に押し付けたのである。

国家と宗教との関係は、それぞれの国の歴史・文化によって異なっており、自国の価値基準に従って一方的に判断してはならない。GHQは、世界の国々の実態と、我が国の歴史・文化を正しく理解せず、我が国にふさわしい政教分離原則を考慮しなかった。国家と宗教との関係の多様性を認識し得なかったGHQの、世界的視野の欠落が鮮明に浮かび上がってくるのである。GHQの知的貧困は覆うべくもなく、重大な過誤

であったと言わねばならない。

さらに悪いことには、新憲法制定の際に日本政府と帝国議会は、憲法第二〇条の審議において、天皇祭祀を憲法的視点から議論した形跡は見当たらない（清水伸前掲書）。そして皇室祭祀令廃止の命令を受けたあとも、ＧＨＱの見解を鵜呑みにして、天皇祭祀の意義や法的規定を再検討することもなかった。政府・議会を始め、大多数の国民もその後思考停止を続けた。

三島由紀夫は、我が国の文化的伝統である天皇祭祀を根本から絶とうとしたＧＨＱの政治的意図を喝破したが、同時に、みずから進んでアメリカ思想を自分の体質とすることを選んだ戦後の日本人の精神性をも指弾した。私自身を含めて、日本人の知的怠慢も問われなければならないのである。

今日私たちは自立的に思考せねばならない。政教分離原則は国や時代によって多様な形態があり、普遍的・絶対的に決まっているわけではない。「宗教」という理由だけで、形式的に「政教分離」を唱えるべきではない。宗教それ自体は悪として否定すべきものではなく、その意義と役割がある。国民の生命・生活を保護する政治と、霊的存在の信仰や魂の救済などに関わる宗教とでは、それぞれの役割は異なる。政治の目的と宗教の意義を互いに認めつつ、政治と宗教が互いに介入・干渉しない限り、弊害は発生しない。政治と宗教とを共存させ、国民に信教の自由を保障しつつ、「緩やかな政教一致」を容認してよいと考える。「政教分離の原則」は何のためにあるのかという原理的観点に立ち返るならば、天皇祭祀を法律に規定して、公的行為と認定すべきであると提起する。

## 4　ＧＨＱの功罪

ここまで天皇祭祀に対するＧＨＱの政策を批判してきたが、さらに幅広い視点から、国体思想の評価を含めて、ＧＨＱの占領政策全体の功罪をまとめてみる。

先ず認めるべき「功」は、五大改革指示である（前掲『日本史史料［5］現代』）。婦人参政権の賦与、労働組合の奨励、教育の自由化・民主化、秘密的弾圧機構（治安維持法など）の廃止、経済機構の民主化（財閥解体、農地改革、労働改革）は、妥当な改革方針であったと言える。

さらに挙げるなら、新憲法草案の中に、「国民主権」の原理とそれに基づく議院内閣制や、平等権・自由権・生存権などの「基本的人権」の保障を導入した。それまで我が国に欠けていた個人の人格性と自由な主体性を保障する原理を重視したことは、最大の功績である。

しかし同時に、「罪」についても指摘しなければならない。

第一に挙げられるのは、ＧＨＱの歴史感覚の欠落である。先に確認したように、幕末の国体論は、欧米の西欧帝国主義に対抗するために出現した国家防衛論であり、さらに明治維新の思想的基盤となって、近代国家誕生という、歴史的大変革の原動力となった。そして明治以降は、西欧諸国と対等に向き合い、近代国家の独立と統一性を確保するために、国家思想の中軸として重要な役割を果たした。このような国体論の歴史的意義に対する無理解が、ＧＨＱの大きな欠陥である。

また国体論を、侵略戦争を推進したイデオロギーと断定して、『国体の本義』を禁書とした。しかし、この命令も国体論に対して無知であることを物語っている。国体思想を創始した水戸学の五つの基本理念を見ればわかるように、軍国主義を扇動する要素はない。水戸学国体論は徳をもって治める王道を説いており、侵略主義を謳っていない。確かに、我が国の優越性と国体理念の世界的広がりを唱える主張も付随的に含まれているが、それは枝葉に過ぎず、国家の対外膨張政策に悪用されたのである。

第二に、ＧＨＱの空間的な視野の狭さである。すでに指摘したように、国体論は多種多様であり、それぞれ無視できない差異がある。ところが、正統的国体論に反逆し、軍国主義的侵略を批判した里見岸雄の著書を発禁処分にしたことで明らかなように、異端の国体論も同罪と見なした。国体論の多様性に全く無知であり、粗雑な知識に基づいていたのである。

さらに国体理念を個別に見ていくならば、「祭政一致」に関して天皇祭祀の本質を理解せず、西欧の君主制国家を参考にすることもなく、自国の政教分離の原則を独善的に我が国に押し付けた。世界的視野の欠落を象徴しているのである。

また、「神道指令」は、宗教と国家とを切り離す理由として、神社神道を軍国主義イデオロギーの元凶と決めつけた。しかし神社神道は、自然と神への信仰、神話の神々の祭りなどを主体としており、神社信仰自体に軍国主義イデオロギーが含まれているわけではない。神社信仰が国家によって利用されただけであり、誤った認識に基づいている。

「忠孝一致」を基本とする教育勅語の廃止については、天皇絶対化と統制性が強すぎることなどのいくつかの欠点はあるにせよ、反面で現代にも通用する多くの徳目もあることを無視している。国家と天皇への忠誠心についても、帝国主義の拡大という当時の世界的背景を顧慮する必要がある。勿論、我が国には韓国併合や中国への武力進出などの問題視すべき行動もあったことは認めなければならない。しかし、アメリカもまた、西洋人に迫害され独立を目指していた先住民の抵抗にもかかわらず、ハワイを併合した（矢口祐人『ハワイの歴史と文化』）。さらに、スペインとの戦争に勝利してフィリピンの主権を獲得すると、武力を用いてフィリピンを領有し、「友愛的同化」を標榜しつつ言語の英語化などを進めて、植民地支配を行なった（鈴木静夫『物語　フィリピンの歴史』）。「帝国主義国家」という点で日米両国は同罪であり、アメリカが我が国の侵略主義・軍国主義を一方的に非難する資格はない。ＧＨＱの独善的な思想的支配は、戦争の勝者の傲りにほかならない。

関連して付け加えるならば、ほかにも不当な占領政策は数え切れない。「神道指令」は、大東亜戦争を否定するあまり、「大東亜戦争」の用語までも禁止した。そして同時に、GHQの作成した「太平洋戦争史」と題する連載企画をほとんどあらゆる日刊紙に掲載させ、日本の戦争の罪や軍国主義者の責任を強調した（江藤淳『閉された言語空間　占領軍の検閲と戦後日本』）。さらにそれを全国の学校に教材として配布するとともに、劇化したラジオ番組を放送させ、「太平洋戦争」という用語を浸透させた。

しかしながら「大東亜戦争」は、支那事変と対米英蘭戦争を含めて日本政府が命名した公式の用語である（有馬学『日本の歴史23 帝国の昭和』）。「大東亜戦争」とは、太平洋を挟んだアメリカとの戦争だけを意味するのではなく、対中・対米英蘭戦争であり、断じて「太平洋戦争」ではないのである。歴史の用語とその評価は区別しなければならない。「大東亜戦争」という名称を用いることは、必ずしもこの戦争を肯定することを意味せず、批判的に捉えることも可能である。したがって、歴史用語としての「大東亜戦争」を用いて、日本人が主体的にその評価を下すべきである。GHQは、「大東亜戦争」を自国本位の「太平洋戦争」に言い換えて、我が国の歴史を改ざんしたのである。

そして今日、「太平洋戦争」の用語は日本人にあまねく定着してしまった。また、一部の歴史学者が勝手に造り出した「アジア・太平洋戦争」という呼称も近年流布しているが、この動きもGHQに束縛されて、歴史の改ざんに加担しているのである。歴史が歴史学者を作るのであって、歴史学者が歴史を作ってはならないのである。

そのほかにも、GHQは私信・新聞・書籍などの検閲と削除・発行禁止を強行した（江藤淳前掲書）。連合国軍最高司令官批判、極東国際軍事裁判批判、GHQによる憲法起草に対する批判、GHQが行なった検閲制度への言及、連合国に対する批判など、三〇項目を検閲対象とした。我が国の治安維持法を廃止させる一方で、「GHQの治安維持法」を作って言論統制を断行したのである。我が国に民主主義と「言論の自由」を説きながら、みずから言論弾圧という民主主義に反する手法を敢行したことは、矛盾に満ちた重大な過失である。

また、昭和二五年（一九五〇）に朝鮮戦争が勃発すると、自衛隊の前身である警察予備隊の創設を日本政府に命令した（前掲『日本史史料［5］現代』）。この命令は、憲法第九条に「戦力不保持」を規定させる一方で、再軍備を強要するという、法理的に完全に矛盾する行為であった。立憲主義を破壊するこの無法な指令が、憲法問題で今もなお日本人の国論を分断させている元凶であり、戦勝国の無責任な思い上がりの遺産なのである。

個人の人格性・主体性の価値を日本人に提示し、自由民権思想以来傍流であった自由主義・民主主義の思想を国家の本流として実現させたことを、GHQの「正の遺産」と認めるものである。だが反面で、軍国主義と国体思想の排除に凝り固まり、アメリカ思想を絶対化したため、我が国の歴史・伝統・文化を破壊し、日本人の国家意識を退化させた。人間に個性があるように、国家にも個性がある。日本国家の個性を無視し、多元的世界観を持てなかったことが、GHQの最大の誤謬であったと言わねばならない。

歴史の現実を凝視するならば、日本人の国家意識の衰退や伝統的思想の退場などの「負の遺産」が生まれた起点には、「日本の敗戦」がある。敗戦によって、天皇は統治権を失い、連合国軍最高司令官の権限の下に置かれたことに由来するものであり、占領された我が国はGHQの指令を受け入れざるを得なかった。戦争に敗れるということが、国家の根本的あり方と国民の精神性に甚大な影響を及ぼすことを思い知らされるのであり、あまりに大きな代償を払った「歴史の遺産」と言えよう。

しかし同時に、私たちの精神的態度も問われなければならない。占領が終わって独立したあとは、勝者の思想に甘んじ続けてはならず、ＧＨＱの功罪を自主的に見極めなければならない。三島由紀夫は、自立心を喪失した日本人の精神的あり方をも糾弾した。満腔の情意を込めた三島の精神を真率に受けとめ、ＧＨＱの呪縛から解放されて、自主自立の精神に立脚して思考することが求められているのである。

# 第三章　三島由紀夫の魂魄《こんぱく》に感応《かんのう》する

## 第一節　国体理念から憂国へ、そして自決へ

三島由紀夫の国家思想に心底揺さぶられるのは、それが単なる「理論」にとどまることなく「行動」と結びつき、最終的に「自決」にまで至ったことである。そこで、国家への思いが、戦慄すべき「死」に終結するまでの、三島の内面の動きを現前化させる。

三島の国体観念は一六歳で芽生え、二〇歳でさらに明確になったが、ここまでの段階ではまだ意識内に温められていたに過ぎなかった。ところが、三四歳の時の『鏡子の家』の作中人物によって唐突に叫ばれ、後景的ではあったが、表舞台に姿を現した。そして、国体と天皇のあり方を直接的にかつ堂々と問題視したのが、「二・二六事件三部作」である。三六歳の時に発表された、第一作目の『憂国』は、二・二六事件に加われず疎外感を抱いた青年将校の悲劇を描いた作品であるが、『憂国』というタイトルは、まさしくその象徴である。国を憂える情念は、この作品を起点としてその後増幅しながら加速していくのである。

昭和四一年に書かれた『英霊の声』の中の、憂国の至情が込められている神霊の言葉を、耳を澄まして聴いてみよう（一部中略）。

……今、四海必ずしも波穏やかならねど、
日の本《もと》のやまとの国は
鼓腹撃壌《こふくげきじょう》〔政治がゆきとどき、人々が太平を楽しむ様子〕の世をば現《げん》じ
御仁徳《ごじんとく》の下《もと》、平和は世にみちみち
人ら泰平のゆるき微笑みに顔見交《みか》はし
利害は錯綜し、敵味方も相結び、
外国《とつくに》の金銭は人らを走らせ
偽りの人間主義をたつき〔生計〕の糧となし
もはや戦ひを欲せざる者は卑劣をも愛し、
力は貶《へん》せられ〔悪く言われ〕、肉〔肉体〕は蔑《なみ》され〔ないがしろにされ〕、
道ゆく人の足は希望に躍ることかつてなく
ただ金《かね》よ金よと思ひめぐらせば
人の値打は金よりも卑《いや》しくなりゆき、
車は繁殖し、愚かしき速度は魂を寸断し、
大ビルは建てども大義は崩壊し
烈《はげ》しきもの、雄々しき魂は地を払ふ。

天翔《あまか》けるものは翼を折られ
不朽の栄光をば白蟻《しろあり》どもは嘲笑《あざわら》ふ。
かかる日に、
などてすめろぎは人間《ひと》となりたまひし

「人間天皇」を呪詛した奥底には、日本国家の現状に対する深い憂慮が凝結している——安楽と平和の世を謳歌している日本は、経済至上主義と拝金主義に支配され、魂は腐食している。近代化・工業化による発展と物質的豊かさが拡大する一方で、大義は崩壊し、雄々しい魂は軽蔑され、高みを求める精神の栄光は嘲笑される。

このような日本国家に対する憂情はますます膨張し、次第に具体的な行動へ傾斜していく。その現れが昭和四二年の自衛隊体験入隊であり、自決の年まで計五回実行された。そして翌年、自衛隊を補完するものとして、民兵組織「楯の会」を結成した。『「楯の会」のこと』の中で、その趣旨をこう述べている（一部中略）。

私は日本の戦後の偽善にあきあきしてゐた。私は決して平和主義を偽善だとは云はないが、日本の平和憲法が左右雙方《そうほう》からの政治的口実に使はれた結果、日本ほど、平和主義が偽善の代名詞になつた国はないと信じてゐる。

経済的繁栄と共に、日本人の大半は商人になり、武士は衰へ死んでゐた。自分の信念を守るために、命を賭けるといふ考へは、Old-fashionedになつてゐた。思想は身の安全を保証してくれるお守りのやうなものになつてゐた。思想を守るには命を賭けねばならぬ、といふことに知識人たちがやつと気付いたのは、自分たちの大人しい追随者だと思つてゐた学生たちが俄かに恐ろしい暴力をふるつて立ち向かつて来てからであつた。

わづか一ヶ月でも軍事訓練を受けた民間青年といふものは、自衛隊退職者を除き、日本では「楯の会」のほかには一人もゐないのである。従つてわづか百人でも、その軍事的価値は、相対的に高い。

しかし目下の私は日本に消えかけてゐる武士の魂の焔を、かき立てるためにこれをやつてゐるのだ。

「楯の会」を創設した理由は、現憲法の平和主義の偽善や経済至上主義と闘い、国家を防衛するための武力の必要性を訴えたかったからである。かくて「戦士」としての三島由紀夫が誕生した。ただし、「楯の会」の行動は〈武士の魂の焔をかきたてるために〉やっていたとすれば、主眼は信念を貫くために命を賭ける武士道精神の体現であり、政治的には無効性を覚悟していたことになる。「楯の会」は、あくまでもみずからの信念である国体護持の「精神的シンボル」であった。

そして、熱病にかかったような学生たちの暴力的行動が激しくなり、東大安田講堂占拠事件や国際反戦デーデモの騒乱などを実際に目の当たりにした三島は、反体制運動に対して強い危機感を抱いた。国体を護り容共政権の成立を防ぐために、「力」による対抗を大胆に示唆しており、その主張が過激さを増し戦闘的になっていく様相を窺うことができる。そして、「言論の自由」を認めない共産主義体制と生死を賭けて戦うという「反革命宣言」の宣告は、およそ二十年後の、社会主義国家の崩壊によって、その正当性が証明されることになるのである。

三島のこれら一連の過激な主張と行動は、平穏な今日では想像もつかないような、暴力的な反体制運動が燎原の火のごとく燃え広がった当時の社会情勢を抜きにしては考えられない。文学者としての過敏な感受性は、時代の動向に対して尋常ならざる危機感を肥大させた。日本社会の現実と真剣に向き合った三島の理論と行動は、まさしく時代を映す鏡なのである。実際に行動を起こし、体ごと時代と関わったことが、自刃の決意を昂進させたと思われる。

自決の四カ月前に発表されたエッセイ「果たし得てゐない約束――私の中の二十五年」では、戦後二五年間三島の心の奥底に蓄積された想いが、炎のごとく立ちのぼる（一部中略）。

私の中の二十五年間を考へると、その空虚さに今さらびつくりする。私はほとんど「生きた」とはいへない。二十五年前に私が憎んだものは、多少形を変へはしたが、今もあひかはらずしぶとく生き永らへてゐる。生き永らへてゐるどころか、おどろくべき繁殖力で日本中に完全に浸透してしまつた。それは戦後民主主義とそこから生ずる偽善といふおそるべきバチルス〔細菌〕である。

こんな偽善と詐術は、アメリカの占領と共に終はるだらう、と考へてゐた私はずいぶん甘かつた。おどろくべきことには、日本人は自ら進んで、それを自分の体質とすることを選んだのである。政治も、経済も、社会も、文化ですら。

私はこれからの日本に大して希望をつなぐことができない。このまま行つたら、「日本」はなくなつてしまふのではないかといふ感を日ましに深くする。日本はなくなつて、その代はりに、無機的な、からつぽな、ニュートラルな、中間色の、富裕な、抜目がない、或る経済的大国が極東の一角に残るのであらう。

戦後日本の精神状況に対する慨嘆がこの文章を支配している。日本は戦後一貫して、政治、経済、社会、文化などのあらゆる領域でアメリカ的思想に浸蝕され、戦後民主主義の偽善がはびこり、経済至上主義に支配されている。このような日本的・伝統的精神を喪失し空洞化した日本国家を、三島は鮮鋭に描き出した。その鋭利な直観は、今日に至るまでのおよそ五〇年間の日本を、恐ろしいほど的確に予言していたのである。

そして臨界点に達した憂国の情念は、「檄文」と「切腹」という形となって遂に核爆発を起こす。国体を守るのは軍隊であり、政体を守るのは警察であると断じ、日本の軍隊の建軍の本義とは、「天皇を中心とする日本の歴史・文化・伝統を守ること」であると断言して、憲法改正を訴えた。『鏡子の家』から『英霊の声』を経て、「果たし得てゐない約束——私の中の二十五年」まで貫流していた、自主独立の気概と日本的精神とを喪失した戦後の日本人に対する憂憤を、最期まで発し続けたのである。

その上で、「生命尊重のみで、魂は死んでもよいのか」と絶叫し、〈生命尊重以上の価値〉とは、〈われわれの愛する歴史と伝統の国、日本〉である、と切言した。歴史と伝統を閑却し、国家意識を亡失した戦後の日本人の精神状況を糾弾したのである。

文学そのものは道徳的である必要はない。道徳と反道徳の両方を人間の本質として描き出すからである。しかし現実生活においては、道徳的責任が発生する。「果たし得てゐない約束——私の中の二十五年」で、こう告白していた。

もつともつと大きな、もつともつと重要な約束を、私はまだ果してゐないといふ思ひに日夜責められるのである。その約束を果たすためなら、文学なんかどうでもいい、といふ考へが時折頭をかすめる。

この発言は「文学者」としての発言ではなく、「生活者」としての発言である。〈果たし得てゐない約束〉

とは、遺書に大書した〈天皇陛下萬歳〉を叫んで、国のために自分を捧げることであった。『仮面の告白』を始めとして多くの作品の中で、戦時中の入隊検査の際に入隊を忌避したことに対する罪障意識を暗示的に告白していた。遺書に書いた約束をみずから破った三島は、〈天皇陛下万歳〉を叫んで切腹し、二五年後に〈約束を果たした〉のである。

ひとりの人間としての三島由紀夫は、モラルの権化であった。罪業を見逃して生き延びることは道義の退廃であり、モラルに反する自分を許せなかった。三島の生において、「倫理」は「文学」以上に重要な価値であり、至高の価値であった。生の終極において、「倫理」が「文学」に勝利したのである。

三島を死へ疾走させた根源には、「国家」と「戦争」がある。三島にとって国家のために犠牲になることは、国家の強権や軍国主義に扇動された他律的なものではなかった。〈歴史と伝統の国、日本〉を愛する純粋な心情から、内発的に発動されたものであった。三島における「国体」は、最期まで一貫して〈天皇を中心とする歴史・文化・伝統の国、日本〉であり、〈生命以上の価値〉だったのである。

三島は、戦後の日本を支配した、歴史・文化・伝統を顧みない断絶的歴史観に痛憤した。そして、国家とのつながりを断ち切った近代的自我に対する疑惑を表明し、国家への忠誠を繰返し表白した。

さらに加えて、戦争や革命の勃発などの当時の世界情勢と、暴力的な反体制運動が嵐のように吹き荒れた我が国の国内情勢が危機意識を増大させ、過激な思想・行動を誘発した要因となった。時代とダイナミックに関わった三島由紀夫は、戦前と戦後の〈二生〉を経験した人間の象徴的存在であった。

しかしながら、平穏を保っているように見える今日の日本にあっても、近隣国家との摩擦や、グローバリズムの攻勢、国家的自覚を衰弱させた我が国の精神状況などを直視するなら、国民の精神はどうあるべきかという三島の提起は、今日にも通じる澄明な予見であった。孤独な魂から奔出した峻烈な叫びは、戦後七十年を過ぎた今に甦っている。時代が生んだ三島の思想は、時代を超えて訴えかける光源として輝きを放っている。「今」という時代が、三島由紀夫を召還しているのである。

## 第二節　国家の本質を考究する

それでは、〈歴史・文化・伝統の国、日本〉こそ〈生命尊重以上の価値〉である、という三島由紀夫最期の叫びを、どう受けとめるべきであろうか。

三島が私たちに突きつけた訴えは、「国家」と自分自身との関係、さらには「歴史・文化・伝統」と自分自身との関係について、根源から省察すべきことを私たちに迫っているのである。そうであれば、この訴えと真剣に正対しなければならない。先ず、国家と自分との関係を自覚的に見つめる。次に、古今東西の哲学者・思想家・文学者の国家観・文化観を幅広く取り上げて、三島との関連性を浮かび上がらせながら、奥行きのある探究を進める。そして、国家の本質を主体的に考えてみたい。

### 1　国家とは何か

#### 国家を主観的に観察する

自分は生まれた時から家族に属していると同時に、戸籍に入ることによって国家に属し、国民となる。何はさておき、このような自分と、今存在している日本国家との現実の関係を、経験に基づいて主観的に観察することから始める。

第一に、国家には法的・政治的・経済的機能がある。

国家の立法機関によって定められた法規範は、自分の行動を規制するとともに、自分の自由や権利を保障してくれるものとして作用している。国家の法的強制力によって、自分の義務と権利とが一体化されている。同時に、自分の身体・生命は法と国家機関によって守られている。国内において警察、自衛隊、裁判所などによって生存と安全を保障されているだけでなく、国外にいる時でも日本国民として保護の対象となっている。国家は自分の生存・自由・権利を保障してくれており、法的機能は国家の基本的な機能と考えられる。また、国民主権の原理によって参政権を行使することにより、国民の代表者である国会議員を選挙し、その信任によって成立する内閣を中心とする行政府に国家の政治を委任している。代議制民主主義によって自分と国家との政治的接点があり、国家には政治的機能がある。

さらに、国家には経済的機能もあり、これは政治的機能と連動している。現在わが国は資本主義体制であるが、義務として租税を納めることによって、社会資本、社会保障など、国家予算からの様々な恩恵を受けている。また、国家の経済財政政策によって、自分の経済生活にも影響を与えており、自分の日常生活と密接な関係がある。

第二に、国家は歴史的・文化的機能を有している。

自分は生命的に単独の存在ではない。自分の命の血筋をさかのぼれば、日本国家がまだ成立していない弥生時代、さらには縄文時代、旧石器時代へとさかのぼる遠い祖先にまでたどり着く。したがって、血脈の連続性を有する歴史的存在である。同時に、単なる生物的存在であるだけでなく、これまで蓄積されてきた言語や文化によって育まれている文化的存在である。このように歴史・文化を共有する民族の一員であるが、日本国家成立以降を考えれば、現実には単一民族国家ではなく、本土人に加えて、琉球人、アイヌ民族、さらには他民族出身で日本国民となった人々から成り立っており、複数の民族の集合体である。

国家は国内各地域の、過去から現在までの多様な文化を包含しており、自分はこれらから精神的影響を受けている。また国家は、歴史的文化遺産の保護と、学問・芸術を含めた文化の創造・発展のための役割を担っている。さらに、国家が定めた法律に基づいて自分は教育を受けており、文化・教育は自分の知識や精神性の源泉となっている。

第三に、国家との心理的・倫理的関係が考えられる。

これはこれまで挙げた国家との合理的関係とは異質であり、帰属意識に基づく心情的な関係である。例えば、日本文化に対する尊重の心や、スポーツで日本が他国と対戦したとき自国に対する応援の気持ちが起こることなどが挙げられ、ごく自然な感情と言ってよいであろう。

また、国家への帰属意識や、国家から受ける恩恵という道徳観念から生まれる倫理的関係も想定される。既成の用語を用いるなら、国家への「忠誠心」である。ただし現状の自分を省みるとき、現実感の乏しい意識であると自認せざるを得ない。歴史的に見れば、戦争などの国家の非常時に行動する動機となる場合が多く、「無私」の精神に支えられている。自分の実際的経験によるものではなく、知識に基づいた稀薄な感情であることを認めつつも、無視できない関係性である。

このように、現実生活において国家は、自分と無関係な別世界に存在するものではない。自分という存在は、国家の中で義務を果たしながらも生存・自由・権利を保障され、法的・政治的・経済的に国家と結びついているとともに、歴史的・文化的に育まれており、心情的なつながりもある。国家と自分は緊密な関係にあり、しかも多重的な関係にある。国家と自分を存在的に切り離すことはできないという現実を、国家を考える際の原点にすべきであると考える。

## 国家を客観的に考察する

次に、主観的観察をひとまず脇へ置き、客観的視点から国家の一般的な定義を確認しておく。「国家」という言葉の本源に迫ることも必要と考えるからである。

日本語には「国」と「国家」の二つの表現がある。そして『新編 大言海』によれば、「国」には様々な意味がある。『日本書紀』などには〈天地《あめつち》〉、〈天に対する地、国土〉、〈皇御国《すめらみくに》としての日本全国〉の意味で記述されており、その後、〈地球上の境を成し、他と異なる政府の下に統治される土地〉を意味するようになった。

では、「国家」という言葉は、なぜ「国」と「家」が合体しているのであろうか。これは、『孟子』にある「天下の本は国に在り、国の本は家に在り、家の本は身に在り」が由来とされており、『中庸』、『老子』などの中でも用いられている。中国思想が「国」と「家」を一体化させたのである。我が国ではすでに『十訓抄《じっきんしょう》』〈鎌倉時代の説話集〉に記述がある。そして「国家」は、一国の上下、全体を総称し、統治組織を含む国土を意味するようになった。

ところが世界的に眺めれば、近代の国家は概念的な発展を見せる。領土、人、統治をする政府を持ち、対外的・対内的に主権を持つものと定義されており、英語で表せば「state」である（猪口孝他編『政治学事典』）。ただ、この近代国家の政治学的定義は包括的であるが抽象的であり、今主観的に観察した国家の実態のすべてを言い尽くしていないように思われる。

そこで「国家」の英語表現を調べてみると、「state」のほかに、「country」と「nation」がある（『The Oxford English Dictionary Second Edition』）。「state」は領土を持ち、住民の共通の利益と繁栄を目的とする政治体制としての国家を意味し、先の政治学的定義と一致する。それに対して「country」は、独立した国家の「国土」

の意味が色濃い。

ところが、この二つと類似している「nation」には多様な意味がある。語源はラテン語で、元来の意味は〈出生〉〈人種〉であるが、近代以降では〈国民〉や〈民族〉の意味がある。この場合の〈国民〉は、〈共通の血統・言語・歴史によって結びついた人々から成り、独立した統治体制と一定の領土に住む人々の広範な集合体〉という意味である。したがって、「nation」の概念の中に「state」の要素が含まれているのである。その結果、「nation」は〈国家〉の意味で用いられるようになり、〈国民国家〉とも呼ばれるようになった（前掲『政治学事典』）。「nation」は、歴史・文化を共有する「国民」に加えて、統治組織と領土を持つ「state」の要素を含んだ、幅広い概念であることがわかる。なお、「nation」の意味を狭義の〈国民〉に限定し、「nation」と「state」を合体させた「nation-state（国民国家）」という概念もしばしば用いられるが、ここでは広義の「nation」で統一して論じることとする。

英語の定義に従うならば、自分自身の経験から観察した国家は、「country」のみ、もしくは「state」のみで言い表すことはできない。先に主観的に観察した国家は、心理的・倫理的要素を除外すれば、「法的・政治的・経済的機能」は「独立した統治組織と領土を持つ国家」に、「歴史的・文化的機能」は「祖先・歴史・文化を共有する人々の集合体」に対応しており、「nation」と同一の内容を含んでいることが判明する。

以上の考察の結果、主観・客観の両次元から一致する「ネーション」が、国家の実像として立ち現れてくるのである。

## 哲学者の捉えた国家

客観的視野をさらに拡大し、人間存在の本質と国家との関係を根本から探究することによって、国家の本質をさらに掘り下げてみる。

人間存在のあり方については、有史以来、無数の思索がなされてきた。例えば、「万学の祖」と呼ばれる古代ギリシアの哲学者・アリストテレス（前三八四～前三二二）は、「人間とは『社会的な存在』であって、他者と共に生きる自然本性をもっている」と指摘した（朴一功訳『ニコマコス倫理学』）。

わが国に眼を転じると、和辻哲郎は、「人間」という言葉が「人」という言葉に「間」という言葉を結びつけたことの意味を考察した（『人間の学として倫理学』―前掲全集第九巻）。「人間は単に『人の間』であるのみならず、自、他、世人であるところの人の間である」「人間とは『世の中』自身であるとともにまた世の中における『人』である。従って『人間』は単なる人でもなければまた単なる社会でもない。『人間』においてはこの両者は弁証法的に統一せられている」と指摘した。

その発想と表現は異なっているが、人間存在の本質は共同性と社会性にあるという点で二人の見解は一致している。そして、「人間が他者とともに生きる共同体」のうちで最も重要な役割を果たしているのが国家と見なすことができる。ただし、国家を世界的に眺望すれば、歴史的に、また地域的に多様な形態や機能を持っているため、単純に把握できる対象ではない。しかも国家論は、西欧においては、法学、政治学、社会学などの多様な学問分野による研究が蓄積されている。これらの点を念頭に置きつつも、この場では哲学における知の結晶を参考にしながら、国家の本質を追究することとする。

驚嘆すべきことに、すでに紀元前四世紀に古代ギリシアの哲学者、プラトン（前四二八～前三四八）が国家を論じていた。人間は一人では自給自足できないので、仲間や協力者と共同体をつくったが、それを国家の発生源と考え、徳や正義の実現を国家の中に見ていた。そして、見識高く道理に通じた哲学者が政治を行う「哲人政治」を理想と考えた（藤沢令夫訳『国家』―『プラトン全集11』）。

さらに、プラトンを師とするアリストテレスの言葉を聴いてみる（牛田徳子訳『政治学』）。

「人間は自然によって国家的（ポリス的）動物である」

自然に個人から家族が生まれ、家族から村共同体が生じ、村共同体が寄り集まった終局の共同体が国家である。「国家は人びとが生きるために生じたが、人びとがよく生きるために存在するものである」と述べ、ほかのすべての共同体を包括する最高の共同体である国家は、〈最高の善〉の実現を目的とする、と説いた。国家は人間の本性が生み出した政治的・道徳的共同体であり、徳や正義や法を、国家の秩序を保つものとして重視した。

近代に入ると、ドイツの哲学者・ヘーゲル（一七七〇〜一八三一）は、国家を個人の権利保護に見出す社会契約論や、単に個人の利益を実現するための手段と見なす立場に異を唱えた。個人は離れ離れに存在するのではなく、社会的共同体に位置付けられて始めて人間になると考えた。そして、個人の内面にある道徳と、社会の秩序を維持する法を矛盾なく統合するものを〈人倫〉と規定した（上妻精他訳『法の哲学下巻』―『ヘーゲル全集9b』）。家族・市民社会を統一した国家を、〈人倫〉の最後の段階と見なした上で、二つの重要な命題を掲げた。

「国家は人倫的理念の現実性である」

理性の役割を重視し、理念を、現実を超越した世界にではなく、現実そのもののうちに求めた。観念的な理想に従ってあるべき国家を打ち立てるのではなく、存在している現実の姿を理性的に把握することによって本質的なものを理念化し、さらに理念が現実化していく過程として国家を捉えた。「理念」と「現実」を相互に関係させることによって、より高次の国家へと至る弁証法的発展を構想したのである。

「国家は具体的自由の現実性である」

〈人倫〉の最後の段階である国家の下で、初めて真の自由が可能になる。また、国家の普遍的目的は特殊な個人の自由や福利と結合しているが、国家の目的は、個人の自由な知や意欲なしには実現し得ない。「自由な精神」の相互作用によって国家の目的は達成される。個人・家族・市民社会と国家との、相互媒介的な緊張・調和の関係を重視し、個人・家族・市民社会という「特殊性」と、国家という「普遍性」との統一を図ったのである。

さらに、国際社会も視野に入れ、戦争や国際法についても言及した。その上で、世界史とは、自由な精神の必然的展開であり、諸国家、諸民族、諸個人の特殊性に基づく活動が普遍化された世界精神の、弁証法的な展開過程である、と総括した。

ヘーゲルは、近代国家の本質を総合的に究明した重要な哲学者として特記されるべきであろう。

我が国に目を転じれば、西田幾多郎はこのように論じた（前掲「国家理由の問題」）。

「我々の社会は主体が環境を、環境が主体を形成し、主体と環境との矛盾的自己同一として、作られたものから作るものへと、世界が自己自身を限定し行くところに始まる」

そして国家を、道徳と法が一体になった人倫的実体であるとした上で、理性による歴史的生命の創造的発展と捉えた。自己は歴史的・社会的に生まれ、国家的存在であると同時に、国家によって作られたものから国家を作るものへと働く創造的存在であると述べ、自己と国家を〈絶対矛盾的自己同一〉と捉えた。〈全体的一〉としての国家と、〈個物的多〉としての個人の相互作用による一体化を図ったのである。

さらに、国家は歴史的世界を創造する主体となり世界的性格を獲得すべきであると説いた。国家の個性とともに世界性を顧慮し、国家の対立を超えて新たな世界構成の理念に立つべきであると主張した。

古今東西を問わず、哲学者にとって国家は探究を迫られる重要なテーマであった。国家論は思弁のための哲学ではなく、人間と共同体との関係を追究した、現実のための哲学なのである。

## 国家と個人の関係——ヘーゲル・西田幾多郎と三島由紀夫

西欧ではプラトン・アリストテレス以降、アウグスティヌス、トマス・アクイナス、スピノザ、ホッブズ、ロック、ルソー、カント、マルクス／エンゲルス、ニーチェから、現代のヤスパース、サルトル、アーレント、フーコー、ドゥルーズ、ハーバーマスなどに至るまでの重要な哲学者は、真摯に国家の問題と向き合った。

また我が国では明治以降、西田幾多郎以外にも、「哲学」という日本語の用語を考案した西周《あまね》から、井上哲次郎、田邊元《たなべはじめ》、和辻哲郎、三木清、廣松渉《ひろまつわたる》などに至るまで、国家を論じた哲学者が存在する。

したがって、先に参照した哲学者の国家論が、国家のすべてを言い尽くしているわけではない。プラトンやアリストテレスが論じた国家は古代ギリシアのポリス（都市国家）という限定された国家であり、個人の自由な主体性という観念は稀薄である。ヘーゲルや西田幾多郎の体験した近代国家も、その機構や機能が現代国家と異なることは言うまでもない。

しかしながら、歴史的な制約があったとしても、これらの哲学者に通底するのは、国家を最高の社会的共同体と見なしていることであり、心に留める価値がある。アリストテレスとヘーゲルは、道徳と法を国家の根幹と見なして善の実現を国家の目的する点で、またヘーゲルと西田幾多郎は、国家の重要性とともに個人の主体的自由を重視し、理性による、国家と個人の統一的発展を追求する点で、同質の思想を見出すことができる。古今東西のどの国家であろうと、その形態と機能に相違はあっても、その意義は不変である。個人の主体的独自性を第一義とし、国家の消滅を主張するアナーキズム（無政府主義）が歴史の中で出現したが、結局生き残ることはなかったのである。

ヘーゲルと西田は、国家と個人の対立・矛盾をいかにして克服し得るかという問いに対して、根源にさかのぼって答えようとした。国家と個人の相互作用による創造的発展に意味を見出し、国家本位と個人本位のどちらも否定し、国家と個人との動的関係を機軸とすることによって、弁証法的統一を図ったのである。

では、この論点に関して三島由紀夫はどう考えたのであろうか。三島はこのように発言している（前掲『日本は国家か』）（一部中略）。


日本が信じてきた国家というものは、国体ということばがこれに当たるのではないか。国体ということばにおいてわれわれは魂のあらわれとしての形、あるいはよりどころとしての形を求めたのではないだろうか。

もし、理想的な国家というものができれば、それは魂の国家であろう。その魂の国家は自発性というものを最も保障する。魂のよりどころ、内面性というものに国家というものが深く落ち着く。魂の内面性の中に、国家が深く錨《いかり》をおろす。そこに船が停泊する。

完全な自由のもとにおいては、個人は自発性を失う。発生的には形があるから自由がある。国体があるから自由があり、かつ自発的意志がある。


「国体があるから個人の自由がある」という三島の論述は、「人間は国家の中でのみ自由である」というヘーゲルの命題とぴったり符合している。また、個人の自発的な意志を尊重し、国家はその自発性を保障すべきであるという主張も、ヘーゲルや西田の理論と重ね合わせることができる。ただし、法・道徳の一体化した人倫の体系としての国家に言及していないことや、個人の魂によって支えられる国家を理想と考えた感性的国家像は、理性を重視したヘーゲルや西田と異なる点である。

第一節で指摘したように、三島は、国家を個人と対立する客体ではなく、歴史的生命を持ち、個人を包む統合的存在と捉えた。そして今、国家は個人の自発性を保障すべきであると考えた点から考量すると、三島は国家至上主義者でも、個人至上主義者でもなかったのである。三島は「国家と個人の調和」を理想としたのであり、部分的な相違点はあっても、ヘーゲルや西田幾多郎の国家観と根本において親和性がある。

国や時代は異なっていても、ヘーゲル、西田、三島の思想には、今日の私たちが玩味すべき明哲な内容が含まれている。三者の教えに学ぶなら、個人を包摂する存在としての国家の重要性を認めるべきであるが、同時に国家は個人の自由な精神の発揚を阻害してはならない。個人の主体的な精神が国家を発展させるからである。国家と個人は相互に作用し、常に生成発展を続ける関係にあり、国家は有機的共同体であることを認識する必要がある。

さて、アリストテレス以来現代に至るまで、国家の目的が「善」の達成にあることに変わりはないであろう。国家それ自体が悪なのではない。もし国家が本質的に悪であるなら、人間は国家を作っていなかったであろう。

ところがニーチェは、本来個人を保護するための国家が力を強め過ぎると、個人が弱められ解体されて国家本来の目的が失われると警告した（浅井真男訳『人間的な、あまりに人間的な』―『ニーチェ全集』第I期・第六巻）。ニーチェが警鐘を鳴らしたとおり、現実に国家は善だけでなく悪も生み出している。矛盾した二面性を持っている点が国家を神格化できない理由であり、国家の複雑さを現している。国家が悪をもたらすことがあるのは世界的に歴史的事実であり、改めて実例を挙げるまでもないであろう。

したがって、構成員である個人の価値を認めないような国家の悪は是正する必要があり、その時こそ、個人の主体性の発揮が求められる。国家は完成品ではなく、個人の力によって常に改善を続け、生成していくものである。国家の改革が無限に必要とされる限り、国家と個人の相互作用は無限に求められるのである。

## 国家における「水平的空間性」と「垂直的時間性」

「ネーション」としての国家を見極める場合には、「水平」と「垂直」の二つの座標軸を設定する必要がある。国家は、水平的に「空間的存在」であり、垂直的に「時間的存在」である。先に観察したように、空間的に国民と領土の総体から成り立っているとともに、統治組織として「法的・政治的・経済的共同体」である。また、時間的に過去から現在、未来へとつながっており、連続性を有する「歴史的・文化的共同体」である。国家の生成過程を見れば、個人・家族から地域社会へ、さらに国家共同体へと発展している。言語、慣習、文化を共有する人々が、法的・政治的・経済的組織としての国家を担っている。「歴史的・文化的共同体」が基盤となって「法的・政治的・経済的共同体」ができ、その融合体が国家である。「法・政治・経済」と「歴史・文化」は相互に影響し合い、国家の形成に関与している。国家を、「法・政治・経済」と「歴史・文化」の融合体と捉え、この二種の基本要素の均衡と調和を国家の原理としなければならない。

三島由紀夫は政治的無秩序をさえ容認する空間的連続性と、祭祀などの時間的連続性の、二つの座標軸を天皇の中に見出していた（『文化防衛論』）。さらに、空間を「横の軸」、時間を「縦の軸」と捉えた上で、空間とともに時間を重視し、縦軸としての、国家における歴史・文化の連続性を強調した（「私の聞いてほしいこと」）。戦後の日本では「縦の軸」が軽んじられ、国家の歴史的連続性や伝統文化が絶たれる傾向が強いことに強い危機感を抱いたのである。

三島の精神には日本の豊かな古典文学と伝統的思想が血肉化されており、西欧の文学や思想を取り入れたのは、あくまでも手段であった。したがって、我が国の歴史・文化・伝統が否定されることは、自分という存在を根本的に否定されることに等しかったに違いない。

同時にそれは、自分自身の存在の問題のみならず、日本国家のアイデンティティの問題として捉えたのである。また、国家を統治的国家と祭祀的国家とに分け、祭祀的国家に忠誠を奉げると宣言したのは、祭祀が時間的連続性の象徴的行為だからである。歴史的に顧みるなら、天皇のみならず、貴族・武士から一般民衆に至るまで、神を敬う心が日本人に深く浸透しており、神道を中心とした祈りや祭りが今日まで連綿と続いている。このような祭祀を含めた歴史的・文化的機能が日本国家の中に生き続けているのである。

このように見てくると、三島の考えた〈統治的国家〉は統治組織としての「state」を指しており、〈祭祀的国家〉は共通の歴史・文化を有する「nation」の一要素であることがわかる。三島は、「法的・政治的・経済的共同体」を意味する「state」と、「歴史的・文化的共同体」を包含する「nation」の均衡と調和を理想的国家と考えた。三島の国家観は、わが国だけに適用できる狭い国家観を超えて、世界的な普遍性を内蔵しているのである。

さらに敷衍するなら、三島は〈政体〉と〈国体〉を区別したが、〈政体〉は統治組織としての「state」に、〈国体〉は歴史的・文化的共同体としての「nation」に相当することがわかる。〈政体〉としての「state」は変遷し、〈国体〉としての「nation」は連続性を保っていると捉えたのである。

このような三島の国家観は、現実を見極めた妥当な国家論と言うべきであろう。ところが、戦後の我が国に支配的な国家論は、統治機構、人権、社会福祉などの「法的・政治的・経済的機能」に限定して論じており、「歴史的・文化的機能」を無視する傾向がはびこっている。つまり、「state」のみを論じ、「nation」の視点が欠落しており、偏狭で不完全な国家観なのである。

国家は、空間的に「法的・政治的・経済的共同体」であるとともに、時間的に「歴史的・文化的共同体」である。この二つの基軸が統合されて成立しているのが、国家の現実である。現代の国家は「法的・政治的・経済的機能」の重要性が増していることは否定できないが、同時に「歴史的・文化的機能」も視界に入れ、この二元的構造の均衡と調和を図るべきである。一方に偏った狭小な国家論ではなく、全体を見据えた包括的な国家論でなければならない。個人は、歴史・伝統・文化に支えられた国家と無関係な、孤立した存在ではない。自己は無から生まれたわけではなく、先祖から生命を受け継いでおり、長い年月をかけて営々と築かれてきた文化的・精神的共同体の中で育まれている。歴史の中で育てられ、歴史を担っている存在なのである。

## 国家の観念性と吉本隆明の〈国家幻想論〉

国家の現実を見つめたとき、その構成要素としての国民や領土は物理的に存在を確認できるのに対して、「国家そのもの」は具体的な形象がなく、感覚的に確かめることはできない。しかし、抽象的であるから存在しないということにはならない。国家それ自体は抽象的観念であるが、「法的・政治的・経済的機能」と「歴史的・文化的機能」が現実に作用しており、それが実際に国民に対して働きかけるときや、領土や国民に外部からの働きかけがあったときに、具体的に現れるのである。その実態を直視すれば、多重的な関係的観念であり機能的観念であるが、決して虚構ではなく、現実に存在し〈い〉〈る〉のである。ただ、個人と日常的に関わる機会が少ないがゆえに、あたかも空気のように国家の存在を忘れがちである。みずからの生命・身体の危険や不利益が発生したときや、国家の恩恵を具体的に実感するなど、何らかの特別な事態が起きて、始めて国家という存在が意識内に顕在化するという特徴がある。

国家の観念性に関連して、ここで論及しておかなければならないのは、先に天皇祭祀論を考察した際に三島由紀夫と比較した吉本隆明の国家論である。

吉本は、文学や芸術における〈自己幻想〉、男女の関係における〈対幻想〉に加えて、個体としての人間が何らかの共同性としてこの世界と関係する観念のあり方を〈共同幻想〉と捉えた（『共同幻想論』―『吉本隆明全著作集11』）。そして、習俗、神話、宗教、法などと同じように、国家も人間がつくりだした観念形態としての〈共同幻想〉と見なした。

その上で、わが国の古代の様態と国家の起源を歴史的に考察した。起源的には、家族形態から、血縁でない構成員から成る村落へ転化し、統一的な部族社会の形成によって国家が成立したと捉え、共同体における道徳と法が発生した段階を国家の本質と規定した。家族の起源を考察し、氏族社会から発展した国家を経済的な支配・被支配の階級社会と捉えた、ドイツの経済学者・哲学者のエンゲルス（一八二〇～九五）を批判して、神話、原始宗教などの〈共同幻想〉に注目した。家族・部族社会・国家を、『古事記』、『魏志倭人伝』、『遠野物語』（柳田國男著）、南西諸島の祭儀などの緻密な分析によって解明しようとしたところに、吉本の独自性がある。例えば、『古事記』において共同幻想（国生み神話）が対幻想（イザナギとイザナミの性行為）と一致していることや、ヤマトタケルの悲劇は、対幻想（父と子の家族の関係）が共同幻想（権力者と臣下の関係）に従属したものと捉えた。また、『魏志倭人伝』を読み解いて、法の概念がすでに邪馬台国の時代に呪術的な段階から公権力による刑罰法の概念に転化していることを見抜いた。さらに初期国家において、呪術的・宗教的権威と政治的権力とが重層化している二重構造を明らかにした。

国家は神話や宗教を起源として普遍化されたとする所見は、神話に依拠した天皇統治と、天皇と祭祀との一体性などを考えれば、的を射た洞察である。国家の実像を、空間性・現存性としての「法的・政治的・経済的機能」のみによって解明するのではなく、時間性・歴史性としての「歴史的・文化的機能」の視点から神話・説話や原始宗教に注目したことは、鋭利な知見と言ってよい。

三島由紀夫は『遠野物語』を〈文学〉として高く評価した文章の中で、吉本の『共同幻想論』に触れていた（「柳田國男『遠野物語』――名著再発見」）。

……氏はこの著書の拠《よ》るべき原典を、『遠野物語』と『古事記』の二冊に限つてゐるのである。近代の民間伝承と、古代のいはば壮麗化された民間伝承とを両端に据ゑ、人間の「自己幻想」と「対幻想」と「共同幻想」の三つの柱を立てて、社会構成論の新体系を樹《た》ててゐるのである。

このように、三つの幻想を解き明かした吉本の幻想論を、鋭い創見として評価している。

しかしながら、吉本の理論構造を分析すれば、家族、地域社会、国家へ至る発展段階や、道徳と法の国家的役割を説いたヘーゲル理論を踏襲しているのである。その基本的な枠組みはヘーゲルの思考様式に従っており、独創的であるとは決して言えない。

また、〈幻想〉を〈自己幻想〉、〈対幻想〉、〈共同幻想〉の三類型に分類したのは吉本独自の理論と言えるが、〈共同幻想〉については、吉本が初めて考案した概念ではない。ドイツの哲学者・経済学者のマルクス（一八一八～八三）とエンゲルスが、すでに国家を〈幻想的な共同態〉と表現していたからである（真下真一他訳『ドイツ・イデオロギー』―大内兵衛／細川嘉六監訳『マルクス＝エンゲルス全集第3巻』）。

それにしても、そもそも〈幻想〉とは、「現実にないことをあるように感ずる想念」を意味する（新村出編『広辞苑 第六版』）。したがって、〈幻想〉という概念に「現実」は含まれないのであるから、マルクスにせよ吉本隆明にせよ、このような文学的表現を用いて国家を論じることは、国家の「現実」から目をそらすことになる。国家そのものは抽象的観念であるとしても、国民・領土という実在を内包している。加えて、国家は「法的・政治的・経済的機能」と「歴史的・文化的機能」によって現実に国民と深く結び付いており、総体的に捉えた国家は決して〈幻想〉ではない。現実に存在しているのである。

ヘーゲルの至言どおり、国家は〈現実態〉である。国家を現実的存在として真正面から向き合うのではなく、〈共同幻想〉として扱っているところに、吉本の国家論の不十分さがある。吉本は、自分が生きている国家と自分自身との現実的・経験的関係を捨象しており、客観的・歴史的分析で終わっている。吉本は国家について原理的な把握の必要性を説いているが、この卓論はそっくりそのまま吉本に返されなければならない。国家と個人との関係を原理的に把握するならば、緊密な、しかも多重的な関係にあることは疑う余地のない現実である。国家を〈共同幻想〉として際立たせることは、〈幻想〉に陶酔するばかりで「現実」を無視することになり、詰まるところ、国家の本質を見誤ることになる。

また、〈共同幻想論〉の根底には、古代日本の宗教・慣習などの〈共同幻想〉を否定的要素としてのみ捉える視点がある。それは、天皇祭祀の「祈り」の意義を理解せずに、天皇制度を否定する根拠に据えたのと照応している。日本国家の歴史上見出される様々な姿を〈幻想〉として片付けているが、国家は宗教や慣習などの多様な要素を内在させながら発展してきたのであり、国家の歴史的な生成発展という視点が抜け落ちている。今日でも価値のある可能性を秘めた「歴史的・文化的機能」を否定的に捉えて、歴史性を断絶させているのである。国家を幻想視することは、否定の原理に捕縛されており、偏向した国家観である。

なお、三島は「三島由紀夫 最後の言葉」でも、吉本の『共同幻想論』に言及していた。

ぼくは吉本隆明の『共同幻想論』を筆者の意図とは逆な意味で非常におもしろく読んだんだけれど、やつぱり穀物神だからね、天皇といふのは。だから個人的な人格といふのは二次的な問題で、すべてもとの天照大神にたちかへつてゆくべきなんです。

吉本が天皇の宗教性を、天皇制度を否定する根拠としたのに対して、逆に三島はその宗教性こそ、天皇の永遠性を保証する重要な要素と考えた。つまり、同じ認識から正反対の結論を導き出していたのである。吉本の幻想的国家観は、国家の空間性と時間性を基軸とした三島の多元的・有機的国家観と、対極に位置することが鮮明になってくるのである。

では、国家を幻想化したあとに、吉本はどのような国家を構想しているのであろうか。後年吉本は、国家の軍隊を持たないこと、大衆が権力を握って国家を解体すること、もしくは半分だけ開いて国民による政府のリコール権を規定すること、国民にとって利益のあるような生産手段だけを国有化することの、三つをイメージする社会主義を唱えている（「25年目の全共闘論」―『吉本隆明〈未収録〉講演集〈6〉国家と宗教のあいだ』）。

これは、既存のどの社会主義とも異なる「吉本隆明の社会主義」である。吉本の社会主義の三本柱は、軍備撤廃、ルソーを淵源とする民主主義、マルクスの唱えた生産手段の国有化理論の部分的採用である。要するに、国家幻想論の着地点は、単純素朴な平和主義、民主主義、そして資本主義とマルクス主義の折衷、の三点セットである。吉本の理想とする社会主義的共同体は、実に粗雑であると言わねばならない。第一の柱の、軍備の撤廃は理想論として理解できるが、撤廃したあとの現実的対応策は用意されていない。また、国家を解体したあとの具体的な統治機構も明らかにされていない。もっと言えば、国家を完全に解体したあとの共同体原理が生産手段の部分的国有化だけであるとすれば、何とも貧相な国家像と言うしかない。既存の国家を解体したあとの共同体は、多重的構造からほど遠い、あまりに軽量な建造物に過ぎないのである。

マルクスは資本主義社会を、ブルジョワジー（資本家階級）がプロレタリアート（労働者階級）を抑圧する機構と断定し、暴力的な階級闘争によるブルジョワジー打倒と、プロレタリア独裁の実現を高唱した（村田陽一訳『共産党宣言』―前掲『マルクス＝エンゲルス全集 第4巻』）。その上で、将来の共産主義社会では、私的所有は廃止され、階級と階級対立は消滅し、国家も死滅して、一切の支配服従関係のない自由な人間的結合が実現する、と宣言した。確かに、資本主義には欠陥がある。しかし、マルクスは資本主義国家の「悪」の側面のみを最大化して全否定し、法機能や政治・経済政策によって国民を守る「善」の機能や、歴史的・文化的機能を無視した。このような、狭小な国家観と、飛躍した国家消滅論こそ、〈幻想〉と言わねばならない。

マルクスの影響を受けた吉本は、マルクスの〈幻想〉に呪縛されている。「この現実世界は幻想である」という命題は、文学や宗教の世界では有効であろう。しかし、「国家は幻想である」という命題は、現実国家においては無効である。吉本の国家幻想論と国家解体論は、国家を「虚構」と見なすあらゆる国家観と同様に、現実に存在する国家の原理的考察から眼をそむけた空疎な観念論なのである。

とは言うものの、吉本には高く評価すべき言説も見られる。国家の〈共同幻想〉に対して対決し得る唯一のものは、〈個人幻想〉としての文学や芸術であると主張しており、ここに自立的な思想の根拠を設定した（「自立的思想の形成について」―前掲全集14）。レーニン以降のロシア的マルクス主義を批判した吉本の、思想的原点がここにある。ただ、文学・芸術の自立性を認めることは、文学・芸術を経済に従属させたマルクスと根本的に対立するはずである。したがって、吉本はマルクス理論を受け継ぎながら矛盾しており、その整合性に疑問符が付く。にもかかわらず、個人の精神的自立性を強調する点に限れば、個人の自由な創造的主体性を重視したヘーゲル・西田幾多郎・三島由紀夫と共通する思考様式が認められ、吉本の説いた〈自立の思想〉には普遍的な意義があると言える。

しかしながら、このような肯定的側面があるとしても、〈共同幻想論〉を見る限り、個人幻想と共同幻想をただ対立的に捉え、両者の相互作用による創造的発展の視点は見られない。「戦後思想の巨人」と称される吉本隆明であるが、国家論に関しては、多元的・有機的国家観の欠落した非生産的思考が露呈されていると言わなければならない。

## 国家に対する個人の心情的関係

これまで説いてきた「国家と個人の関係性」や、「水平的空間性と垂直的時間性」という国家観は、理性的視点からの考察によるものである。ところが、先に主観的に観察したように、国家に対する個人の心情的要素も現実に存在することは、疑う余地がない。

ヘーゲルは国家において理性による自由な精神を重視したことを先に指摘したが、実は愛国心についても触れていた（『法の哲学下巻』）。それは、個人の利益は国家によって確保されているという意識から生まれ、国家に対する信頼に基づくものと考えた。その上で、国家の非常時における法外な行為や犠牲を説得されるような愛国心を、理性的な判断によって内的必然性から生じる愛国心と区別したのである。

主観・客観の両観点から見て、国家に対する心情的要素を無視することはできない。なぜなら、人間の本性は感性と理性とから成り立っているからである。人間は本性的に、自分を取り巻く他者に対する思いやりや愛着や連帯感を抱く存在である。それが家族、郷土、所属する社会集団、さらには国家に対する情意へと広がりを見せる。それは、他から強制されたものではなく、自然な感情である。しかも、この心情は国家の本質的機能と無関係ではない。感性が「歴史的・文化的機能」を形成する重要な要因となり、理性から生まれる「法的・政治的・経済的機能」を動かすこともある。したがって、国家に対する心情も現実に国家と深く関わっており、決して軽視することはできないのである。

三島由紀夫もまた、自発的な魂の中に深く落ち着く国家を理想と考え、国家に対する熱烈な心情と国家への忠誠心を表明した。ただし、愛国心については、「実は私は『愛国心』という言葉があまり好きではない」と語った(「愛国心」)。官製のにおいがし、押しつけがましく、言葉としての由緒ややさしさがないと見なして嫌悪したのである。「愛」という言葉は本来日本語ではなく、キリスト教から来たものであろうと推測し、日本語としては「恋」で十分だと述べている。

ところが、「愛」はキリスト教から来たという三島の推測は、誤解のようである。実際は、「愛」は日本語でも古くから使われており、例えば『万葉集』では、親子、兄弟などの肉親が互いにいつくしみ合う心、という意味ですでに用いられていたからである(日本国語大辞典第二版編集委員会編集『日本国語大辞典 第二版』第一巻)。ただし、「恋」については、『万葉集』などに異性への恋慕のほかに、〈人、土地、季節などを思い慕う〉という意味で使われているので(前掲『日本国語大辞典 第二版』第五巻)、国家に対する感情としては「恋」のほうがふさわしいという三島の指摘は正しいと思われる。

三島は、国を思い慕う心は、イデオロギー性を含まない、内在的即自的な感情の領域であると考え、つくられた「愛国心」という言葉を嫌悪した。日本を恋する感情は、観念によって与えられるものでなく、自発的な情緒の問題として捉えたのである。

このように、国家に対する感情的働きは無視できないが、同時にそれに過大な役割を付与してはならない。愛国心は、スローガンとして国家が強制するものではない。自然な感情や、国から受ける恩恵に対する理性的認識によって、内的必然性をもって国民の中に湧き出るものでなければならない。国家は、国への愛着の心が国民の中に自然に醸成されるような環境をつくることに専念すべきである。それは、感情の暴走による自国優越主義や他国抑圧主義と結びついてはならず、政治に悪用されてはならない。そこには理性の発動が要請されるのであり、感性と理性の均衡を図らなければならないのである。日本語の「愛国心」や、英語表現の「patriotism《パトリオティズム》」は、しばしば「悪」と裁断されがちである。しかし、「国家に対する愛情」自体が悪なのではない。それを過度に膨張させて他国に損害を与えることが悪なのである

心情が国家の「法的・政治的・経済的機能」に働きかける一例として、戦争がある。戦後の我が国では、戦前において国家から教え込まれた愛国心と、それと結びついた軍国主義を批判するあまり、国を愛する自然な心情そのものを否定する風潮がある。しかし、愛国心が戦争の推進力になることはあり得るとしても、戦争の根本的要因は愛国心自体にはなく、国家の政策にあることは明白である。したがって、国家に対する本性的な感情を、「軍国主義の復活」「国家主義の再来」などのように、安易に「悪」と決めつけて切り捨てるべきではない。

自分を愛せない人間は他人を愛せないと同様に、自国を愛せない人間は他国を愛せないのである。自国を愛する心は他国を愛する心につながり、世界に開かれる感情である。独善的でも排他的でもない、自国への自然な愛情は、世界とつながる広い感情となるのである。

## 国家は「多元的・立体的複合体」である

国家の定義は無数にあり、完全無欠な定義を下すことはほとんど不可能である。したがって、ここまでの思索に基づいた一つの見解として、次のようにまとめておく。

国家は個人の集合体であり、個人という「特殊性」と、国家という「普遍性」との統一体である。「特殊

性」としての個人は、自由な主体性や国家に対する心情などを有し、主観的領域に属している。「普遍性」としての国家は、空間的な「法的・政治的・経済的共同体」と、時間的な「歴史的・文化的共同体」との融合によって成り立っており、この二元的要素は客観的領域に属している。

このように国家は複雑な構造から成り立っているので、その一部分だけを取り出して国家の定義とすべきでなく、全体的に把握しなければならない。巨視的見地から凝視するならば、客観性の領域に属する、空間的な「法的・政治的・経済的共同体」と時間的な「歴史的・文化的共同体」の二つの面と、主観性の領域に属する、個人の主体的意志や情動の第三の面とが交わっている。

総体的に見れば、国家は三次元的に構成されている。国家を平面的に捉えてはならず、三次元から成る「立体的複合体」と見なすべきである。国家とは、「普遍と特殊」、「空間と時間」、「客観と主観」の融合から成る「多元的・立体的複合体」である。しかも、この「多元的・立体的複合体」は静止しているものではない。各領域の動的均衡を機軸としながら、相互作用によって躍動する有機的・発展的な共同体なのである。

## 国家と国際社会

ここまでは国家そのものをテーマとしてきたが、勿論、国家だけが思考すべき対象ではない。発生的に見れば、個人があって始めて国家が成立するように、国家があって始めて国際社会が成立する。個人が国家を構成し、国家が国際社会を構成する「個人—国家—国際社会」という包括的連結体の中で、国家は中央の結節点であり、最も重要な軸を成している。しかし同時に、すべての国家から成る世界共同体へも視線を向けなければならない。

国際社会の重要性については、ヘーゲルが言及していたことを先に指摘したが、それ以前にドイツの哲学者・カント（一七二四〜一八〇四）が論じていた（吉澤傳三郎他訳『人倫の形而上学』―『カント全集 第十一巻』）。「国家とは、法的諸法則のもとにおける一群の人間たちの統合である」と規定した上で、自然状態では国家間に戦争が起きるので、平和を導くための国際的な法原理を構想した。そして、「おそらく永遠平和はありえないにもせよ、私たちはそれがありうるかのように行為しなくてはならない」と述べた。最高の政治的善としての〈永遠平和〉の樹立と、それを招来するための、法と権利に基づいて諸国家を統合した最適の憲政組織に向かって努力すべきである、と説いた。国家エゴイズムによる戦争を回避し平和を確立するために、国際機構の必要性を唱えたのである。

それに対してヘーゲルは、国家はほかの諸国家に対して主権的独立性を具えていると主張し、自然状態にある国際社会にあっては、国際的な連盟組織に限界のあることを説いた。そして、国際社会における国家相互の精神的活動によって、より高次の普遍的精神への発展を構想した。だがこれは、理性を過信し、国家の悪を軽視した楽観的な理想論と言えなくもない。カントの方が理想を踏まえた上での現実的構想であり、不十分な機構でありながらも、のちの国際連盟や国際連合の中にその精神が生かされるのである。

なお先に引用したように、西田幾多郎も、具体性のある提起ではなかったにせよ、国家は世界の自覚が必要であり、国家を越えた世界構成の理念を構築すべきであると主張した。今日の世界は、カント、ヘーゲル、西田幾多郎の時代よりもグローバル化が加速している。国際社会における政治的・経済的・文化的関係はますます深まり、情報の世界化が急速に進んでいる。その一方で、国境を越えた紛争やテロが頻繁に起きている。国家間の協調と連携の重要性は一層増しているのである。

個人が国家の法に制約されていると同様に、国家は国際社会の取り決めや国際法に従わなければならず、国家は法的に国際社会を超えて上位にあるわけではなく、国家主権は制限されている。国際社会においては、自国を最高位のものとして絶対化することはできず、人類共同体としての国際社会を重んじなければならない。

現実の国際社会の中では国家間の摩擦や対立が起こる。したがってその場合には、国家間の融和と国際共存を図らねばならない。ネーションの独立性とインターナショナリズム（国際協調主義）は理念的に矛盾するものではない。両者の均衡と調和を基本理念とすべきである。国際社会を無視した独善的な自国本位主義は理想から懸け離れており、国家の独立性や特質を無視したインターナショナリズムは現実から遊離しているのである。

三島由紀夫は、日本国憲法が人類的理想のみを定め、国家の特質の自覚と国家意思が欠如していることを看破した。そして、国家と文化のアイデンティティを意味し恒久性を本質とする〈国体〉を明確にすべきである、と主張した。ネーションが本性的に所有する「ナショナリティ（国家の独立性・特質）」を放棄してインターナショナリズムだけを標榜する、偏向した考えに異議を唱えたのである。「ネーションとしての国家」が存在してはじめて国際社会が成立するのが現実であれば当然の論理であり、三島の主張は現実を見据えた見識と言うべきであろう。

## 2　歴史・文化における「伝統」の意義

〈歴史・文化・伝統の国、日本〉を〈生命以上の価値〉と確信したことが、三島由紀夫の死を決定づけた因子であることを先に確認した。そして、国家は「法的・政治的・経済的共同体」であるとともに、「歴史的・文化的共同体」であることを見てきた。では、「歴史・文化」の中で「伝統」はどのような意味を持っているのであろうか。

## 伝統と革新の均衡――エリオット・福澤諭吉・岡倉天心と三島由紀夫

二〇世紀を代表する詩人・批評家であるイギリス人、T・S・エリオット（一八八八～一九六五）は、伝統についてこのように語っている（中橋一夫訳『異神を追いて』―『エリオット選集 第三巻』）。

「伝統とは、最も大切な宗教的儀式からつね日ごろ他人に挨拶をする仕方に至るまでの一切の習慣的行為、すなわち風俗習慣のすべてを含んでいる」

そして、伝統とは幾代にもわたって一つの集団の特質となっている感情と行為の様式である、と結論付けた。しかし同時に、伝統を不動のものとすべきではないとも述べており、次のように注意を促す。

「知性をともなわない伝統は価値のないものであることを忘れないようにして、政治的抽象概念としてではなく、具体的なある場所に住むある民族として、われわれにとって何が最上の生活であるかを見つけるように心がけることが大切である。過去のもので何が保存する価値があるのか、何が排斥されるべきか、われわれの力でできる範囲内でどういう条件がわれわれの望む社会を育てあげるのかを見出すことである」

伝統は、過去の生命力が現在の生活を豊かにするための手段であると指摘する一方で、伝統の中には善いものと悪いものが混じりあっているので、批判的知性が必要であると説いている。また、政治的イデオロギーと接着させずに、現在を豊かにするという伝統本来の意義を掘り起こすとともに、常に改革を続けて善き社会をつくるべきであると説示しているのである。

エリオットは、絶対的価値を持つわけでないと断わりつつも、文学においてはヨーロッパの古典主義、宗教においてはキリスト教のイギリス国教会の立場に立っている。したがって、我が国とは文化的伝統が異なる点に、当然考慮を払わなければならない。とは言え、社会や文化におけるよき伝統を保持しつつ、絶えざる改革を追求したエリオットには、「伝統と革新の両立」という思考原理が根底にある。国や文化の違いを超えて、重要な示唆を私たちに与えてくれるのである。

振り返って我が国を見れば、明治時代には西洋文明の巨大な波が押し寄せ、政治、経済、産業、文化、思想などのあらゆる領域において文明開化が推し進められたが、そこには「日本と西洋」の熾烈な対立があった。恐らくは仏教が伝来した古代以上に、文明における「伝統と革新の対立」が激化した時代であった。帝国憲法や教育勅語誕生の契機がこれを証明していることは、すでに述べた。このような明治期にあって、「伝統と革新」の関係について、二人の思想家がどのように考えたかを顧みる。

欧米を三度視察した経験から、西洋文明の底力を痛感し、西洋文明の摂取の必要性を唱えた福澤諭吉は、このように論じた（『民情一新』）。

「保守の主義と進取の主義とは常に相対峙して、其際に自《おのず》から進歩を見る可《べ》し」

諭吉は、保守のみ、もしくは進取のみの一元的思考ではなく、両者を対峙させる二元的思考を進歩の源と考えた。良き伝統は保守し、悪しき伝統を改革する「保守と革新の均衡」を旨としたのである。

また『文明論之概略』では、「文明には限《かぎり》なきものにて、今の西洋諸国を以て満足す可きに非《あら》ざるなり」と明言した。人類の無限の文明史の中では西洋文明も絶対的善とは限らないことを説き明かし、文明の相対性と価値の多元性を基本理念としたのである。当時の我が国よりも進んだ西洋文明の摂取を高唱しながらも、それを絶対的価値と見なさず、わが国の伝統的価値は堅持しようとした。「日本と西洋の均衡」、すなわち「伝統と革新の均衡」を思考の根本原理とした上で、「国家の独立」と「国民の精神的独立」を至上命題としたのである。近代国家草創期の十九世紀に生きた福澤諭吉の英明な精神は、二一世紀の今もなお、私たちの足下を煌々《こうこう》と照らしているのである。

次いで、教育者・美術思想家・文明批評家であった岡倉天心（一八六二〜一九一三）の思想の一端を照らし出す（佐伯彰一訳『東洋の理想』―『岡倉天心全集第一巻』）（一部中略）。

「アジアは一つである。日本はアジア文明の博物館である。いや、たんに博物館に止《とど》まらない。というのは、日本民族の特異な天分は、古きを失うことなく、新しきものを歓《よろこ》び迎える、あの生ける不二一元論《アドヴァイティズム》の精神によって、過去の理想のあらゆる局面を余さず維持しようと努める」

「近代国家として生きるために身につけざるを得なかった新しい色調にもかかわらず、自分自身を守りぬくこと、これこそ、この国が祖先によって教えこまれた、あの不二一元《アドヴァイタ》の理念の根本的な至上命令である。現代ヨーロッパ文明の雑多な源から、日本が自らの必要とする要素を選びとり得た円熟した判断力というのも、東洋文化の本能的な折衷主義のおかげであろう」

天心は席巻する文明開化の洗礼を受けたが、我が国とアジアの文化的一体性の自覚者でもあるとともに、「伝統と革新の均衡」を日本文明の特性と捉えていた。極端な国粋主義や欧化主義を排し、わが国の良き伝統を踏まえつつ、西洋文明を取捨選択する成熟した判断力を重視した。伝統主義者であると同時に改革主義者だったのである。

また、欧米を視察しインドに滞在したあと、ボストン美術館の東洋部長として勤務した天心は、スケールの大きな世界主義者でもあった。『東洋の理想』を含めて『茶の本』などの三冊を英文で刊行し、日本文化を西欧世界へ発信した。同じ明治期に、思想家・内村鑑三（一八六一〜一九三〇）は『代表的日本人』を、新渡戸稲造は『武士道』を英文で出版し、ともにキリスト教徒でありながら日本の伝統的思想を世界に紹介した。各々の思想内容に違いはあっても、内村・新渡戸とともに天心は、「伝統と革新の融合」を体現しており、近代国家建設期における明治人の気宇壮大な精神を示しているのである。

我が国の歴史を顧みれば、祈りの心と芸術的精神に溢れた縄文人は、外来文化の影響を受けない純粋な日本文化を創造した。ところが、弥生時代以降は、稲作文化や漢字文化、道教、儒教などの中国・朝鮮の文化を受容した。六世紀に仏教が伝来した際には神道との激しい対立があったが、神道と仏教の混淆に落着した。七世紀には中国から律令制度を採り入れたが、完全な模倣ではなく我が国に適合するように改変し、我が国独自の神祇官制度を創設するとともに、記紀神話に基づいた天皇中心の国家体制を確立した。鎌倉時代には外来の仏教を、庶民を含めたさまざまな階層の人々が信仰する日本的な仏教へと変容させた。江戸時代の幕末には、西欧諸国の圧力に対抗するために、水戸学が国体観念を再生し、天皇という伝統的君主を復活させ、国家改革のシンボルとして立てることによって明治維新を達成した。「復古」が「革新」の原理となり、明治維新は「伝統と革新の融合」の典型的事例であった。さらに明治国家は西洋文化を旺盛に摂取したが、日本固有の国体を放棄することはなかった。

このように日本歴史を通観するなら、古代から近代までの我が国は伝統文化を保持しつつ、新しい外来文化を柔軟に吸収し、同化してきた。「伝統と革新の均衡」は日本人の文化形成の神髄なのである。

既述したように、三島由紀夫は『文化防衛論』の中で、古典が現代に回帰して創造の母胎となる〈再帰性〉と、文と武を包括して容認する〈全体性〉に加えて、保守し破壊し創造する自由な〈主体性〉を、日本文化の特質として挙げていた。この〈主体性〉こそ、伝統を保持しつつ革新をすることによって、新しい文化の創造を可能にする特性であった。三島の日本文化観は、「伝統と革新の均衡」によって文化を創造する日本人の文化形成の特質を、見事に射抜いていた。そしてそれは、福澤諭吉・岡倉天心に合流する姿と捉えることができるのである。

ところが、大東亜戦争に敗れＧＨＱに統治された結果、伝統文化の多くはＧＨＱによって否定された。西欧列強と対峙せねばならなかった明治国家の「文明開化」には必然性があり、自律性が認められた。だが戦後の「文明開化」は、敗戦と被占領化によって国家主権を失い、他律的になされたのである。

その結果、戦後の多くの日本人は戦前の国家体制を否定するあまり、我が国の伝統文化をも閑却し、欧米文化一辺倒に染まる思潮が主流となった。しかしながら、視界を世界へ広げるならば、古今東西にわたって、世界の文化は多彩であり、それぞれの国の文化には独自の価値がある。世界のすべての文化には固有の歴史的・伝統的価値があり、世界の文化は相対的なのである。

ただし、排外主義に陥ってはならない。古代から蓄積された学問・芸術などの西欧文化が、高い価値を持っていることは疑うべくもなく、積極的に受容すべきである。だが同時に、西欧文化崇拝主義に染まってはならない。たとえ西欧文化であっても、そのすべてに普遍的・絶対的な価値があるとは限らない。外国文化の単なる模倣や追随は世界性を生み出すことはできない。日本文化にも独自の価値がある。自国文化の個性に徹底することが、反って世界性を獲得する可能性がある。日本文化の良きところを堅持しつつ、足りないところは西欧文化を含めた外国文化の優れた要素を摂取することが肝要である。多元的価値観に立脚して、「自国文化と世界文化」、すなわち「特殊と普遍」を共存させことが主体的な創造性につながるのである。

西欧文化に絶対的価値を置くことは、「日本と西欧の均衡」「伝統と革新の均衡」を崩壊させることを意味している。伝統を捨て、革新のみに専念することは日本人本来の精神性を根本から否定し、歴史を断絶させるものと言わねばならない。「西欧」の権威化は、「日本」の権威化と同根にある偏向した精神的態度である。「日本」と「西欧」は二者択一ではない。明治以降の苦闘する文化人の系譜に連なる三島由紀夫は、日本の伝統文化と新しい西欧文化との均衡を図ろうと企てた、戦後の先鋒であった。だからこそ、歴史的・伝統的精神を喪失した戦後の日本人の偏った精神状況に対して、命を賭けて糾弾したのである。

日本文化を熟視するなら、価値ある伝統文化は枚挙にいとまがない。例えば、土器や土偶などに発現されている芸術性豊かな縄文文化は、数千年の時間を超えて現代に燦然と輝いている。神道信仰とアイヌ文化は、自然への畏敬及び自然との調和・共生の精神を基調としており、日本神話は古代人の生彩な精神世界を鮮やかに映し出している。日本的に濾過された仏教信仰とその文化は、広く国民に浸透している。琉球文化は、本土と異なる独特の世界観・神観を伝えている。皇室は、祭祀・和歌・歴史書などの主宰者・伝承者として、また物語文学などの芳醇な宮廷文化の母胎として、文化の中心的役割を担ってきた。私たちは我が国の豊饒な伝統文化を肌で感じ取り、歴史の中に生きていることを体感すべきであろう。

今日の私たちは、西欧化・近代化された思考や生活から完全に抜け出すことはできず、西欧近代文明をすべて排除することはできない。そうだとすれば、西欧近代の優れた要素を吸収しながら、弊害があればその除去に意を注ぐべきである。わが国の伝統文化を生かすことによって、西欧文化の短所を克服すること、すなわち「内在的超克」を図ることが大切である。

実例を挙げてみよう。縄文時代からおよそ一万年以上にわたって、日本人は自然の中に霊性を感じ取ってきた。自然の中に神を感じ、神を敬い、神を畏れることによって、自然を大切に護り、自然と精神的に一体化してきた。自然の中に神を見る心性と、自然と共生する精神が脈々と流れており、神道・仏教の思想や、アイヌ民族・南西諸島の人々の信仰の中に受け継がれている。これらはすべて、動植物・国土・自然と、人間との「和の精神」の現れである。

それに対して西欧近代では、人間中心主義の下に、自然を物質と見なして利用し、近代化・工業化によって豊かな生活を生み出す一方で、人間らしさの喪失と自然破壊を招いた。したがって、人間と自然の復権を迫られている今日、我が国の伝統的な宗教的精神は、地球を破壊する近代西欧文明の弊害を克服する有効な力を持っている。非合理的であるという理由で宗教心を軽視してはならない。人間中心を原理とする近代合理主義が否定した素朴な宗教的精神が、今蘇えって近代合理主義の暴走に歯止めをかける有効性を秘めているのである。科学技術と産業化・機械化が進展し、いかに物質的に豊かになろうとも、宗教的精神が消滅することはないであろう。文明の進歩の度合いを絶対的価値基準にして人間の精神生活を判断してはならないのである。

また、我が国の伝統的理念である「和の精神」には、宗教対立の激しい現代世界において大きな役割を果たす可能性が潜在している。例えば、西欧文化の基底にあるユダヤ・キリスト教と、中東文化の基軸を成すイスラム教との容赦のない対立は、世界の混迷をもたらす一因となっている。それに対して我が国は、古来の神道と外来の仏教という異なる宗教を共存させた。神と仏という「超越者」を希求する共通の宗教的心性が、宗教的寛容さにつながっていると考えられる。自己の信じる宗教を絶対的真理と見なし、他の宗教を排撃する現状を目の当たりにすると、神道と仏教との融和・共生を成し遂げた日本人の「和の精神」は、亀裂を深める世界にあって光明となる貴重な力を内包しているのである。

以上に指摘した、「自然と人間の調和」「宗教間の融和」という日本人の伝統的理念を、今こそ再評価すべきである。このような「和の精神」は、過去のものでも日本人のみに通用するものでもなく、未来を切り拓く世界性と普遍性を有しているのである。

## タゴールとレヴィ＝ストロースの日本文化への眼差し

インドの詩人であり多才な文学者・思想家でもあったタゴール（一八六一〜一九四一）は、東洋人で初めてノーベル文学賞を受賞した。また、岡倉天心とも交流があり、日本を三度訪問したことがあるように、日本との深い縁を結んだ。タゴールは大正五年（一九一六）に日本で講演し、日本文化について次のように述べた（蠟山芳郎訳「日本におけるナショナリズム」—『タゴール著作集 第八巻』）（一部中略）。

「ある朝、全世界は、日本が一夜のうちに旧弊の壁を突き破り、勝ち誇って現れたときに驚嘆の目を向けたのである。

真実は、日本が同時に古くも新しくもあるということである。日本は東洋の古代文化の遺産をもっている。一言にいえば、現代の日本は記憶を超えた古代の東洋から生まれ出てきたのである。地底深くにしっかりと根元をおきながら、そこから芽を出し、優雅な花を咲かせる蓮にも似ているのである」

「わたしとしては、日本が西洋の模倣によって今日の日本になったとは思えない。生ある有機物にとって真にわがものとすべきもののみを同化することこそ、生命力の機能である。生命の存するところ、素質の要求にしたがって、受容か拒否かの選択を行ない、それによってまちがいなく自分自身を顕在化するものである。こうしてはじめてたくましく成育するのであって、たんなる蓄積によってではないし、また個的独自性の放棄によってでもない」

「境界の壁を破り、じかに世界にふれる、という任務を、東洋で最初にやりおおせたのは、日本である。日本は全アジアの心のなかに希望をもたらした。この希望はあらゆる創造の活動に必要な御神火を供給するものである。今日アジアは生きた仕事をして、已れの生命を証明しなくてはならない。この点、われわれはこの日出《い》づる国に感謝を捧げるとともに、日本には果たしてもらうべき東洋の使命があるということを銘記するよう厳かに要請する。日本は現代文明の心臓部に、いっそう人間的に充実した樹液を注ぎ込まなくてはならない。日本は有害な下生え《したば》〔木の下に生える草や小さな木〕で文明が枯死しないように、光と自由に向けて、また清純な大空と広い大気に向けて文明を引きあげなくてはならない。日本の偉大な理想がすべての人に顕現するようにしようではないか」

タゴールは、日本が東洋の伝統文化を根に下ろしつつ、西洋文化を選択的に同化し、独自に樹立した創造性を賞讃するとともに、日本は現代文明の充実に寄与すべきであることを要請したのである。

第二章で言及したように、レヴィ＝ストロースは、神話は古今東西を問わずすべての人間精神のうちに花咲いている普遍的なものであることを解明し、西欧の近代的思考体系への根本的反省を促した。日本を五度訪問したことのある彼は、タゴールが日本で講演をしたおよそ七〇年後に、日本文化をこのように語っている（川田順造訳『月の裏側　日本文化への視角』）（一部中略）。

「おそらくすべての国のなかで日本だけが、過去への忠実と、科学と技術がもたらした変革のはざまで、これまである種の均衡を見出すのに成功してきました。このことは多分何よりも、日本が近代に入ったのは『復古』によってであり、例えばフランスのように『革命』によってではなかったという事実に、負っているのでしょう。そのため伝統的価値は破壊を免れたのです。しかしそれは同時に、開かれた精神を長いあいだ保ってきた、それでいて西洋流の批判の精神と組織の精神に染まらなかった日本の人々に、負っています。

日本の人々が、過去の伝統と現在の革新の間の得がたい均衡をいつまでも保ち続けられるよう願わずにはいられません。それは日本人自身のためだけに、ではありません。人類のすべてが、学ぶに値する一例をそこに見出すからです」

（「知られざる東京」）

「このように、日本文化は、東洋に対しても、西洋に対しても、一線を画しています。遠い過去に、日本はアジアから多くのものを受け取りました。もっと後になると、日本はヨーロッパから、さらに最近では、アメリカ合衆国から、多くのものを受け取りました。けれども、それらをすべて入念に濾過し、その最上の部分だけを上手に同化したので、現在まで日本文化はその独自性を失っていません。にもかかわらず、アジアやヨーロッパやアメリカは、根本から変形された自分自身の姿を、日本に見出すことができるのです。なぜなら今日、日本文化は東洋に社会的健康の模範を、西洋には精神的健康の模範を提供しているからです。今度は借り手の側になったこれらの国々に、日本は教訓を与えなければならないのです」

（「世界における日本文化の位置」）

レヴィ＝ストロースは、明治維新という「革新」が「復古」によって成し遂げられた点に注目し、フランス革命との根本的な違いを明敏に見抜いていた。そして、日本文化の独自性を「伝統と革新の均衡」と捉え、その人類的意義を強調して、透徹した観察を行なった。

彼が三島由紀夫の著作を読んだ形跡は見出せない。しかし、「伝統と革新の均衡」こそ、保守し創造する自由な〈主体性〉を重視した三島の思想の核心的理念であった。さらにその源流にある福澤諭吉、岡倉天心の理念であり、タゴールとも共有する洞察であった。日本文化へ向けたこれら五人の眼差しの一致は、決して偶然ではあるまい。これらの偉才たちによる慧眼《けいがん》は、「伝統」と「革新」との関係を深く捉えていたのであり、時空を超えた、普遍的な見識であることを雄弁に物語っているのである。

しかも、日本文化の特質としての「伝統と革新の均衡」を保ち続けるように日本人に切望したレヴィ＝ストロースの忠告は、私たち日本人に反省を促しているのである。また、人類が学ぶに値する日本文化を欧米やアジアに与えなければならないという、世界的な「知の巨星」の勧告は、日本は現代文明に貢献すべきであるという、「東洋の哲人」タゴールの要請と完全に一致するものであり、私たち日本人の責務と受け取るべきであろう。

人間の歴史は、伝統の中の良き所は継承し、悪しき所を改革する営みの蓄積である。「伝統と革新の均衡」

を図ることによって歴史は形成されてきた。これが歴史の本質であり、私たちが歴史から学ぶことの意味である。伝統のみ、もしくは革新のみの、一元的思考ではなく、「伝統と革新の均衡」を図る二元的思考が求められる。「保守のない革新」は、伝統的価値を無視し歴史を断絶させる。「革新のない保守」は、創造性に欠け歴史を停滞させる。「伝統と革新の均衡」によって、新たな文化の「創造」を目指すことこそ、歴史を進展させる要諦である。したがって、過去をすべて正当化してはならないと同時に、過去をすべて不当なものとして安易に葬り去ってはならない。重要なのは、伝統の中の何を守り、何を革新するかを慎重に見極めることである。伝統を鵜呑みにすることなく、批判的に継承しつつ、新たな文化を創生すべきなのである。

## 「伝統と革新の均衡」の視点から「国体」を問い直す

「歴史的・文化的機能」を包摂する国家についても、「伝統と革新の均衡」という思考基準によってあるべき姿を追求しなければならない。したがって「国体」についても、同様の判断基準で論じることが求められる。

すでに指摘したように、三島は「国体」を一般的な意味で、〈歴史・伝統・文化の時間的連続性に準拠し、国民の長い生活経験と文化経験の集積の上に成立するもの〉であり、〈国家のアイデンティティ〉と捉えていた。そしてそれは、福澤諭吉の言う「ナショナリティ（国家の独立性・特質）」と同一の理念であった。「ナショナリティ」は「ネーション」の中核を形成する必須の要素である。したがって、「ナショナリティ」の視点から「国体」を見直すことも必要な作業となる。

我が国の歴史を振り返れば、「ナショナリティ」の自覚は常に対外関係から発生しており、そのたびに自国意識が高まっている。例えば、七世紀初めの推古天皇の代に、隋との外交関係の中で独立意識に目覚め、我が国の従属性を清算しようとするとともに、外来の儒教・仏教を新しい国家建設の理念として受容し、聖徳太子は憲法十七条を制定した（熊谷公男前掲書）。七世紀後半には、百済と同盟した白村江《はくすきのえ》の戦いで唐・新羅連合軍に敗れると、天智天皇は国家防備態勢を構築するとともに、唐の律令制度を導入し、国家の統一を推し進めた。天武天皇は中央集権的律令国家を建設し、日本国家の特質を明確にして中国と対等に対峙するために「記紀」を編纂させ、天皇統治の由来と正統性が内外に宣明された。また、それまで「倭《わ・やまと》」であった我が国が「日本」という国号を正式に定めたのは天武朝の頃であり、日神の真下にある国「日本」が誕生した。これは、中国皇帝が周辺国に王位を授ける「冊封《さくほう》体制」からの離脱を意味しており、国家としての自立の気概の現れである。

そして江戸時代末期に、欧米諸国からの圧力に対抗するために、水戸学は我が国開闢以来始めて「ナショナリティ」を学問的に体系化した。水戸学の国体論は、このような我が国の「ナショナリティ」を確立しようとする営みの中で現れた、日本史上画期的な思想であった。「国体」と「天皇」という「復古」が「維新」を生み出し、「伝統」が「革新」の基盤となった稀有の事例なのである。

ただし、水戸学においてはまだ理念の段階であり、具体的な「ネーション」としての国家体制の建設にまで発展することはなかった。その後明治国家が、我が国固有の国体理念に基づいた「ナショナリティ」と、西洋文化を融合させた。すなわち、国体という「伝統」と、西洋文化による「革新」との共立によって、近代国家としての「ネーション」を創造したのである。

明治国家は突然変異のように出現したのではない。水戸学のみならず、儒学、国学、神道学などの、江戸時代の多彩な学問的隆盛が底流にあったことが、近代国家の誕生をもたらしたのである。また、江戸時代末期にすでに蘭学や兵学などの西洋の学問を進んで取り入れたことが、明治期の文明開化の素地となった。

「伝統と革新の融合」によって新しい国家が幕を開け、新しい時代が切り拓かれた。したがって、江戸時代と明治時代は断絶してはいない。ここに歴史の有機的・連続的発展の証左がある。

このように我が国は千数百年にわたって、「ナショナリティ」の「伝統」を生かしながら「革新」をすることによって、国家を発展させてきたのである。

しかしながら、第二章で指摘したように、国体理念を基盤とした近代国家は完璧な国家だったわけではなく、欠陥もあった。それは「国体」に基づいた「政体」の改革を怠ったという欠陥である。国体を中軸とした帝国憲法や教育勅語の欠落部分を補正する姿勢に欠けていた。生命が分解と合成を繰り返すように、国家も中心核を維持しつつ、変成と再生を続けなければならない。国家は停滞してはならず、良き伝統を維持しながら、成長と発展を持続しなければならない。にもかかわらず、近代の日本国家は国体を神聖視するとともに、国体理念に支えられた政体を氷漬けにしてしまったのである。

近代日本は国家の統一と秩序の確立に有効な力を発揮し、「国民国家」の基礎を創り上げた。だが他方で、内部から改革する創造性が薄弱であった。伝統に執着しすぎて国体の柔軟な応用と政体の改革を怠った。突き詰めて言えば、「伝統と革新の均衡」を推進しなかったのである。「革新」の欠如こそ、国家の硬直化をもたらし、国家・国民の豊かな発展を阻害した主因と言わざるを得ない。先に挙げた思想家と関連付けるならば、福澤諭吉や中江兆民を始めとして、歴史的に進化する有機体を国家の本質と捉えた北一輝、吉野作造、西田幾多郎などの非正統的国家思想から学ぶ度量を欠いた。異端を排除する閉鎖性と頑迷な「自己絶対化」が、国体の凍結と国家の停滞を招いたのである。

古代の国体概念を復活させ、斬新な国体思想を確立した會澤正志齋は、こうも説いていた（今井宇三郎他前掲書）（一部中略）――「天地は活物なり。人もまた活物なり。事は時を逐《お》ひて転じ、機は瞬息に在り。今日の言ふところは、明日未だ必ずしも行ふべからず」。すなわち、理念が具体化される場合には、必ずしも一定不変であるとは限らず、根本原則は維持しつつも、生きている社会や人間の変化に柔軟に対応すべきであると主張していたのである。水戸学は頑迷固陋な保守主義ではなく、根底に「伝統と革新の均衡」の理念が息づいていた。水戸学を踏襲した近代の官製国体論は、水戸学の「正道」を継承しなかったのである。

ただし、このような「負」の側面があるにもかかわらず、「国体」を戦前日本の「悪」の根源と見なして、「国体」という言葉とその思想をタブー視してはならない。我が国の「ナショナリティ」追求の観点から、その生成過程と意義を歴史的に評価すると同時に、冷厳にその欠点を直視すべきである。

幕末・明治期から大東亜戦争終結までの日本人が「ナショナリティ」をいかに懸命に追究したかは、おびただしい国体論の出現によって如実に示されている。しかし戦後は、営々と築かれてきた「ナショナリティ」の探求を放棄し、安易に戦後憲法体制下の国家を絶対視して、歴史を切断した。過去の事象をすべて無価値なものとして廃棄するのではなく、精密な検討によってその意義と問題点を明らかにすべきである。

そして今、こう断言してよいであろう。「国体」という言葉を用いようと用いまいと、「ナショナリティ」を探求しつつ「ネーション」のあるべき姿を追求することは必要な営みである。しかしながら戦後思想の主な潮流は、戦前の日本を全否定し、欧米思想に染まることによって「伝統」を断絶させている。一部を修正したとは言え、GHQによって起草された憲法案を追認するなど、日本人が主体的に戦後の国家体制を勝ち取ったとは言い難いのである。

「政治的主権」は回復したが「精神的主権」を喪失した状況が、以後七十余年間にわたって我が国を覆っている。今こそ「真の独立」を回復せねばならない。福澤諭吉の唱えた〈独立自尊〉の精神に立脚して、自立的に国家像の再構築に向かうべきである。ただし、それは戦前の日本を丸ごと復活させる、安易な復古主義を意味するものではない。伝統的理念を無批判に復活させるのではなく、現代に適合するように進化させねばならない。伝統の中の「光」の部分を生かし、「影」の部分を改革することによって、今日的な「ネーション」を創造すべきである。

このような「伝統と革新の均衡」と「創造」の視点に立つなら、三島由紀夫の〈古くて新しい国体〉は、伝統的国体観念を継承しながらも、それを部分的に改造した革新的なものと見なすことができる。戦前の国体は政治と一体化し、政治に悪用されたことによって、三島の理想とする〈魂の発現としての国体〉は実現されなかった。だからこそ戦後は、政治に汚染されない、精神に基礎づけられた〈文化概念としての天皇〉を中心とする〈国体〉を創唱したのである。三島の「国体」は、「伝統と革新の均衡」が結実したものであった。

国体思想は、今日では忘却の世界へ埋蔵され、歴史の遺物と化した。しかし、戦後という時代と真正面から対向した三島は、この遺物を発掘し磨き上げ、甦らせようとした。「国体」という言葉を用いて論議することは、「国体思想」を全面的に肯定することを意味するわけではない。その「光と影」を見つめることは、今日の日本国家のあり方を深く考えさせる契機ともなるのである。

## 3　現実的・本質的国家論の構築を

### 夏目漱石と吉野作造の平衡感覚

国家と個人の関係は、国家論の重要なテーマである。それだけに、ヘーゲル、西田幾多郎、三島由紀夫だけでなく、これまで多くの先哲が思索の対象としてきた。例えば、近代国家形成期の明治から大正にかけて、夏目漱石や吉野作造が立ち向かわざるを得ないテーマであった。

漱石は西洋文化と苦闘した。苦悩に満ちたロンドン留学の体験を通じて、「自分」から出発し、「自己本位」を立脚地として文学や思想を根本的に自力で作り上げることが自分の進むべき道であることを悟った、と告白した（「私の個人主義」・大正四年―『夏目漱石全集　第十一巻』）。〈個人主義〉とは義務心を伴う自由という意味であり、他人を尊敬すると同時に自分を尊敬するものであって、国家に危険を及ぼすものではない、と前置きした上で、次のように続ける。

「或人は今の日本は何《ど》うしても国家主義でなければ立ち行かないやうに云ひ振らし又さう考へてゐます。しかも個人主義なるものを蹂躙しなければ国家が亡びるやうな事を唱道するものも少なくはありません。けれどもそんな馬鹿気た筈は決してありやうがないのです。事実私共は国家主義でもあり、世界主義でもあり、同時に又個人主義でもあるのです」

「各人の共有する其自由といふものは国家の安危に従つて、寒暖計のやうに上つたり下つたりするのです。国家が危うくなれば個人の自由が狭められ、国家が泰平の時には個人の自由が膨張して来る、それが当然の話です。苟《いやし》くも人格のある以上、それを踏み違へて、国家の亡びるか亡びないかといふ場合に、疳違《かんちが》ひをしてただ無暗に個性の発展ばかり目懸けてゐる人はない筈です」

「国が強く戦争の憂が少なく、さうして他から犯される憂いがなければない程、国家的観念が少なくなつて然るべき訳で、其空虚を充たす為に個人主義が這入《はい》つてくるのは理の当然と申すより外に仕方がないのです。今の日本はそれ程安泰でもないでせう。従つて何時どんな事が起こつてくるかも知れない。さういふ意味から見て吾々は国家のことを考へてゐなければならんのです。けれども其日本が、今が今潰《つぶ》れるとか滅亡の憂き目にあふとかいふ国柄でない以上は、さう国家々々と騒ぎ廻る必要はない筈です」

漱石は、個人主義、国家主義、世界主義のいずれか一つを絶対視するのではなく、これら三つの均衡と調和を理想と考えたのである。中でも、個人主義と国家主義は決して共存できない二者択一の関係ではなく、国家の置かれた状態によって濃淡のあることを指摘しており、現実を見据えた、良識ある判断と言うべきである。誠実な自己省察によって獲得された漱石の見識は、現代に生きる私たちの心に沁み透ってくるのである。

そして漱石が「私の個人主義」を発表した一年後に、吉野作造はこのように論じた（「国家中心主義個人中心主義　二思潮の対立・衝突・調和」―前掲選集1）。

「国家は特定の個人の相集合によつて成るところの有機的団体であることは言ふを俟《ま》たない」

「その最も精錬された純白の形に於て、国家中心主義と個人中心主義とは、議論として本来何等乖離矛盾すべきものでないに相違ない」

このような見解を前提として、有機的集合体である国家にあっては、全体と一部との相関が著しい特色をなしており、全体の運命は即ち一部の運命、又分子の盛衰は即ち全体の消長で、一方に起こる一定の変化は必ず他方に一定の影響を及ぼすという関係がある、と指摘した。そして一時的に見れば、両者は常に必ずしも調和するものではなく、多少の犠牲を一方に求めることなくして他方の発展拡張を図ることは、多くの場合に甚だ困難である、と述べた。その上で、次のように説く。

「故に理論としては、両者の調和、国家個人双方の円満なる併進的開発といふことは、之を言ふに易いけれども、実際の問題としては、実に両者の調和は六ケ《むつか》しい。そこで之に処する実際上の主義としては、其国其時の事情に従つて、『国家』なり『個人』なり孰《いず》れか一方に主たる着眼点を置くを要すべく、而《しか》して他の反面に於てはこれによつて起る禍《わざわい》を修補するを力《つと》むべく、斯《か》くして出来る丈《だ》け両者を調和して行くといふ外《ほか》はあるまい」

吉野は、現実には実行困難であることを見据えながらも、「全体を重んずる思想」としての国家中心主義と、「分子を重んずる思想」としての個人中心主義との調和を理想と考えたのである。

漱石と吉野は、現実には国家中心主義と個人中心主義のいずれか一方が重視される場合があることを認めつつ、その場合の問題点の補正に努めることによって個人中心主義と国家中心主義の対立を避け、調和を図っているのである。個人中心主義と国家中心主義のいずれか一方を恒常的に絶対化するのではなく、両方の釣り合いを目指す平衡感覚が働いている。両者に共通する平衡と調和の感覚は、決して古びてはいない。今日の私たちを覚醒させる力を、未だに保持しているのである。

## ヤスパースと西田幾多郎における「国家の意義」と「個人の創造性」

現代の科学技術文明と大衆化社会において、本来的な自己としての「実存」を取り戻すことを訴えた、ドイツの哲学者・ヤスパース（一八八三～一九六九）は、国家について次のように論述している（飯島宗享訳『現代の精神的状況』―『ヤスパース選集28』）（一部中略）。

「国家意志は、人間が単に単独者として持たず、みずからの共同体の中でだけ世代の継承を通じて持つところの、みずからの運命への人間の意志である。

国家は、合法的な暴力使用の独占を、みずからの持つべきものとして請求する。国家は、権力を手渡されまたみずからに権力を授けた意志の、自分で自分を基礎づける現存在なのである」

「国家を偶像視することも無意味なら、国家を悪魔視することも無意味である。激情的なおしゃべりは、現存在が何によって規定されているかを意識させる代わりに、偶像視の側面から、あるいは悪魔視の側面から現実に対して盲目ならしめるのがつねである」

それと同時に、このように説いてもいる。

「国家はたしかに権力をとおして現存在における決定の最後的な法廷であるが、人間そのものにとっての最後的なものではない。なぜなら、人間にとっては、国家はつねに、時代を通じて動きながらいつになっても完成しない運動のなかの、ひとつの中間存在であるだけにとどまるからである」

「人間は、現存在を飛び越えて、みずからの存在の一般的な形態で交わる空間に第二の世界、すなわち精神の世界を建設する。第二の世界が第一の世界の中に作り出され、そして見いだされる。芸術、科学、哲学の作物の中で、精神はみずからの言葉をみずからのために創造するのである」

国家を、合法的な暴力使用を独占する共同体と見なすヤスパースの国家観は、ドイツの社会科学者マックス・ヴェーバー（一八六四～一九二〇）の国家観を基本的に踏襲していると言えるだろう。ヴェーバーは、国家をこう定義していたからである――「国家とは、ある一定の領域の内部で、正当な物理的暴力行使の独占を要求する人間共同体である」「国家は正当な暴力行使という手段に支えられた、人間の人間に対する支配関係である」（脇圭平訳『職業としての政治』）。この所論は、暴力を起源とする法的共同体という、国家の重要な機能を適切に言い当てているのである。

ヤスパースは、人間は単独で存在するのではなく、共同体の中で意志的に生きる存在と考えた。また国家を、合法的な暴力使用の独占と、権力における最終的決定権を持つ共同体と捉えた。だが同時に、国家は歴史的存在であり常に変動する未完成な存在であることも強調した。ニーチェを受け継いで、国家の〈偶像化〉を無意味と断じたのである。国家の中で作り出されながらも、国家を飛び越えて創造される芸術・科学・哲学などの精神世界を重視した。国家を〈偶像視〉する国家至上主義は〈精神世界の創造〉を妨げており、国家を〈悪魔視〉する個人至上主義は〈国家に法的権力を委ね、共同体の秩序を実現することが個人の基礎づけである〉という国家の現実を無視している、と喝破したのである。

さて、『現代の精神的状況』が出版されたのは一九三一年であるが、我が国では、大東亜戦争中の一九四四年に軍部に教えを乞われて書いた論文で、西田幾多郎はこのように論じた（「哲学論文集第四補遺」―前掲全集第十二巻）（一部中略）。

「我々人間は歴史的世界から生れ、歴史的世界に於て働き、歴史的世界へ死にゆく。歴史的世界は何処までも動的に国家形成的である。我々の自己は、歴史的世界の個として国体的に行為する。国体は我々の行為の規範形である。併し我々の自己は作られて作るものとして、創造的世界の創造的要素として、行為直観的にイデアを直観する、永遠なる生命の顕現である。そこに文化的である。芸術と学問とは、かかる表現の内容である。ここでは永遠に有るものが現れると考へられる。国家的に歴史的世界が形成せられ行くが、文化的にその永遠の内容が顕現せられ行くのである」

西田は、歴史的世界の中にある国体を肯定し、国体を国民の行動の規範と考えた。しかし同時に、イデア〔永遠不変の完全な存在・事物の本質〕を追求する個人の創造的精神と、その生成物としての芸術・学問の文化的価値を重視した。個人は国家によって作られるとしながらも、国家を作る重要な存在として位置づけ、国家を超えた永遠不変の原理を探求する主体的創造性を強調したのである。

二人の哲学者はともに個人の主体的な創造的精神を尊重した。国家の意義と重要性を認めると同時に、国家を超えるものへ眼差しを注いでいた。国家を〈悪魔視〉しないと同時に、国家を〈偶像視〉しなかった点に、同一の理念が投射されている。東西の哲学者の哲学的立場は異なっており、しかもほぼ同時期に発表した国家思想を互いに知ることはなかった。しかし、根源を衝いた立論は、奇しくもはるかな距離を超えて交錯していた。この点こそ、両者の思想が国境を超えた普遍的真理であることを明証するものであろう。

さらに時代との関連を見つめるならば、ヤスパースはこの著の刊行後にナチス政権によって大学教授職を剝奪され、著書の出版禁止を命じられた体験から、全体主義を批判した。一方西田幾多郎は、個人の主体的創造性に基づく学問・芸術を軽視した戦前の国家本位主義に対してひそかな抵抗を示した。二人の哲学者の所見の一致は、時代と関わったがゆえに必然性があった。国家を超越した「精神」の次元に根差しつつ、みずから体験した「国家」の根本的問題に切り込んでいた。二人の精神は、時代や国を超えて私たちの耳目を喚起する力を保持しているのである。

## 「個人と国家」の均衡と調和を

我が国の近代国家は、国家を極大化することによって個人の自由な創造的精神を軽視し、個人を極小化した。ヤスパースの言葉を借りれば、国家を〈偶像視〉し、個人を〈悪魔視〉したのである。

ところが、その反対に敗戦後の多くの日本人は、戦前の国家体制を〈悪魔視〉することによって、個人を〈偶像視〉した。国家を極小化して、個人を極大化したのである。個人を〈偶像視〉することは、国家を〈偶像視〉した戦前の裏返しに過ぎない。戦前も戦後もともに「国家と個人」のバランスを崩しており、極端に偏向している。「国家と個人」の現実的・本質的関係を正しく認識していないのである。

個人と個人は全く別個の存在であり、互いに「外在的関係」にある。しかし、各個人の集合体である国家においては、個人は国家の中に含まれているので、個人は国家に対して「内在的関係」にあり、国家は個人に対して「包括的関係」にある。このように個人と国家は、存在的に切り離せない一体性を成している。

ただし、個人は家族や各種の社会的共同体・地域共同体にも属している。すなわち、一人の人間は多様な共同体と多重的な関係を結びながら生きているのである。したがって、個人はすべて国家から影響を受けるわけではなく、身近な家族や各種の地域共同体・市民社会からも、当然影響される。

また、国家は人間の生のすべてを決定づけるものではない。世界的視点に立てば、国家を超えて普遍的価値を持つ学問や芸術や宗教などの、人類的・世界的な精神世界が厳然と存在するからである。したがって、個人は国家の境界を超えた世界の多彩な精神文化からも感化されることがある。

そしてこうも言えるであろう。個人が存在しなければ、国家も存在しない。したがって、個人の尊厳を認めるべきである。個人の主体的な精神が国家の発展に寄与できるからである。また、国家に束縛されない、個人の自由な精神が、国家の壁を越えた世界的・普遍的価値を創造することができるからである。

このような視座から広く見通せば、個人、家族、市民社会、国家、国際社会にはそれぞれ固有の価値と役割があるので、これら五つの領域のそれぞれの意義を尊重しつつ、全体として調和を図らなければならない。

にもかかわらず、個人・家族・市民社会を包摂した国家には、歴史を生き抜いた大きな質量がある。個人や市民社会は国家の法に制約されているとともに、国家の法によって守られている。個人や市民社会は国家の法を超えて完全に自由な存在ではなく、法の範囲内において自由を享受できる存在である。この点に、個人と市民社会の限界がある。さらには、個人や市民社会は国家を改善する力を持っているが、同時に国家の文化的力によって精神的な影響も受けている。

個人と国家は、根本的には対立する存在ではない。国家と個人・市民社会を常に対立的に捉え、国家よりも個人・市民社会に上位の価値を置く個人本位主義や市民本位主義は、現実に眼をふさいだ偏狭な思考にとらわれているのである。

そして、国家体制が大変革された時、国家が戦争状態に陥った時、戦争に敗れ国家主権を喪失した時などの、国家の非常時には、個人の生命や精神に与える影響は甚大である。先に明らかにしたように、大東亜戦争の敗北によって、一時的に国家の独立を喪失し連合国によって統治された結果、国家の根本的あり方と国民の精神性に絶大な影響を与えた歴史が、このことを証明している。国家が独立を失えば、個人も独立を失うことになる。ヘーゲルや三島由紀夫が説いたように、国家の独立・自由があって始めて、個人の独立・自由が保障されるのである。

三島由紀夫は、個人本位と、国家意識の喪失が蔓延している現象に危機感を抱き、「国家の自立」と「国民の精神的自立」の重要性を、命を賭けて訴えた。個人の存立と人格性は、国家のあり方と根源的に結びついている。個人を包摂する国家の重みを、私たちは深く認識する必要がある。

今こそ、閉塞した思考様式から解放され、硬直した国家観から脱却せねばならない。偏狭な教条主義的国家観から解き放されたとき、始めて戦前の国家観と戦後の国家観の、それぞれの意義や欠陥を冷静に判断できるであろう。そしてこの営為を突き抜けることによって、新たな国家観を基盤にした、あるべき国家像を創造することが可能となるのである。

原始時代には存在しなかった国家は、人類の歴史の進展に伴って形成され、多様な変遷を遂げた。現代では、個人と国家は存在のあり方として本質的に結びついている。国家は個人なくしては存在しない。同時に個人は国家と切り離して生きていくことはできない。このような分離できない存在論的関係にあるのが現実である。

人間は自然の中で生きているがゆえに自然との調和を図らねばならない。個人は他者とともに生きているがゆえに他者との調和を心がけなければならない。同様に、個人は国家の中で生きているがゆえに国家との調和を目指さなければならない。個人と国家は存在的に一体化しているがゆえに、個人のみ、もしくは国家のみを絶対視することは存在論的真理に反している。

この原理的関係を凝視するなら、個人は国家に属している限り「国民」であり、国家を超えた抽象的存在ではない。個人は国家によってその存立を保障されているがゆえに、国家を尊重せねばならない。同時に、国家は個人があって始めて成立するがゆえに、個人を尊重せねばならない。国家を改善、発展させることができるのは各個人や個人から成る社会集団である。したがって国家を絶対視し、個人の力を弱体化してはならない。個人の主体性と国家の全体性は、調和されなければならないのである。国家の意義を踏まえつつ、個人の価値との調和を図り、国家と個人がともに豊かな発展をするような相互関係性が理想的なあり方であろう。

個人至上主義と国家至上主義は、両極の対立項を成している。しかし、いずれか一方を極大化や極小化を図ってはならない。一極に偏れば、欠陥が増大する。個人至上主義による過度の分散は、分裂と秩序喪失を招き、国家を衰退に導く。反対に、国家至上主義による過度の統一は強権や圧政につながり、個人に害を及ぼす。いずれも国家と個人の創造的発展を妨げる。個人至上主義でも国家至上主義でもなく、「個人と国家」の均衡と調和を志向することは、個人の「多様性」と、国家の「統一性」の適度の均衡を図ることである。同時に、個人という「特殊性」と、国家という「普遍性」の均衡と調和を目指すことなのである。

国家論において今最も求められるのは、「個人と国家」、「多様性と統一性」、「特殊性と普遍性」という二極の、「平衡」の理念である。

## 第三節　国家から派生する諸問題を根源から追究する

国家において現実に起きている事象を取り上げ、三島由紀夫の問題意識と関連させながら、「国家の本質」を判断の立脚点にして論評する。

### 1　ナショナリズムとインターナショナリズム・グローバリズムとの連関性

国家に関して、特に今日論究しなければならない重要なテーマとして、ナショナリズムの問題がある。先に〈国家と国際社会〉の項でこの問題を若干論じ、三島由紀夫が、日本国憲法における、「国体」、すなわち「ナショナリティ（国家の独立性・特質）」の欠落を強調したことを指摘した。これは結局、ナショナリズムとインターナショナリズムとの関係を根本から問いかけていたのであり、ここでさらに踏み込んで追究する。

戦後我が国の国家論の主潮は、ナショナリズムに「負」のイメージを定着させた。ナショナリズムは悪である、という前提に立って論じている思想が圧倒的に多いのである。しかし、ナショナリズムは本当に全否定すべきイデオロギーなのであろうか。当然のことであるが、ナショナリズムは歴史的にまた地域的に多様な主張や形態を示しており、単純明快に論じることはできない。したがってここでは、原理的な討究にとどめておく。

「ナショナリズム」の由来は英語にある。そして、英語の「nationalism」にはいくつかの意味があることを、先ずもって知っておくことが必要である。「過度の愛国心」や、「他国の利益よりも自国の利益を優越させる主義」の意味とともに、「国家の独立と発展に対する欲求」の意味もある（『Random House Webster's Unabridged Dictionary　Second Edition』）。つまり、三番目の意味のナショナリズムは「ナショナリティ（国家の独立性・特質)」の確立を目指すことである。

したがって、「ナショナリティの確立」を目指すのが「ナショナリズム」であるとすれば、安易に「ナショナリズム」を否定することはできないはずである。独立国家としてのネーションは、歴史・文化と統治機構を包含した多元的なナショナリティを持つ。個人に独立した人格と個性があるように、ネーションにもナショナリティがある。個人が自己の確立を目指すように、ネーションもナショナリティの確立を目指す。そうであるならば、ナショナリティの確立を図ろうとするナショナリズムは、ネーションの存立と発展のために不可欠の基盤であり、この意味のナショナリズムは良質のナショナリズムである。

ナショナリズム自体を悪と見なす考えは、国家の独立と特質を否定することを意味する。ネーションの解体を究極の目的とするのならば、ナショナリズムは不要である。しかし、ネーションを肯定する限り、このような良質のナショナリズムを放棄したネーションはあり得ないのであり、ナショナリズムを否定することは、ネーションそのものを否定することになる。ナショナリズムはすべて悪なのではない。良質のナショナリズムを歪めて、自国の利益のみを追求し、他国に害を及ぼす不健全なナショナリズムが悪なのである。

ナショナリズムは、完全な善でも完全な悪でもなく、善と悪の二面性がある。したがって、鍵を握るのは道徳意識である。この二面性を深く認識した上で、悪の要素は抑制し善の要素を発展させるべきである。現実世界においては、過激なナショナリズムが台頭し、対立や衝突を引き起こす要因になっている。しかし、紛争を巻き起こすナショナリズムは悪である。ナショナリティの確立に努める良質のナショナリズムは、ナショナリズムの悪用を防ぎつつ、他国を尊重し、他国との融和を図ることを基本理念とする。良質のナショナリズムは独善的・閉鎖的でなく、インターナショナリズムにつながるのである。それはみずからの民族・宗教・文化を絶対視する、排外的な国粋主義とは全く別物である。

ここで西田幾多郎の国家論を想い起してみる。西田は「国家理由の問題」で、「ナショナリズム」という言葉を用いてはいないが、ナショナリズムとインターナショナリズムの関係を論じていた。各国家が一つの個性的世界、すなわち〈国体〉を形成するが、国家は同時に世界性を顧慮しなければならないと説いた。国家を場所的に捉えて諸国家との関係性を重視し、「今日の時代は歴史的世界自覚の時代と考ふべきでないかと思ふ」と説いた。西田の言う〈国体〉は「ナショナリティ」であり、「ナショナリティの自覚」が「ナショナリズム」である。そして、〈世界性〉と〈世界自覚〉が「インターナショナリズム」である。西田は、「ナショナリズム」と「インターナショナリズム」は相反するものでなく、調和すべきであると唱えた。西田は、時代を超えて通用する普遍的な理念を、すでに戦前に発信していたのである。

今日の国家は自国だけでは生きていけない。国際社会との関係の重要性は自明である。しかし、国際化とは自国の独自性をすべて放棄して他国と同一化することではない。自国の特質を保守しつつ、他国の優れた特質を吸収しながら発展することである。倫理的な良質のナショナリズムと、人類共同体と国際協調を理念とするインターナショナリズムとの調和を目指すべきである。

また、今日の世界を見渡したとき、政治・経済・思想・文化などの広範囲の領域において、グローバリズムが加速度的に進展している。しかし、ナショナリズムが完全な善でないと同様に、グローバリズムも完全な善ではない。そこに内在する善の要素と悪の要素を精緻に見抜かなければならない。グローバリズムによって他国の特質を知り、自国の特質の発見につながる可能性がある。また、自国の特質を守りつつ他国の価値ある要素を吸収し、自国を発展させることができる。さらに、自国の良質な政治・経済・文化などを世界に浸透させることによって、世界全体の成長・発展が期待される。これらは良質のグローバリズムである。

ところが反面で、経済における強欲な市場原理主義・金融資本主義の拡大や、自国の文化・思想の、他国への独善的な押し付けは、様々な軋轢を引き起こす。他国への配慮を欠いたグローバリズムはナショナリズムに火を付ける。他国のナショナリティを顧慮せずに他国を侵食するような悪質なグローバリズムは、国家間の抗争をもたらす。また大局的見地に立つならば、グローバリズムの際限のない拡張は、個々の国の特質を消失させ、世界の画一化を招来し、世界の多様性を消滅させる危険性がある。これらの「負」の要素が伏在していることを常に自覚することが必要なのである。

今日の欧米世界を眺めれば、自国第一主義に閉じこもる排外的なナショナリズムが台頭しつつある。その底流には、反市場原理主義や反移民・反難民に傾き、自国民の経済的豊かさを優先する反グローバリズムが根底にある。これは、グローバリズムの過度の拡大がナショナリズムを刺激し、ナショナリズムが自己防衛のために頭をもたげてきたことの現れである。グローバリズムが度を過ぎて強大化すれば、必然的にナショナリズムは反抗することになる。つまり、グローバリズムとナショナリズムのバランスが失われた結果の所産なのである。したがって、グローバリズムは自己の理念を普遍的真理として絶対視し、傲慢になってはならない。ネーションに損害を与えていないかどうかについて常に自己点検を行い、ネーションと協調しなければならないのである。

それゆえに、グローバリズムにおいてもモラルは不可欠である。他国の価値ある要素を取り入れるとともに、他国のナショナリティを尊重しながら自国のナショナリティの価値あるものを広めるような、互恵的な関係を築くことが肝要である。ナショナリズムとグローバリズムは現象的に対立することもあるが、本質的に矛盾するものではない。道徳的な抑制心に支えられることによって、両立は可能である。良質のナショナリズムと抑制的なグローバリズムとの、適度のバランスが必要なのである。国家的・伝統的価値に基づくナショナリズムと、人類的・普遍的価値を追求するグローバリズムは、「倫理性」を媒介として融和されねばならないのである。

ナショナリズムとインターナショナリズム・グローバリズムとの関係は、個人と国家との関係に照応している。個人がいて始めて国家が成立するように、国家があって始めて国際社会が成立する。したがって、ナショナリズムがあって始めて、インターナショナリズム・グローバリズムは存在するのである。個人と国家の関係と同じように、ナショナリズムとインターナショナリズム・グローバリズムとの関係は、内在的関係にあり、切り離せない関係にある。したがって、個人と国家の均衡と調和が必要であるのと同じように、ナショナリズムとインターナショナリズム・グローバリズムもまた、均衡と調和が不可欠なのである。この原理的視点に立脚するなら、ナショナリズムとインターナショナリズム・グローバリズムとは、それぞれみずからを絶対的善と決めつけてはならず、相対的理念であることを自覚する必要がある。ナショナリズムとインターナショナリズム・グローバリズムという対立的二元性は、「倫理」という橋を架けられて始めて正常な往来が可能となり、相互交流による発展が達成されるのである。

人間は他者と共に生きる存在であり、共同性を本質としているがゆえに、共同体において道徳律は不可欠の要素である。したがって諸国家から成る世界共同体においても、同様に「道徳性」の原理に従うべきである。アリストテレスとヘーゲルはともに、国家を正常に機能させる機軸として道徳と法を重視したが、この原理は国際社会にも適用できるのである。ナショナリズムという「特殊性」と、インターナショナリズム・グローバリズムという「普遍性」は、「倫理」によって対立から融合へと昇華されねばならない。現実を直視すれば、この理念は理想であり極めて実行困難な営為であることを認めなければならないが、たとえそうであっても、この二元性の均衡と調和に努めることによってしか、「善」は達成されないのである。

三島由紀夫は、戦後日本のナショナリズムの欠如と、インターナショナリズムに偏向した思想状況を批判した。三島はインターナショナリズムを全否定したわけではなく、ナショナリズムを極小視し、インターナショナリズムを極大視する精神状況を批判したと捉えることができる。戦前はナショナリズムを極端に膨張させ、戦後は逆にナショナリズムを極端に委縮させた。このような、ナショナリズムとインターナショナリズムとのバランスの崩れた異常な状況に異議を唱えたのであり、三島は本質的な問題提起をしていたのである。

ナショナリズムを喪失した国家はあり得ない。ただし、ナショナリズムを極大化し、独善的、利己的であってはならない。同時に、インターナショナリズムを極大化し、ナショナリズムを強引に抑圧してはならない。ナショナリズムとインターナショナリズムは、どちらかを極大化も極小化もしてはならず、両者の均衡と調和が不可欠なのである。

## 2 テロリズムを「国家の本質」の視点から問う

現代における、もう一つの緊要な問題がテロリズムである。そもそもテロリズムとは何か。テロリズムに関してはおびただしい研究がなされており、その定義も無数にある。それゆえ、テロリズムの定義は不可能であるとし、歴史的実態に即した類型化によってテロの特徴を分析することの有効性を説く見解もある（J＝F・ゲイロー／D・セナ『テロリズム―歴史・類型・対策法』・私市正年訳）。

イギリスの政治学者ブルース・ホフマンは、テロリズムの語源はフランス革命後（一八世紀後半）の恐怖《レジーム・ド・》政治《ラ・テラー》にある、と説いた（上野元美訳『テロリズム』）。そして、テロリズムの多様な定義を引き合いに出しつつ、テロリズムの意味は時代の政治的意味に応じて変化するので、ひとつの定義を確定することは困難であると指摘した。その上で、ゲリラ、戦争やその他の暴力的犯罪と区別して、「政治的な変化を求めて、暴力を使い、または暴力を使うとおどして恐怖を引き起こし、それを利用すること」と暫定的に説明している。

　この所見に従うならば、二・二六事件は国家改造を求めて政府要人を殺害し脅迫する行為であったが、天皇親政を求めており、みずから政権を奪取することが目的ではないので、〈クーデター〉ではなくテロである。三島由紀夫は、二・二六事件の青年将校の正義の精神に共鳴し、自決すべしとの勅命を理想と考えながらも、テロを容認した。そこで、国家の基本的機能である「法的・政治的・経済的機能」の視点から、テロリズムを論じることとする。

　ヴェーバーとヤスパースが冷厳に見抜いたように、国家は合法的な暴力使用を独占する人間共同体という一面を持つ。国家は個人の勝手な暴力行為を禁じているが、それは、個人が暴力行使を国家に委任し、法律に従うこと、すなわち法の支配に従うことに合意しているからである。暴力と法は警察・検察と裁判所によって管理されている。したがって、独裁国家や専制国家と異なり、国民の意思が反映できる民主主義・立憲主義の国家である限り、国家を改革したいときは、法と、法に基づいた政治の仕組みに従って行わなければならない。ところが、為政者への直接的なテロや無差別テロは、自己を正当化し絶対化することによって、法の支配の原則を蹂躙しており、法的共同体としての国家を否定するものである。ただし、法は守らなければならないが、現実に施行されている法を神格化すべきではなく、現実と合わなければ、改正する柔軟性が必要であることは言うまでもない。

　古代ギリシアの哲学者・ソクラテス（前四七〇〜前三九九）は、国の信仰する神々を信仰せず、既存の国制や法律を軽視するように青年たちを感化し、堕落させていると見なされて、告訴された。ソクラテスは裁判で告訴理由は虚偽に基づいており不当であると弁明したが、死刑を宣告された。友人から脱獄を勧められたソクラテスは、国法を犯すことは不正であるから、国法に背いて脱獄することは絶対にできない、と語った。

たとえ不正に死刑を宣告されたとしても、判決が個人の勝手によって無効にされるならば、国法と国家全体を破壊することになると考え、みずから毒杯を仰いだのである（田中美知太郎訳『クリトン』―『プラトン全集1』）。

国家の法をみずからの生命よりも上位に置いて法に従い、死刑を受け入れたソクラテスと、人を殺傷して法を破壊するテロリストとでは、天と地ほどの差があることは明々白々であろう。ソクラテスの精神は、道徳と法を国家存立のための根本要件と考えたアリストテレスやヘーゲルに継承され、現代の国家にも生き続けているのである。人間を殺すテロは道徳に反するだけでなく、国家の法機能を破壊し、結局は国家を破壊する行為なのである。

また、他国に対する、個人や集団のテロ行為についても、他国の法機能を破壊すると同時に、国家間の取り決めや国際法を無視するものである。主権を持った国家対国家の正常な国際関係を破壊する短絡的テロ行為に正当性はないのである。

正義を主張するいかなるテロ行為も、国家と国際社会を無法の原始的自然状態に逆戻りさせ、人間の歴史を逆行させる以外の何ものでもない。そして、テロという暴力から法と国家を守るためには、暴力行使を委任されている国家は、テロリストに対して暴力を行使することが許される。法と国家の自己防衛のためには、個人の暴力を禁じた国家が暴力を行使せざるを得ないという矛盾した二重性を、国家は本質的に持っているからである。

三島由紀夫は二・二六事件を美化し、「美しい行為ならばテロリズムは是認します。人間は弱くなっちゃいけないんです」と語った（「三島由紀夫 最後の言葉」）。しかし、美意識や人間的強さ弱さの観点に基づいてテロリズムを評価してはならない。そもそも、殺人は道徳に反しており、「倫理」に反する行為は「美」に反する。

しかも、国家と法の原理に深く関係する本質的な問題である。事件当時の我が国は、国民主権を原理とする代議制民主主義と議院内閣制を採用していないので、国民がみずからの政治的主張を実現させることが困難だったことを理解する必要はあるだろう。しかし、政府への訴えや、議会へのはたらきかけ、国民的運動など、様々な合法的手段もあり得たはずである。

明治時代の政治家・社会運動家の田中正造（一八四一～一九一三）は、我が国で公害問題に取り組んだ先駆者とされるが、天皇に直接訴える行動を起こした。田中は足尾銅山鉱毒問題を取り上げてその対策を政府に訴えたが進展しないので、衆議院議員を辞職して明治天皇に直訴文を奏上した（佐々木隆『日本の歴史21　明治人の力量』）。その結果、勅令による政府の鉱毒調査委員会の設置につながった。根本的な解決に至らなかったにせよ、テロによらないで天皇への直訴や世論を喚起するための社会運動によって問題提起をし、政府を動かしたのである。

田中正造の取った手段と比較すれば、たとえ青年将校の国家革新という目的が正しくとも、軍隊を利用して政府中枢を殺害するという行為は、道徳に反し、法に違反しているのは明らかである。個人の暴力を国家に委任しており、法が最終的決定権を持つという国家の本質に対して、彼らはあまりに無知であった。自分たちを法の上に立つ絶対的存在と錯覚したのである。しかも、天皇を絶対視して大御心を期待したにもかかわらず、天皇に恐怖心を与えるという、根本的な矛盾を孕んでいたのである。同じように天皇に期待した行動を取ったが、非暴力を貫き、法に基づいて行動した田中正造と、テロを行使して政府要人を殺害した青年将校が対極に位置することは、誰しも認めるであろう。

さらに世界に目を向けてみる。アフリカ系アメリカ人の人種差別撤廃運動を主導したキング牧師（一九二九〜六八）は、非暴力が道義的手段であり、非暴力こそ〈聖なる武器〉であるという強固な信念を抱いて、抗議運動を進めた（マーチン・ルーサー・キング『黒人はなぜ待てないか』・中島和子／古川博巳訳）。そしてその渦中で暗殺されたが、その後も公民権運動は大きなうねりとなって、アフリカ系アメリカ人の権利は着々と獲得された。キング牧師は殺害されたが、彼の精神は生き続けて現実化した。結局、キング牧師が勝利し、暗殺者は敗れたのである。この事実は、暗殺は他者の肉体を抹殺できたとしても、その精神まで抹殺することはできないことを、実証したのである。

みずからの肉体を滅すことによって「魂の永遠性」を希求した三島が、他者の肉体を滅ぼしたとしてもその精神は決して滅びないという「真理」を、なぜ理解しなかったのか、これこそ深い謎である。

テロを、人間理性との関係から改めて問い直してみる。結局、人間の思想の「正しさ」は、人間精神全体の歴史によって審判されるであろう。暗殺やテロリズムはみずからを最終的な裁定者と見なすがゆえに、人間精神の歴史性を否定するものである。しかし、理性は人間精神の歴史性に信頼を置く。理性は誤ることもあるが、修正できるのも理性である。自己の不完全性と有限性を自覚するがゆえに、自己が最後の審判者であることを拒否し、精神の相互交流を絶えず持続することによって、「正しさ」に到達しようとする。反対に、他者を説得できずに暴力を行使することは、理性を放棄することである。テロ行為の根底には、理性不信と「暗いニヒリズム」が凝結しているのである。

三島は、民主主義は堕落が起こり得ることを理由に、暗殺は不幸な形であるとしても、やむを得ない最後の手段と見なした（「国家革新の原理——学生とのティーチ・イン」）。しかし、テロは「言論の自由」を圧殺する。「言論の自由」を最も重視した三島由紀夫がテロリズムを容認したことは、大きな矛盾と言わざるを得ない。

## 3　経済至上主義の本質――マルクスはヘーゲルに敗れた

三島由紀夫は戦後日本の経済至上主義を執拗に批判した。ここには、経済の本質について深く考えさせられる重要な問題が潜在している。

経済とは何か。それは人間の生活の基礎である物質的財貨の生産・分配・消費の過程と、それにともなって生ずる人間の社会的関係である（伊東光晴編『岩波現代経済学事典』）。したがって、経済は人間が生存するために必要な条件である。しかし、人間の生にとって必ずしも十分な条件ではない。精神の高揚や充実があって始めて十分となるのであり、経済が人間のすべてを決定づけるものではない。敗戦後の日本が物質的貧困から抜け出すために経済成長に力を注いだことは当然であった。また現在でも、国家における経済の重要性が増していることに疑いを挟む余地はない。にもかかわらず、経済は根本的に物質の領域の問題であり、精神の深部に関わる問題ではない。

マルクスはヘーゲルの『法の哲学』を批判して、史的唯物論を唱えた（杉本俊朗訳『経済学批判』―前掲『マルクス＝エンゲルス全集 第13巻』）。

「物質的生活の生産様式が、社会的、政治的および精神的生活過程一般を制約する。人間の意識が彼らの存在を規定するのではなく、彼らの社会的存在が彼らの意識を規定するのである」

法・政治の制度や精神文化などの「上部構造」は、経済的生産状況の「下部構造」によって決定される、と結論付けたのである。

マルクスは、労働の商品化と貨幣が人間を疎外し非人間化する状況を解明するなど、資本主義の諸矛盾を暴いた。また、産業資本と金融資本の強圧的な世界市場化によって民族的な経済基盤が喪失することを予言するなど、資本主義に巣食う様々な問題点を鋭くえぐり出した点に大きな功績がある。

しかし、上部構造が下部構造によって決定される側面はあり得るであろうが、人間生活の全ての面でそうなるとは限らない。マルクスの唯物論は、「精神の自由」という、人間の本質的な問題に関しては適合しなかった。マルクスは、経済的な支配・被支配の関係から解放された自由な人間的結合による共産主義社会を理想とした。ところがその理想社会を実現する過程で、暴力革命とプロレタリア独裁による強力な統制的支配を容認した（『共産党宣言』）。マルクスは、労働者が搾取される実態に対して憤激を覚えるあまり、労働者を神格化した。理性によって資本主義を修正することを考えず、暴力革命を唱道した。マルクスの公式は、自由な社会を実現することを目的としながら、自由な精神を圧殺するという根本的な矛盾を抱え込んでいたのである。

精神は身体の一部である脳（物質）から生じるので、発生的に精神は物質に依存している。しかし、一旦生まれると、精神は物質を支配することがある。マルクス主義を土台として実現した社会主義国家は壮大な実験であったが、膨大な犠牲者を出し、雪崩を打って瓦解した。マルクス主義は個人の自由な創造性を抑圧した。社会主義は資本主義に敗れたのではなく、資本主義の原理である「自由」に敗れたのである。自由を求める「精神」が「経済」を破壊し、「上部構造」が「下部構造」を転覆させた。現実の国家において、「精神」が「物質」に対して優位であることが証明され、「意識」が「存在」を規定したのである。

マルクスは、ヘーゲルの弁証法的観念論を逆転させて、弁証法的唯物論へと作り変えた。しかし、「ヘーゲルからマルクスへ」から「マルクスからヘーゲルへ」と反転現象が起こった。歴史の審判は「ヘーゲルからマルクスへ」を棄却し、「マルクスからヘーゲルへ」を裁決した。世界を変革したマルクスの唯物論は、ヘーゲルを克服するどころか、反ってヘーゲルの観念論に敗れたのである。マルクスの根本的な誤謬は、人間の「精神」を信頼できなかったことであり、「精神」の底知れぬ魔力を予知できなかったことである。「精神」が生み出す道徳・法・宗教・芸術などの「上部構造」を、経済という「下部構造」に従属させるという、誤った人間観にとらわれていたのである。

ヘーゲルは、道徳や法とともに芸術、宗教、哲学という「上部構造」を重視した。その上で、「自由な精神」と、矛盾・対立を克服しながら善を実現しようとする「理性」を機軸として据えた。「理性」が国家を改善し発展させる力動的関係を根本理念としたのである。当然のことながら、人間は「理性」だけでなく「感情」を具有している。ヘーゲルは意志や情熱などの「感情」の意義も認めていたが、国家共同体の発展のために、さらに高次の価値を生み出す「理性」の重要性を説いた。無論、「理性」は完全無欠ではないので、妄信してはならない。しかし、「理性」は「理性」によって改善され、より高い段階へ発展する。ヘーゲルの「精神の哲学」は、現実から遊離した観念論ではなく、現実を動かす力を確実に保有しているのである。

ヘーゲルによれば、「各個人はそもそもその時代の子である。そうして哲学もまた思想のうちに自らの時代を捉えている」(『法の哲学 上巻』)。ヘーゲルの国家観の背景には、当時のドイツの立憲君主制がある。したがって、君主主権を説き、民主主義に対する消極的評価、官僚偏重の傾向があるなど、今日的視点から評価すれば、思想的な限界は見受けられる。また、世界精神の進歩という理念には、民族や国家の独自性や特質を破壊する危険性が潜んでいることにも注意が必要である。しかし、ヘーゲル哲学は時代に制約されながらも、その根本理念は超時代的である。二百年前に説かれたにもかかわらず、今もなお新鮮な光彩を放つヘーゲル哲学を、私たちは改めて胸に刻むべきであろう。

三島由紀夫は昭和四二年に、川端康成・石川淳・安部公房とともに「文化大革命に関する声明」を出して、学問芸術の自律性を犯す中国を批判した。さらに「反革命宣言」で、言論を弾圧する共産主義と断固闘う、と宣言した。「自由な精神」を抑圧する全体主義に対して抗議の声を上げたのである。社会主義国家の崩壊という現実世界の展開を目の当たりにすると、三島の一貫した発言は先見性のある達見であった。

しかし同時に三島は、資本主義に潜む「負」の側面も炙り出した。「経済」に的を絞るならば、戦後の日本は戦前よりもはるかに豊かな生活を実現させた。しかし他方で、精神的に失ったものがあることを、三島は鋭く指摘した。物質的豊かさを人間の生にとっての至高の価値と見なし、精神の意義を顧みない経済至上主義は、人間の生の本質を歪曲するものである。生活の豊かさと経済成長を追求するあまり、精神的貧しさを招いてはならない。こう信じた三島は、人間としての根本的あり方を忘却した戦後の日本人の精神的貧困を看過できなかったのである。

三島は、産業社会・技術社会において経済にいかなるモラルを与えるか、すなわち経済とモラルとをどう調和させるかということが大きな意味を持つ、と語った（『対話・日本人論』）。経済とモラルとの関係がこれからますます重要なテーマになることを強調したのである。これは資本主義経済の課題を鮮明に浮上させた予見であった。資本主義経済は、個人の自由を可能な限り保障することによって、経済全体の発展を促し、生活を豊かにするというプラスがある。しかし反面で、放任すれば、人間らしさの喪失、貧富の格差の拡大、人間の分断、自然破壊などのマイナス要素が付きまとう。さらに国際社会においても、他国への身勝手な経済進出は他国に損害を与え、他国との摩擦を引き起こす。

資本主義は完全無欠ではない。自由競争を原理とする資本主義は、際限のない自己拡張を本能として具えている。しかし、無制限な自由は災禍をもたらす。資本主義は、このような現実を見極め、常に自己反省をして他者との関係に配慮し、道徳心によって制御されながら、改善に努めなければならない。自由な精神はみずからを律して、「自由」と「抑制」の調整を図らなければならない。自由を抑制することこそ、「自由」

の価値を輝かせるための、必須の条件である。このような、矛盾を抱えた「自由の二重性」を宿命として引き受けなければならない。経済は、活動のすべてを人間の本能に委ねてはならない。資本主義経済が正常に機能するためには、「理性」と「倫理性」が必要不可欠なのである。そして国家には、資本主義から派生する「負」の側面を是正する役割が求められるのである。

経済至上主義がもたらす「精神の危機」を訴えた三島由紀夫の警告は、資本主義が生み出す「欲望の野放図な膨張」と「道徳意識の麻痺」を食い止めるための明確な指標となるであろう。

また、三島は福祉国家に対しても嫌悪感を示したが（『対話・日本人論』）、人間にとって福祉は必要な条件であっても、十分な条件ではないことを考えれば、当然の感情であろう。経済的な最低限の保障は人間の生存の基盤であるが、あくまでも生存の手段であって目的ではない。生の価値は時間的長さによって決まるのではなく、その質的な濃密さによって決まる。生の質を高めるのは、物質を超えた精神の向上と充足である。福祉が国家の最大の役割であるかのような主張は、人間精神の高貴さを忘却したものであり、「精神世界」の喪失と三島の眼には映ったのであろう。先に観察したように、国家における経済的機能は多元的な国家機能の一部に過ぎない。社会保障政策は国民生活にとって最低限必要ではあるが、最重要の政策であるかのような風潮は、国家機能の一面を偏重した考え方である。経済的機能だけでなく、学問・芸術などの精神世界の創造を促進する文化的機能も重視した、バランスの取れた国家観を定位させねばならない。

## 第四節 「ネーションとしての日本国家」を試みに構想する

### 日本国家像を描くための基本的設計図

「国家の本質」に基づいて、我が国のあるべき国家像を模索してみたい。

私たちは固定観念やイデオロギーを「現実」に押し付けてはならず、「現実」に対して謙虚に向き合わなければならない。国家を論じる際にも、思い込みや安易な断定を避け、一旦判断を中止して国家の現実をありのまま見つめることから始めるべきである。戦後日本の多くの国家論は、現実論でなく観念論であり、本質論でなく現象論である。現象としての戦前の国家を〈悪魔視〉し、現象としての戦後の国家を〈偶像視〉しており、「国家そのもの」の本質を深く考えることを忌避している。ある特定の時代の国家だけを国家の本質と規定してはならない。国家を観念的に単純化せず、実在する国家に対して厳正に向き合い、国家の成り立ちと現実の国家を総合的に見極める知的探究を深めなければならない。そうして始めて、国家のあるべき姿を導き出すことができるのである。

国家は空間的に「法的・政治的・経済的共同体」であるとともに、時間的に「歴史的・文化的共同体」である。国家は「法的・政治的・経済的共同体」と「歴史的・文化的共同体」の融合体である。発生的及び構成的に見れば、国民が存在して、始めて国家は存在する。国家を成立させる要素である国民は、言語、慣習、文化を共有している。歴史的・文化的共同体が基盤となって法的・政治的・経済的共同体が形成されたと考えられる。戦後の国家論の主流は、法的・政治的・経済的共同体のみを論じているが、その根底にある歴史的・文化的共同体をも包含する「nation」から敢えて目をそらしている。しかし、「state」のみにとらわれて「nation」の視点を欠いた国家観は、歴史的に積み重ねられた伝統的精神文化との軋轢や対立を引き起こす可能性を潜在的に内蔵している。「法・政治・経済」の基層にある「歴史・文化」の排除や抑圧は、必ずや「歴史・文化」を呼び覚まし、その逆襲に遭うであろう。

したがって、「法・政治・経済」の空間性と「歴史・文化」の時間性の均衡と調和が必要である。ここでも「平衡」の理念が求められるのである。この二つの機能が融和的に包括された「文明共同体としてのネーション」を、国家論の中軸に据えるべきである。

## 天皇とはどういう存在か

国家の「法的・政治的・経済的機能」を考えたとき先ず突き当たるのは、三島由紀夫だけでなくすべての国体論の中枢を成す「天皇」である。したがって「ネーション」の視点から、「天皇」を改めて熟慮する必要に迫られるのである。

先ず、主観的観察から始める。天皇と国民との関係性については、個々人によって当然異なるであろうが、自分と天皇との現実の関係を、自分と国家との関係を観察した際に基準とした、三つの観点に基づいて内察することとする。

第一に、法的・政治的・経済的機能を考察する。法的・政治的関係については、憲法に謳われている天皇は、〈日本国の象徴であり日本国民統合の象徴〉であるから、国民の一員である自分との法的な関係は明白に存在する。とは言え、憲法上の「象徴」に限れば、自分との直接的関係は稀薄であり、現実に作動している法律や政治との関係よりもその距離は遠いと感じないわけにいかない。ただ、内閣総理大臣・最高裁判所長官の任命や、法律の公布などの国事行為については間接的に自分と関わる重要な行為である。また、経済的機能については、皇室の経済は国家予算によって保障されているので、自分の納める税が微小に関係するとしても、自分に直接はたらきかけるような要素を見出すことはできない。

第二の歴史的・文化的機能を顧慮する。何はともあれ、天皇は初めて我が国の統一を成し遂げて国家を成立させ、以後君主として国家に君臨している歴史的存在である。そして自分は先祖から受け継いで日本国家の一員なので、細く遠い距離ではあっても歴史的なつながりがある。また、祭祀・文学の主宰者、和歌・歴史書の編纂の主導者としての天皇の文化的機能は、自分が精神的に学ぶこともあるという点で、決して無関係ではない。さらに、天皇の祭祀が国民の安寧と幸福を祈っている事実を認識するなら、国民の一人として恩恵を受けている。このような伝統的な皇室文化を、一国民として尊重すべきであると考える。

さらに第三の、天皇との心情的関係を省みる。私自身は大東亜戦争の真只中に生まれたが、戦後憲法の象徴天皇制度の下で戦後教育を受けて育った人間である。天皇に対して崇拝や忠誠の感情はないと同時に、反感や拒否の感情もないというのが、偽らざる実情である。確実に言えるのは、三島由紀夫の抱いたような高揚した崇敬心はないということである。とは言っても、国家国民に対する祈りと、国家国民のために尽くし、国民と心をともにすることを務めとしている天皇に対して、深い尊敬の念を抱くものである。

以上はあくまで個人的な省察であり一般性に欠けるので、天皇を客観的に捉え直すことも必要である。

第一に、天皇の「法的・政治的・経済的機能」を観察すれば、現憲法下においては、経済的機能は薄弱であるとしても、法や政治と全く無関係ではない。政治的実権はないとしても、国政に関する権能すなわち国事行為を執行しているからである。国事行為には、内閣総理大臣・最高裁判所長官の任命に加えて、憲法改正・法律・条約などの公布、国会の召集、衆議院の解散、総選挙の公示、国務大臣任免の認証、外交文書の認証などの十項目があり、形式的・儀礼的行為と見なされている（佐藤幸治前掲書）。ただし、主権の源泉は国民にあるが、形式的であるにせよ、最終的な任命権・認証権・公布権などは天皇にある。天皇の任命・認証・公布がなければ、内閣総理大臣・最高裁判所長官を始めとする、国会・行政・法律・外交などの主要な国家機能は始動しないのであるから、国家活動の起点となる枢要な行為である。したがって、天皇は法・行政・外交と密接に関係しており、重要な「法的・政治的機能」を有する国家的存在である。内閣総理大臣が「政治的権力者」であるのに対して、天皇は「政治的権威者」と見なすことができる。

次に「歴史的・文化的機能」を長期的に見通した場合、日本国家成立の枢軸となって以来、天皇は我が国の歴史を背負っている「歴史的存在」であり、生きた歴史の体現者である。ただし、「記紀」の記述に歴史的事実は含まれているが、すべてがそうであるわけではない。「記紀」では、天上の神の子孫として永遠の存在であるが、これは神話上の事実として認めるべきであろう。古代日本人の精神世界を活写する神話の文化的価値は認めるべきであるが、すべて史実として絶対視することは避けなければならない。

日本列島に人が住み始めた時期については諸説あり、定説はない。旧石器時代の三万年前以降であることは確実のようであるが、八万年前から四万年前とする説や（岡村道雄『日本の歴史01 縄文の生活誌［改訂版］』）、三万年前以前は確定できないが、七万年前の可能性を指摘する見方もある（佐川正敏「日本の旧石器文化」――前掲『日本の時代史1 倭国誕生』）。いずれにせよ、天皇と国家の発生よりもはるか昔の旧石器時代から日本列島に人が住んでいるのは確実である。そして、弥生時代晩期には各地に小国が成立し、邪馬台国の女王が諸国を統合していた時期もあった。先に考察したように、歴史学的には天皇を中心とする統一的な初期国家の誕生は、およそ千八百〜千七百年前と推定される。

したがって、天皇を、歴史を超越した天壌無窮の存在とするのは、学問的に無理であり、天皇が歴史的存在であることは明らかである。神話と学問はそれぞれに固有の価値があるが、一方が他方を全面的に支配してはならないのである。

ただし、歴史的存在ではあっても、天皇の特殊性を認識せねばならない。先ず、ほかの国家組織の役職と違って、天皇の地位は世襲である。また、天皇と皇族は、戸籍ではなく皇統譜に登録され、しかも氏姓がない（佐藤幸治前掲書）。天皇家に氏姓がないのは、六世紀前半頃までに成立したと推定されている氏姓制度によって、天皇は臣下に氏《うじ》と姓《かばね》を与える立場にあったからである（熊谷公男前掲書）。さらに、刑事法上の特例として、みずから告訴する権利はなく、また訴追されることもない。政治的権能がないので、当然、選挙権・被選挙権はない。したがって天皇は、身体のある生物的存在である点で一般国民と同じであるが、国家的観点から見れば、一般国民と根本的に異なる存在であることを認識する必要がある。

繰り返すが、天皇は国家発生の枢軸となり、現在まで血統を維持しつつ国家に君臨する、重要な「歴史的存在」である。そして先に明らかにしたように、歴史的存在としての天皇は、古代の国家形成期には武力によって民を制圧したことは否定できないとしても、それはほぼ古代に限定されている。天皇は一貫して祭祀・文学の主宰者であり、『記紀』などの歴史書編纂の主導者として、神道・仏教などの宗教芸術興隆の牽引車として、また雅楽などの芸能の伝承者として、貴重な「文化的存在」である。伝統的に学問と芸術を重んじる文化人である天皇は、我が国の歴史と伝統文化を担ってきた世界最古の君主であり、現在もなお文化の主宰者・主導者・伝承者として世界無比の存在である。

このように天皇は本質的に、「法的・政治的機能」に加えて「歴史的・文化的機能」を有しており、まさしく「ネーション」の基本的な二機能の体現者である。天皇を抜きにして日本国家を論じることはできない根本的理由が、ここにある。そして現憲法では、天皇は〈日本国の象徴であり、日本国民統合の象徴〉である。〈日本国〉は、「法的・政治的・経済的共同体」であり「歴史的・文化的共同体」である。また、〈日本国民〉は日本国と「法的・政治的・経済的」に結びついており、日本国の「歴史・文化」の中で生まれ育った存在である。したがって、天皇の二機能は、日本国及び日本国民に内在する二機能を共有している。ここに、日本国及び日本国民統合の「象徴」の意味があると考えられるのである。

## 天皇の「統治権」を戦争行使の観点から熟考する

さて、天皇における「法的・政治的機能」には熟考すべき重要な論点がある。それは、帝国憲法における「統治権の総覧」という機能をどう評価するかという問題であり、天皇の望ましいあり方を考える場合に、避けて通ることのできないテーマだからである。

近代における天皇の「政治的権能としての統治権」は、果たして有効に機能したのであろうか。この疑問を解くために、戦争行使と天皇の意思との関係を史料に基づいて検証してみたい。すなわち、天皇の側から戦争を捉えるという試みである。この作業に敢えて挑むのは、戦争は国家・国民の存立に関わる重大な国家行為であり、近代における「国体」のあり方にも深く関わるテーマだからである。

もとより、日清・日露と大東亜戦争は、幕末以降における欧米列強の、アジアにおける勢力拡大を起源としている。我が国は西欧帝国主義の圧力の中でどう対処すべきか、という困難な問題に常に直面していた。このような厳しい国際環境を前提として判断しなければならないとしても、わが国のとるべき方針について、天皇はどう考えたのであろうか。

始めに、日清戦争（明治二七～二八年・一八九四～九五）から振り返ってみる。

帝国主義時代という国際環境の中で、隣国朝鮮との関係を重視した我が国は、朝鮮への支配権強化を図る清国と衝突せざるを得なかった。朝鮮を属国化していた清との外交交渉が成功せず、日清開戦に踏み切った（佐々木隆前掲書）。そして日本は勝利し、朝鮮の独立の承認と、台湾の割譲を認めさせた。

ところが、明治天皇にとって戦争は不本意であった。開戦前に政府の対決路線を憂慮し、開戦後は「朕が戦争にあらず」と漏らして、伊勢神宮への開戦奉告を拒絶したのである。そして日清戦争勝利の年には、このような詔勅を発した――「朕惟《おも》ふに、国運の進張は治平に由《よ》りて求むべく治平を保持して能《よ》く終始あらしむるは、朕が祖宗《そそう》に承《う》くるの天職にして又即位以来の志業たり」（「戦勝後臣民に下し給へる詔勅」―藤田徳太郎前掲書）。清との戦争は、やむを得ず交えたもので、国民の忠勇によって国の光栄を宣揚できた。しかし、平穏に治まることが祖先から受け継いだ天職であり、友邦との信を基本にした善隣外交を期すべきである、と宣言したのである。

では、日露戦争（明治三七～三八年・一九〇四～〇五）の時はどうだったであろうか。韓国と満洲の権益に関して帝政ロシアと対立した日本は、韓国の安全が我が国の安全に直結するという危機意識を抱いて開戦した。そして、アジアの小国が大国ロシアに勝利して世界を驚かせ、国際社会での我が国の地位は飛躍的に向上したが、その後韓国を併合し、植民地化した（佐々木隆前掲書）。

しかし明治天皇は、開戦前に次のような御製を発表していた。

「よもの海みなはらからと思ふ世になど波風のたちさわぐらむ」

全世界はみな兄弟と思うのに、なぜ戦争が起こるのであろうか、という思いは、「今回の戦は朕が志にあらず」という言葉とともに、開戦に強い懸念を示し、平和的解決を望んでいたことを明かしている。日清戦争後の詔勅は生かされなかったのである。

次に、大東亜戦争（昭和一六～二〇年・一九四一～四五）に至るまでの昭和天皇の意向をたどってみる。昭和天皇は摂政就任の翌年（大正一一年）の歌会始で、「世の中もかくあらまほしおだやかに朝日匂へるおほうみのはら」と歌った（中尾裕次前掲書上巻）。ところが、「ふる雪にこゝろきよめて安らけき世をこそいのれ神のひろまへ」と詠んだ昭和六年には、満州事変が勃発した。「事態を拡大させず、局地解決するやうに努力せよ」という天皇の意向は反映されず、事変は拡大し、昭和一二年に支那事変が勃発する。そして昭和一五年に、このような御製を詠じた。

「西ひがしむつみかはして栄行かむ世をこそ祈れ年のはじめに」

昭和一六年には、支那事変の早期終息と国際協調を強く要望し、南部仏印進駐に反対するとともに、日米関係についても外交によって解決するよう内閣・軍部に要請した（中尾裕次前掲書下巻）。ところが、近衛首相は行き詰まり、その後組閣した東條首相は天皇の意向を受けてアメリカとの和平に努めたが、アメリカの要求を受け入れることができず、同年一二月に、〈自存自衛〉のために日米開戦に踏み切った。開戦三か月前の御前会議で、昭和天皇は明治天皇の御製「よもの海みなはらからと思ふ世に……」を読み上げ、明治大帝の平和愛好の御精神を受け継ぐものである、と言い切った（五百旗頭真前掲書）。だが、国際協調と平和的解決を望んだ昭和天皇の本意が達成されることはなかったのである。

戦争が始まってしまえば、明治天皇も昭和天皇も勝利を願って発言し行動したが、これは「統治権の総覧者」として、当然の行為であろう。しかし、開戦に至るまでの、二人の天皇に一貫していた国際協調と平和優先の理念を、私たちは改めて真摯に受けとめ、深く思慮しなければならない。

そして、近代の三つの戦争が天皇の意向に反して行使された事実を知るならば、その根本的要因は、天皇の統治権が内閣・軍部の輔弼によって行使されるという憲法の原理にあることは明らかである。このような帝国憲法の矛盾は、「統治権」はどうあるべきかを考える際の、貴重な教訓となるであろう。

## 「王道」を歩もうとした天皇

ここまで、戦争行使に際しての天皇の意向を確認したが、もし天皇の意向が間違っていたとすれば、内閣・軍部の主導による開戦は正しい選択をしたことになる。そこでさらに踏み込んで、天皇の考えが空論だったのかどうかを検証する。

近代の歴史を顧みれば、天皇の考えは特異なものでなく、天皇と同じ考えを持っていた思想家や政治家がいたことを確認することができる。

例えば、吉野作造は当初日露戦争を肯定したが、戦争終結の翌年から三年間の中国生活の体験によって転向することになる。対中国政策に関して、協同の精神を外交政策の基礎とすべきであると説き、武力干渉政策に反対した（「日支親善論」―前掲選集8）。さらにその後、満州権益は白紙還元すべきだと主張した（「支那の形成」―同前掲書）。朝鮮統治については、朝鮮人に対する差別的待遇の撤廃、武人政治の撤廃、同化政策の放棄、言論の自由を与えることを主張した（「朝鮮統治の改革に関する最小限度の要求」―前掲選集9）。

また政界では、原敬内閣は無謀な大陸への進出や出兵を抑制して、西欧列強との協調を維持する政策をとり、加藤高明内閣と若槻礼次郎内閣も中国への内政不干渉を基本方針とした（伊藤之雄前掲書）。

ところが昭和期になると、対外抑制策を実施した濱口《はまぐち》雄幸《おさち》内閣、犬養毅《いぬかいつよし》内閣は軍部の反発にさらされ、両首相はそれぞれ右翼青年と海軍青年将校のテロによって倒された。昭和天皇が希望を託した米内《よない》光政内閣も軍部によって抑え込まれた。統帥権の独立を楯にして内閣に圧力をかけた軍部の横暴が、歴史を逆流させたのである。

ただし、天皇の意向を知っていたかどうかはわからないが、昭和期の言論界にも、理論的に天皇の側に立っていた少数の学者・評論家がいた。

経済学者・矢内原忠雄東京帝大教授（一八九三～一九六一）は植民政策について、政治的従属関係を基本とする従属主義と本国本位の同化主義から、住民の自治を認める自主主義的政策への転換を強く求めた（『植民及植民政策』―『矢内原忠雄全集 第一巻』）。また、満州における特殊権益論の非合理性を鋭く批判した。しかし、矢内原の主張は受け入れられることはなく、反って抑圧され、教授辞任に追い込まれた。

また、戦前はジャーナリストとして週刊誌『東洋経済新報』で論陣を張り、戦後は大蔵大臣や内閣総理大臣を務めた石橋湛山（一八八四～一九七三）の政治外交論が目を引く。湛山はすでに大正期に、日本の国格を下劣にした元老、軍閥、官僚、財閥の特権階級を批判した上で、侵略的国策を非難し、支那や米国に対するには大いなる道徳的国格を築くべきであると論じていた（「袋叩きの日本」―『石橋湛山全集 第三巻』）。そして昭和期には、満州事変を批判するとともに、支那事変については支那にも責任はあるが、その根本原因は我が国にあるので、両国は過去を清算して外交交渉によって調整すべきである、と主張した（「支那は戦争を欲するか」―前掲全集第十巻）。しかし、湛山の言論の場であった『東洋経済新報』は、しばしば削除・発売禁止の処分を受けたのである。

第一章で指摘したように、西田幾多郎は「国家理由の問題」で帝国主義を批判したが、「哲学論文集第四補遺」の中でも、こう述べている――「私の云ふ所の世界的世界形成主義と云ふのは、他を植民地化する英米的な帝国主義とか聯盟《れんめい》主義とかに反して、皇道精神に基く八紘為宇《はっこういう》の世界主義でなければならない」。〈八紘為宇〉（天下を覆って一つの家とすること）は『日本書紀』に記されている神武天皇の言葉であるが、一般的に「八紘一宇《はっこういちう》」と呼ばれている。ところが、西田にとってそれは植民地主義の正当化ではなく、他国との協和によって世界を一つの家とすることを意味していた。にもかかわらず、国体が世界を支配するのではなく、国体を越えて一つの世界を形成すべきであるという西田の願望が、政府に顧みられることはなかった。

このようにして、内閣・軍部に批判的な言論はすべて黙殺もしくは抑圧され、昭和天皇を援護することができなかったのである。

近代のわが国の三つの戦争の淵源には、暴威を振るった西欧帝国主義がアジアを侵食していた国際情勢があったことは、動かしがたい事実である。しかし、我が国は日露戦争に勝利したあと、韓国を併合し、朝鮮を領土とした結果、満州と直接に境界を接することになった。それは必然的に満州に深入りする契機をつくり出し、やがて中国進出と大東亜戦争へとつながり、帝国日本の死病となった(佐々木隆前掲書)。

大東亜戦争の遠因は、日清・日露戦争以来の、朝鮮・中国に対する関与のあり方にある。「自衛」の論理を拡大して朝鮮を植民地化し、中国に対して武力による進出に傾斜して、権益の確保に走った。満州事変や支那事変を起こすなど、我が国は中国大陸に対して軍事進出を拡大し、みずから帝国主義的政策にはまり込んだのではなかったか。そしてそれは、朝鮮植民地化の必然的な帰結だったのではないか。朝鮮の植民地化については、社会基盤の整備などのプラスの遺産があったとしても、基本的に自治を認めるものではなく、同化政策に固執した。また、対米戦争については、自衛のためにやむを得ない戦争であったという見解も一理ある。だが、対米戦争の淵源もまた、中国大陸への軍事進出と、さらには朝鮮の植民地化に行き着くのではないか。西欧諸国が善で、我が国が悪であると主張しているのではない。西欧帝国主義は野蛮であり、悪である。しかし、西欧近代の悪に対抗するために西欧近代の悪を利用したことが、最大の誤りだったのではないか。日本は西洋に立ち向かうために、西洋化しつつも「日本的なもの」を固守した。しかし、アジアに対しては「西洋的なもの」を行使し、相手国の独自性を尊重しなかった。ここに矛盾した二重性がある。

今、一つの試みとして、我が国と韓国・中国の立場が入れ替わったと仮定してみよう。我が国が韓国・中国の立場になったとすれば、我が国の対応を正当なものとして受け入れるであろうか。例えば、韓国に併合された、統治権は天皇から韓国皇帝に移り、姓名は韓国式に変えさせられ、同化させられるとしたならば、あるいは中国に軍事侵略されるとしたならば、反抗することは火を見るよりも明らかであろう。この一点から考えても、我が国の対韓国・対中国政策の正当性は崩れるのではあるまいか。

無論、大東亜戦争で日本が欧米と戦った結果、植民地化されていたアジア諸国が独立運動の機運を高めた事実は否定できない。しかし、そのような副次的遺産を認めるとしても、昭和期の国策そのものを直視せねばならない。内閣・軍部は対外膨張政策と軍事優先に走り、国際連盟脱退など国際協調を軽視した結果、日清・日露戦争の時には生じていなかった国際的孤立を招き、大東亜戦争へ突入したのである。

昭和天皇は昭和二〇年九月、マッカーサーとの初会見で、こう明言した（ダグラス・マッカーサー『マッカーサー回想記［下］』・津島一夫訳）。

「私は、国民が戦争遂行にあたって政治、軍事両面で行なったすべての決定と行動に対する全責任を負う者として、私自身をあなたの代表する諸国の裁決にゆだねるためおたずねした」

昭和天皇は、平和的解決を望んだにもかかわらず開始された戦争の終結を勇断したが、日本史上初めて外国に占領された非常事態に当たって、統治権総覧者として全責任を引き受けようとする、決死の覚悟を感得できるのである。天皇の意向に反して戦争を強行した内閣・軍部は、天皇のこの言葉をどう受けとめたのであろうか。

ただし、大東亜戦争を肯定する主張にも耳を傾けなければならない。例えば、五〇年近く前に林房雄は『大東亜戦争肯定論』で、幕末から日清・日露、さらに大東亜戦争に至るまで、長期的な視点の下に大東亜戦争を論じた。その基本的認識は、「大東亜戦争は百年戦争の終局であった」というものである。林の見解によれば、明治維新、台湾出兵、条約改正運動、日清・日露戦争、日韓合邦、満州国建国、日支事変、大東亜戦争に至るまでの全過程に、欧米諸国の強い圧力があった。〈東亜百年戦争〉は外からつけられた大火であり、欧米諸国の周到な計画のもとに次々と放火された火災との戦いであった。

ただ、林は一方で、朝鮮併合が日本の利益の為に行われ、朝鮮民族に大きな被害を与えたこと、また満州事変は軍部の「独走」によるものであり、満州国は日本の傀儡《かいらい》国家と化して変質したことを認めており、歴史の事実を公正に見つめる目を持っている。にもかかわらず、これらすべての根源に欧米諸国の圧力と計略があったことを主張し、大東亜戦争を肯定した。しかし、戦争の根源を国際的圧力という一点に結着させて、そこに安住しきっていいものであろうか。

明治以降の、七〇余年間に及ぶ近代日本を眺望すれば、自己防衛の論理を肥大化して軍事的膨張策に走り、天皇が望んだ「和の精神」を国際関係において発揮しなかった。「自然・神・世界・人間との調和」が日本人の伝統的精神であるとするなら、近代日本の精神状況は日本人本来の心性を逸脱していたように思えてならない。

先に明らかにしたように、歴代天皇にとって理想の統治とは、力による「覇道」ではなく、国民と精神的に一体となり徳をもって治める「王道」であった。そして、水戸学国体論も、徳治による「王道」を説いた。明治天皇と昭和天皇は、「国体の正道」である「王道」を対外的にも実行しようとしたのである。

厳密に言えば、国際協調と平和優先の方針は、日清戦争後の詔勅以外は天皇の「詔」ではなく、裁可前の「内意」である。しかし、たとえそうであったとしても、近代の内閣・軍部は、天皇の意向に反して行動した。敢えて言うならば、大御心に逆らい、「承詔必謹」を守らなかった。さらに極論すれば、天皇を輔弼するどころか、反って天皇の統帥権を悪用し、天皇の統治権を奪い取ったことになる。彼らが信奉した「国体」の本来の精神に立脚するなら、「国体の正道」を踏み外した行為にほかならない。

以上は、専ら天皇の傍らに立って近代の戦争を振り返ったが、言うまでもなく、「王道」が成功したかどうかはわからない。しかし最も重要なことは、対外的にも「王道」を歩もうとした天皇の精神が、臣下によって歪められたことである。そして、吉野作造、矢内原忠雄、石橋湛山、西田幾多郎などの思想家や、原敬、濱口雄幸、犬養毅などの政治家が天皇と同様の考えを持っており、天皇が精神的に孤立していたわけでなかったことを、歴史の事実として記憶することである。

日清戦争から大東亜戦争に至るまで、国家のために命を捧げた数百万の人々の自己犠牲の精神に対して敬意を表し、衷心より鎮魂を祈念するものである。しかし同時に、これらの人々の死を無駄にしないためにも、外国の評価に支配されることなく自立的に、近代の戦争をあらゆる角度から見つめなければならない。過去の戦争をただ讃美すること、またはその反対に断罪することばかりに専念するのではなく、歴史事象の精密な検証結果を「歴史の教訓」とすべきである。過去から学び、現在と未来に生かすことが何よりも大切だからである。

## 「象徴」をどう捉えるか

天皇の「統治権」をどう解釈するかは、極めて重要な問題である。統治のあり方を歴史的に検証した上で、今日どのような統治のあり方が最も望ましいかを判断する材料になるからである。

ここで、天皇が政治的実権を行使することを「親政」、政治的権威はあるが実権のないことを「不親政」と定義しておく。そして、天皇の統治の仕方を歴史的に見れば、「親政」もしくは「不親政」のどちらか一方に固定していたわけではなく、時代によって異なっている。古代においては、崇神、応神《おうじん》、雄略、仁徳、推古、天智、天武、持統、聖武《しょうむ》、桓武、醍醐などの天皇が親政を行使した。しかし中世以降近世までは、後鳥羽、後醍醐を例外として、基本的に不親政であった。

ここで注意を促しておきたいのは、現代の象徴天皇は、中世・近世の天皇と類似していることである。現憲法下の天皇は内閣総理大臣を任命しているが、これは、天皇が幕府の将軍に征夷大将軍などの称号を授与することと基本的に同じ機能であり、政治的権力者を任命する点で、同質の権限を有しているのである。象徴としての地位や国民主権など、中世・近世と細部で異なるとしても、現憲法下の天皇は幕府政治下の天皇の蘇えりであり、ともに「政治的権力者」ではなく「政治的権威者」なのである。

そこで、天皇の統治のあり方を歴史的にごく大まかに分類し、親政の度合いの強い順から並べてみると、恐らくこうなるであろう。

①親政（古代――ただし、豪族に実権のあった飛鳥時代の一時期と、貴族による摂関政治のあった平安時代の一時期は不親政）
②名目は親政であるが、運用上は立憲主義による不親政（近代）
③不親政で、形式的・儀礼的権能を持つ（中世・近世・現代――ただし、現代は立憲主義と象徴天皇・国民主権の原理）

以上の三類型を比較検討して、現代日本に最もふさわしいあり方を模索してみる。

先ず①の親政は、国民一人一人の人格的価値と政治的役割の増大、専制政治の弊害、現代国家の複雑な構造などを考慮すれば、すでに歴史の遺物であり、非現実的であることは明らかであろう。

次に②については、天皇統治の本質に関わる重要な要素が含まれている。天皇の「統治」については、古来「しらす（しろす）」「しらしめす（しろしめす）」などの表現がしばしば用いられてきた。例えば、『古事記』は崇神天皇を「初国《はつくに》を知らす御真木天皇《みまきのすめらみこと》」と記している。『日本書紀』では、天壌無窮の神勅の場面で、天照大神は瓊瓊杵尊《ににぎのみこと》に「爾皇孫《なんじすめみま》就《ゆ》きて治《し》らせ」と勅《みことのり》している。また、神武天皇を「始馭《はつくに》天《し》下《ら》之《す》天皇《すめらみこと》」、崇神天皇も「御肇国天皇《はつくにしらすすめらみこと》」と呼んでいるのである。

では、「しらす」の意味を何であろうか。「しらす」は「知る」の敬語である。本来の意味は、天皇が、知ること、見ること、聞くことによって、すなわち、身に受けて国を治めることである（前掲『新編 大言海』）。そうであれば、天皇は受動的存在であり、みずから政治的権力を行使するのではなく、精神的・政治的権威によって治める存在と捉えることができる。したがって、古来「治める」は「しらす」が理想の姿であったと解釈することもできるのである。

この観点から帝国憲法の「統治」を顧みれば、「統治権」の所在は天皇にあるが、その運用は内閣・国会・裁判所によってなされ、天皇は受動的に裁可を下すのであるから、原理的に「しらす」と見ることができる。現に、井上毅の当初の憲法試案第一条は「日本帝国は万世一系の天皇の治《しら》す所なり」であり、のちに「統治す」に改められて成案となった（稲田正次前掲書下巻）。「統治」は「しらす」を意味する受動的意味であり、実質的には「不親政」だったのである。

この点に着目すれば、帝国憲法下の天皇は、「親政」を標榜しながらも実質的には「不親政」であり、言い換えれば「象徴的存在」であったと捉えることができる。しかし、先に指摘したように、帝国憲法の運用には重大な欠陥が内在していた。「統治権の主体」、すなわち「主権」が天皇にあって、内閣・軍部の輔弼を受けることを原理としたことによって、天皇の「統治権」の名の下に内閣・軍部によって悪用される弊害をもたらした。また、議院内閣制でないので、内閣の成立に国民の意思が反映されることはなく、暴走した内閣を議会（国民）が不信任を突きつけることもできないような仕組みであった。天皇が統治権の主体であれば、政治的責任を問われないという法的規定があったとしても、道義的責任を免れことはできないであろう。

この点から考えても、天皇を統治権の主体と見なす理念は望ましくないと考える。

③の場合はどうであろうか。先ず幕府政治の評価であるが、国体信奉者から見れば、政治的実権を握った武家政治は国体に反するものかもしれない。しかし、例えば本居宣長は、天下の政治は天照大御神の御はからいと朝廷の〈御任《みよさし》〉〔御委任〕によって、徳川将軍が行なっている、と考えた（『玉くしげ』―前掲全集第八巻）。天皇の委託によって、幕府が大政を行使したのである。これを別の角度から見直せば、武家政治は、武力と知力に支えられた国民の政治力の成長の証《あかし》と捉えることも可能であろう。そして、国家の危機が迫り武家政権が行き詰まったときに、国家大改革のシンボルとして天皇が擁立され、大政は天皇に奉還されたのであるが、この現象も国民の英知の成せる業と見ることができるのである。

ヤマト王権成立以来、大東亜戦争終結までの千六百余年間のうち、古代の豪族・摂関政治と中世・近世の武家政治が行われた約九百年間は、天皇は「不親政」であった。「しらす」を「不親政」と解釈し、現代的用語の「象徴」で置き換えるとすれば、「象徴」は「統治」の一つのあり方と言える。「政治的権威者」としての「象徴」が歴史の現実であったことに鑑みれば、「象徴」が正統性を損なうことにはならないであろう。しかも、中世・近世と現代とを比較するなら、天皇は政治的権力者を任命するという名目的権能の点で類似しているが、多岐に及ぶ国事行為の執行者である現代の天皇は、統治機能が大きく広がったと捉えることができる。その意味において、同じ不親政であっても、現代の「象徴」は、中世・近世の時代よりも政治的権威の重みが増していると考えられるのである。

人間の歴史は進化する。古代から近代までとは異なり、現代国家においては国民一人一人の人格性と主体的な政治的役割は増大しており、それと反比例して天皇の政治的役割が縮小するのは、歴史的必然ではあるまいか。政治には誤りが付きまとう。しかし、現代の国民主権と象徴天皇の原理であれば、国家行為に対する責任は天皇にはなく、内閣とそれを選んだ国民自身にあることになる。したがって天皇は、権力の主体としての政治的存在を超越した「超然的存在」であるべきである。

明治期における福澤諭吉の言葉「帝室は政治社外のものなり」は、今もなお生きているのである。また、新渡戸稲造は昭和六年（一九三一）に、「国体」を〈皇室の世襲的連続性を本質とし、神話的血縁関係、道徳的紐帯、法的義務を国民との絆とする君主政体〉と説明した。その上で、「天皇は国民の代表であり、国民統合の象徴である」と論じた（『日本――その問題と発展の諸局面』―前掲全集第十八巻）。新渡戸は勿論、戦後憲法を知らない。しかし、戦後憲法制定の一五年前に、「象徴天皇」の理念を先取りしていたのである。

「不親政」としての「象徴」は、決して戦後に誕生したものではない。歴史上長期にわたって実現しており、天皇自身は勿論のこと、国民の側も抱いた理念であった。歴史的裏付けのある「象徴」は、「政治的権力のある統治者」よりもむしろ「政治的権威のある統合者」の意味合いが強く、今日の国家・国民にとっても望ましい天皇のあり方だと考える。

参考までに、現憲法の「象徴」を、昭和天皇と明仁天皇はどのように考えていたかを確認する。

昭和天皇は昭和五二年の記者会見で、「象徴」について、「日本の国体の精神にあったことですから、私は良いと思っています。日本の皇室は昔から国民の信頼によって万世一系を保っているのです」と述べた（高橋紘編『昭和天皇発言録』）。「象徴」は「国体」の精神と矛盾しないことを明快に語っているのである。

また、明仁天皇は平成二年の即位礼の儀において、「常に国民の幸福を願いつつ、日本国憲法を遵守し、日本国及び日本国民統合の象徴としてのつとめを果たすことを誓い、……」と内外に宣言した（前掲『道天皇陛下御即位十年記念記録集』）。平成一二年の天皇誕生日にあたっての記者会見では、「皇室の在り方としては、この象徴ということを常に心にとどめ、どうあれば象徴としてふさわしいかということを求めていくことだと思っています」と述べた（前掲『道 天皇陛下御即位二十年記念記録集』）。明仁天皇もまた、昭和天皇の精神を継承して「象徴」を常に念頭に置いていることを強調しており、戦後の天皇はともに「象徴」を肯定しているのである。

今、「象徴」に対する天皇の意向を知ることができたが、他方で「象徴」の具体的機能について、私たち国民が客観的に検討することも必要である。「象徴」を肯定することは、現行憲法の「象徴」をそのまま容認することではない。

第一に解決すべき点は、「象徴」と「国事行為」との関係である。現憲法は天皇の地位を、国家と国民統合の「象徴」と規定している。「象徴」とは、無形の抽象的なものを表す有形の具体的な存在を意味している。例えば、「鳩」は「平和」の象徴であるとされているように、元来文学的・心理学的な用語である（清宮四郎『憲法Ⅰ［第三版］』、樋口陽一『憲法 第三版』、芦部信喜前掲書、佐藤幸治前掲書）。したがって、「象徴」に創設的な力はなく（清宮前掲書）、特定の法的帰結を要求するものではない（樋口、佐藤前掲書）。そうであれば、法的効力を持たない「象徴」から「国事行為」を導き出すことは、本来不可能なのである。

ではどうすればよいのか。天皇の国事行為の内容を調べてみると、内閣総理大臣・最高裁判所長官の任命、国会の召集・解散などの対内的権能のほかに、外交文書の認証、大使・公使の信任状の認証、外国の大使・公使の接受などの対外的権能があるが、これらは諸外国の国家元首の権能とほぼ一致していることが判明する。だから、国際社会は天皇を事実上の「元首」として扱っているのである。ところが不可思議なことに、憲法に元首規定はなく、政府も公的に天皇を元首として認めていないのである。

「元首」の定義は諸説あり、確定することは難しいが、一般的には、対外的に国家を代表する資格をもつ国家機関であり、対内的に統治権を行使することを含むとする説もある（原田鋼他編集『新訂版 現代政治学事典』)。前掲『世界年鑑2015』の元首の欄を見ると、元首の名称を使っていないが、「幹部会員」三名が元首の役割を持つボスニア・ヘルツェゴビナの特殊な事例を除けば、すべての国に大統領や国王などの何らかの国家機関が明記されている。ところが、日本だけが元首の欄さえなく、異常な国家なのである。ただし、すべての国が憲法で「元首」を規定しているわけではない。大統領制を採用している共和制国家のうち、イタリア、ロシア、韓国などは大統領を「元首」と規定しているが、アメリカ、フランス、ドイツ、インドなどに「元首」の規定はない(前掲『世界の憲法集 第四版』)。これは、大統領が元首であることは自明であると見なしているのかもしれない。

一方、世界の君主制国家を見渡すと、スペイン憲法は「国王は、国家元首であり、国の統一及び永続性の象徴である」と定めており、第一に「元首」を明記し、次に「象徴」を謳っている。また、スウェーデン憲法も「国王または女王は元首である」と明確に規定している。ベルギー憲法は「元首」と規定していないが、「国王は、同時に他国の元首になることはできない」としているので、間接的に「元首」と認めていることになる。デンマーク憲法には明確な「元首」という言葉はないが、「国際関係において王国を代表する」と明記しているので、実質的には元首である(前掲『世界の憲法集 第四版』)。イギリスの場合は、成文憲法による規定はないが、一九三一年ウエストミンスター法令に「国王は英連邦構成国の自由な結合の象徴であり……」と謳っており、公式便覧『英国』によれば、国王は連合王国の「元首」である(榎原猛『君主制の比較憲法学的研究』)。また、アジアの君主国タイの憲法でも「国家元首」と明記されている。

以上の考察によって、天皇の国事行為を法的に導き出す根拠としては、「元首」が最もふさわしいことがわかる。国事行為を承認する限り、世界基準に準じて、「象徴」に加えて「元首」と規定することが法律学的に厳密性を満たすことになるのである。この観点から我が国の二つの憲法を見直せば、帝国憲法の元首規定は国際基準に則ったものであり、現憲法が「元首」と規定しなかったことは、特殊であることがわかる。

この現象は、帝国憲法の全面的廃止を目論んで「元首」と規定しなかったＧＨＱの「負の遺産」と言わねばならない。さらに悪いことに、日本政府の対応にも問題があった。新憲法審議の際に佐々木惣一は憲法学者らしく、「象徴」の法律上の意義について執拗に問い質し、ほかにも多くの議員が同様の疑問を呈した（清水伸前掲書）。また、山田三良議員は、国を代表するものが皆元首と呼ばれているのであるから、天皇は「元首」であり「象徴」であると改めるべきであると主張し、衆議院でも貴族院でも同様の意見が多かった。

それに対して金森大臣は、条文そのものが「象徴」の法的意味であると回答し、「元首」は主権者あるいは行政府の首長の意味を持っており、「元首」は現代の新しい国民思想に適合しない、と説明した。しかし、「元首」は必ずしも主権者を意味するものではなく、また行政府の長でない国もあることは明らかである。しかも「元首」は決して時代遅れの概念ではなく、現代の国際的な政治概念であるから、金森の見解は誤った解釈に基づいているのである。

また、法学者の高柳賢三が、国際法上、元首は国内法によって決定すべきことになっているが、日本の「元首」は天皇であると解釈できるかと質問したのに対して、金森大臣は、国際関係において「元首」と認めることができる、と答えている。名目上「元首」でないと言いながら、実質的には「元首」と認めており、論理的に矛盾しているにもかかわらず、名目にこだわって、あくまでＧＨＱの意向に反しないような答弁に終始した。そして議会も、最終的に原案を承認してしまった。ここに憲法制定時の重大な過誤があり、自主自立の精神を放棄してＧＨＱに支配された異常な精神状態を象徴しているのである。

ところで、この点に関して三島由紀夫はどう考えたであろうか。「栄誉の絆でつなげ菊と刀」で、「天皇は日本の象徴であり、われわれ日本人の歴史、太古から連続してきてゐる文化の象徴である」と述べ、日本国と日本文化の「象徴」であることを強調した。だが、元首化については全く言及していない。恐らく「象徴」概念の法律学的有効性にまで考えが及ばなかったのであろう。

今日、多くの憲法学者は当時の日本政府と同様に、ＧＨＱに呪縛されて天皇を元首化することに反対している。その理由は、天皇の元首化は帝国憲法を復活させ、歴史の逆行であるとするものであるが、これは全くの的外れである。元首化されたとしても、国民主権と象徴天皇が規定されている限り、帝国憲法に逆戻りすることはあり得ないからである。元首化は天皇の政治的権威を高めて戦前へ回帰するものではない。君主制国家として、法理上の整合性という、純粋に法律的観点に従って導き出されたものであり、国際基準に則った見解なのである。

次に問題視すべきは、天皇の祭祀行為である。これまで何度も指摘しているように、皇室祭祀は法的に規定されていない。しかし天皇は、祭祀という固有の「歴史的・文化的機能」を保持している点で、世俗的な君主や大統領と本質的に異なる存在である。「歴史的・文化的機能」を排除して、「法的・政治的機能」としての国事行為のみに限定し無機化を図ろうとする近代法的天皇像は大統領と同質となり、論理的に天皇廃止論に行き着く。共和制の主張は当然あり得るであろう。しかし、国家の本質とわが国の歴史・文化などの、広角的な理性的判断の下に、「歴史的・文化的機能」を持つ天皇を肯定する。第二章で詳論したように、国民に信教の自由を認めるとともに、国家的意義のある天皇祭祀を法制化するか、もしくは憲法第二〇条の例外と規定すべきである。

天皇の過去と現在を俯瞰した結果に基づくなら、天皇は「象徴」でよいと考える。ただし、法的な厳密性を保つためには、元首の規定化、祭祀の法制化、あいまいな公的行為の明確な法制化、皇位継承問題など、解決すべき多くの課題がある。これらの課題解決を付帯条件としつつ、国家国民を統合し国事行為を行う「政治的権威者」であるとともに、国家国民の安寧を祈る祭司であり、日本文化の主宰者・伝承者である「文化的天皇」を、「象徴天皇」として是認する。

## 「法的・政治的・経済的共同体」と「歴史的・文化的共同体」の融合としての日本国家

結論として、日本国家像を次のように描く。

先ず、「法的・政治的・経済的共同体」の視点から、「君主制と民主制の共立」を基本軸として設定する。それは、「法的・政治的機能」、「歴史的・文化的機能」、「国民との精神的つながり」の三要素を体現する「象徴天皇」と、国民主権・基本的人権の保障を原理とする「民主制」との共存を意味する。

民主制の定義は多様であろうが、ここではとりあえず、「国民による主体的な政治参加と権力の行使を前提とし、国民の自由と平等の調和を図る政治制度」と押えておく。国家を構成する個人の主体性・創造性は、民主制によって確保されるのであり、この点に民主制の意義がある。

ただし、三島由紀夫が指摘したとおり、民主主義は相対主義であり、絶対的原理ではない。相対的であるため、政治の劣化をもたらす可能性がある。すでにプラトンが指摘したように、多数決が最善を選択するとは限らず（前掲『国家』）、劇場型政治を招く可能性もある（森進一他訳『法律』―前掲全集13）。国民が賢明な判断力を欠き、政治意識が成熟していなければ衆愚政治に陥り、国家の衰弱と退廃を招来する危険性を常に孕んでいる。民主制には欠陥もあり、「神」のように崇めてはならないのである。

しかし他方で、民主主義の対極にある、絶対的真理の信仰や政治的支配者への崇拝は、まかり間違えば、狂信的迎合と独裁の容認へと変質し、国家を極端に歪めてしまう。

それに対して民主主義は極端を排し、穏当な選択に落ち着く趨勢を持つ。したがって、民主主義は独裁政治や全体主義と比較すれば弊害が少なく、今のところほかに代わるべき制度が見当たらないがゆえに、採用することが望ましいと考える。そして、民主主義の欠点を常に補正する努力が不可欠の要件となる。

我が国の場合を考えると、君主制の下で民主主義を成熟させる必要がある。これを別の観点から言い換えれば、我が国の伝統の良きところは保守し、不足しているところは世界の良きところを摂取して革新することを意味する。「伝統」としての君主制と、「革新」としての民主制の融合体である。

ただし「革新」とは言っても、我が国の民主的精神は戦後になって初めて生まれたものではない。憲法十七条（六〇四年）は、「和を以《もち》て貴《たふと》しとし、忤《さか》ふること無きを宗《むね》とせよ」、「夫《そ》れ事《こと》は独断すべからず。必ず衆と論《あげつら》ふべし」と定めていた（『日本書紀』―前掲全集3）。互いに諍《いさか》うことなく、和を尊んで事を論じ合意に至るべきこと、また、物事を独断で決めれば過失があるかもしれないので、必ず衆人と議論すべきことを訓示していた。素朴な内容であるにせよ、民主主義の原像がすでに出来上がっていたのである。

また、先に指摘したように、「五箇条の御誓文」（明治元年）は「広く会議を興し万機公論に決すべし」、「上下心を一にして盛に経綸を行ふべし」を謳っていた。独裁専制ではなく、広く会議を開き、上下力を合わせ公正に議論した上で結論を出して政治を行うことを基本とする民主的精神が息づいていたのである。現に、昭和天皇は昭和五十二年の記者会見で、「人間宣言」の冒頭に「五箇条の御誓文」を入れた意図について、「民主主義というものは決して輸入のものではないということを示す必要が大いにあったと思います」と、明徹に語っているのである（中尾裕次前掲書下巻）。

そして明治期には、西欧思想の流入によって新たな相貌を見せる。福澤諭吉は、人間の平等と国民の独立自尊を説き英国型の君主制議会主義を主張した。中江兆民は、人民の自由と権利を基本として「君民共治」の英国流議会主義を唱えた。諭吉の影響を受けた自由民権思想家・植木枝盛《うえきえもり》（一八五七〜九二）は、人民の自主独立を説き、天皇大権を認めつつ、人民の立法権と自由権の保障を主張した（『民権自由論』―『植木枝盛集第一巻』）。また新渡戸稲造は、人格の自由の尊重と民衆の権利の拡大、議会中心の民主主義を説き、〈尊皇主義〉は〈民主主義〉と矛盾しない、と論じた（前掲『日本―その問題と発展の諸局面』）。美濃部達吉は、天皇機関説を唱えながらも、国民の意思を代表する議会中心の立憲君主政治を力説した。大正期になると、美濃部の精神は、天皇の統治権を容認しつつ人民本位の民本主義を唱えた吉野作造へと引き継がれていく。

昭和期に入ると、新渡戸稲造に感化された経済学者・思想家の河合榮治郎《かわいえいじろう》（一八九一～一九四四）は、経済的に社会主義を主張したが、政治的にはマルクス主義・ファシズムを批判し、個人の人格の尊重と、自由主義・議会制民主主義を唱えて、東京帝大教授の休職を命じられた（「改革原理としての自由主義」―『河合榮治郎全集 第十二巻』）。内村鑑三と新渡戸稲造の影響を受け、河合とも親交のあったキリスト教徒・矢内原忠雄は、人格をもつ自律的な個人によって形成される民主主義を説き、国家は個人を扼殺《やくさつ》すべきでないと説いたが（「社会の理想」―前掲全集第十八巻）、東京帝大教授の辞任に追い込まれた。河合と矢内原は思想弾圧を受けながらも、民主主義の灯をともしていたのである。

以上に挙げたそれぞれの思想家の立ち位置や全体像が異なっていることは、言うまでもない。だが、根底で相呼応している民主的精神に今こそ光を当てる必要がある。

しかも瞠目すべきは、彼らが思想・信条の違いを超えて、一様に天皇の存在意義と「君民一体」を認めていたことである。すなわち、「天皇」と「民主制」を対立するものと捉えず、調和させていたのである。さらに時代が下って、〈文化概念としての天皇〉と〈議会制民主主義に基づく言論の自由〉とを結合させた三島由紀夫の〈古くて新しい国体〉もまた、彼らと連係しているのを感知することができるのである。

憲法十七条からおよそ千四百年間の長きに及ぶ民主的精神の系譜をたどるなら、絶えることのない地下水脈のごとく流れている日本人の精神性であると言ってよいだろう。したがってここで言う「民主制」は、伝統的精神を生かしながら現代的な理念と制度へ発展させたものであり、「伝統と革新の融合」による所産である。

次に、「歴史的・文化的共同体」の意義を考える。歴史や文化を形成する宗教・芸術・生活慣習などの根源には、感性がある。そして人間は、理性と感性とを本性として具えている。人間は、理性的・合理的精神だけ、もしくは感性的・非合理的精神だけで生きているのではなく、両方がバランスよくはたらいて始めて人間となる。したがって、人間の集合体である国家も「生きている共同体」と捉えて、理性に基づく「法的・政治的・経済的機能」と、感性を主体として生じる「歴史的・文化的機能」とを共存させるべきである。一方が他方を全面的に支配するのではなく、両方を生かしつつ、両方の均衡と調和を図るべきである。

感性を主体とする「歴史的・文化的共同体」は、宗教・芸術などを含めて、縄文時代以降の我が国の歴史・文化と、現在及び未来のすべての創造的文化を包括した共同体を意味する。

このような「法的・政治的・経済的共同体」と「歴史的・文化的共同体」の二つの基軸を調和させた国家体制を、我が国の「ネーション」として彫琢する。言い換えれば、世界的理念を同化させた「普遍」と、日本的独自性を堅持した「特殊」との「有機的統合体」である。そして、法・政治・経済の改善を図り、歴史的・伝統的文化を継承しながら創造することに努め、「ネーションとしての日本国家」の成長・発展を目指すべきである。

## 第五節　生命以上の価値と永遠の生命

「死」はすべての人間に平等に訪れる。しかし、みずから「死」を決断する場合には、その人の「意志」がはたらいている。病死や自然死と自殺とを分けるのは、ただこの一点である。三島由紀夫の自決には、並外れた矯激な「意志」が燃えたぎっている。全身にみなぎるその「意志」は何を表象しているのであろうか。人は何かのために、あるいは誰かのために、自己の生命を犠牲にすることができるのであろうか。「生命以上の価値」は果たして存在するのであろうか。感性と想像力の二本の彫刻刀を用いて、三島由紀夫の意志を表象する世界を彫り上げることが、最後の営みとなる。

**知情一致**

対談「三島由紀夫最後の言葉」の中で、三島はこのように吐露した。

……どろ臭い、暗い精神主義――ぼくは、それが好きでしやうがない。うんとファナティックな〔狂信的な〕、蒙昧《もうまい》主義的な〔知識を得るのをあえて拒否する態度〕、さういふものがとても好きなんです。それがぼくの中のディオニソスなんです。ぼくのディオニソスは、神風連につながり、西南の役につながり、萩の乱その他、あのへんの暗い蒙昧ともいふべき破滅衝動につながってゐるんです。

ニーチェは〈ディオニソス〉について、こう語っていた（浅井真男訳『悲劇の誕生』―『ニーチェ全集（第Ⅰ期）第一巻』）（一部中略）。

「世界観の秘教を神々において発言すると同時に黙秘するギリシア人は、彼らの芸術の二重の根源として、アポロンとディオニュソスという二つの神格を打ち立てた。人間は二つの状態において現存在の歓喜を得るのであって、この状態が夢と陶酔である」

そして、アポロンの本質は〈認識・節度・知恵〉であり、ディオニュソスの本質は〈陶酔・恍惚〉であるが、この二つの力は芸術の領域で対立しながら融合している、と解き明かした。

三島は、アポロンとディオニュソスの均衡を説いたニーチェに深く感化された。そして喫驚すべきことに、芸術におけるこの二元論を自分の行動にも応用したのである。三島の中には、記紀神話に描かれた優雅な和魂《にぎみたま》と、その対極にある剛毅な荒魂《あらみたま》とが共存していた。「楯の会」を始めとするあらゆる社会的行動と最期の切腹行為は、荒魂の化身である〈狂信的ディオニソス〉に衝き動かされて決行された。それが〈破滅〉につながることを、明晰に自覚していた。

入隊検査を前にして書いた遺言の最後には、三島の至誠から発せられた〈天皇陛下萬歳〉の文字が、ひと際大きく記されていた。そして、天皇への至忠が込められた〈天皇陛下万歳〉を絶叫して自決した。『鏡子の家』の大学生正木が語ったように、〈天皇真仰に帰一〉したのである。

また檄文では、〈生命尊重以上の価値〉とは〈歴史と伝統の国、日本〉であると断言して、切腹した。「天皇」と「国体」は、三島由紀夫という生身の人間に同化した観念であった。理性による観念は、精神の最深部に根を張った魔的な情念と融解し、「死」に直結するほどの恐るべき観念へと転化したのである。

三島由紀夫は詩人にはならなかったが、少年期に抒情詩人たらんと志したことがあるように、詩魂を発揚させた散文家であった。近代的理性を駆使しながらもその奴隷になることを峻拒し、神話・宗教・芸術などを生み出す感性を常に堅持していた。そして行動においても、知性至上主義を乗り越え、「情」の熾烈な発動によって、「知」と「情」を融合させた。「知情一致」を成就したのである。

## 知行合一《ちこうごういつ》

三島由紀夫の生にとって、「精神」と「肉体」の二項対立は運命的なテーマであった。幼少の頃から虚弱体質であった三島は、三〇歳の時にボディビルを始め、さらに三三歳から剣道などの武道に励んだ。「文」の人から「文武両道」の人へ変身するのである。並はずれた強固な意志によって自己改造を押し進め、みずからの肉体に対する自信を深めていった。

三島は家族宛の遺書に、「あくまでも武人として死ぬのであるから、その戒名にも必ず武の字を入れてもらいたい」と書き残した（平岡梓『倅・三島由紀夫』）。三島由紀夫が自害の方法として採用した切腹は、文学者としての行為ではない。武士道の礼法に則った、武士としての行為である。

ベルギーの法学教授から、「宗教教育のないあなたの国で、どのようにして道徳教育を授けるのですか」と問われて絶句した新渡戸稲造は、自身を振り返って我が国の道徳の基礎は武士道であることを見出した。新渡戸はこれを契機に、我が国の伝統的道徳体系としての武士道の意義を説き明かしたのである。武士道を〈日本の魂〉と断じた上で、こう論じている（矢内原忠雄訳『武士道』―『新渡戸稲造全集第一巻』）（一部中略）。

「武士道はその表徴たる桜花と同じく、日本の土地に固有の花である。それは今尚我我の間に於ける力と美との活ける対象である。武士道は道徳的原理の掟であつて、武士が守るべきことを要求されたるもの、若《もし》くは教へられたるものである」

その上で、義、勇、仁、礼、誠、名誉、忠義などを武士道の教訓として挙げた。そして切腹とは、「武士が罪を償ひ、過《あやまち》を謝し、恥を免れ、友を贖《あがな》ひ、若くは自己の誠実を証明するものであつた」と説いた。

「切腹」という行為には、禍々《まがまが》しさが付きまとう。しかし、ほかの自殺の方法と違って、「切腹」という儀礼には、込められた明確な意味がある。三島の切腹は罪を償うためであり、新渡戸稲造の定義した〈武士道〉の再現であった。切腹は近代以前の死の作法であり、近代以降は忌避された礼法である。三島の意志は、我が国の伝統的儀礼の中に倫理と美を見出し、近代以前の倫理的精神にも価値があること示そうとしたのである。

三島は「思想を守るには命を賭けねばならぬ」と断言し、「変革とは、一つの叫びを死にいたるまで叫びつづけることだ。言葉は形であり、行動も形でなければならぬ」（「『変革の思想』とは——道理の実現」）と、厳しい調子で表白した。檄文の言葉「生命尊重のみで、魂は死んでもよいのか」は、その究極の雄叫びであった。みずから発したこの根源的な問いかけに対して、三島は「切腹」という壮絶な行為によって応答した。主体的意志を峻烈に発動して、みずからの肉体を滅亡させた。認識のみに満足できず、雄勁な決断力によって、行動の世界へみずからを投げ入れた。言葉と行動の終極の交点が、烈々たる気魄によって敢行された「切腹」であった。蔓延する「言葉の軽薄さ」の風潮を糾弾しただけでなく、〈生命尊重以上の価値〉を最重視したみずからの言葉を、「切腹」によって立証した。恐るべきことに、観念や思想が人間の生命に決定的な影響を与えることを、三島は身をもって示したのである。

中国の儒学者・王陽明（一四七二～一五二八）は、「知は行の主意《きほん》、行は知の功夫《じっせん》、また知は行の始《もと》、行は知の成《じつげん》である」と述べ、知と行を分けることはできず、ただ一つである、と説いた（溝口雄三訳『王陽明 伝習録』）。

三島は陽明学の「知行合一説」に傾倒した。「認識と行動との一致」とは、道徳的真理を行動に移さなければ完成しないことだ、と三島は確信した。贖罪のための切腹は「道徳」の実行であった。自分を「無」にし、「天の正義」に従って行動することを自己の行動原理とした。思想と行動とを一致させ、陽明学の唱えた「知行合一」を壮烈に完遂したのである。

さらに西洋に目を移せば、ソクラテスの姿が立ち現れてくる。ソクラテスは、「大切にしなければならないのは、ただ生きるということではなくて、よく生きるということなのだ」「人間にとって最大の価値をもつものは、徳であり、なかでも正義である」と語った（前掲『クリトン』）。徳を知り、徳と正義を実行することが人生の究極の価値であると説いた。これは「知徳合一説」であり、徳と正義の実践を最高の価値と見なす点で、「知行合一説」と同義であろう。

三島は、道徳は行動によって完成すると信じた点で、東西の二人の知者と緊密につながっているのである。

## 生命以上の価値と主客一体

三島由紀夫の辞世にはこう歌われていた。

散るをいとふ世にも人にもさきがけて
散るこそ花と吹く小夜《さよ》嵐《あらし》

和歌は日本文学の母であるが、三島にとっても、「記紀」、『万葉集』、『古今和歌集』、『新古今和歌集』などは文学上の母胎であった。命の根源から湧き出たのが、この辞世である。〈生命以上の価値〉とは〈歴史と伝統の国、日本〉であるという信念に支えられた三島は、人命尊重を至上の価値とする、戦後日本のヒューマニズムの風潮に逆らって、「思想を守るには命を賭けねばならぬ」というみずからの発言を、切腹という苛烈な行為によって立証したのである。

イスラエルの哲学者であるマルティン・ブーバー（一八七八〜一九六五）は、このように語っている（田口義弘訳『我と汝』―『ブーバー著作集1』）（一部中略）。

「世界は人間にとっては、人間の二重の態度に応じて二重である。

人間の態度は、人間が語り得る根源語が二つであることに応じて二重である。

根源語・我―汝はただ存在の全体でもってのみ語られ得る。

根源語・我―それは決して存在の全体でもっては語られ得ない。

人間の社会生活も人間自身と同様に、それの世界なしではすまされないが、それの世界のうえにも汝の現在は、水のうえにただよう霊のようにただよっている。人間の利用意志も権力意志も、人間的な関係と結びつき、これによって担われているかぎりは、自然で正当なものとして作用するのである。利用意志の住み家である経済も、権力意志の住み家である国家も、精神に関与しているかぎりは生命に関与しているのだ」

ブーバーは、人間が〈我―汝〉〈我―それ〉の二種類の関係を根源的に有していることを明示した。ブーバーの用語を借用するなら、三島由紀夫と国家との関係は〈我―それ〉の関係ではなく、〈我―汝〉の関係であった。三島にとって国家とは、自己存在の全体でもって語られる対象であった。国家はみずからの命を懸けるに値する存在であり、まさしく〈生命〉に関与していたのである。生命体としての国家は自己と対立する客体ではなく、自己と精神的に同化した存在であり、「主客一体」であった。それは個人を超えるものへの献身であり、「無私」の精神の極致であった。近代合理主義や個人主義においては、自己と外的存在とは〈我―それ〉の関係にあるが、「無私」の精神においては〈我―汝〉の関係にあるのである。

ユダヤの伝統的宗教に傾倒したブーバーと、我が国の伝統的な宗教や思想に心酔した三島由紀夫の思想的境位は、明らかに異なっている。にもかかわらず、両者は根底に同一の精神性を共有していたのである。自己犠牲と無私の精神に基づいた国家との一体性は、自我本位の近代的個人主義と異質の精神世界を表徴している。それは近代的個人主義の偏重に対する異議申し立てを含意し、人間に共通する普遍的精神を鮮烈に映し出しているのである。

他者のために、あるいは国家のために、みずからの命を犠牲にする行為は、数え切れないほど現実に生起している。「生命の尊重」は誰しも肯定する道徳命令であるが、ある特殊な状況の下では、他者のため、あるいは全体のために、みずからの命を犠牲にすることがあるのも人間の真実である。

このような自己犠牲の行為に対して、私たちが畏敬の念を抱くのはなぜであろうか。己を捨てるという意志の根底にあるのは、〈生命以上の価値〉に対する信仰である。それは利己主義の対極にある「無私」の精神の発露であり、一般的な道徳観念を超越した、崇高な倫理的精神の極致だからである。

〈生命以上の価値〉である〈歴史と伝統の国、日本〉を閑却した戦後の時代思潮は、三島の精神の中で巨大な異物であった。戦前は、自分一個の終末観と社会全部の終末観とが完全に適合一致した、幸福な時代であったが（『私の遍歴時代』）、戦後の二十五年間は、真に〈生きた〉とは言えない空虚な時間であった。心の奥底にニヒリズムが鎮座していたのである。しかしそれは、すべてを無価値と決め込む、投げやりなニヒリズムではない。自己は空無であるという自覚に支えられ、行動に駆り立てる〈能動的ニヒリズム〉であった。〈天の正義〉のためには自己を空無化し、死をも厭わない過酷なニヒリズムを、自己の行動原理としたのである。

そして、虚無なる自己を満たしたのが、〈歴史・文化・伝統の国、日本〉であった。三島にとって国家とは、自己を包摂するするとともに、自己の内面を充実させる一体的存在であり、生命的存在であった。

二十歳の時に入隊を忌避した行為の贖罪のために、入隊前に書いた「遺言」を切腹によって再生させ、戦士として「国体」に殉じた。二十五年間に及ぶ宿願を達成したのである。三島は「国家」と「道義」の為に自裁を決断した。自己の有限性を自覚し、国家の永続性を信じた。その苛烈な「死」は、自己否定と全体肯定との、究極の一元化であり、「主格一体」であった。

## 生死一如《しょうじいちにょ》と永遠の生命

自決のあと、自室の机上にさりげなく置かれていた短いメモが発見された（安藤武『三島由紀夫「日録」』）。

限りある命ならば永遠に生きたい　三島由紀夫

文章は極めて短いが、その意味は深長である。「肉体の死」よりも「魂の永生」を祈願した三島の心魂が、計り知れないほどの重量をもって内蔵されている。「身体の死」という「自己否定」によって「自己再生」を図る。「死」によって「生」を獲得する。この逆転の構図を描き切ることによって、「死」は「生」へ転成し、「死」と「生」は一体となる。「生死一如」の完成である。

それは、三島の胸奥に深く刻印された吉田松陰の言葉、「身滅びて魂存する者あり。心死すれば生くるも益なし、魂存すれば亡ぶるも損なきなり」の具現化であった。肉体の死ぬのを恐れず、魂が永遠に生きることを切望したのである。

三島はドイツの詩人リルケ（一八七五〜一九二六）を嘆美した。『葉隠入門』の中で、リルケを引き合いに出して「死」について語っている（一部中略）。

……現代社会では、死はどういふ意味を持つてゐるかは、いつも忘れられてゐる。いや、忘れられてゐるのではなくて、直面することを避けられてゐる。ライナ・マリア・リルケは、人間の死が小さくなつたといふことを言つた。人間の死は、たかだか病室の堅いベッドの上の個々の、すぐ処分されるべき小さな死にすぎなくなつてしまつた。われわれは死を考へることがいやなのである。死から何か有効な成分を引き出して、それを自分に役立てようとすることがいやなのである。

一方、リルケはこう詠っていた（富士川英郎訳『ドゥイノの悲歌』―『リルケ全集 第3巻』）。

「……生きている者はみな
あまりにきびしく生と死を分つ誤りを犯している
天使たちはしばしば　彼等が生者たちの間をいくのか　死者たちの間をいくのか
それを知らぬという　永遠の流れは
二つの国をつらぬいて　あらゆる世代を
いつも拉《ろう》し　二つの国で　その叫びを圧倒している」

あたかもリルケに先導されたかのように、三島は〈生と死を分つ〉ことなく、みずからを〈永遠の流れ〉に決然と投げ入れたのである。

三島は四二歳の時にインドへ旅をした。聖なる河ガンジスでの葬送儀礼など、信仰と自然が生活に密着していることに強烈な衝撃を受けた。この旅行記の中で、ひとことタゴールに触れている（「インド通信」）。

……もちろん、この国の抱えてゐる問題は多様であり、いづれも解決困難の苦痛に充ちている。文学一つをとつてみても、十五種の言語のなかから、統一的な、ひろい国民的文学を育成することは困難である。さすがタゴールの生誕の地だけあつて、私はベンガル語圏の若い詩人たちの仕事に、簡素な浄化された美しさを見出したが、それとても私が読んだのは、英語を通してであつた。

そのタゴールは、このように論じる詩人である（美田稔訳『サーダナ――生の実現』―前掲著作集第八巻）。

「人類史のいかなるところを見ても、自己放棄の精神は人間の魂の最も深い実在である。人は自分の所有物を超えることによって自分の魂を真に実現する。そして永遠の生命に向かう人間の道とは自己放棄に自己放棄を重ねていくことであることを悟る」

「人間の永久不変の幸福は何ものかを得ることではなく、自己以上のものに、自分一個の生命よりもさらに大きな思想に、自国の理念に、人類の理念に、神の理念に自己を捧げることである。このような理念は人間が所有しているものを、生命さえもたやすく放棄させる。仏陀やキリスト、そしてわが国のすべての偉大な予言者はこのような理念を具現している」

タゴールは、自分の生命以上のものに自分を捧げる自己放棄によって「永遠の生命」を獲得できると語っていた。三島の切腹は、まことにタゴールの精神の体現であった。

三島は、剛勇な意志によって起動された自裁によって、近代合理主義と生命本位主義に拘束されることを拒絶し、「魂の永遠性」の自己証明を企てた。リルケ、タゴールの精神に共振していた三島は、「一回限りの死」によって「永遠の生命」を希求した。生と死は全く別個の世界ではなかった。生と死が一体となる「生死一如」の世界であった。それは、『鏡子の家』の正木が声高に唱えた〈生死一貫《しょうじいっかん》〉と完全に符合しているのである。

さらなるつながりを探索すれば、はるか古代の老子の言葉、「其の所を失わざる者は久しく、死して而《しか》も亡《ほろ》びざる者は寿《いのちなが》し」（金谷治『老子』）の、およそ二千四百年ぶりの蘇りであった。老子は、道に従って行動し宇宙永遠の生命に参入し得た者は、肉体は死んでも真の生命は亡びない、と説いたのである。

三島の遺した言葉は、これら先達の言葉と響き合っており、古今東西を問わず「永遠の生命」を祈求することは、人間に共通の宗教的心性である。三島の「死」の本質を掘り起こせば、その根源にある精神もまた、世界性と普遍性を帯びているのである。

## 歴史の審判と永遠なる一元的世界

三島由紀夫は、みずからの死の評価を後世の人々の判断に委ねた（「反革命宣言」）。

戦ひはただ一回であるべきであり、生死を賭けた戦ひでなくてはならぬ。生死を賭けた戦ひのあとに、判定を下すものは歴史であり、精神の価値であり、道義性である。

同時代の人間にどう評価されるかは、三島の脳裡には寸毫《すんごう》もなかった。自分に審判を下す裁判官は〈歴史〉であった。生命を超越した「倫理の不滅性」を固く信じ、後世の道義的精神を重んじる人々に自分を託したのである。

自決の九か月前に行われたが、二〇一七年に四七年ぶりに公開された、イギリスの翻訳家ジョン・ベスターとの対談では、こう語っている（『告白　三島由紀夫未公開インタビュー』）（一部中略）。

ベスターさんが『太陽と鉄』を訳してくださったので非常にうれしかったのは、あそこにみんな書いてあるんです。あれを人がつまらない評論と思わないで読んでくれれば、あれを本当にわかってくれた人は、僕がやることを全部わかってくれると信じています。

僕が死んで五十年か百年たつと、ああ、わかったという人がいるかもしれない。それで構わない。

『太陽と鉄』（昭和四三年）は、精神と肉体は密接な相関関係にあることを語っている。肉体の変化は精神の変化をもたらす。肉体改造と武道の精励と自衛隊体験入隊によって、肉体が精神にはたらきかけ、強靭化された肉体が雄渾な精神を生み出し、行動へ誘導する。そして、自己の全存在感は最終的に「死」によってのみ保証されると告白している。「文学」の航路から「行動」の航路へと舵を切って、最終目的地が「死」であることを暗示している。そしてこの対談で、自分の行動が理解されるには、五十年か百年の経過が必要であることを覚悟していたのである。

三島が崇敬した本居宣長は、このように述べていた（『うひ山ぶみ』―前掲全集第一巻）。

「学者はたゞ、道を尋ねて明らめしるをこそ、つとめとすべけれ、私に道を行ふべきものにあらず、（中略）たとひ五百年千年の後にもあれ、時至りて、上にこれを用ひ行ひ給ひて、天下にしきほどこし給はん世をまつべし、これが宣長が志也《こころざしなり》」

宣長は、学問の道の実現は五百年千年ののちに期すべきだと達観していた。ただし現実には、宣長は短期間のうちに国学の方向を決定づけ、近代日本の思想空間でも強力な磁石となった。そして約二百年後に、三島由紀夫が讃頌《さんしょう》した批評家・小林秀雄（一九〇二～一九八三）の『本居宣長』の中に、その精神が刻印されるのである。

宣長とほぼ同時代に生きた奇才の絵師・伊藤若冲《じゃくちゅう》（一七一六～一八〇〇）は、「千載具眼《せんざいぐがん》の徒を俟《ま》つ」と語った（狩野博幸他『異能の画家 伊藤若冲』）。自分の絵の真価を見抜く見識のある人を千年待つ、と言い切ったのである。ところが、千年は比喩であるとしても、若冲の覚悟した年月ははるかに短縮されて、二百年後の現代にその真価は広く理解されるようになり、国際的評価も高まりつつある。

三島は宣長・若冲と同様の信条を確固として抱いていた。三島死して五〇年弱が経過した。三島文学は、存命中から国内的に高い評価を受けただけでなく、主要作品が翻訳されて海外に知られており、今日ではその文学的価値が国際的にも再評価されている。だが、三島の「行動」の最深部にある「精神」の本質が広く認知されるには、まだ時間を要するのかもしれない。「耐えて待つ」という、歴史の審判に身を委ねる心性は、天才だけが懐抱《かいほう》することを許されているのであろう。

三島の森厳なる死は、悲劇性のみならず永遠性を秘蔵している。生命の泉から奔流のごとくほとばしり出た言葉は、雷光となって私たちの頭上で今なお轟然と鳴り響き、その放射する光線は、ますます輝きを増幅している。

三島が讃美した『万葉集』の中で、山上憶良《やまのうえのおくら》（六六〇～七三三）はこのように歌った（小島憲之他前掲全集7）。

「神代《かみよ》より　言ひ伝《つ》て来《く》らく　そらみつ　大和の国は　皇神《すめかみ》の　厳《いつく》しき国　言霊《ことだま》の　幸《さき》はふ国と　語り
継ぎ　言ひ継がひけり」

日本は、皇祖神と国土の神々の威徳のおごそかな国であり、言葉の持つ霊が豊かに栄える国である。こう吟詠した山上憶良の「言霊」が、三島由紀夫に乗り移った。三島の凛冽《りんれつ》な魂は霊性を発光し、「言霊」と化した。身体は滅びても、魂は生きているのである。「生」を至高の価値と信じて「死」を無価値と見なす死生観を転覆させ、「死」と「生」は等値であることを、総身で証示したのである。

『豊饒の海』の中心テーマである「輪廻転生」を、三島が心から信じていたと断定することはできない。しかし、死して生きることを切願した真正の求道者であったことだけは疑う余地がない。文学者という衣裳を脱ぎ捨て、ひとりの裸の人間として、「永遠の生命」を渇仰《かつごう》した高邁な精神に対して、畏怖の念が湧き上がるのを禁じ得ない。

三島由紀夫の戦後は時代精神との闘いであったが、その生涯は自己との闘いであった。自己と闘った結着が自決であり、三島の切腹には必然性がある。三島だけに可能であった個性的な死である。しかし、その精神は決して孤立してはいない。古今東西の偉大な先人たちと交霊している。三島の精神の世界性と普遍性がここに照射されているのである。

三島由紀夫は比類なき「意志の人」であった。二項対立を忌避することなく、二項の厳しい緊張関係の中で思索し行動した。理性と感情、認識と行動、精神と肉体、生と死、国家と個人、西洋と日本、近代と反近代、伝統と革新などの多様な二元的要素を極限まで拮抗させながら、死闘した。

そして、弛《たゆ》みない自己超克の果てに二項対立を突き抜け、「知情一致」、「知行合一」、「主客一体」、「生死一如」の一元性に収束された。現象的に対立しているように見える二項は、対立が先鋭になればなるほど、相関関係はますます深まり、究極に一体となる。相対的な二元性の分裂を克服し、最後に到達した一元的世界こそ「絶対」の世界であり、身体は滅びても魂は永遠に生きる「永遠の生命」の世界であった。その極限における壮絶な死は、墜落でなく昇華であり、滅亡でなく永生であった。

三島由紀夫の意志は、生命を超越した世界を啓示している。「永遠の静寂」と「絶対の安息」の天上界に常住した三島由紀夫の霊魂には、浄福感が充満していることであろう。

# 参考文献


・三島由紀夫『決定版三島由紀夫全集』全四二巻・補巻（新潮社、二〇〇〇～〇五）
・三島由紀夫（ＴＢＳヴィンテージクラシックス編）『告白　三島由紀夫未公開インタビュー』（講談社、二〇一七）

※以下、引用及び参照順であるが、同一著者の著作と同一シリーズはまとめて掲載してある。

・岩佐正他校注『日本古典文学大系』87神皇正統記他（岩波書店、一九六五）
・岡村道雄『日本の歴史』01縄文の生活誌［改訂版］（講談社、二〇〇二）
・寺沢薫『日本の歴史』02王権誕生（同、二〇〇〇）
・熊谷公男『日本の歴史』03大王から天皇へ（同、二〇〇一）
・渡辺晃宏『日本の歴史』04平城京と木簡の世紀（同）
・大津透『日本の歴史』06道長と宮廷社会（同）
・大津透他『日本の歴史』08古代天皇制を考える（同）
・新田一郎『日本の歴史』11太平記の時代（同）
・佐々木隆『日本の歴史』21明治人の力量（同）
・伊藤之雄『日本の歴史』22政党政治と天皇（同）

・有馬学『日本の歴史』23帝国の昭和（同）
・歴史学研究会編『日本史史料』４近代・５現代（岩波書店、一九九七）
・里見岸雄『科学的国体論——国体科学入門』（日本国体学会、一九七七復刻版）
同『国体学総論　日本国体学第一巻』（展転社、二〇〇五）
同『国体科学研究』第一刊（錦正社、一九三九）
同『天皇とプロレタリア』（暁書房、一九八二復刻版）
同「三島由紀夫と飯守重任」—『国体文化 昭和四六年三月号』（日本国体学会、一九七一）
同『天皇とは何か——憲法・歴史・国体』（展転社、一九八九）
・今井宇三郎他校注『日本思想大系』53水戸学（岩波書店、一九七三）
・芳賀登／松本三之介校注『日本思想大系』51国学運動の思想（同、一九七一）
・佐藤昌介他校注『日本思想大系』55渡邊崋山他（同）
・宇野精一『全釈漢文大系』第二巻孟子（集英社、一九七三）
・市原享吉他『全釈漢文大系』第十四巻礼記（下）（同、一九七九）
・山口県教育会編纂『吉田松陰全集』第二巻・第三巻・第七巻〜第九巻（大和書房、一九七二〜七四）
・西郷隆盛全集編集委員会編纂『西郷隆盛全集』第一巻・第三巻・第四巻（大和書房、一九七六〜七八）
・多田好問編『岩倉公実記』中巻（原書房、一九六八）
・三浦藤作『軍人勅諭謹解』（鶴書房、一九四三）
・伊藤博文『帝国憲法・皇室典範義解』（丸善他、一八八九）
・稲田正次『明治憲法成立史』上・下巻（有斐閣、一九六〇・六二）

・山口佳紀／神野志隆光校注・訳『新編日本古典文学全集』1古事記（小学館、一九九七）
・小島憲之他校注・訳『新編日本古典文学全集』2・3日本書紀（同、一九九四・九六）
・小島憲之他校注・訳『新編日本古典文学全集』7・9万葉集（同、一九九五・九六）
・井上宗雄校注・訳『新編日本古典文学全集』49中世和歌集（同、二〇〇〇）
・貝塚茂樹監修『文献資料集成 日本道徳教育論争史』（第Ⅰ期）第2巻・第3巻（日本図書センター、二〇一二）
・佐藤功『日本国憲法概説 全訂第五版』（学陽書房、一九九六）
・文部省編纂『国体の本義』（内閣印刷局、一九三七）
同　『終戦教育事務処理提要』第一集（文泉堂出版、一九八〇）
・内務省神社局編『国体論史』（内務省神社局、一九二一）
・平泉澄『国史学の骨髄』（至文堂、一九三二）
同　『悲劇縦走』（皇學館大學出版部、一九八〇）
同　「国史の威力」―日本諸学振興委員会編纂『日本諸学』第三号（内閣印刷局、一九四三）
・クローチェ『思考としての歴史と行動としての歴史』（上村忠男訳）（未来社、一九八八）
・自由党憲法調査会編『天皇論に関する問題』（自由党憲法調査会、一九五四）
・慶應義塾編纂『福澤諭吉全集』第四巻〜第七巻（岩波書店、一九五九・六〇）
・長谷川正安『日本憲法学の系譜』（勁草書房、一九九七）
・穂積八束『憲法提要』上巻（有斐閣、一九一〇）
・美濃部達吉『憲法講話』（有斐閣、一九一八）
同　『憲法撮要』（有斐閣、一九三二改訂第五版）

同　　　『新憲法逐条解説』（日本評論社、一九四七）
・西田幾多郎『西田幾多郎全集』第十巻・第十二巻（岩波書店、一九六五・六六）
・田中巴之助（智學）『国体総論』（天業民報社、一九二七）
・臼井勝美他編『日本近現代人名辞典』（吉川弘文館、二〇〇一）
・『本居宣長全集』第一巻・第九巻（大野晋編）・第八巻（大久保正編）（筑摩書房、一九六八・七二）
・日本文化会議編『日本は国家か』（読売新聞社、一九六九）
・北一輝『北一輝著作集』全三巻（みすず書房、一九五九・七二）
・中江篤介『中江兆民全集』10・14（岩波書店、一九八三・八五）
・菅野博史『法華経入門』（岩波新書、二〇〇一）
・ミルチャ・エリアーデ『エリアーデ著作集』7神話と現実（中村恭子訳）（せりか書房、一九七四）
・クロード・レヴィ＝ストロース『野生の思考』（大橋保夫訳）（みすず書房、一九七六）
同　　　『月の裏側　日本文化への視角』（川田順造訳）（中央公論新社、二〇一四）
・ヒルシュベルガー『西洋哲学史』Ⅰ古代（高橋憲一訳）（理想社、一九六七）
・シュリーマン『古代への情熱――シュリーマン自伝――』（関楠生訳）（新潮文庫、二〇〇四）
・椙山林継他『古代出雲大社の祭儀と神殿』（学生社、二〇〇五）
・呉茂一『ギリシア神話』（新潮社、一九六九）
・西宮一民校注『新潮日本古典集成 古事記』（新潮社、一九七九）
・吉田敦彦『日本神話の特色 増補新版』（青土社、一九八九）
・國學院大學日本文化研究所編『神道事典』（弘文堂、一九九四）

・津田左右吉『津田左右吉全集』第一巻・第三巻（岩波書店、一九六三）
・白石太一郎編『日本の時代史』1倭国誕生（吉川弘文館、二〇〇二）
・菊池勇夫編『日本の時代史』19蝦夷島と北方世界（同、二〇〇三）
・吉村武彦『ヤマト王権　シリーズ日本古代史②』（岩波新書、二〇一〇）
・共同訳聖書実行委員会訳『聖書　新共同訳――旧約聖書続編つき』（日本聖書協会、一九八八）
・大林太良『神話と神話学』（大和書房、一九九四）
・大槻文彦『新編 大言海』（冨山房、一九八二）
・西郷信綱『西郷信綱著作集』第3巻（平凡社、二〇一一）
・大野晋『日本語をさかのぼる』（岩波新書、一九七四）
・折口信夫全集刊行会編纂『折口信夫全集』20（中央公論社、一九六七）
・和辻哲郎『和辻哲郎全集』第九巻・第十四巻（岩波書店、一九六二）
・村上重良『天皇の祭祀』（岩波新書、一九七七）
・皇室事典編集委員会編著『皇室事典』（角川学芸出版、二〇〇九）
・吉本隆明『〈信〉の構造Part3 全天皇制・宗教論集成』（春秋社、一九八九）
　同　『吉本隆明全著作集』11共同幻想論・14講演・対談集（勁草書房、一九七二）
　同　『吉本隆明〈未収録〉講演集』〈6〉国家と宗教のあいだ（筑摩書房、二〇一五）
・『The Oxford English Dictionary Second Edition』Vol. X、XIII、XVI（Clarendon Press・Oxford、一九八九）
・小口偉一／堀一郎監修『宗教学辞典』（東京大学出版会、一九七三）
・マクス・ミュラー『宗教学入門』（湯田豊監修／塚田貫康訳）（晃洋書房、一九九〇）

・岡田莊司編『日本神道史』（吉川弘文館、二〇一〇）
・鎌田純一『神道史概説』（神社新報社、二〇一〇）
・坂本多加雄『日本の近代』2明治国家の建設（中央公論新社、一九九九）
・五百旗頭真『日本の近代』6戦争・占領・講和（同）
・西修『各国憲法制度の比較研究』（成文堂、一九八四）
・村岡健次『近代イギリスの社会と文化』（ミネルヴァ書房、二〇〇二）
・阿部照哉／畑博行編『世界の憲法集 第四版』（有信堂、二〇〇九）
・藤田徳太郎編輯代表『日本精神文化大系』第一巻皇室編（金星堂、一九三七）
・防衛庁防衛研究所戦史部監修／中尾裕次編『昭和天皇発言記録集成』上・下（芙蓉書房出版、二〇〇三）
・宮内庁編『道　天皇陛下御即位十年記念記録集』（日本放送出版協会、一九九九）
　同　『道　天皇陛下御即位二十年記念記録集』（同、二〇〇九）
・阪田寛夫『戦友　歌につながる十の短編』（文藝春秋、一九八六）
・三島由紀夫研究会編『「憂国忌」の四十年』（並木書房、二〇一〇）
・篠原裕『三島由紀夫かく語りき』（展転社、二〇一七）
・葦津珍彦選集編集委員会編『葦津珍彦選集』第一巻（神社新報社、一九九六）
・中村元『広説仏教語大辞典』上巻（東京書籍、二〇〇一）
・原田熊雄述『西園寺公と政局』第四巻（岩波書店、一九五一）
・小林直樹編『日本人の憲法意識』（東京大学出版会、一九六八）
・堀江秀雄『天皇歌人 新装版』（明治書院、二〇一三）

・菊葉文化協会編『宮中歌会始』（毎日新聞社、一九九五）
・共同通信社編著『世界年鑑２０１５』（共同通信社、二〇一五）
・浜林正夫他編『世界の君主制』（大月書店、一九九〇）
・吉野作造『吉野作造選集』１・２・８・９（岩波書店、一九九五・九六）
・片山清一編『資料・教育勅語』（高陵社書店、一九七四）
・井上哲次郎『勅語衍義』（成美堂、一九〇一）
・新渡戸稲造（新渡戸稲造全集編集委員会編）『新渡戸稲造全集』第一巻・第十七巻・第十八巻（教文館、一九八三・八五）
・梅根悟監修／世界教育史研究会編『世界教育史大系』38道徳教育史Ⅰ（講談社、一九七六）
・国史大辞典編集委員会編『国史大辞典』第二巻・第四巻（吉川弘文館、一九八〇・八三）
・大原康男『神道指令の研究』（原書房、一九九三）
・吉田裕『昭和天皇の終戦史』（岩波新書、一九九二）
・清水伸編著『逐条日本国憲法審議録 増訂版』第一巻・第二巻（原書房、一九七六）
・百地章『政教分離とは何か――争点の解明――』（成文堂、一九九七）
・芦部信喜（高橋和之補訂）『憲法 第五版』（岩波書店、二〇一一）
・佐藤幸治『日本国憲法論』（成文堂、二〇一一）
・矢口祐人『ハワイの歴史と文化』（中公新書、二〇〇二）
・鈴木静夫『物語フィリピンの歴史』（中公新書、一九九七）
・江藤淳『閉された言語空間 占領軍の検閲と戦後日本』（文藝春秋、一九八九）

・猪口孝他編『政治学事典』（弘文堂、二〇〇〇）
・新村出編『広辞苑 第六版』（岩波書店、二〇〇八）
・日本国語大辞典第二版編集委員会編集『日本国語大辞典 第二版』第一巻・第五巻（小学館、二〇〇一）
・『プラトン全集』1ソクラテスの弁明・クリトン（田中美知太郎訳）・11国家（藤沢令夫訳）・13法律（森進一他訳）（岩波書店、一九七五・七六）
・アリストテレス『ニコマコス倫理学』（朴一功訳）（京都大学学術出版会、二〇〇二）
同『政治学』（牛田徳子訳）（同、二〇〇一）
・『ヘーゲル全集』9a・9b法の哲学上・下巻（上妻精他訳）（岩波書店、二〇〇〇・〇一）
・『ニーチェ全集』（第I期）第一巻悲劇の誕生（浅井真男訳）・第六巻人間的な、あまりに人間的な（同訳）（白水社、一九七九）
・『マルクス＝エンゲルス全集』（大内兵衛／細川嘉六監訳）第3巻・第4巻・第13巻（大月書店、一九六〇・六三・六四）
・『カント全集』第十一巻人倫の形而上学（吉澤傳三郎他訳）（理想社、一九六九）
・『エリオット選集』第三巻（中橋一夫他訳）（彌生書房、一九六七）
・『タゴール著作集』第八巻人生論・社会論集（蠟山芳郎他訳）（第三文明社、一九八一）
・岡倉天心『岡倉天心全集』第一巻（平凡社、一九八〇）
・夏目漱石『漱石全集』第十一巻（岩波書店、一九六六）
・『ヤスパース選集』28現代の精神的状況（飯島宗享訳）（理想社、一九七六）
・マックス・ヴェーバー『職業としての政治』（脇圭平訳）（岩波文庫、一九八〇）

・『Random House Webster Unabridged Dictionary Second Edition』(Random House, 二〇〇一)
・J＝F・ゲイロー/D・セナ『テロリズム――歴史・類型・対策法』(私市正年訳)(文庫クセジュ、二〇〇八)
・ブルース・ホフマン『テロリズム』(上野元美訳)(原書房、一九九九)
・マーチン・ルーサー・キング『黒人はなぜ待てないか』(中島和子/古川博巳訳)(みすず書房、一九九三)
・伊東光晴編『岩波現代経済学事典』(岩波書店、二〇〇四)
・矢内原忠雄『矢内原忠雄全集』第一巻・第十八巻(岩波書店、一九六三・六四)
・石橋湛山『石橋湛山全集』第三巻・第十巻(東洋経済新報社、一九七一・七二)
・ダクラス・マッカーサー『マッカーサー回想記[下]』(津島一夫訳)(朝日新聞社、一九六四)
・林房雄『大東亜戦争肯定論』(番町書房、一九七〇改訂版)
・高橋紘編『昭和天皇発言録』(小学館、一九八九)
・清宮四郎『憲法Ⅰ[第三版] 法律学全集3』(有斐閣、一九七九)
・樋口陽一『憲法 第三版』(創文社、二〇〇七)
・原田鋼他編集『新訂版 現代政治学事典』(ブレーン出版、一九九八)
・榎原猛『君主制の比較憲法学的研究』(有信堂、一九六九)
・植木枝盛『植木枝盛集』第一巻(岩波書店、一九九〇)
・河合榮治郎(社会思想研究会編)『河合榮治郎全集』第十二巻(社会思想社、一九六八)
・平岡梓『倅・三島由紀夫』(文藝春秋、一九七二)
・安藤武『三島由紀夫「日録」』(未知谷、一九九六)

・溝口雄三『王陽明 伝習録』（中公クラシックス、二〇〇五）
・『ブーバー著作集』1対話的原理Ⅰ（田口義弘訳）（みすず書房、一九六七）
・『リルケ全集』第3巻（富士川英郎訳）（彌生書房、一九七三）
・金谷治『老子』（講談社学術文庫、一九九七）
・狩野博幸他『異能の画家 伊藤若冲』（新潮社、二〇〇八）

【著者紹介】

**藤野博**（ふじの・ひろし）

1943年札幌市生まれ。1965年慶應義塾大学文学部哲学科卒業。1965から2003年まで北海道立高等学校教員。現在、専門学校・高校にて非常勤講師を務める。
主な著書に『三島由紀夫と神格天皇』（勉誠出版、2012年）など。

# 三島由紀夫《みしまゆきお》の国体思想《こくたいしそう》と魂魄《こんぱく》

2018年9月20日　初版発行

著　者　藤野博
発行者　池嶋洋次
発行所　勉誠出版 株式会社
〒101-0051　東京都千代田区神田神保町 3-10-2
TEL：(03)5215-9021(代)　FAX：(03)5215-9025
〈出版詳細情報〉http://bensei.jp

印刷・製本　中央精版印刷
ISBN 978-4-585-29168-8　C3095

## 三島由紀夫と神格天皇

巨大な問題提起者・思想的刺激者である三島由紀夫の天皇観を緻密に分析し、「死の真相」を解き明かす。「倫理の不滅性」を訴えた素顔の三島由紀夫がいま蘇る。

藤野博 著・本体三五〇〇円（＋税）

## 三島由紀夫と能楽
『近代能楽集』、または堕地獄者のパラダイス

現代にこそ鮮烈によみがえる三島由紀夫。「生きづらさ」を生きぬくポスト・セカイ系世代の新鋭による初の三島＝能楽論。

田村景子 著・本体二八〇〇円（＋税）

## 三島由紀夫 人と文学

創作ノートや遺品資料を駆使して、伝記的事項を確定。知人の証言や新聞・週刊誌の記事により多角的に実証する。多領域にわたり活動した不逞偉才の《三島》に迫る。

佐藤秀明 著・本体二〇〇〇円（＋税）

## 戦後派作家たちの病跡

精神分析学、現象学、存在論、脳科学といった思考法により補助線を引くことで、作品という運動体の軌跡が浮き彫りになる。

庄田秀志 著・本体三八〇〇円（＋税）

## 日本人を肯定する
近代保守の死

三島由紀夫、江藤淳、西部邁…戦後日本の保守論客たちの自死は何を意味するのか？　世界の思想、日本の思想の同時代状況を生きた著者の述懐と血路を示す。

田中英道 著・本体一〇〇〇円（＋税）

## 日米戦争を起こしたのは誰か
ルーズベルトの罪状・フーバー大統領回顧録を論ず

フーバー自身が蒐集した資料に基づき、つぶさに検証した大著＝第二次世界大戦史の内容を紹介、討論する。東京裁判の無効を明かにし、自虐史観を完全に払拭する。

藤井厳喜・稲村公望・茂木弘道 著／加瀬英明 序文
本体一五〇〇円（＋税）

究極の敗戦利得者日本外務省が隠蔽する
## 満州建国の真実
軍事の天才石原莞爾の野望と挫折

共産ソ連が南下する中、石原らが支援した満州建国は、満州人の独立を守り、共産主義の防波堤を築くための死闘だった。隠蔽沈黙により生じた侵略の汚名を払拭する。

鈴木荘一 著・本体七五〇〇円（＋税）

## 昭和天皇の戦い
昭和二十年一月～
昭和二十六年四月

戦中戦後、昭和天皇、宮中、皇族、政府、軍中枢はどのように動き、未曾有の事態に対応したのか。日本最大の危機に立ち向かった人びとの姿を克明に描きだす。

加瀬英明 著・本体二八〇〇円（＋税）

## 昭和天皇の学ばれた教育勅語

明治大帝が渙発され、みずから率先垂範に努められた「教育勅語」を満十三歳の少年皇太子のために杉浦重剛翁がわかりやすく説いた御進講の記録全文。

杉浦重剛 著／所功 解説・本体一〇〇〇円（＋税）

## 昭和天皇の教科書 国史 原本五巻縮写合冊

少年皇太子に不可欠な帝王学の特製教科書。博識の碩学が執筆・進講した貴重本を完全公開！ この一冊で、歴代天皇・日本歴史の急所がわかる。

白鳥庫吉 著／所功 解説・本体二四〇〇円（＋税）

## 昭和天皇の学ばれた「倫理」 倫理御進講草案抄

昭和天皇の人格・道徳観・世界観に多大な影響を及ぼした最良の教科書を復刻。昭和の倫理観と皇室の本義がわかる。良子女王殿下への特別御進講草案を追加収録。

杉浦重剛 著／所功 解説・本体二四〇〇円（＋税）

## 決定版 東京空襲写真集 アメリカ軍の無差別爆撃による被害記録

東京空襲の全貌を明らかにする決定版写真集。一四〇〇枚を超える写真を集成。戦争の惨禍を知り、平和への願いを新たにする。詳細な解説と豊富な関連資料を付す。

早乙女勝元 監修／東京大空襲・戦災資料センター 編・本体一二〇〇〇円（＋税）